MAA PRESS
An Imprint of the AMERICAN MATHEMATICAL SOCIETY

鸚鵡螺
數學叢書

蘇菲的日記

Sophie's Diary
A Mathematical Novel

Dora Musielak
著

洪萬生
審訂

洪萬生
洪贊天
黃俊瑋
合譯

1 年 8 月 19 日　週五

於歐幾何證明有無窮多的質數已經感到驚奇。

里得怎遇這一問題並且加以證明。

先假定只存在有限多個質數，

，證明這個敘述為假。

證明如下：

假定只有有限多個質數 $P_1 \cdot P_2 \cdot P_3 \cdot \cdots \cdot P_n$

則 $P_1 \cdot P_2 \cdot P_3 \cdot \cdots \cdot P_n + 1$ 不會被任何一個 P 所整除，

因此，它的任何一個質因數會產生一個新的質數。

里得只考慮 $n = 3$ 的情況。

如一樣，我可以證明 $P_1 \cdot P_2 \cdot P_3 + 1$ 不會被任何一個 P 所整除。

三民書局

《鸚鵡螺數學叢書》總序

本叢書是在三民書局董事長劉振強先生的授意下，由我主編，負責策劃、邀稿與審訂。誠摯邀請關心臺灣數學教育的寫作高手，加入行列，共襄盛舉。希望把它發展成為具有公信力、有魅力並且有口碑的數學叢書，叫做「鸚鵡螺數學叢書」。願為臺灣的數學教育略盡棉薄之力。

I 論題與題材

舉凡中小學的數學專題論述、教材與教法、數學科普、數學史、漢譯國外暢銷的數學普及書、數學小說，還有大學的數學論題：數學通識課的教材、微積分、線性代數、初等機率論、初等統計學、數學在物理學與生物學上的應用等等，皆在歡迎之列。在劉先生全力支持下，相信工作必然愉快並且富有意義。

　　我們深切體認到，數學知識累積了數千年，內容多樣且豐富，浩瀚如汪洋大海，數學通人已難尋覓，一般人更難以親近數學。因此每一代的人都必須從中選擇優秀的題材，重新書寫：注入新觀點、新意義、新連結。**從舊典籍中發現新思潮，讓知識和智慧與時俱進，給數學賦予新生命。** 本叢書希望聚焦於當今臺灣的數學教育所產生的問題與困局，以幫助年輕學子的學習與教師的教學。

　　從中小學到大學的數學課程，被選擇來當教育的題材，幾乎都是很古老的數學。但是數學萬古常新，沒有新或舊的問題，只有寫得好或壞的問題。兩千多年前，古希臘所證得的畢氏定理，在今日多元的光照下只會更加輝煌、更寬廣與精深。自從古希臘的成功商人、第一位哲學家兼數學家泰利斯 (Thales) 首度提出兩個石破天驚的宣言：**數學要有證明**，以及**要用自然的原因來解釋自然現象**（拋棄神話觀與超

自然的原因)。從此,開啟了西方理性文明的發展,因而產生**數學、科學、哲學**與**民主**,幫忙人類從農業時代走到工業時代,以至今日的電腦資訊文明。這是人類從野蠻蒙昧走向文明開化的歷史。

古希臘的數學結晶於歐幾里得 13 冊的《原本》(*The Elements*),包括平面幾何、數論與立體幾何,加上阿波羅紐斯 (Apollonius) 8 冊的《圓錐曲線論》,再加上阿基米德求面積、體積的偉大想法與巧妙計算,使得它幾乎悄悄地來到微積分的大門口。這些內容仍然是今日中學的數學題材。我們希望能夠學到大師的數學,也學到他們的高明觀點與思考方法。

目前中學的數學內容,除了上述題材之外,還有代數、解析幾何、向量幾何、排列與組合、最初步的機率與統計。對於這些題材,我們希望在本叢書都會有人寫專書來論述。

II 讀者對象

本叢書要提供豐富的、有趣的且有見解的數學好書,給小學生、中學生到大學生以及中學數學教師研讀。我們會把每一本書適用的讀者群,定位清楚。一般社會大眾也可以衡量自己的程度,選擇合適的書來閱讀。我們深信,**閱讀好書是提升與改變自己的絕佳方法**。

教科書有其客觀條件的侷限,不易寫得好,所以要有其他的數學讀物來補足。本叢書希望在寫作的自由度幾乎沒有限制之下,寫出各種層次的好書,讓想要進入數學的學子有好的道路可走。看看歐美日各國,無不有豐富的普通數學讀物可供選擇。這也是本叢書構想的發端之一。

學習的精華要義就是,**儘早學會自己獨立學習與思考的能力**。當這個能力建立後,學習才算是上軌道,步入坦途。可以隨時學習、終身學習,達到「真積力久則入」的境界。

　　我們要指出：學習數學沒有捷徑，必須要花時間與精力，用大腦思考才會有所斬獲。不勞而獲的事情，在數學中不曾發生。找一本好書，靜下心來研讀與思考，才是學習數學最平實的方法。

III 鸚鵡螺的意象

本叢書採用鸚鵡螺 (Nautilus) 貝殼的剖面所呈現出來的奇妙**螺線** (spiral) 為標誌 (logo)，這是基於數學史上我喜愛的一個數學典故，也是我對本叢書的期許。

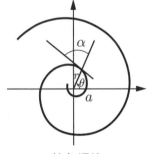

鸚鵡螺貝殼的剖面　　　　　　　　等角螺線

　　鸚鵡螺貝殼的螺線相當迷人，它是等角的，即向徑與螺線的交角 α 恆為不變的常數 ($a \neq 0°$, $90°$)，從而可以求出它的極坐標方程式為 $r = ae^{\theta \cot \alpha}$，所以它叫做**指數螺線**或**等角螺線**，也叫做**對數螺線**，因為取對數之後就變成阿基米德螺線。這條曲線具有許多美妙的數學性質，例如自我形似 (self-similar)、生物成長的模式、飛蛾撲火的路徑、黃金分割以及費氏數列 (Fibonacci sequence) 等等都具有密切的關係，結合著數與形、代數與幾何、藝術與美學、建築與音樂，讓瑞士數學家柏努利 (Bernoulli) 著迷，要求把它刻在他的墓碑上，並且刻上一句拉丁文：

Eadem Mutata Resurgo

此句的英譯為:

Though changed, I arise again the same.

意指「**雖然變化多端,但是我仍舊照樣升起**」。這蘊含有「**變化中的不變**」之意,象徵規律、真與美。

　　鸚鵡螺來自海洋,海浪永不止息地拍打著海岸,啟示著恆心與毅力之重要。最後,期盼本叢書如鸚鵡螺之「**歷劫不變**」,在變化中照樣升起,帶給你啟發的時光。

蔡聰明

2012 歲末

譯者序

對我自己來說，推薦及主譯朵拉・穆西亞拉克 (Dora Musielak) 的《蘇菲的日記》，實在是一段難得的機緣。我初識蘇菲・熱爾曼其人其事，是透過 Lynn M. Osen 的 *Women in Mathematics* (1974)。該書主要內容包括了八位女數學家的傳記，蘇菲・熱爾曼就是其中之一。該書的中譯本《女數學家列傳》先是由南宏圖書公司出版 (1976)，後來 1997 年，再由九章出版社出版增訂本。由於我也忝列譯者之一，因此，我對蘇菲的故事當然略有所知。事實上，該書也是我瞭解「女人與數（科）學」議題的啟蒙著作。

這或許也可以解釋我為什麼會被這本《蘇菲的日記》所吸引。2010 年，當我購得本書（英文版）之第一版（由 AuthorHouse 發行）時，隨即撰寫了一篇書評：〈《蘇菲的日記》：女數學家傳記的另一種書寫〉（刊「臺灣數學博物館・數學小說欄」），希望能對「數學小說」這種新文類的問世，從數學普及推廣的脈絡，抒發一點個人的淺見。當然，我也藉以向三民書局大力推薦本書，希望他們出版本書中譯本。沒多久之後，編輯告知三民已經獲得授權，並且將本書新版轉交給我。

這個新版是經由作者增訂後，由美國數學協會 （Mathematical Association of America，簡稱 MAA）出版發行。MAA 在數學普及書寫的開發、出版與推廣，一向不遺餘力，深獲國際數學教育界的肯定與推崇。至於這個出版機緣，則是出自潘格立 (David Pengelley) 教授的推薦。在 AuthorHouse 版問世之後，潘格立就撰寫了一篇非常懇切的書評，並鼓勵作者找 MAA 再版。

潘格立教授是專業數學家，但是，他對 HPM（International Study Group on the Relations between the History and Pedagogy of

Mathematics，數學史與數學教學之關連）主題也極感興趣。大約十幾年前，他開始對蘇菲・熱爾曼感興趣，我在 2002 年與他在挪威一起參加阿貝爾 (Abel) 誕生 200 週年紀念研討會時，就發現他當時正認真地研讀熱爾曼的數論研究文本（以十八世紀法文書寫）。他在 2010 年與羅賓巴契 (Reinhard Laubenbacher) 在《國際數學史雜誌》(*Historia Mathematica*) 上，針對熱爾曼研究「費馬最後定理」(FLT) 的結果，共同發表了數學史論文，確認熱爾曼在 FLT 方面的重大貢獻。因此，由他來推薦《蘇菲的日記》增訂出版，可以說是不二人選。

朵拉・穆西亞拉克針對原來 AuthorHouse 版所增訂的版本，就是我們現在呈獻給讀者的這個 MAA 新版。MAA 版比起舊版，多了第 6、7 兩章，其中第 6 章是補寫 1793 年後半年多的日記，第 7 章則是有關 1794 年的全年日記。在全書中，作者虛構了蘇菲在 1789–1794 五年之間的 231 則日記，她除了讓蘇菲「見證」法國大革命的社會劇變與偉大人物的犧牲，另一方面，則對這一位數學才女，如何靠著自學而成為一代數學大家的過程，提供了相當豐富的傳記「想像」。因此，這本書既是歷史小說，也可歸屬為數學小說。還有，由於作者也安排了蘇菲從「素人」的觀點，分享她對十八世紀數學分支如數論、分析與幾何學的相關論證之研究心得，這對於從本書切入、試圖掌握一些相關數學知識的讀者來說，提供了極深刻的啟發。尤其，對於青少女的數學學習來說，本書主人翁堅毅不拔的學習精神，更是可以帶給她們莫大的鼓舞，可見本書也是一部難得一見的勵志書籍。當然，本書所附的「作者注記」、「蘇菲・熱爾曼的傳記素描」以及「瑪麗・蘇菲・熱爾曼年譜」，足以引領我們進入蘇菲的真實歷史世界，從而得以對她的數學創造才華，獲得更深刻的體會。

有關本書之中譯，我們必須提供一點告白。由於作者原是墨西哥人，一直到大學畢業後，才前往美國留學，最後留在美國工作。因此，

英文不是她的母語，這一定使得本書在寫作上具有相當程度的挑戰，即使多虧有她二女兒（顯然是土生土長的美國人）協助潤稿，不過，這卻又讓本書的句子相當口語化。作者文筆呈現這種風格，或許也不無刻意呼應日記體的（隨想）敘事。然而，這卻使得本書之敘事有時用字難免拖沓，數學史年代有不少誤植，數學家（如歐拉）著作名稱，乃至於歷史事件的時間不一致等等，都造成我們中譯的不少困擾。所幸編輯的潤筆與建議，我們已經盡可能修飾或改正，必要時還加上譯注，讓中譯文句顯得流暢而便於閱讀。儘管如此，一定還有許多未盡人意之處，敬請高明讀者隨時賜教。

　　最後，特別感謝三民書局同意讓我們來翻譯本書。這個小小的舉動對我有著極大的意義，因為我想借用《蘇菲的日記》，以紀念彭婉如老師 (1949 – 1996) 的英年早逝。將近四十年前，我與她合譯《女數學家列傳》的點點滴滴，一直長駐在我心頭。時間不斷消逝，人事或許全非，然而，「遙想當年的」數學卻給了我們永遠的追憶。

洪萬生

2013 年 12 月 21 日

蘇菲的日記

Contents

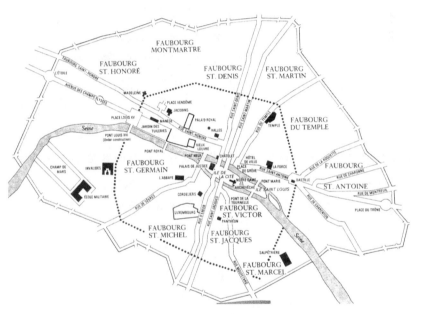

1789 年的巴黎市地圖

很久以前，在一個很遠的地方，一個賢明的女人生育了三個男孩，教養他們誠實、聰明。當她的先生去世時，他留給了她一頭乳牛，以及另外三十五頭要分配給他們的三個兒子。根據父親的遺願，最年長的兒子會獲得總數的一半，次大的會獲得三分之一，然後最小的會獲得九分之一。

兄弟們開始爭吵，因為他們並不知道要如何分配這些牛群。他們嘗試了各種不同的方法，但是他們越嘗試卻越生氣。每當一個兄弟做出提議分配牛群的方法時，其他兩個就會大喊這方法不公平。

任何提出的分配方法都無法被三兄弟所接受。當母親看到他們爭吵時，她向他們詢問了原因。最年長的兒子說：「三十五的一半是十七又二分之一，但是如果三十五的三分之一和九分之一並不是整數的數量，那我們三個到底要怎樣分配這三十五頭乳牛呢？」母親笑了笑，說這分配很簡單。她答應他們每個人都會得到應得的數量，而且保證一定公平。

你知道這個聰明的女人是如何分配牛群的嗎？

1 覺 醒 *Awakening*

1789 年 4 月 1 日　週三

　　我要如何將 35 除以 2、除以 3 和除以 9，然後得到一個偶數呢？這看起來不可能啊！但是，我知道一定有辦法的⋯⋯。

　　我的名字是蘇菲。今天是我十三歲生日，而我父母送給我的禮物讓我無比驚喜。父親送給我一張亮面的紅木膝上桌。它有個隔間可以放紙筆，還有一個只能用藏在下面的按鈕打開的祕密抽屜。當我打開它的時候，我發現一個數學謎題和爸爸留下來的紙條，挑戰我能否解開它。他給我一年的時間，但是我希望能在那之前找出答案。唉呀，我好興奮啊！

　　母親則是給我一個瓷製的墨水池、一疊亞麻布紙、封蠟、小燒燈、六瓶不同顏色的墨水和一組羽毛筆。這些真是最棒的生日禮物了！我答應我父母要常常寫字來改善我的字跡。媽媽說，字寫得好看正確，對一位有教養的小姐來說是很重要的。這給了我書寫即時日誌的想法，一本我可以記錄內心最深處想法和感覺的日記。

　　我愛我的父親。他在我五歲的時候教我算術。我還記得爸爸教我數字時那種興奮的心情。我以前一直認為算術的計算是用來產生新數字的魔法。我曾經花費數小時將數字相加起來好創造其他的數字，只因為我覺得很好玩。我現在則會幫爸爸做生意買賣上更複雜的計算，他到現在還是叫我「我的小眼睛」。

　　我有兩個姊妹，安潔莉·安柏和瑪莉·麥德琳。安潔莉十歲大，是一個和我完全相反，喜歡一直講話、活潑漂亮的女生。麥德琳則是快十九歲了，和我們的母親非常相似，一樣地溫柔浪漫。我和她們倆一點都不像。我的姊妹喜歡穿漂亮的衣服、弄時髦的頭髮以及唱歌跳舞。我不喜歡這些事情。

　　安潔莉說我很「奇特」。她常常戲弄我，因為我喜歡單獨一人並且喜歡看書。我並不在乎我的頭髮是否捲曲或是我的衣服是否時髦，我和她對於這些東西的想法是不一樣的。但是我很喜歡她，和喜歡母親以及麥德琳一樣。我尤其愛我的父親：「我親愛的爸爸」，因為他比任何人都了解我。

　　我們住在離塞納河不遠處的聖丹尼路的一間住宅裡。這條路是巴黎最重要的街道之一，街坊活潑有活力，國王和王子都會從聖丹尼路進入這座城市。從我臥室的窗戶，我可以看到莊嚴的古監獄和司法大樓，也可以聽到我們前往巴黎聖母院做彌撒的那座兌換橋上面，人來人往的聲音。

　　教堂正在敲響十一點的鐘聲，我也必須要停止寫作上床睡覺了。但是，父母給我這些用來寫作的美好禮物，讓我到現在還是感到驚喜和頭昏目眩，從今以後，我將會照父母所建議的，用紙筆來表達我的理念和想法。

1789 年 4 月 5 日　週日

　　真是個美好的一天！雖然有點冷，但是陽光突破雲際，而屋頂上最後存留的積雪，終於開始融化。在 1 月的時候，可是冷到連家裡的水都結冰了呢。那時我們全家都有喉嚨痛和咳嗽的症狀，我的母親則更嚴重，因為她感染了肺炎。幸運的是，她已經完全康復，現在看起來容光煥發。

　　我母親是個非常傳統、守舊的女士，她堅持我們姊妹必須要學習社交禮儀。她和她的母親一樣，教導我們良好的禮貌和規矩。她相信年輕的小姐們要成為賢妻，必須要學習做家事。可是我一點都不想學，因為我絕對不會結婚的！不過，麥德琳倒是希望能盡快和勒貝特先生結婚就是了。我喜歡勒貝特先生，他在玄關等姊姊時，有時候會和我對話，他一直都很有禮貌，並且會問我正在閱讀的書的問題。

　　我們的家庭生活是很單純的。我們以禱告開始每一天，然後，父親就會回到書房檢視他的生意帳目，我們則是穿戴整齊準備迎接新的一天。在早餐過後，父親會出門工作，而我則會和姊妹們前往母親的起居室。我們早上會做些針線活兒、編織以及學習刺繡。當天氣好的時候，我們會到花園散散步。安潔莉會和其他小孩一起玩耍，而我則會坐在我最喜歡的樹下的板凳上，待在媽媽旁邊看書。薛瓦利先生一週會來給我上一堂鋼琴課，但我發現這些課程令人厭倦。我並不是不喜歡音樂，剛好相反，我非常喜歡，只是我比較喜歡聽其他人演奏而已。我沒有天分，尤其和麥德琳相比，連安潔莉都彈得比我好。

　　爸爸會在下午一點回家吃午餐。母親會在下午教我寫字。我很喜歡這個課程，因為媽媽會選擇重要書籍中的一些段落讓我抄寫，來幫助我學習正確的寫作方法。而在每個星期五的晚餐之後，我的母親都會朗讀歷史小說的一整個章節，或者是希臘劇本的一個場景，然後提問題要我們回答。安潔莉和麥德琳會背誦情詩。當爸爸在家的時候，他會談論他最喜歡的哲學和歷史。晚餐過後，我母親和麥德琳會和爸爸一起玩牌。還有，每個星期二的晚上，爸爸會和他的同事在他的書房裡聚會討論政治。我會閱讀或者是自己一個人玩跳棋，不過，如果爸爸不忙的話，他就會來陪我下棋。他很厲害，但是，通常都是我贏。

　　我不喜歡繡花，但是媽媽並不會因為我的笨拙而讓我不做，只是會更加要求我而已。我對手工藝真的很不在行，連最簡單的設計都無

法完成，米麗晚上常會悄悄溜到我房間幫我完成繡花。我希望媽媽不會發現，要不然我就要挨罵，米麗也要被斥責了。米麗的工作是幫莫瑞爾女士處理家事、跑腿以及照顧我的小妹。莫瑞爾先生和女士是米麗的父母，他們三人已經在我們家工作好幾年了。莫瑞爾先生是爸爸的僕從和車夫，而莫瑞爾女士則是負責煮飯、處理家事以及幫媽媽整理髮型。

　　我最喜歡待在父親的書房讀書了。在那裡，我也可以聽到爸爸和他朋友之間的對話。他們會談論政治，然後話題通常會轉到哲學、文學，和其他有趣的主題上。最棒的是，這些紳士們並不介意我安靜地坐在角落裡。或者他們並沒有發現我的存在也說不定。

　　我父親非常了解法國的經濟狀況。他很擔心貨物的短少以及稅收的增加，這些大部分影響最窮國民的問題。爸爸說這也是為什麼許多工人正在抗議，以及要求更多社會公平。有些示威遊行開始激烈起來了。人們為國家經濟衰敗怪罪國王路易·奧古斯特十六。爸爸認為農民和窮困工人的徵稅太重，他支持勞動階級和他們對於平分特權的要求，但也承認我們這種社會要改變是很困難的。現在，貴族和教堂的主教擁有財富並享受著所有的社會特權。媽媽為國王辯護，但是，她無法原諒這些社會的不公。

　　啊，我聽到午夜鐘聲了。我必須去睡了，要不然明天怕會起不來晨禱的。

1789 年 4 月 10 日　週五

　　昨天晚上，我去父親的書房想找本書來讀，結果找到了一本非常引人入勝的書。它是有關數學的歷史，敘述數學在有歷史紀錄開始之後是如何進化。我在閱讀的時候全神貫注，一直到午夜鐘聲響起時才去睡覺。

　　身為數學家的作者孟都克拉 (Jean-Étienne Montucla) 將前幾章，
貢獻給古代數學的發展。我認為其中最引人入勝的部分，是阿基米德
的故事。阿基米德是個數百年前住在希臘殖民地敘拉古的偉大學者❶。
他是個很優秀的人。作者敘述阿基米德時常心不在焉，就和我一樣。
阿基米德在研究的時候會全神貫注，對周圍所發生的事情完全不關心。
他會在任何能畫作的表面，比如說地上的灰塵或是已熄滅的灰燼上，
畫幾何圖形。阿基米德解開了一個非常有趣的問題，故事是這樣的：
有一天敘拉古的國王給了一個工匠特定數量的黃金，來打造一頂皇冠。
這頂完成的皇冠非常漂亮，但是，國王基於某種原因，認為工匠偷偷
將作為皇冠材料的一些黃金，調包成銀。這個國王無法證明工匠的詭
計，於是，他向這位聰明的學者尋求意見。

　　阿基米德必須在不摧毀皇冠的精緻工藝下，找出一個合理的方法，
來確認或是反駁國王的猜疑。有一天，當這位賢人進入浴缸時，他發
現流出浴缸的水量和他浸泡於水中的身體重量是成比例的。這個發現
給了他一個解開國王皇冠問題的想法。阿基米德興奮到連衣服都沒穿，
就光溜溜的跑到敘拉古的街上，像個瘋子一樣大喊著 Eureka! Eureka!
（我找到了！我找到了！）阿基米德發現的，正是在他的著作《論浮
體》中所敘述的浮力定律。這個定律聲明一個漂浮的物體，會將和這
個物體等重的水量推到旁邊。阿基米德也另外發現一個將不會浮起來
──也就是會沉下去──的物體推到旁邊的水量，會和該物體的體積
相等。這個偉大的學者於是利用這個知識，證明了皇冠的確是由兩種
不同的金屬製作的。

　　阿基米德是在做數學時悲劇性地死去。這發生在羅馬曆 541 年，
也就是西元前 212 年，這位學者當時正全神貫注在自己的研究上，完

❶譯注：原文有誤，到 1789 年為止，阿基米德應是二千多年前的人物。

全沒發現羅馬人正在侵略敘拉古。和往常一樣，那天阿基米德正在計算什麼東西，並且在地上畫畫，直到一個羅馬士兵踩在它們上面。阿基米德非常的生氣，告訴那個士兵「別打亂我的圓！」那個士兵在震怒之下，拔出劍將他殺死了。

在閱讀了這部分後，我無法入睡。我一直幻想著阿基米德，一個如此投入數學問題，投入到連外來侵略都沒發現的人。我突然有股奇怪的感受，一種想要體驗阿基米德所感受到的熱情的需要。

我理解自己想要更加了解這個科學的欲望。數學不只是平常商人每天要做的簡單計算。啊，我對於能理解基本算術，相加和相乘數字感到很高興，但這是不夠的。沒錯，爸爸所教我的簡單運算是不夠的。我想要學習更多，並且成為一個偉大的數學家，就像阿基米德一樣。

我想要理解許多概念，像是在阿基米德的故事中非常重要的數字 π。我必須要知道 π 代表什麼，以及它為什麼這麼重要。閱讀一本關於數學，充滿符號和算式的書，就像是閱讀一本用另一種語言所寫的書。我想要理解數學的語言！

我多麼希望有人能教教我。爸爸朋友的兒子安多・奧古斯特正在和一個家庭教師學習數學。今天早上，我問媽媽我可不可以也有一個教師，但是，她阻止了我，好像我發瘋了一樣。媽媽皺著眉頭說，女孩子不需要學習數學，並且要我忘掉這個想法。為什麼呢？我是一個女孩子，但我也非常喜歡數學，我為什麼要停止不想它呢？

1789 年 4 月 15 日　週三

我現在知道符號 π 代表什麼了。首先，π 是希臘字母中的一個，被數學家用來代表一個重要的數字。身為一個數，π 代表的是圓的周長與直徑的比。這個數因為沒有任何分數與它相等，而顯得非常獨特，而且不管圓的大小為何，它的值都是一樣的。

要證明它，我可以畫一個圓，並且用一條繩線來度量它的周長。我將這條繩線放在代表圓的曲線上，這條繩線的長度會和圓的周長 C 對應，接著，我度量圓的直徑 D，也就是從圓上任何一點，穿過圓心到圓另外一邊的直線，然後，我將圓的周長除以它的直徑，這個比值 C/D 就會等於 π。有趣的是，如果我畫小一點或大一點的圓，結果也是一樣的：C/D 一定會大約是 3.141592。換句話說，π 對於所有圓來說都會是一個常數。

但是，如果我可以完美地度量和進行除法，那我能得到 π 的精確值嗎？根據我所知道的，答案是否定的！π 這個數並不是精確的比值。π 的大約值在這數千年來都是已知的，但是，它的數值是由度量所取得的，因此，不會非常準確。有一天，阿基米德提議使用幾何，而不是直接度量的數學程序。在他的《圓的量度》中，阿基米德敘述他是如何將一個圓內接在 96 個邊的正多邊形裡面。然後，在進行了幾何分析之後，他估計 π 的值大約是 22/7，敘述說這個數是介於 $3\frac{10}{71}$ 和 $3\frac{1}{7}$ 之間。

現在，數學家會將 π 寫成 3.141592 … 。最後一位數後面的小數點，是說 π 的確切值是未知的。我們可以一直精密計算，在小數點後面加上更多的位數，但是，儘管數學家們已經算出很多位數了，到現在為止，仍沒有人知道後面還會有多少。

我已經讀完《數學史》的兩個章節，並且知道另外一個稱為薩摩斯的畢達哥拉斯的古代數學家。這個希臘哲學家除了研究天文學之外，還發展了音樂的理論。畢達哥拉斯在搬到義大利南部（希臘殖民地）的克羅頓城之後，建立了一個宗教和哲學的學校。這個偉人有許多追隨他的人，叫做畢氏學派，他們也是研究數學的學者。在大師去世之後的許多年，他們仍然經營著這個學校。畢達哥拉斯相信大多數東西

都可以透過數目來理解。他和他的追隨者研究數目，並且給了其中一些數目特定的含意。舉例來說，畢氏學派認為數字 10 是最棒的數字，因為它本身含有前四個整數：$1 + 2 + 3 + 4 = 10$。他們也定義了「完美數」。根據畢達哥拉斯的說法，數字的完美性必須要仰賴它的因數。一個完美數是一個它所有正因數加起來的正整數，也就是說，它是真因數的和。舉例來說，數字 6 的真因數是 1、2 和 3，所以，6 是一個完美數，因為 $1 + 2 + 3 = 6$。下一個完美數是 28，因為 $1 + 2 + 4 + 7 + 14 = 28$。我必須要找到下個完美數！

　　我無法找到更多畢達哥拉斯的生平，但是，我學到除了研究數學的特性之外，這位古代學者因為一個幾何定理，而現在廣為人知。雖然當時的人們已經知道畢氏定理，但歷史學家聲明了畢達哥拉斯可能是第一個證明它的人。他對於數目的研究以及有名的定理，促成了新數學概念的發展。孟都克拉敘述說現代的數學能發展到今天的模樣，都是畢達哥拉斯和他追隨者的功勞。這也是為什麼我想要更加探討這個偉人和他所研究的數目。

1789 年 4 月 26 日　週日

　　今天下午，安潔莉取笑我的笨拙。我什麼都沒說，但是，她持續不斷的戲弄，讓我感到很受傷。近午我們從教堂回來，正在吃星期日的午餐，而且每個人的心情都很不錯。母親之後提到魯布蘭克夫人邀請我們下星期去參加晚宴。我不喜歡這些聊天歡笑、告訴彼此愚蠢故事的社交活動。我總是因為不知道要說什麼而感到非常尷尬，覺得自己不屬於那個地方，就算安潔莉一直取笑我的羞怯也是於事無補。最慘的是，不管我喜不喜歡，我還是得參加魯布蘭克夫人的晚會。母親認為這對我的社交發展很重要，會讓我更像一個淑女。

　　我寧可待在家裡讀書，學習理解像是畢達哥拉斯這種偉大的人。

數目強烈地吸引了他，使他認為它們擁有神祕的力量。讓人訝異的是，他在數目和一開始看起來和數學無關的東西中找到關聯，比如說像是音樂！畢達哥拉斯發現了豎琴上拉緊弦的長度，和撥彈它所發出的聲音有關聯。他用不同的長度來做實驗，發現了弦如果縮短成原本的一半，那麼，發出的聲音就會高八度。這個偉大的學者就是如此發現音程的。畢達哥拉斯直到今天都還影響著數學的發展。他建立了一所讓男人和女人研究數學和科學的學校。在我閱讀的內容中，暗示著畢達哥拉斯的妻子也是個數學家，但是，卻沒有列出她的名字。這是為什麼呢？這是代表她的成就沒有她丈夫那麼重要嗎？還是她和我一樣羞怯，不喜歡賣弄自己的聰明才智呢？沒人知道。畢竟，這些事情可是幾百年前發生的[2]！

1789 年 4 月 28 日　週二

　　我一直以為巴黎是歐洲最富有的城市，可是，我現在無法確定了。許多人們非常貧困，在街上遊蕩乞討，食物也很稀少。為了讓我們得到充足的麵包，米麗一大早就會去麵包店排數小時的長隊。米麗告訴媽媽，麵包店賣完法國麵包之後，有人開始打起來。晚來的人買不到麵包，而貧窮的人買不起。根據爸爸的說法，勞工每天賺二十五蘇，但是，今天一條麵包卻要十四或十五蘇！米麗還說一些工人用他們的襯衫換一條麵包，甚至還有一個女人想用她的束腹來換。

　　昨天市場爆發示威遊行了。米麗告訴我們是如何發生的，說是由一個反對社會不公的演說所引起的。然後一個男人開始大喊，煽動店家起義，而不久之後，許多人也紛紛加入。這群暴民喊著「富人該死！貴族該死！」並且隨著時間的進行更加地粗暴。示威遊行的暴行開始逐步增加了。我好害怕。

[2]譯注：原文有誤，其實是二千多年前所發生的事。

下午的時候，在聖安多市區也發生了一場暴動。由於聽到減薪的謠言，憤怒的工人們將雷瓦隆先生——爸爸生意上的朋友——的壁紙場給摧毀了。許多人因為政府的士兵向反亂者開槍而被殺害。由於害怕失去工作或者是賺取的錢不夠買麵包，工人們開始抗議。逐步地，這些抗議帶來了暴行。大火也將雷瓦隆先生家的房子給燒毀，他們藏量豐富的書房也被燒成灰燼，現在什麼都沒剩下來。還好，雷瓦隆先生和他的家人毫髮無傷地逃了出來。

我繼續閱讀。《數學史》是爸爸書房中，一旦開始看就無法放下來的寶物之一。我看完了另一個引人入勝的章節，裡面盡是古代學者們的軼事趣聞。我在另一本書中讀到一個優秀的女性學者，亞歷山卓的海芭夏 (Hypatia)。海芭夏是數學家席昂的女兒，大約生於西元 400 年前。這位偉大的女性是亞歷山卓一間學校的校長，她教導的是希臘哲學家柏拉圖的想法。當時的學者因為海芭夏的智慧和豐富知識而非常敬重她。海芭夏幫她的父親撰寫關於重要數學著作的評注，比如說歐幾里得的《幾何原本》。海芭夏最偉大的成就是她所寫的，關於丟番圖《數論》的評注。亞歷山卓的丟番圖是基督生前的古代希臘數學家❸。《數論》對於數學家來說，是一本非常重要的著作。

海芭夏的死非常的悲劇性，她被害怕她的智慧和知識的人們所殺害。當時有謠言指出，海芭夏是兩位精神領袖之間衝突的原因。這裡並沒有解釋為何歸咎於她，以及一些人為何如此討厭她。有一天，這些人把她抓到街上，將她活活打死，拖拉她的屍體，用尖銳的地磚切割她的肉體，然後將屍體燒掉。

可憐的海芭夏，這是多麼悽慘的死法啊！這些野蠻暴民怎麼可以做出如此可怕的殺戮，怎麼可以如此殘忍！我光想像就渾身顫抖。

---

❸譯注：原文有誤，丟番圖是西元二世紀的數學家。

1789 年 5 月 2 日　週六

　　我的父親被選為制憲議會 (Constituent Assembly) 的議員代表。他會以這個身分在法庭上代表第三階級的市民們。下禮拜，他會前往凡爾賽，參與國王召開的會議，並且討論經濟問題。父親很清楚國家鉅額的負債，也很明白它對社會的影響。事實上，他建議了許多社會改革好恢復平衡。許多人們認為他們的經濟問題是由路易十六國王和瑪麗・安東瓦尼特皇后造成的而怪罪他們。但是，在他們登基之前，國家就已經負債累累了。不管到底是誰的錯，增稅正在造成嚴重的社會和經濟衝突。

　　我的父親承認稅金並不是由法國的公民平均分擔的。這就是為什麼勞工和農夫如此地不高興。對他們來說這個情況很不公平，因為身為第一和第二階級的神職人員和貴族並不用繳稅。因此，只剩下第三階級，也就是剩下的人們，來負擔債務。任何一個理性的人應該都可以看出最明顯的處理方法：強迫貴族和神職人員繳稅。像是這樣的改變，會強化我們社會平等的理想。父親同意，但是，他說享有特權的貴族們強烈反對，並且會做任何事情，來防止失去他們的財富和資產。

　　我之前從來沒想過，但是，現在卻再清楚不過了。我開始理解啟蒙時代法國哲學家所說的社會不平等是什麼了。為什麼會有社會階級呢？這些事是什麼時候開始的？很久之前，當原始的社會成型時，某人獲得了權力，但，是如何辦到的呢？是誰決定這一個人可以操控其他多數人的生命呢？現在，路易十六因為從他祖父的手中繼承了王位而統治著法國。我可以說出最近幾任的法國國王，但是，我卻不知道第一個是誰。世界裡的君主政治是如何開始的呢？在這個社會結構之下，只有少數人擁有權力和財富，而剩下的其他人卻一無所有，是非常不公平的。我的父親曾多次表明說，君主政治是不必要的。他認為一個國家在沒有國王的情況之下，也是可以存在的。法國能成為由人民統治的共和國嗎？

1789 年 5 月 4 日　週一

今天，對於法國來說是個歷史性的一天。首先，是通過巴黎街道的大遊行，再來，就是路易十六和三級會議的會談，以期可以解決經濟上的問題。這個想法的交換，在法國史上是第一次。國王理解國民的需要，也願意聽他們的請求。我們和其他巴黎人一樣，都去參觀遊行了。但是，這對我們來說更有意義，因為父親和其他第三階級的議員在這個行進隊伍之中。

路易十六國王和瑪麗·安東瓦尼特皇后帶領著這個莊嚴的行進隊伍。穿著最漂亮服裝的王子和公主，則尾隨在後。女士們穿著非常漂亮的錦緞和塔夫綢製的禮服，將用羽毛裝飾的頭髮盤高。他們光輝亮麗，寶石頭冠在陽光下閃閃發亮。皇后看起來有點淒涼。也許是因為她還在為兩年前夭折的嬰兒哀悼，又或許她在擔心法國王子，她體弱多病的七歲兒子。但是，她還是優雅尊貴地走著，沿路對國民微笑。主教和法國教會其他的領袖們，則跟在貴族之後，一樣穿著他們最華麗的絲袍。皇家馴鷹者則是帶著繫在手腕上，套著頭套的獵鷹昂首闊步。

在遊行進行中，街上的人們大喊著「國王萬歲、天佑吾皇!」有些人更大吼「奧爾良公爵萬歲!」來對支持社會平等的國王表兄表達謝意。

最後，第三階級的議員肅穆地走在最後面，穿著和貴族以及神職人員奢華服裝形成強烈對比的簡單黑色外衣。即使沒穿禮服，父親還是好英俊呢! 以他剛健的步伐和身材，爸爸在這六百個議員中，也是相當突出。安潔莉興奮地對他揮手並且大叫「第三階級萬歲!」不過我懷疑他在這茫茫人群之中有看到我們。

　　遊行在聖路易教堂的大彌撒達到最高點，不過，我們並沒有參與。我們又累又餓的回家，但是很興奮，同時也為爸爸驕傲。身為第三階級的議員，他將有機會表達他對於經濟改革和平等的想法。

1789 年 5 月 10 日　週日

　　有些人認為巴比倫數學家在畢達哥拉斯建立畢氏定理的數百年之前，就已經知曉此一定理。畢氏定理是個非常簡單按我們所知之形式的數學敘述。它是說在一個直角三角形之中，斜邊的平方會等於其他兩邊的平方和。我可以用代數方程式寫出這個定理：$x^2 + y^2 = z^2$，其中 z 是三角形的斜邊，而 x 和 y 則是其他兩邊。

　　這是個相當簡單的方程式，但同時也非常強力而有用。我可以利用畢氏定理計算面積、長度和高度。舉例來說，假設在平面上有兩個點，然後我想知道它們隔了多遠。我可以直接度量它，或者度量 x 軸上的距離、度量 y 軸上的距離，然後，利用畢氏定理找出距離。在許多情況中度量 x 和 y 的距離，會比直接度量兩點之間的距離還要簡單。

　　舉例來說，假設有一個知道兩個短邊 $x = 7$，以及 $y = 3$ 的直角三角形，這樣，我就可以利用畢氏定理來計算這三角形最長的邊，也就是斜邊的值了。斜邊 z 的平方會等於其他兩邊的平方和：

$$z^2 = 7^2 + 3^2$$
$$z^2 = 49 + 9$$
$$z^2 = 58$$
$$z = 58 \text{ 的平方根。}$$

58 的平方根是 7.61 … ，是一個在小數點之後有許多位數的數字。

現在假設 $x = 3$ 然後 $y = 4$ 的話，我就會得到：

$$z^2 = 3^2 + 4^2$$
$$z^2 = 9 + 16$$
$$z^2 = 25$$
$$z = 5 \text{。}$$

在這例子中用畢氏定理會得到完全平方 $5^2 = 3^2 + 4^2$。完全平方就是一個平方根為整數的數。

畢達哥拉斯的算式讓我理解到有兩種數字：整數和分數。那，負數又是如何呢？有可能算出負數嗎？如果我將一個負數乘以它本身，我會得到一個正數嗎？

我確信關於這個定理我還有很多可以學習的地方。不過，這得等到明天了。教堂的鐘在不久之前敲響了十一點的鐘聲。現在一定已經午夜了！

1789 年 5 月 16 日　週六

我好累。我們幾乎一整天都待在巴黎皇家宮殿裡。這裡是巴黎最受歡迎的地方，尤其是週末的時候。這裡非常擁擠，人們在壅塞的拱道上散步。女士們戴著她們最奢侈的帽子，趾高氣昂地走在路上，驕傲地展示她們時尚的服裝。我們去一家咖啡廳，並且找到在中央庭院裡樹下的座位。媽媽點了一些奧地利點心，然後，當我們在享用這些好吃的甜點時，我們觀看一團穿得像是牽線木偶的演員表演。穿著鮮艷裙子的吉普賽女人也在跳舞，有些還到處替別人算命。

這時，一個年輕人突然跳到附近的桌子上並開始演講，煽動公民為平等和正義奮鬥。有些人停下腳步傾聽，但是，更多人對這個有說

服力的演講者完全不予理會。一些人在發附有邀請的傳單，要人們加入和不公奮戰的團體。這個訊息很明顯：法國需要革命。

　　我們在中午時看太陽砲發射。這是另一個會吸引許多旁觀者駐足觀看、分散注意力的東西。我妹妹安潔莉是第一個排隊看大砲中午發射的人，因為她說想要「向太陽致敬」。不過，她卻對於大砲沒有再發射感到很失望。我必須要向她解釋它一天只能發射一次，在正午時刻太陽光直擊鏡片的時候。鏡片在這裡的功用為取火鏡，會精準地聚焦在大砲的火門上，讓它在一天之中自動發射一次。我不太確定安潔莉是否理解這個道理。

　　對於數學，我也有自己的樂趣。我最近一直在想 π 這個數。我知道，根據阿基米德的計算 22/7 是一個不錯的近似值，而且 355/113 是一個更好的近似值。但是，π 並沒有一個準確的值，所以，我只能把它寫為 $\pi = 3.141592\cdots$，小數點右邊的數字，很有可能會無限延伸下去。也許它無限延伸的理由，是因為圓周本身就是一個無限的數。我是這麼想的：由於 π 是圓的周長與直徑的比 C/D，而圓周 C 是代表圓的該條曲線的長度，這條曲線既沒有開頭也沒有結尾，所以，我推論將無限除以任何值，得到的也會是個無限值。

　　除了和圓的關係之外，這個數為何這麼重要呢？也許 π 是描述宇宙的方程式之解也說不定。尤其是，如果宇宙是圓的！唉呀，我相信學習數學可以幫助我，回答這些和其他在我腦袋裡爆發出來的問題。

1789 年 5 月 20 日　週三

　　一個驚人的暴風雨在數分鐘之前將我吵醒了。在閃電將夜晚的黑暗劈開時，我嚇得跳下床。房間有如被一千根蠟燭點亮，但是，同時也快速回復黑暗。雷聲持續吼叫，雨也越下越大。現在應該是早上三點鐘吧！

　　我害怕的東西很少，但是，雷電讓我感到恐懼。我沒有將這件事告訴任何人，因為沒有人會懂的。我會在暴風雨來臨時，像個受驚嚇的孩子般顫抖。我希望可以在母親的雙臂中得到庇護，想像她溫暖的擁抱可以舒緩我的恐懼、她心跳的聲音可以蓋過那些恐怖的聲音。但是，我已經不再是個孩子了。我必須要堅強地面對我的恐懼。我會坐在這，等到暴風雨結束。

　　我知道我對閃電的恐懼是不合理的。也就是「不是合理的」或者是「不合邏輯的」。這讓我想起某件事情。我在學習數目時，發現了有理數和無理數，但是，在數學中，「無理」(irrational) 不代表不合邏輯。事實上，無理數是我所看過最驚人美麗的一些數，儘管它們看起來非常稀少。無理數是不能用分數來表示的實數。它們是由兩個實數相除得來的，不過，並不是像 1/2、12/3、24/4 之類的有理數。

　　所以，如果兩個實數的比會造成一個有無限個小數的數，而且，這些小數的位數是隨機分配的，那這個數就是無理數。舉例來說，大約等於 3.141592 … 的 π 就是一個無理數，因為它的值是由兩個實數（圓周和半徑）相除而來的，而且小數點右邊的位數會一直延伸下去並且不重複。總共有多少位數呢? 我不知道，不過大概會是無限吧。

　　畢達哥拉斯在數百年前發現樂器的和諧[4]，是由弦的長度比來決定的。他認為星球軌道的和諧運行也和比有關。畢達哥拉斯認為比是數學之神用來創造宇宙和萬物的神祕概念。他排除了任何沒有遵守這個理念的數。因此，跟著他學習的數學家也忽略了無理數。

　　但是無理數是存在的。一個簡單的例子就是 2 的平方根。這個數展開成十進小數後，在小數點後數字會不循環無限延伸[5]。這個非比 (non-ratio) 就是後來的無理數。畢氏哲學家海巴瑟斯 (Hippasus) 利用

---

[4] 譯注：原文有誤，畢達哥拉斯是西元前六世紀的人物。

[5] 譯注：原文有誤，茲修訂之。

幾何方法來示範 $\sqrt{2}$ 的無理性。有個傳說是，海巴瑟斯是從船上被丟入海中，因為他學習無理數並且證明 2 的平方根是無理的。當他宣布他的發現時，他震怒的同僚們就把他扔進海裡，因為他違反了畢達哥拉斯的教誨。

我不認為這件事真的發生，我只知道畢氏數學家沒有研究無理數，這是我對偉大的古代數學家唯一失望之處。

1789 年 5 月 28 日　週四

我無時無刻都想著數目。數目不只是用來加或減的工具，因為如果是這樣，數學就太簡單無趣了。我會想所有的數目類型，包括整數、有理和無理數、質數、完美數。我想要學習這些數為何不同，以及如何使用它們。

整數是小數點之後沒有數字，如 1、13、27 等等的數。當我寫出 1、2、3 時，我會說這些是連續整數。通常來說，連續整數中的整數 n_1 和 n_2 的關係，會是 $n_2 - n_1 = 1$，也就是說，n_2 會接在 n_1 後面。因此，假設有兩個連續整數，那其中一個會是偶數，然後另一個會是奇數。由於偶數和奇數的積一定會是偶數，所以兩個，或者事實上任意數量的連續整數的積都會是偶數。

形式為 $n = 2k$，其中 k 為整數時 n 會是個偶數，比如說 -4、-2、0、2、4、6、8、10、$\cdots$。偶數和奇數的積一定是偶數，因為可以寫成被 2 整除的 $(2k)(2m+1) = 2[k(2m+1)]$，因此是偶數。

一個可以被表示為分數 p/q，其中 p 和 q 為整數、然後 q 不為 0 的數，是一個分子為 p、分母為 q 的有理數。當這個分數被除出來時，它會變成一個具有有限或是循環小數的數，比如說 $1/2 = 0.5$，而 $5/3 = 1.666666\cdots$。

不是有理數的實數則是無理數[6]。無理數無法表示為分數 p/q。以

....
[6]譯注：原文有誤，茲修訂之。

小數來表示，無理數既不會循環也不是有限的，而是會無止盡的繼續下去，比如說 $\pi = 3.141592 \cdots$，和 $\sqrt{2} = 1.414213 \cdots$ 等等。

然後還有質數，所有數中最讓人好奇和引人入勝的數。質數是除了 1 和自己之外，沒有正因數的正整數 p。更精確的說法是，質數 p 是除了 1 之外，只有一個正因數的正整數。舉例來說，13 的因數只有 1 和 13，因此 13 是個質數，而 24 這個數不是質數，因為它的因數有 1、2、3、4、6、8、12 和 24，對應到它的因數分解式 ($24 = 2^3 \cdot 3$)。雖然 1 這個數被認為是個質數，但它並不是。因此，不算 1 的話，前幾個質數為 2、3、5、7、11、13、17、19、23、29、31、37、$\cdots$。

我是這麼判斷哪些數是質數的。首先，我會寫下所有正數：

1	2	3	4	5	6	7	8	9	10
11	12	13	14	15	16	17	18	19	20
21	22	23	24	25	26	27	28	29	30
31	32	33	34	35	36	37	38	39	40
41	42	43	44	45	46	47	48	49	50
51	52	53	54	55	56	57	58	59	60
61	62	63	64	65	66	67	68	等	等

然後，我將 2 的倍數移除，接著是 3、4、5、6、$\cdots$ 等等的倍數。這樣剩下的就會是質數了！

	2	3		5		7		
11		13				17		19
		23						29
31						37		
41		43				47		
		53						59
61						67		

有趣的是，裡面只有一個偶數的質數。這是否代表除了 2 之外，其他的質數都是奇數呢？我要如何不用一個一個計算而檢查這點呢？

可能有許多，甚至無限多個質數，所以，我無法一個一個檢查。想必質數應該有無限多個，因為整數應該也有無限多個吧。如果我給任何一個整數加 1，那不管我最後一個整數有多大，我都可以讓它變得更大，這也表示質數的數量會一直增加，沒有盡頭。然後質數也是整數，所以，質數也應該有無限多個。我要如何證明呢？

1789 年 6 月 4 日　週四

　　法國正在哀悼。今天十點過後，巴黎每個教堂都敲鐘宣布法國王子去世的消息。路易國王和瑪麗・安東瓦尼特皇后的幼子，因為感染肺結核死去。母親要我們為這小男孩的靈魂祈禱。

　　在冥想了一陣子之後，我開始胡思亂想了。我想到畢達哥拉斯，好奇為何一個這麼聰明的數學家會排斥不完全的比。畢達哥拉斯為何不接受像是根號 2 的數呢？然後，我的腦中突然爆出一個想法。在我抬頭往上看時，窗子的倒影在牆上形成了一個直角三角形。這個三角形的兩邊看起來尺寸似乎相同，所以，我自己決定它們的長度等於 1。然後我問自己，這種直角三角形的斜邊會是多長？要回答這個問題，我回想起畢氏定理：$x^2 + y^2 = z^2$。

　　在這個例子中，$x = 1$，$y = 1$，因此 $z^2 = 2$。這就表示我必須要找到一個乘以自己會得到 2 的數。斜邊 z 等於 2 的平方根，也就是說 $z = \sqrt{2} = 1.414213\cdots$。所以，$\sqrt{2}$ 是個無理數，因為它無法寫成整數 p/q 的比例。畢達哥拉斯為何沒有看出這點呢？

1789 年 6 月 10 日　週三

　　今天早上，我宣布我想要成為一個數學家，但我好後悔我的童言童語，真希望我沒說出這句話啊。當時我們正在吃飯，而我的妹妹如同往常一樣嘰嘰喳喳，然後，我就在沒經過思考的情況之下說出來了。

母親甜美的笑容僵在臉上，然後她搖了搖頭，什麼話都沒說。安潔莉飛快地把食物吞下並且插話說，「但是蘇菲，數學不適合女孩子啊！」然後看著我，好像我瘋了一樣。

當我正要和她解釋女人，像是海芭夏一樣，也可以成為數學家時，父親轉向我並且溫柔地拍了拍我的手說：「如果蘇菲想成為數學家，那她就會成為數學家。」我好想像小時候一樣親他和抱他。但是，母親嚴峻的表情讓我釘在座位上，動彈不得。讓我驚訝的是，安潔莉沒再說什麼，只是繼續談論她的新衣服。

在父親下桌之後，母親告誡我，她認為一個年輕小姐如此胡說是很不得體的，然後把我罵了一頓，說「腦袋裡充滿了如此可恥的想法」。我想成為數學家的願望，又是哪裡錯了呢？我不懂母親為何要反對我研究我非常喜愛的東西。她聲明數學不是我教育的一部分。她禁止我晚上不睡覺，閱讀這個如此「不女士的主題」。是誰決定數學是不女士的？為什麼只有男人可以研究數學？我無法接受！

然而，我真是希望我什麼都沒說。但是，現在已經無法回頭了。是的，我一定要設法成為一個數學家！母親無法阻止這件事。這世界沒有任何東西能比數學更吸引我了。我不想要終身待在鏡子前面，將我的頭髮弄捲和撒粉。我只想要研究數學。

1789 年 6 月 22 日　週一

母親發現我違背了她的命令，在床上讀書讀到半夜，她嚴厲的訓斥了我一頓。但還不只這樣，她在我書寫方程式時，突然走進我的房間，讓我沒有時間將它們藏進抽屜裡。如果母親沒有進來強迫我上床睡覺的話，我會花一整晚研究。如果我只是在寫封信的話，她不會如此小題大作，但是，當發現我在算數學的時候，卻讓她非常生氣。她拿走我的筆記，說要把它們燒了，我幾乎哭了一整晚。

　　早上吃早餐之前，母親又把我訓斥了一頓。我不懂為何母親認為數學是個不適合女生且不女士的主題。我想研究數學的欲望為何會如此讓她生氣呢？我真希望爸爸在這裡。他知道我喜歡數目，我很確定他會支持我的。畢竟，我是在他的教導之下學習算術的。

　　我父親在凡爾賽的工作非常繁忙，要到下星期才會回來。路易國王和第三階級議員的議會由於爭論和爭吵，因此進行並不順利。莫瑞爾先生今天下午帶來了爸爸的訊息。他告訴媽媽，辯論激烈到第三階級的議員已宣布他們自己為國民議會 (National Assembly)，並且宣誓在為法國制訂一個憲法之前不會解散。

　　米麗在將走廊熄燈之前來到我房間。她拿了一杯熱可可給我，並提議幫我完成母親叫我縫製的手帕。米麗知道我寧可讀書也不要做這些事情，所以，我高興地答應了。在米麗刺繡時，我讀著《數學史》，並且將它讀完了。我沒發現米麗已經離開，所以，現在應該很晚了。

　　要沉浸在這本書裡真是非常容易。裡面有讓人難忘的古數學家故事，而每個故事都將我指向一個不同的研究領域。閱讀《數學史》讓我理解我還有好多需要學習的東西。不過現在，我必須熄滅我的蠟燭，以免媽媽發現我還醒著。

1789 年 6 月 25 日　週四

　　米麗救下了我的筆記！她找到媽媽扔掉的那些，然後，為我將它們藏起來了。我鬆了好大一口氣呢！我以為我必須要從頭開始了。如果我的筆記都被燒掉的話，我要如何是好呢？我會重新開始，我所寫下的數目、我已解答的方程式，所有我都會一直重複。

　　母親今天晚上不在，她在劇院陪伴麥德琳和她的未婚夫，這讓我有幾小時自己的時間。我知道媽媽不喜歡，而且如果她發現我繼續研究會非常生氣，但是，我很好奇安多・奧古斯特前幾天提到的事情。

他的家庭教師正在教他多項式。他並沒有說多項式是什麼，但是這勾起我的興趣，所以我去查了一下那是什麼。我發現一個多項式的定義為任何包含一定數量項式的數學表達式。這到底是什麼意思呢？

如果我有三個像是 x、y、z 的項，我可以將它們加起來並且寫成 $x + y + z$。但除非我加一個等號讓它成為等式，像是 $x + y + z = 0$，否則這是沒有意義的。現在，如果我用同一個變數 x 並且對它做次方為 x、x^2 或 x^n，那我就可以將一個多項式定義為這些項的和：

$$x^2 + x^3 + x^4 + \cdots + x^n = 0$$

這是正確的嗎？唉呀，我要如何確定呢？如果一個多項式，是一個牽涉到一系列在一或多個變數乘以係數的次方中的數學式，那麼，我就可以將一個有常係數的單變數多項式表示如下：

$$a_n x^n + \cdots + a_3 x^3 + a_2 x^2 + a_1 x + a_0 = 0$$

多項式中次方最高的叫做它的次數。我如果將多項式寫成以下那樣子，會更合理：

$$x^3 + 2x^2 + 3x + 5 = 0$$

這樣，我就可以說它是個三次多項式。非常好，現在我只需要學習如何解答它了。如同爸爸以往跟我說的話一樣：「不要放棄，我的小學生。」就算我和安多・奧古斯特不一樣，我沒有教師，我還是得嘗試。

1789 年 6 月 28 日　週日

另一個更加暴力的抗議遊行，震撼了整個城市。今天下午，我在爸爸書房讀書時，被一陣射擊聲和有節奏的喊聲驚擾了。憤怒的聲音

和火器的聲響，粉碎了當天的安寧。我心想又是一個暴動，於是快速地跑到窗邊。在窗邊我看到一群武裝的工人和市場的女人帶著長槍往西邊走去。這些人大喊的口號充滿了恨意：「吊死貴族！」以及「殺死暴君！殺了他們、殺了他們！」

安潔莉整個嚇壞了。從媽媽蒼白的臉色，我也能看出她的焦慮。她將我從窗邊趕走，把我們帶到她的書房。我們等到混亂平靜，想知道爸爸在回家的途中，是否有被捲入暴動裡。

抗議遊行發生得越來越頻繁，而每次也變得更加暴力。許多人對國王不滿，看著他活在奢華中，卻對國民的痛苦似乎毫不在意。勞工們正在失去工作，他們大部分也都對不公平的徵稅感到憤慨，認為路易十六在改善他們的經濟狀況上，不夠努力。

我希望議員和路易國王在凡爾賽的會議能緩和緊繃的局勢。報紙上充滿了自由主義者所寫的，推動成立法國共和國的文章。自由主義改革者想要拿走國王的權力，並且成立一個由民眾所選出來的政府。當爸爸和他的朋友討論這些議題時，母親只會安靜的聽，什麼都不說。但是，她是支持國王的，她只會在私下的時候說出她的想法。她不喜歡爸爸所提議，拿走國王權力的這個想法。

母親非常喜歡路易十六國王和瑪麗・安東瓦尼特皇后。她到現在還會談到當年皇室的婚禮，彷彿那是昨天發生的事情一樣，不過，那是 1770 年的事了。母親跟我們說那時凡爾賽被煙火點得明亮，擺上了非常豐富的筵席，法國人民很快樂的慶祝年輕的路易王子，和當時只有十四歲的瑪麗・安東瓦尼特的婚禮。不過，他們現在都成年了，而且已經成為法國的國王和皇后，他們也應該學到如何統治我們的國家了吧。

1789 年 7 月 2 日　週四

　　我們差點被暴民踐踏了! 當我們拜訪完梅拉女士要回家的時候, 發現我們被夾在聖奧諾的遊行當中。憤怒的抗議者正在前往皇家宮殿的路上。那裡是人潮最多的聚集地, 也是革命活動領袖公開反對君主制度的地方。抗議者正在有節奏地唱著對國王表達憤怒的歌曲。

　　我們被困在中間。群眾裡的男人和女人臉部因為憤怒而扭曲。我的母親試圖保持冷靜, 但是, 我注意到她實際上是非常緊張的, 因為她將雙手緊緊貼在胸前。我們必須要在路邊等暴民的遊行遠去才能通過。安潔莉一直無辜的問道:「媽媽, 這些人為什麼一直吼叫呢? 他們為什麼這麼生氣呢?」但是, 媽媽只是保護性的抱著她。我也被如此憤怒的景象嚇到了, 害怕的拉著母親的手。

　　當我們回到家時, 我閃避到父親的書房裡。那裡是我唯一覺得安全的地方。遊行持續到了晚上。書房的窗戶因為夏天的高熱而打開著, 因此, 我可以聽到抗議者經過, 邀請民眾加入他們。他們大聲喧嚷著「自由、平等、博愛!」其他有些人則是喧嚷著充滿恨意的口號。我真希望我沒聽到。

　　爸爸和他的同事已經預料到這些遊行隨時都會發生, 因為許多工人都被法國失敗的經濟所影響。人民混亂和革命的原因, 包括麵包的短缺、物價的增加以及薪水的減少。有些領袖甚至揚言, 如果政府不做些什麼來減輕勞工痛苦的話, 就要採取暴力行動。但是, 沒有人提出實際的解決方法。

　　然而, 我什麼都不能做。因此, 我繼續計算多項式。要解答出線性多項方程式 $ax+b=0$ 是非常簡單的, 因為 $x=-b/a$。舉例來說, $2x+3=0$ 的解答為 $x=-3/2$。這些都蠻普通的, 我比較想要解答更具有挑戰性的方程式。

首先，我需要學習代數的規則。但是，這些必須要等到明天，因為現在已經很晚了。如果母親看到我房間的蠟燭這個時候還亮著的話，她會非常憤怒的。

1789 年 7 月 8 日　週三

代數的符號表示法是誰發明的呢? 誰是第一個用字母來表達方程式中未知數的數學家呢? 古時候，方程式是用文字來陳述的，因為代數表示法要到許久之後，才會被發明出來。在一開始的時候，方程式是像以下這個例子來敘述的: 一個堆、它是完整的、它與它的七分之一會是 19。一個「堆」代表的就是未知數。用現代的表示法，我可以將這個句子寫成一個方程式，其中 x 為未知數: $x + \frac{1}{7}x = 19$。以這種方式呈現，那不管他說的是什麼語言，世界上的任何數學家都可以解讀它，他也會理解這個方程式所要求的，是要找出讓方程式成立的 x 的值。

丟番圖可能是第一個將這種問題變得更簡明的數學家，他引導後來的數學家發展我們現在所使用的代數表示法。我比較喜歡計算有符號的方程式，但是，從一個口述的說明開始，然後將它重寫成符號或是代數的形式，也是一種很好的練習。

之前某一天，只是為了好玩，我問安潔莉:「妳知道爸爸的年齡什麼時候會是我的兩倍大嗎?」我的妹妹當然不會知道，但是，我告訴她我用代數可以回答這個問題。我可以寫出一個包括已知數，和未知數（我稱呼它為變數 x）的一個方程式。首先，將爸爸 63 歲與我 13 歲的事實寫出來，然後，在 x 年後爸爸就會是 $(63 + x)$ 歲，而我會是 $(13 + x)$ 歲。

　　我因此導出一個數學式，來幫我解答爸爸的年齡什麼時候會是我的年齡兩倍大：

$$(63 + x) = 2(13 + x)$$

然後，我算出 x 會得到

$$x = 63 - 2(13) = 37$$

這表示在 37 年後，爸爸會是我年紀的兩倍大。我那時會是 50 歲 $(13 + 37)$，而他會是 100 歲 $(63 + 37)$。「而妳，我親愛的妹妹，將會是 47 歲!」

　　好吧。這些是普通的問題和非常簡單的解答。現在，假設我必須要解答這個等式：$2x^2 + 4 = 20$。在這個例子中，變數 x 為平方，所以，我必須要用平方根來解答它。首先，我將每一項除以 2，得到 $x^2 + 2 = 10$，然後，在計算之後會得到 $x^2 = 8$。因此，在取平方根之後，我得到 $x = 2.82 \cdots$。

　　但是等等，我不是應該得到兩個答案嗎? 因為一個數 x 乘以自己會得到 x 的平方（或是 x^2），那 x 可能是正的或負的。舉例來說，$x = 2$ 表示 $x^2 = 4$，然而 $x = -2$ 也會得到 $x^2 = 4$。因此，不管 x 是正值還是負值，都會得到同樣的平方。這表示一個二次多項式會有兩個解。我應該假設一個等式的次數會決定它的根數嗎?

1789 年 7 月 14 日　週二

　　今天真是可怕啊! 一大群暴民猛烈襲擊了巴士底監獄，造成了數百人的死亡。爸爸說這是目前為止，最野蠻和不幸的示威遊行!

　　事情是今天早上開始的。我們三姊妹在母親的書房學習日課時，聽到遠方傳來的槍響聲，而媽媽一開始也沒有特別關心。但是，不久

之後我們聽到動亂越來越接近，街上的吵鬧聲也讓人非常緊張不安，無法忽視。我們跑到窗邊，看到數百個武裝的人們跑著、喧嚷著，以及揮舞著他們的拳頭。這群人向東前往監獄，刺耳的喧嚷著「前進巴士底! 前進巴士底!」

1789 年 7 月 14 日圍攻巴士底監獄

　　在暴民從我們的視線消失之後，我們就繼續學習。我沒有想像到之後所發生的屠殺。但是，當爸爸晚上從凡爾賽回來的時候，他跟我們說了。當震怒的勞工到達監獄時，發生了一場可怕的打鬥。這應該只是個反對增稅的示威遊行而已，但是，這些挑釁的勞工卻將暴力的集會，變成駭人的屠殺。監獄的衛兵無法控制民眾，許多人因此被殺害。巴士底的總督洛耐侯爵 (The Marquis de Launay) 的頭在巴黎市政廳的臺階上被割下，然後遊街示眾。我在聽到如此恐怖的事情之後非常震驚。

爸爸並不贊成暴力，但是，他理解勞工們為何要走上巴黎的街頭要求社會權利。父親視自己為一個不偏激的革命家，對於國家的忠貞要大於對國王的忠誠，因為他支持社會平等的想法。我的母親對於路易國王的忠誠卻是無可動搖的，她不懂為何這些事情都要怪罪在他的頭上。她當然很同情窮苦人家所面臨的困境，但是，她不相信鬥爭是解決法國社會問題的方法。我也這麼認為。

1789 年 7 月 18 日　週六

法國的新時代開始了。由國民制憲議會 (The Constituent National Assembly) 統治，它的會員也開始起草一個新的憲法。國王從凡爾賽帶來了一些扈從，但是，皇后並沒有一起前來。路易十六國王到達巴黎市政廳，在一大群平民的包圍之下，接受巴黎新市長尚・希爾萬・白禮 (Jean Sylvain Bailly) 的接待。

母親想要去看國王，但是，父親認為現在接近市政廳是很不明智的。他害怕由於許多人對陛下不滿，可能會爆發另一個暴力的示威遊行。不過，這次會面進行得非常和平順利。爸爸敘述說，國王甚至在某段時間，將藍紅緞帶置於帽子上，來表示對國民的支持。

1789 年 7 月 20 日　週一

我研讀著一本由一位叫做萊昂哈德・歐拉 (Leonhard Euler) 的數學家所寫的《代數學》。這本書直接以討論數的本質作為開頭，並且解釋符號 +（加號）和 −（減號）。接著是整數的本質，以及它們的因數。作者敘述說，代數只會考慮代表量的數，而不管是什麼不同種類的量。

米麗今天晚上來我房間時，看起來似乎對我紙上的數字感到好奇。我很高興可以跟其他人討論我對代數的研究。為了讓它變得更簡單，我跟米麗說，當我使用數學式來敘述一個關係的時候，我會使用字母

來代表變動的量，因為它不是一個固定的量，而這些字母和符號被稱為變數。舉例來說，它可以用來描述麵包的供應和價錢之間的關係。

　　我跟米麗解釋說，古代的數學家不會書寫她在我筆記中看到的方程式，我使用的記號要到數百年之後才會被發明。要給不會讀寫的人解釋代數，有點困難，所以，我用其他更簡單的例子，讓她可以理解。

　　舉例來說，如果她問我多大，我就可以回答：「我的年紀加 16，會等於我年紀的三倍減掉 10。」使用代數，她就可以將我說的話寫成代數方程式，然後算出我的年紀。假設我的年紀為未知數 x 的話：

$$x + 16 = 3 \cdot x - 10$$

左邊的式子代表的是「我的年紀加 16」，寫成 $(x + 16)$。這會等於右邊式子「我年紀的三倍減掉 10」，寫成 $(3x - 10)$。這個方程式有變數 x，也就是其中的未知數。因此，這方程式的解答就是會使方程式成立的數。要解這個方程式，我先將包含 x 的項移到一邊，然後其他所有的項放到另外一邊：

$$x - 3 \cdot x = -10 - 16$$
$$2 \cdot x = 26。$$

答案是：$x = 26 \div 2$，或者是 $x = 13$（這的確是我的年紀）。這表示將每個 x 替換成 13，會讓原本的方程式成立，因為

$$x + 16 = 3 \cdot x - 10$$
$$13 + 16 = 3 \cdot 13 - 10$$
$$29 = 39 - 10$$
$$29 = 29。$$

看! 這就驗證解答了!

我可以編造出與某個未知數量有關的任何代數方程式，它們既有趣又簡單。米麗雖然覺得很有趣，但卻不想看更多的例子，她在睡覺前還有工作要做。於是，又只剩我單獨一個人求解更多的方程式了。當然，我並沒有告訴她數學敘述不只是實物的變貌而已。舉例來說，像是 $x^2 + 1 = 0$ 這類的代數方程式並不需要有任何特定的意義。這也是為什麼學習代數需要抽象思考。

1789 年 7 月 22 日　週三

我一直在研究亞歷山卓的古代數學家丟番圖。看起來，似乎沒有人知道他到底是何時出生和何時死亡的。百科全書只是單純的敘述丟番圖大約活到西元 250 年。我查詢《希臘詩文選》，在其中的數學問題裡，發現一個關於丟番圖生平的謎題：

上帝給予的童年占六分之一，又過十二分之一，兩頰長鬍，再過七分之一，點燃起結婚的蠟燭。五年之後天賜貴子，可憐遲到的寧馨兒，享年僅及其父之半，冰冷的命運便帶走了他。在用數字的科學來撫慰悲傷的四年後，他也走完了人生的旅途。

我從這段文字中得到的訊息是，丟番圖之子是在他生命的 $1/6 + 1/12 + 1/7$ 再加上 5 年時出生的。這個兒子比丟番圖早 4 年死去，而且只活了他的一半久。要用數學解答這個問題，我將所有東西寫成和丟番圖年紀——也就是他的歲數——有關的項。由於這是個未知數，所以我稱呼它為 x。現在根據謎題，他兒子是在等於 $(1/6 + 1/12 + 1/7)$ 乘以 x 加 5 年的時候誕生的。這可以寫成如下式子：

$$(\frac{1}{6} + \frac{1}{12} + \frac{1}{7})x + 5。$$

我也知道這個兒子會早丟番圖 4 年死去，所以，我使用了 $(x-4)$ 這個關係。然後，我將出生年從死亡年中減去，計算出兒子的壽命，也就是他父親的一半：

$$(x-4) - [(\frac{1}{6} + \frac{1}{12} + \frac{1}{7})x + 5] = \frac{x}{2}$$

這方程式可以簡化成 $\frac{9}{84}x = 9$。

計算丟番圖的年紀 x，我得到 $x = 84$。

從這裡我可以推算丟番圖在 33 歲時結婚，於 37 歲時兒子出生，然後，在 84 歲時死去。看!

1789 年 7 月 24 日　週五

薛瓦利先生要移居到瑞典去了! 他今天並沒有來幫我上鋼琴課，只是派遣僕從通知我的父母，說他無法繼續教導我，因為他要離開法國了。爸爸並不驚訝。第一階級的成員們對於路易國王拿走他們的特權感到憤怒，其他人則是懼怕革命運動，為了避免遭到迫害，許多貴族紛紛開始移民。

由於我的課程被取消了，所以，媽媽允許我到街上的書店買本書。我很喜歡去那裡，舊書的氣味，讓我想起小時候和爸爸待在他書房裡的時光。他會拿他兒時的書本給我看，並且從那些書中教我算術。

我對於單獨一人前往書店感到有點緊張，因為我有點害怕書店的主人巴拉尚先生。他是一個枯瘦且擁有淡藍色眼睛的老人，額頭上深鎖的眉頭讓他看起來永遠都像在生氣一樣。但是，我還是鼓起勇氣請他給我一本關於數學的書籍。巴拉尚先生用奇怪的眼神看著我，好像不懂我剛才說什麼一樣，然後低聲說：「也許小姐想要買本不錯的愛情小說。」我委婉的謝謝他，然後重複說我要一本關於數學的書。在遲疑

了一會之後，巴拉尚先生屈尊的笑了笑，但還是快速地跑到書店後面。他回來時將一本佈滿灰塵的書拿給了我。

我熱切的翻過已經黃掉的頁面。這本書年代久遠看似脆弱，但是，頁數好像一頁都沒少。這本書有幾張插圖和許多方程式，看起來似乎蠻有趣的，而且只要二十三蘇。巴拉尚先生一直好奇的看著我，所以，我快速地付了錢然後離開店裡，好逃脫他窺探的眼睛。

這本書是個寶藏。它是丟番圖數百年前所寫的《數論》的譯本❼。來自希臘城市亞歷山卓的丟番圖可能是第一個發展代數的人。自從我讀了海芭夏的故事之後，我對他就感到很好奇。海芭夏寫了不少關於《數論》的研究，並且將它教導給她的學生。這也是為什麼我必須研究它。

我們明天一早要出門去度暑假了。我母親迫切的想要離開這個骯髒的城市空氣，希望郊外可以讓我們恢復精神。我們要前往位於巴黎西邊，路程遙遠的利雪 (Lisieux) 房子。我們通常會在 6 月底啟程，不過，這次因為父親的生意和制憲議會的工作，使得我們的行程拖延了。我很嚮往郊外的假期，旅程雖然漫長且疲憊，但是，位於利雪舒服的家，讓我們可以免於巴黎的酷暑。

1789 年 7 月 26 日　週日
法國，利雪

在疲憊的旅程之後，我們到達了利雪。我們昨天早上離開巴黎，而這個漫長的旅程花了我們一天半的時間。在搖晃不定的馬車裡，有時候我覺得很熱和擁擠，但是我埋首在書本中，並試圖忽視我妹妹連續不斷的說話。

我們停在一個小村莊吃午餐並且換馬。在微微休息之後，我們繼

❼譯注：此處原文不夠精確，丟番圖是西元二世紀的數學家。

續旅程，又坐了六個小時，我們在日落時到達魯昂 (Rouen)。我們過夜的旅館是個老舊的城堡，既黑暗又醜陋。在吃晚飯前，我和安潔莉參觀了附近古老的教堂，並且探索它已腐朽的墳場。在閱讀墳墓上的碑文，企圖想像埋於此處人們的生活時，我們被一個古怪的老人嚇到了。這個老人沒有牙齒，臉頰上有條長長的疤痕，看起來就像是從恐怖故事裡面出來的人一樣。他面帶笑容一拐一拐的朝我們走來，好像很高興看到我們一樣。

在一陣胡扯之後，這老人指著一個相當新的墳墓。他說，旅館主人侯爵的女兒長眠於此。並說那個年輕女孩是驚嚇而死的，因為她在某天晚上遇到城堡的鬼魂。這個故事大概是他編造的，因為他一直用惡作劇的表情笑著。但是，安潔莉非常的害怕，使她必須要去和媽媽一起睡。早上，在吃了一頓不怎麼讓人有胃口的早餐之後，我們又繼續旅程。

利雪是個在法國西北拔蘭地 (*Pays d'Auge*) 地區的古雅小鎮。我們的房子在村莊外面，躲在和緩的山丘、峽谷和森林之中。古老的莊園、城堡和農莊點綴著美麗的風景。這個地區非常迷人，蘋果汁和起士的香味互相混合。在我們接近拔蘭地時，從巴黎一路上看到一成不變的景象，終於慢慢變成了茅草屋頂、曲折的溪流、迷人的教堂，以及安寧的小村莊，就和我們在舊油畫中所看到的一樣，充滿了漂亮的色彩。

我們抵達時，剛好趕上了一頓豐盛又美味的晚餐。整理房子的女士瑪格麗特和她的女兒們已經準備好冷肉、沙拉和清涼的檸檬水。我們花了整個下午重新認識村莊，也參與了晚間的彌撒。

在日落不久之後，數以千計的閃亮星星，開始穿越著從橘金色變為黑色的天空。這是我所珍愛的景色。

現在已經很晚，而媽媽和我的姊妹們也已經睡了。我坐在安靜的房子裡，聽著鄉間的聲音，看著蠟燭的火焰隨著微風晃動。鋪著羽毛

床墊的床鋪正等著我，準備恢復我的體力。瑪格麗特將小袋鮮花放到我的枕頭裡，聲稱可以帶來快樂的夢。是啊，我必須休息，然後夢見我將要在書中得到的新發現。

1789 年 8 月 4 日　週二
法國，利雪

　　我正在研究丟番圖的《數論》。它處理的是代數方程式的解和整數論。《數論》是本具有不定和確定方程式（具有單一解）數值解的問題集。雖然一部分可能在海芭夏的時代之前就已經遺失了，但是，殘存下來的部分包含了許多關於線性和二次方程式的問題，不過，這些問題只有正有理數答案。

　　丟番圖研究了三種二次方程式：$ax^2 + bx = c$, $ax^2 = bx + c$ 和 $ax^2 + c = bx$。我從閱讀中知道丟番圖並不知曉 0 這個數字，因此，他認為係數 a、b、c 在這些方程式之中都是正數。

　　我理解丟番圖為何沒有包含負數。如果一個人用數字來計算像是蘋果或房子等實物，那麼，「-3 個蘋果」或是「-7 棟房子」是沒有意義的。然而，如果一個人將數字理解成概念、理解成數學物體，那他就可以接受數字擁有負值了。舉例來說，如果我假設數字是一條無限長的線上面的點，那我就一定得包含負數。將 0 設為線的中央點，我就可以看到線右邊的數（正數）以及左邊的數（負數）。要不然這條線就會停在 0 這個點，而這是毫無意義的，除非 0 位於無限處！

　　但是，如果簡單的線性方程式 $ax + b = 0$ 的解，在古代就知道是 $x = -b/a$，那麼，丟番圖為什麼沒有包含負數呢？解釋這個方程式最簡單的方法，就是將 a 設為 1，這樣 $x + b = 0$，變數 x 的值就是 b 的負數值（$x = -b$）。舉例來說，在等式 $x + 5 = 0$ 中，x 必須要等於 -5 才能讓等號右邊為零。就是這樣，這是無誤的敘述：我們需要負數來解這個方程式。

1789 年 8 月 14 日　週五
法國，利雪

　　解特定的多項式是很簡單的，我知道多項式是包含了乘以常數 a 和 b、取正整數次方的未知數 x 的各種項。這種方程式是按未知數 x 的最大次方來分類的。

　　像是 $ax + b = 0$ 這種的就是一次方程式，而 $ax^2 + bx + c = 0$ 這種的則是二次方程式，三次方程式會是 $ax^3 + bx^2 + cx + d = 0$，以此類推。任何一個常數都可以為零，而在那種情況之下項數就會減少。重要的是，要找出未知數最大的次方是多少。

　　這種多項式方程式的解一定是代數數 (algebraic number)。代數數是整數係數多項式的根。舉例來說，在 a 和 b 皆為已知數，具有 $ax - b = 0$ 這種形式的線性方程式的解會是 $x = b/a$。這個答案根據 a 和 b 的值可能是個分數、零或是整數。舉例來說，$x = 2/3$ 是代數數，因為它是 $3x - 2 = 0$ 的根。另一方面，$\sqrt{2}$ 也是個代數數，因為它是方程式 $x^2 - 2 = 0$ 的解。

　　我已經解出了許多一次方程式了。它們非常簡單，因為這些方程式只有一個取一次方的變數 x。舉例來說，$ax + b = 0$ 裡面的 x 和 x^1 是一樣的。換句話說，x 就是「取到一次方的 x」。

　　我也解出了 $ax^2 - b = 0$ 這種形式的方程式。這些解都會以 $x^2 = b/a$ 的形式呈現。同樣的，根據 a 和 b 的值，我可能會得到一個整數、分數或者是根數的答案。我解了在書中能找到的許多方程式，並且也編造了一些出來。

　　現在來看看具有直徑 d 和圓周 p 的圓吧。如果我將圓周除以直徑，那結果一定都是同一個數 π，不管這個圓多大多小都一樣。換句話說，$p/d = \pi$。我知道 π 不是有理數，那這是否表示 π 不是個代數數呢？

1789 年 8 月 27 日　週四

我們的暑假非常突然的結束了。在鄉間開始有暴亂活動之後，我們在昨天回到了巴黎。我的母親在村莊出現了不安的跡象威脅到我們周圍的和平時，變得非常緊張。革命運動擴散得非常迅速，在之前非常安寧的地方造成暴動和掠奪。在被一些人煽動之後，為富有地主賣命一輩子的農夫，開始不擇手段奪回土地，包括使用掠奪和暴力。我們看到一個家庭從他們的莊園中逃出，被掠奪城堡、燒毀土地權狀的暴怒農民嚇壞了。

巴黎也是一片混亂。大主教的房子昨天晚上被破壞了。我們聽到窗戶破裂的聲音，而暴民的叫喊聲，在半夜三點吵醒了我們。米麗隔天早上看到房子被嚴重破壞了。勞工們對於有錢的貴族修道院院長可以奢華過活，而他們則是困苦潦倒三餐不繼感到非常憤怒。人們訴諸暴力來表達他們的挫折。

爸爸將一份制憲議會剛發佈的《人權和公民權宣言》帶回家。這份宣言聲稱所有男性生而自由並且保持自由，並且權益平等。它也同時表示所有法國公民都能享有政治力量。然而，它只提到男性。女性為何沒有被包括在內呢？女性難道沒有同樣的權益嗎？我當時應該問爸爸的，但是沒機會，因為我姊姊麥德琳和她的未婚夫勒貝特先生剛好進門，所有人就開始恭喜他們訂婚。他們將會在今年完婚。

安多・奧古斯特今天和他父母一起來探望我們。在大人談話時，他將幾個必須要解的方程式功課拿給我看，像是 $3x^2 - 4x = 2$。這個和其他類似形式的方程式，被稱為二次方程式 $ax^2 + bx + c = 0$，其中 a 為一個非零的數，而 x 則是未知的變數。我說要解它們的其中一種方法，就是應用我所學到的公式解法：

$$x = \frac{-b \pm \sqrt{b^2 - 4ac}}{2a}。$$

因此，為了要教他如何使用這個公式解，我做的第一件事情，就是將第一個方程式改寫為二次方程式的形式

$$3x^2 - 4x - 2 = 0$$

其中 $a = 3$, $b = -4$, $c = -2$。然後我將這些數字替代到公式解中，得到答案：

$$x = \frac{-b \pm \sqrt{b^2 - 4ac}}{2a} = \frac{-(-4) \pm \sqrt{(-4)^2 - 4(3)(-2)}}{2(3)} = \frac{4 \pm \sqrt{40}}{6}$$

我應該說兩個答案，因為 x 有兩個不同的值，即 $x = \dfrac{4 + \sqrt{40}}{6}$ 和 $x = \dfrac{4 - \sqrt{40}}{6}$。任何一個 x 都可以解這個方程式。

這些二次方程式都非常簡單，我相信安多・奧古斯特即使沒有我的幫助，也可以求解它們，但是，我還是很高興他有問我。

1789 年 9 月 5 日　週六

數學真是引人入勝，它是要求規則的應用和邏輯思考的數目和方程式的科學。我每天以解更多問題來學習數學。然後，我發現有更多方法可以解它們。只用觀察，我就知道 $x^2 - 9 = 0$ 會有兩個根 $x = \pm 3$。當然，我必須證明它。其他方程式可以用因式分解來解答。舉例來說，$x^2 - x - 2 = 0$ 可以因式分解為：

$$x^2 - x - 2 = (x + 1)(x - 2) = 0$$

然後，我將各個二項式設為零，並且分別計算它們：

$$x + 1 = 0; \; x = -1$$
$$x - 2 = 0; \; x = 2。$$

當然，我可以用公式來解這個等式，但是，用因式分解來計算要更快速、更簡單。

除此之外，假設一個次階方程式可以寫成等於一個常數的完全平方時，那它就可以被簡單的求解。我所說的完全平方，指的是方程式可以被因式分解為 $(x+a)^2$。舉例來說，$(x+3)^2 = 5$ 可以用以下的方式來求解：

$$(x + 3)^2 = 5$$
$$x + 3 = \pm\sqrt{5}$$
$$x = -3 \pm \sqrt{5}$$

因此，根（或者解）就是 $-3 + \sqrt{5}$ 和 $-3 - \sqrt{5}$。

另外，$(x+3)^2 = 5$ 可以寫成二次方程式的形式 $x^2 + 6x + 4 = 0$。

現在，假設我必須要求解 $x^2 + 8x = 1$。我首先找出一個常數 k，使原方程式兩邊在加上 k^2 時，會成為一個完全平方式。我寫下：

$$x^2 + 8x + k^2 = (x + k)^2 = x^2 + 2kx + k^2$$

現在，我會得到 $8x = 2kx$，這樣 $k = 8/2$，且 $k^2 = 16$。

現在，我將 k^2 加入我原本的方程式 $x^2 + 8x + k^2 = 1 + k^2$，或

$$x^2 + 8x + 16 = 1 + 16$$

然後，我將它重寫為等於一個常數的完全平方，並且求解：

$$(x+4)^2 = 17$$

$$x + 4 = \pm\sqrt{17}$$

$$x = -4 \pm \sqrt{17}$$

因此，這方程式的兩個根或解，就是 $-4 + \sqrt{17}$ 和 $-4 - \sqrt{17}$。

　　安多・奧古斯特問我解答二次方程式時，哪個方法比較好，而我說這要看方程式而定。所有的方法都是正確的，但是，一個數學家可以根據喜好、最簡單的方法或是最快的方法來決定要使用哪個。

　　他也提到三次多項式，認為我已經熟悉它們了。我驕傲的說，如果我可以算出二次，那我也應該可以算出三次才對。當時，這只是個衝動的回答，因為我並不知道。所以，我必須要快點學會三次方程式，要不然安多・奧古斯特以後再也不會找我幫忙了。

1789 年 9 月 11 日　週五

　　三次方程式困難許多。從多項式 $a_n x^n + \cdots + a_3 x^3 + a_2 x^2 + a_1 x + a_0$ 開始，如果指數 $n = 3$，那這方程式就會變成 $ax^3 + bx^2 + cx + d = 0$，稱為「三次」。這些方程式在數百年前，就被幾何方法完全求解了。然而，使用純代數來解答三次方程式，對於數學家還是一大挑戰。事實上，這個問題困難到義大利數學家路卡・帕喬利 (Luca Pacioli) 在他的書《算術大全》中寫道「一般的三次方程式是無法求解的」。

　　解答是在十六世紀獲得的。在那之前，數學家只能解開特定例子的三次方程式。舉例來說，德・費羅 (del Ferro) 可以解缺項三次方程式 $ax^3 + cx + d = 0$。他將這資訊保密，因為在當時的義大利，新發現在數學比賽中，可以用來對付對手。在他去世前，費羅將解答交付給

他的學生安多尼歐・費奧 (Antonio Fior)。之後，尼可羅・方塔那 (Niccolò Fontana) 或是更廣為人知的塔塔利亞 (Tartaglia)，前來挑戰費奧。為了回應塔塔利亞的挑戰，費奧回敬了三十個缺項方程式的問題。在努力許久之後，塔塔利亞解決了這些問題。

知道一個數學家為了要獲得成為第一個解決困難問題的這份榮耀而奮鬥，是很激勵人心的。它讓我更決心要解這些方程式，並且成為最棒的。有趣的是，大部分人都只知道尼可羅・方塔那的綽號塔塔利亞，也就是義大利文的「結結巴巴的人」，因為他在說話上有點困難。我在其他地方讀到他結巴的原因，是因為在對決中受傷的緣故。

現在我可以回答 π 是否是個代數數這個問題了。我可以直截了當的說，答案是否定的。我的推理如下：從定義來看，不管如何度量，π 都是圓的周長與直徑的比。如果 π 是個代數數，那麼，它就會是某個有整數係數的多項式的解。它並不是。因此，如果 π 不是一個代數數，那它就會是一個超越的數，超越了代數數。我知道 π 不是一個整數或是完全分數，而且小數點部分也不會呈現一個重複的模式。

唉呀，我離題了。我必須要在安多・奧古斯特再次向我請教之前，學習如何求解三次方程式。

1789 年 9 月 18 日　週五

我還在和三次方程式抗爭！我一開始以為要求解三次方程式是很容易的。但是，我很快就發現它們更具有挑戰性。至少，計算它們的步驟相較於解二次方程式，可是複雜了不少。在大約 200 年前，一個叫做吉羅拉莫・卡丹諾 (Girolamo Cardano) 的義大利數學家，出版了三次方程式的求解方法。我真希望我知道那個方法，因為我試圖解答一個簡單的三次方程式，但是卻失敗了。這真是令人沮喪！

三次方程式的形式為 $x^3 + ax^2 + bx + c = 0$。兩天前，我試圖解答像是 $x^3 + mx = n$ 這種比較簡單的三次。它看起來似乎很簡單，但是，在嘗試了數小時之後，我還是找不到解答。我是漏掉了什麼呢？我如果不解開它，根本就睡不好。我用一種不同的方法試試看好了。

首先，我看到 $(a-b)^3 + 3ab(a-b) = a^3 - b^3$。然後，如果 a 和 b 滿足 $3ab = m$ 這個條件，然後 $a^3 - b^3 = n$，那 $a - b$ 就是 $x^3 + mx = n$ 的解。這樣 $b = m/3a$，所以，$a^3 - m^3/27a^3 = n$，我就可以寫成

$$a^6 - na^3 - m^3/27 = 0$$

這樣就像是有 a^3 的二次方程式了，

$$(a^3)^2 - n(a^3) - (m^3)/27 = 0$$

這樣，我就可以用二次方程式的解法來計算 a^3 了。

非常好。然後我就可以用立方根找出 a 為多少。我也可以用同樣的方法找出 b，或者是用 $b = m/3a$。這樣，這個三次方程式的解就是 $x = a - b$。

我這樣做是正確的嗎？我可以將 x 代入原本的三次方程式，查看是否成立。我也可以請安多・奧古斯特將我的分析拿給他的教師看，他可以告訴我這樣做是否正確。

1789 年 9 月 25 日　週五

秋天慢慢到來了。天氣很舒服，樹葉的顏色也開始改變。午餐過後，我和姊妹們前往杜樂麗花園散步。在路上，麥德琳的未婚夫勒貝特先生也加入了我們。他的陪伴讓這趟行程更有樂趣。街上充滿了貧苦人家、光著腳丫的孩子以及乞討錢的枯槁女性。我注意到他們其中

有些人會憤怒地對著有錢人的馬車揮舞拳頭。看到貧困的孩子會讓人心碎，我將我錢包裡僅剩的幾個銅板，給一個穿著破布的漂亮小女孩。可憐的孩子，一句話都沒說，只是渴望地拿了錢就跑。

當我們接近羅浮宮時，勒貝特先生告訴我說法國的學院有些校舍在此，其中包括皇家科學院。這裡是世界上最優秀的數學家做研究的地方。我對於能這麼近的走在偉大科學人的身邊，感到非常興奮。勒貝特先生還說，學術團體每星期都會舉辦公開演講，讓學者解釋他們的著作。如果我有一天能參加這些演講有多好？在我們經過古老大廈的巨大前門時，我看到表情嚴峻的紳士們來來去去，但是，我無法分辨他們是誰。

我知道有一天，我會遇見一個偉大的數學家，然後也許他會邀請我參加演講。

1789 年 10 月 1 日　　週四

要成為一個數學家就必須要證明定理。有很多種方法可以證明一個數學敘述。舉例來說，古代的希臘學者發展了一種他們稱為 *reductio ad absurdum*，也就是「歸謬法」的數學方法來證明定理。用這個程序，我們先假設想要證明的相反是正確的。然後，我們就可以證明這個假設會造成矛盾。或者是，如果想要證明的相反是假的，那要證明的敘述就一定是真的。

要學習它是如何運作的，我先用歸謬法來證明數目的無理性。我可以先假設一個數目是用一些整數的比來表示的，比如說是 p/q。如果我可以找到一個分數 p/q 等於這個數，那這個數就是有理的。然而，如果 p/q 不等於無理數，那我就可以推論沒有分數會等於這個數，因此它是個無理數。這看起來應該很簡單。我相信我可以證明 2 的平方根是個無理數。

現在我想試試一個數目的遊戲。我先從完全平方開始。從定義來看，一個完全平方是一個整數乘以自己所獲得的積。舉例來說，81 是 9×9，然後 25 是 5×5。因此，1、4、9、16、25 都是完全平方。希臘人證明一個不是完全平方的整數的任何平方根，都是不可公度量的 (incommensurable)。因此，3、5、6、7、8 的平方根也是不可公度量的。我同時發現前 n 個奇數的和會是一個完全平方，也就是說 $n^2 = 1 + 3 + 5 + 7 + \cdots + (2n - 1)$。我注意到每個完全平方的尾數一定都是 0、1、4、5、6 或 9。

唉呀。現在一定很晚了。客廳的大鐘很久之前就響了十一點的鐘聲。我必須睡了，否則明天早上就不能準時起床晨禱，到時媽媽會非常生氣的。

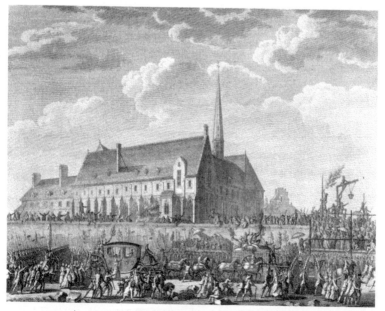

1789 年 10 月 6 日在凡爾賽遭到襲擊之後，皇室抵達巴黎

1789 年 10 月 7 日　週三

宮廷遷移到巴黎來了。這個舉動並不是國王自願的——他是被人民強迫的。整件事情是由兩天前凡爾賽皇宮被襲擊開始的。一群憤怒的勞動階級女性前往凡爾賽，要求路易十六國王接見她們。她們前去抱怨巴黎的貧困人家沒錢可以買麵包。

示威運動者想要和陛下談談，讓他知道她們需要幫助以解決經濟問題。帶著乾草叉，這些女人走了六個小時到凡爾賽。在抵達之後，這群憤怒的女人強襲了莊園、跑上了瑪麗・安東瓦尼特皇后的樓梯間，並闖進了國王的寢室。瑪麗・安東瓦尼特皇后必須要跑去和國王以及他們的孩子會合。看到了數百個帶著火槍和長矛的暴民，口喊著侮辱的言詞並且在皇宮裡亂竄，她當時應該非常害怕。

我們會知道這些，是因為爸爸有看到這場襲擊。他說他看到被逼到絕望的母親，因為她們無法提供她們的孩子食物。在強襲了皇宮之後，婦女派出代表團晉見國王，也向制憲議會致詞。這些抗議者抱怨富有的公民正在積聚穀物，並聲稱這就是為什麼貧困的人拿不到麵包的原因。

我母親將這場反叛怪罪在革命運動的領袖身上。她是一個溫柔又慷慨的女士。事實上，她在富潔莉女士創辦的母性慈善團體幫忙，幫助窮苦女性照顧她們的嬰孩。因此，當她聽到這些婦女前往凡爾賽要求麵包時，她很理解她們的困境。然而，她認為有人煽動這些女性暴動，我們並不知道這件事是如何開始的。

路易國王答應給所有人製造麵包，並且允許這些婦女陪同他、他的家庭，以及他的宮廷前往巴黎。這樣，國王就會在人民伸手可及的地方。婦女們向陛下保證，他在巴黎能找到可以跟他說明國民狀態的忠誠顧問，讓他可以依據治理。路易十六國王和他的家庭現在住在附近的杜樂麗宮，制憲議會也搬到杜樂麗附近的建築裡。我很高興，因為爸爸不用再前往凡爾賽了。他會回家，而我也可以告訴他我的研究。

1789 年 10 月 14 日　週三

為了要證明 2 的平方根的無理性，我用了歸謬法。首先我使用反證法，先假設 2 的平方根是有理數。這樣我就可以將它表示為兩個數 p 和 q 的比例，其中 p 和 q 則是滿足以下關係式最小的正整數

$$\sqrt{2} = \frac{p}{q}$$

當然 p 和 q 不能為偶數，因為如果是的話，我就可以將它們各除以 2，然後得到更小的 p 和 q。

從這點，將兩邊都平方之後我可以得到：

$$2 = \frac{p^2}{q^2}$$

然後在乘以 q^2 之後

$$2q^2 = p^2$$

從這裡我可以推斷 p^2 是偶數。

如果 p^2 是偶數，那 q 就必須是奇數，因為這兩者不能都是偶數。因為 p^2 是偶數，所以 p 也一定是偶數。如果 p 是偶數，那 p^2 就一定可以被 4 整除。因此，$p^2/2$ 是個偶數的整數。然而，因為 $2q^2 = p^2$，我應該寫成

$$\frac{p^2}{2} = q^2$$

因此，q^2 也一定是偶數，所以表示 q 是偶數。但是，我之前已經確認了 q 應為奇數。然後由於 q 不可能同時為偶數和奇數，因此，我推斷這樣的整數不存在，違反了我一開始設定 2 的平方根為有理數的條件。換句話說，$\sqrt{2}$ 一定是無理數。就這樣，我證明了！

1789 年 10 月 24 日　　週六

阿基米德是如何確認皇冠不是由純金製成的呢? 根據傳說, 阿基米德在觀察溢出浴缸的水會和自己浸泡在浴缸裡的身體重量成比例, 而發現了證明的方法。但是, 到底是如何辦到的呢? 我猜想阿基米德是用代數來解決這個問題。如果我必須自己做的話, 我會如此進行:

我先假設我知道皇冠的重量 m 以及溢出的水容量 V。如果, 如同國王所懷疑的一樣, 這皇冠是由金和銀所鑄成的, 那這皇冠的重量就會是兩種金屬的總和, 也就是 $m = m_1 + m_2$。這樣我有一個等式和兩個未知數。因此, 我也必須知道特定金和銀重量所會溢出的水容量。我可以說由皇冠溢出的總水容量會等於兩種金屬各溢出的水容量和。

我必須知道一個固體的特定容量會等於它的容量除以質量, 即 $v = V/m$, 所以對金而言, $V_1 = v_1 m_1$; 對銀來說, $V_2 = v_2 m_2$。則可以寫出構成皇冠金銀體積的另一個方程式 $V = V_1 + V_2 = v_1 m_1 + v_2 m_2$。這樣:

$$m = m_1 + m_2$$

且

$$V = v_1 m_1 + v_2 m_2$$

現在, 我有兩個等式和兩個未知數 m_1 和 m_2。最簡單的方法就是用第一個等式來計算 m_1, 然後將它替代到第二個等式裡:

我將第一個等式改寫為

$$m_1 = m - m_2$$

然後, 將它替代到第二式裡面

$$V = v_1 m_1 + v_2 m_2 = v_1 (m - m_2) + v_2 m_2$$

所以，

$$V = v_1 m - v_1 m_2 + v_2 m_2 = v_1 m + m_2 (v_2 - v_1)$$

因此，

$$m_2 = (V - v_1 m)/(v_2 - v_1)。$$

現在，因為 m、V、v_2、v_1 皆為已知數，我就已經知道銀的重量 m_2。將它代入 $m_1 = m - m_2$，我就可以得到金的重量。顯然的，如果皇冠是由純金製成的，那 m_2 的值就會是零。

阿基米德是用這個方法，證明皇冠是由金和銀製成的嗎？

1789 年 11 月 17 日　週二

我有一陣子沒動筆了，因為媽媽沒收了我的紙筆。她在發現我研究整晚之後非常生氣。我自己也無法相信，但是，當我在解答問題時時間過得真快，媽媽嚴厲的訓斥了我一頓。今天早上，爸爸和她談過並且說服了她，說我的研究在不熬夜太久的狀態之下是無害的。媽媽很勉強的將筆還給我。不過，我得答應她我會在十一點之前吹熄蠟燭上床睡覺。

我繼續研究數目。數目是數學的基礎。而數目的本質是建立在嚴謹的規則上面，因為不是所有的數目都一樣。對於一個商人來說，數字是用來進行像是加法和減法等基本算術計算的工具。大多數人仰賴像是整數 1、2、3 … 等的自然數，也就是我們用來數數、加上，以及減去物項的普通數字。當然，負數和零也可以算是正常數字，但是，大多數人對於負數不會想太多，因為他們並不會在每日的計算中用到它們。

而有理數則是整數的比，像是 1/2、5/2、13/27 之類的就是畢氏學派數學家相信會統治宇宙的數字。這些數字有特別的規則，比如說一個有理數 a/b 只有當 b 不為零時才會成立。換句話說，除以零是絕對不被允許的。有些有理數的數學定理，必須得遵從這個規定。

一個定理指稱：「任意一個有理數 c 和零的乘積為零、或者是 $0 \times c = 0$。」另一個定理則說：「只有在 $a = b \times c$ 的時候 $a/b = c$。」這個定理說如果有理數 a/b 等於另一個數 c，那 a/b 的分子必定會等於分母乘以 c。舉例來說，$12/3 = 4$ 只有在 $12 = 3 \times 4$ 的時候才會成立。現在如果我寫個數 $12/0$，那這就表示會有一個數字 c 等於 $12/0$，而由第二個定理我可以將它寫成 $12 = 0 \times c$。然而，第一個定理告訴我任意有理數 c 和零的乘積會等於零。那 12 怎麼可能會等於 0 呢？這太荒謬了。因此，我推論沒有任何有理數可以以零為分母。這就是古代數學家如何將數學建立在其上的嚴謹規則。

我執行過無數個計算，像是 $5/2 = 2.5$ 和 $3/4 = 0.75$ 之類的比，但是，我之後發現像是 5/3 和 7/3 之類單純的數字，會有無限個重複小數，因為 $5/3 = 1.666666 \cdots$，然後，我碰到其他類型的有理數，比如說 $2/7 = 0.285714285714 \cdots$，一個小數點後的整數會無限重複的數字。

我想計算如此多的位數，並不只是因為我的好奇心使然而已。我也想知道有理數和無理數之間的差別。有一個定理是這樣說的：「任何一個無理數都可以由一個無限小數來表示，小數點之後的數字有無限多個而且模式不會重複。」我使用這個事實來推論數字 2/7 不是無理數，因為它的小數有一個重複的模式。不過，2 的平方根和 π 則都是無理數，因為 $\sqrt{2} = 1.41421536 \cdots$，而 $\pi = 3.14159265 \cdots$，它們的小數部分看起來都是隨機分佈的。

　　當我做數學時，我就會完全忘記時間。我會將我自己轉送到另一個其他什麼事情都不重要的世界裡。我必須要小心，要不然我會整晚不睡，母親也不會再信任我了。我答應她要早點睡的。

1789 年 11 月 21 日　週六

　　已經變得好冷了。昨天，有個可憐的婦女凍死在教堂的臺階上。這件事情真是諷刺，因為大主教就住在離這個可憐女人受飢凍死幾公尺之外的豪華宮殿裡。他難道不能為她做點什麼嗎？人們不應該在神聖的地方以這種方式死去。這是讓人悲傷以及不人道的。

　　爸爸相信窮困人家的經濟和社會狀況會開始改善，因為制憲議會已經將所有的教會資產國有化了。這就是議會對於法國現在面對的經濟問題的解決方法。議員代表們並想增加新的稅收，所以，他們提議接收教會的土地。議會打算將這些土地賣掉，並且發行將會成為法國新貨幣的紙鈔。我認為將教會的財產拿來幫助貧困的人，是很公平的。

1789 年 11 月 28 日　週六

　　我有麻煩了！母親對我大發雷霆，將我的蠟燭拿走了。幾天前，她發現我在午夜時還在解題沒睡。媽媽對我違背了她的命令大為光火，然後為了處罰我，要我摸黑上床睡覺。現在我只能在白天的時候在書房閱讀了。這樣也可以，我就利用這些時間來學習更多的數學吧。

　　我現在寫字靠的是我在廚房找到的、一支快用完的蠟燭。如果媽媽能更諒解我就好了。這樣，我就不需要半夜溜出房間找蠟燭。如今冬天快來了，我的臥室晚上也變得非常冷。我的母親啊，妳難道就不能接受我學習數學的欲望嗎？把我房間的火爐或者是蠟燭拿走是無法澆熄它的。

1789 年 12 月 5 日　週六

　　巴黎今天晚上既寧靜又安穩。這種平靜的氛圍讓人寬心，就好像前幾個月的暴力事件都沒發生過一樣。冬天的冷風逼使人們待在家裡，讓政治煽動者的觀眾少了很多。12 月也是一年之中人們心情比較好的時候，家族也會將焦點更集中在聖誕節上面。不管這安寧的理由是什麼，我很高興我們在夏天所看到的鬥爭和暴力都不見了。巴黎又變成我所喜愛的漂亮城市了。就算是燈柱上面的亮光，看起來都柔和溫暖了不少。

　　我喜歡一年之中這個時間的巴黎，因為它就好像是被施予了魔法一般，由上千支蠟燭點亮，被歡樂包圍著。我希望夏天的暴力不要再發生了。

1789 年 12 月 9 日　週三

　　爸爸因為沒看到我出現在餐桌上而來看我了。是的，我因為母親又把我訓斥了一頓而感到沮喪。她因為我花了太多時間閱讀和做這些她所謂瘋狂數學的研究而譴責我。她的說詞傷害了我，讓我無心進食。我也不想碰到來探訪母親的沙波紐女士。她是一個很喜歡找理由批評我的糊塗老女人，尤其是當她看到我讀書或下棋的時候。她會評論我的外表，說我看起來一點都不像個女孩子，只因為我不喜歡在臉頰上塗點胭脂。

　　我好高興爸爸來看我。和他的對話如同以往讓我高興了不少。我將筆記拿給他看的時候，他大吃了一驚。我父親一直看著我寫下的方程式，無法相信那些分析都是我自己想出來的。他在看到 4 月交給我的謎題的答案時，非常驚訝和為我驕傲。我是前幾個星期在學習代數的時候，才將它解決的。這裡我將謎題，以及我的解答寫下來：

　　很久以前，在一個很遠的地方，一個賢明的女人生育了三個男孩，教養他們誠實、聰明。當她的先生去世時，他留給了她一頭乳牛，以及另外三十五頭要分配給他們的三個兒子。根據父親的遺願，最年長的兒子會獲得總數的一半，次大的會獲得三分之一，然後最小的會獲得九分之一。

　　兄弟們開始爭吵，因為他們並不知道要如何分配這些牛群。他們嘗試了各種不同的方法，但是他們越嘗試卻越生氣。每當一個兄弟做出提議分配牛群的方法時，其他兩個就會大喊這方法不公平。

　　任何提出的分配方法都無法被三兄弟所接受。當母親看到他們爭吵時，她向他們詢問了原因。最年長的兒子說：「三十五的一半是十七又二分之一，但是如果三十五的三分之一和九分之一並不是整數的數量，那我們三個到底要怎樣分配這三十五頭乳牛呢？」母親笑了笑，說這分配很簡單。她答應他們每個人都會得到應得的數量，而且保證一定公平。

　　這母親首先將她的那頭牛加到 35 裡面。兒子們大吃一驚，認為她將她唯一的一頭牛就這樣送人是很愚蠢的。但是他們的母親向他們保證不需要擔心，因為她將會是最大的受益者。

　　她是這樣說的：「我的兒子們，如同你們所見，現在牛群裡面總共有 36 頭乳牛。」她轉頭和長子說他會獲得 36 的一半，也就是 18 頭牛。「你現在不能爭論，因為原本你只會獲得 17 又二分之一頭牛。用我的方法你反而多得了，沒錯吧？」

　　接下來她對次子說：「而你呢，我的二兒子，會獲得 36 的三分之一，也就是 12 頭乳牛。你本來應該獲得 35 的三分之一，也就是 11 又多一點沒錯吧？你也不能爭論，因為你也多得了。」

最後，她對最小的兒子說：「根據你父親的遺願，你本來會獲得 35 的九分之一，也就是三頭又多一點。然而，我給你的則是 36 的九分之一，也就是四頭乳牛。你同樣也是多得的，所以對這個分配應該感到滿意。」

這睿智的母親最後說道：「使用這個對每個人都有益的分配法，長子獲得 18 頭乳牛、次子 12 頭，然後最年幼的兒子 4 頭。這樣加起來總共 34 頭 (18 + 12 + 4)。36 頭這樣還剩下 2 頭。有一頭你們都知道是屬於我的。另外一頭嘛，我想分給我也是很公平的，因為我將你們的遺產公平的分配給你們。」

爸爸在說這個的確是正確答案時，眼睛都亮起來了！他對於我的成就，感到非常欣慰和驕傲。然而，我還有很多要學習的。如果數學花了好幾個世紀發展，那我也只能想像我到底還有多少個概念不知道。

1789 年 12 月 15 日   週二

代數的基礎是在數百年前的古埃及和巴比倫時代所建立的[8]。當然，古代數學家所寫的方程式和我們現在的不一樣。舉例來說，歐幾里得發展了一個幾何方法，來尋找一個代表二次方程式的根 x 之長度。他那時候並沒有方程式或是係數的概念，歐幾里得純粹是用幾何量來計算。另外，巴比倫人發展了一種用來解答問題的演算進路，可以解釋為我們現在所知曉的二次方程式。他們的解答一定都是正整數，因為和歐幾里得的方法一樣，它們代表的都是長度和面積。這也是為什麼古代沒有負數。

「代數」(algebra) 這個字是從阿拉伯字「恢復」(al-jabru) 衍生而來的。歷史學家發現阿拉伯數學家認為方程式的解，是一種「平衡和

---

[8]譯注：原文有誤，時間約為三千多年前。

恢復的科學」。古代數學家在寫出代數式時只會偶爾使用簡寫，但是到中世紀時，數學家已經開始談論未知數 x 的任意高次方，他們也奠定了多項式的基本代數，當然他們也沒有使用現代符號。阿爾·花剌子模的《代數》在 1100 年左右，出現了拉丁譯本。一個世紀之後，義大利數學家比薩的李奧納多 (Leonardo of Pisano)，也就是斐波那契 (Fibonacci)，也設法找到了某些三次方程式的解。

十六世紀初期，義大利數學家德·費羅、尼可羅·塔塔利亞和卡丹諾就方程式裡出現的常數（亦即係數），來求解了一般的三次方程式。卡丹諾的學生路多維可·費拉利 (Ludovico Ferari) 很快就找到四次方程式的正確解，而在那之後，數學家就一直嘗試尋找五次方或是更高次方的方程式的公式解。

同樣在十六世紀，代數學由於引進了將未知數和代數乘冪符號化，而獲得了更進一步的發展。法國哲學和數學家笛卡兒在他的著作《幾何學》第三冊裡介紹了這些符號。笛卡兒的幾何專著也包含了方程式的定理，包括計算笛卡兒稱為「真實」（正）和「虛假」（負）的方程式之根數的符號法則。歐拉在他的著作《代數指南》裡，將代數定義為「如何使用已知數量來決定未知數量的科學」。

許多數學家在數個世紀的時間裡發展了代數。就像是給寶箱添加金幣一樣，每個人都對現有的知識做出了貢獻。現在，這個寶箱充滿了金幣，在太陽下看起來閃閃發亮。然而，這個知識的寶箱還沒滿。我很確信數學還有許多需要揭開的祕密，以及無限個需要求解的方程式。這也是為什麼我想成為數學家，因為我也想對這個知識的寶箱做出貢獻。

1789 年 12 月 25 日　週五

今天真是太美好了! 在晨禱之後, 每個人的心情都非常好, 摟摟抱抱, 祝其他人幸福快樂。我和姊妹們幫忙媽媽擺放聖誕節裝飾, 其中佈滿了代表牧羊人、農場動物和神聖家庭的小雕像。三賢者的雕像則會在 1 月的顯現節 (Epiphany) 之後加入。

今天早一點的時候, 我們吃了一個特別的聖誕午餐。我們先從新鮮蔬菜和我不喜歡、但還是吃掉的鯷魚醬開始。接下來, 是好吃的菠菜蛋捲、魚佐蕃茄醬和羊酪。然後, 我們吃了點十三聖誕甜點、水果和胡桃, 以及普羅旺斯酒。安潔莉如同往年一樣, 又問了為什麼會是十三個。因此, 媽媽又跟她解釋十三甜點代表的, 是耶穌和十二個門徒。

而媽媽也如同往年一樣, 在餐桌上放了三支蠟燭以代表三位一體。我知道這很荒謬, 但是, 莫瑞爾女士將桌巾的角落打了個結, 聲稱這樣惡魔就無法爬到桌上了。午餐過後, 莫瑞爾女士堅持將餐桌保持原樣, 直到聖誕彌撒之後, 讓「聖靈可以食用剩下的食物」。雖然我們不相信這些糊塗的迷信, 但是, 我父母並沒有異議。和其他無害的習俗一樣, 它們是村莊人們傳統節慶的一部分。

午餐過後, 我們去拜訪了親朋好友。至於晚餐, 莫瑞爾女士準備了羊肉、羊排、蘆筍湯、水煮蔬菜和乳酪。然後, 我們奔往聖母院中庭欣賞牧羊人劇。表演在教堂的午夜彌撒之前結束。典禮非常漂亮, 數百支蠟燭跳動的火焰, 給聖人的雕像披上了一層金色的光輝。焚香的味道非常濃重。音樂以及之後的合唱, 更是讓我感動而渾身顫抖個不停。

儀式在午夜過後結束。在離開教堂之後, 我們喝了點爸爸從橋邊老婦人那邊買來的暖酒。在我們準備回家時天氣很冷, 但是, 並沒有困擾到我。在回家的路上, 蒼月將它的微光灑在城市上。我抬頭發現黑夜之中佈滿閃閃發亮的星星, 看著它們讓我感到非常快樂。到家之後, 我們再度聚集在餐桌旁祝福彼此。

2 發現 Discovery

1790 年 1 月 2 日　週六

　　我坐在爸爸的書房裡，看著窗外的白雪鋪蓋在城市之上。傍晚的日光和夜晚的黑影混合在一起，街燈已經點亮，給暮色灑上一層金黃色的光輝。不管是富有的還是貧困的，人們都忙著自己的事情，清楚意識到彼此的社會地位。富有的人坐在他們花俏的馬車中，將自己緊緊的包在毛皮裡，而運氣比較差的人，則是在泥濘的街道上跋涉，只穿著破舊的衣物抵禦寒風。富有的和貧困的、年幼的和年老的，所有人類都有相同的欲望，但是，他們在社會上卻是不平等的。

　　我之前從來沒有想過，但是，我現在看到法國的公民並沒有享有一樣的權利。去年勞工和農民由於不滿不公的稅收結構，以及造成物價上漲的經濟危機而反叛起義。麵包變得稀少，貧困的人無法吃飽。在皇室和宮廷於凡爾賽的皇宮奢華的生活時，城市裡的農民和勞工正在經歷苦難。

　　爸爸和他的朋友們批評路易十六不是一個稱職的統治者。國王是個好人，有顆崇高的心，但卻缺少領導才能，也不會和自己的國民，尤其是較低階級的人們有所聯繫。爸爸的疑問是，一個只想滿足私慾的無能君主要如何才能治理一個國家呢？而許多人也不喜歡瑪麗‧安東瓦尼特，因為她早期身為皇后時既任性又不負責任。關於她的謠言到處都是，說當貧困的人們在皇宮外面挨餓時，她在自己的衣服上花費大量金錢，而有些人討厭她的原因，純粹是因為她是個奧地利人。

　　現在，我也理解為什麼人們強迫國王和宮廷移到巴黎來了，他們希望國王在幫助國民時可以更有效率，而他也的確在努力。路易十六想用免除某些稅額的方法，來解決經濟危機。貴族們怨不可遏。國王陛下面對來自貴族們的強烈反對。這也是為什麼他去年召開了三級會議。然而，對於貧苦人家而言，事情並沒有太大的改變。儘管搬到巴黎的杜樂麗宮，國王還是無法解決國家的社會對立以及經濟危機。

　　接下來會發生什麼事情呢？1790 年是否會更好？我像小時候一樣，閉上眼睛許了個願。希望新年可以為我們帶來和平。

1790 年 1 月 6 日　週三

　　冬天是我最喜歡的季節，也許是因為城市安靜了，好像生命靜止了一般。鋪在屋頂上的白雪讓建築物看起來好像被施過魔法一樣。在冬天，我花更多時間獨自一人研究。在最冷的幾天裡，我縮成一團待在父親書房的火爐前面。今天晚上，為了娛樂妹妹，於是我想出了以下這個故事：

　　　曾經有個國王，他擁有許多非常豪華的宮殿。他也有許多有一天會統治這廣大王國的女兒們。當他死去時，君王將皇宮分配給他所有的女兒。在他的遺囑中，這位父親聲明財產得照以下這方法分配：長女會獲得一座皇宮和剩餘皇宮的七分之一。次女會獲得兩座皇宮和剩餘的七分之一。三女會獲得三座皇宮和剩餘的七分之一。以下類推，直到所有女兒都獲得應有的財產為止。

　　　公主們並不高興，認為有些姊妹們得到的比其他人少，所以哭著去找她們的母親。聰明睿智的母后跟她們說，她們的抱怨都是沒有理由的，因為她們父親留給每個人的數量都是相同的。

　　　你能說出國王有幾個公主，以及每個公主繼承了幾座皇宮嗎？

安潔莉猜的答案是錯誤的。以下是解答方法:

這問題可以用代數解答,利用一個定義兩個未知數的簡單方程式來計算。首先設皇宮數為 x,然後公主的數量為 $(n-1)$,於是就可以獲得這個方程式 $x = (n-1)^2$。

這樣,我就可推算出最年長的公主可以獲得 1 座皇宮和剩餘的 $1/n$,二公主會獲得 2 座皇宮和剩餘的 $1/n$,以此類推。這樣我就可以算出 $n = 7$,然後 $x = 36$。

最年長的公主會獲得 1 座皇宮和 35 的七分之一,也就是 5。這表示她會得到 6 座皇宮,她的妹妹們還有 30 座可以分。

在剩下來的 30 座皇宮裡面,二公主會得到 2 座加上 28 的七分之一,也就是 4 座。她也會獲得 6 座皇宮,剩下的姊妹們還有 24 座可以分。

繼續這樣的分析,我就可以計算直到沒有皇宮為止。因此這個謎題的正確答案是:國王有 6 個女兒,並且平均分配了 36 座皇宮給她們。

1790 年 1 月 11 日　週一

現在這個時刻真是嚴寒刺骨。我的手指已經完全沒有感覺了,而我的胸膛則是被我房間裡這壓倒性的寒冷,壓得喘不過氣來。我周圍一片安靜,連冬夜裡的馬車鋼輪聲音都聽不到。我筆裡的墨水也開始變濃,我必須停止書寫,鑽進溫暖的棉被裡讀書了。

1790 年 1 月 12 日　週二

有一個特別的等式目前無人解得開。第一眼看到時,這個等式看起來非常簡單: $x^n + y^n = z^n$。然而,就算是世界上最頂尖的數學家都不知道要如何解開它。這是個以亞歷山卓的丟番圖命名的丟番圖方程

式，而目前並沒有解開這種等式的一般方法。這個等式更迷人的地方是，它是一個數學家，在他死前於一本書的頁邊，所留下的一條神祕訊息。他的名字是皮埃爾・德・費馬，一個一百三十五年前的法國數學家。

費馬聲稱當 $n > 2$ 時，這等式的 x、y、z 沒有非零的整數解[9]。在他死後，他兒子找到他所研究的，丟番圖於數百年前所寫的《數論》[10]，也就是我正在研究的書。他兒子在這本書某一頁的邊緣上發現了費馬寫下的：「將一個立方數分成兩個立方數之和，或一個四次冪分成兩個四次冪之和，或者一般地將一個高於二次的冪分成兩個同次冪之和，這是不可能的。關於此，我確信已發現了一種美妙的證法，可惜這裡空白的地方太小，寫不下。」

費馬的意思是，對於以下這些方程式來說，是沒有整數解的：$x^3 + y^3 = z^3$, $x^4 + y^4 = z^4$, $x^5 + y^5 = z^5$ 等等。這些就是一般式 $x^n + y^n = z^n$ 的等式。我已經解答了 $x^2 + y^2 = z^2$ 許多次了。利用畢氏定理來解答一個兩邊 x 和 y 等於 3 和 4 的三角形，即可以得到一個完全平方的和：$3^2 + 4^2 = 5^2$。嗯，這等式挺簡單的。

但是，費馬聲稱當指數 n 大於 2 時，等式 $x^n + y^n = z^n$ 沒有解！這個聲明非常難以證明，因為方程式的數量是無限的，而且 x、y 和 z 的可能數值也是無限的。一個名為萊昂哈德・歐拉的偉大數學家只算出了在 $n = 3$ 時這個定理成立。一個完整的證明需要包含所有數值的 n，到無限大。

如果有一天我能證明費馬先生的聲稱，該有多美妙呢？

---

[9]譯注：除了零解之外，有一些無聊的 (trivial) 解也排除在外。
[10]譯注：原文有誤，時間約為二千多年前。

1790 年 1 月 21 日　週四

母親非常高興，因為她今天在杜樂麗宮晉見了瑪麗・安東瓦尼特皇后。當然，不是她自己一人。媽媽、富潔莉女士，以及其他在母性慈善團體委員會中的女士晉見了皇后。她們向皇后要求經濟支援，來幫助可憐的未婚媽媽和孤兒們。

母親臉上洋溢著驕傲。她說，皇后陛下是個非常富有憐憫心和和藹的女士，並且同意支持慈善團體。媽媽認為，某些人們將法國的經濟問題怪罪在皇后身上的唯一理由，只是因為瑪麗・安東瓦尼特皇后喜歡購買花俏的衣服，以及花錢舉辦無聊的活動。媽媽非常喜歡她，而且也不相信所有關於皇后不好的謠言。

身為奧地利女王瑪麗亞・特蕾沙的女兒，皇后陛下長大時就相信自己的天命，是要成為一個皇后，而她也的確達成了。她在十四歲的時候嫁給了法國的王室繼承人。那是在 1770 年的時候，我出生之前的事情。四年之後，在她的丈夫加冕為國王路易・奧古斯特十六世時，她成為了法國的皇后。

媽媽認為皇后無節制的故事，被過度的誇大了。連爸爸也承認，比起忽略法國不斷增加的經濟危機，瑪麗・安東瓦尼特皇后減少了皇室的傭人，消除了許多基於特權而生、不必要的職務。皇后也就是因為如此而得罪了貴族們，在不忠的國民所散佈的毀謗虛偽的謠言上，追加了他們的譴責。媽媽堅決認為貴族才是抵制政府大臣所提出的經濟改革的罪魁禍首，國王是贊同社會改變的。

現在許多政治領袖正在煽動國民反抗君主體制，他們是不會感謝皇后陛下的善良舉動的。不過，媽媽會一直記得美好的瑪麗・安東瓦尼特皇后，她整個晚上都在跟我們說皇后是多美麗溫柔、行為舉止有多麼高貴，以及她在杜樂麗皇宮接待女士們時，有多優雅。

1790 年 1 月 27 日　週三

在每個人都睡了之後的夜晚，是最適合我研究的時間。但是，我也會在父母親前往參與梅拉女士和傑弗瑞先生所舉辦的一週兩次沙龍的時間裡，在爸爸的書房看書。沙龍是個讓人們見面和談論哲學、政治、文學以及其他許多目前讓人感興趣話題的私人聚會。在這些夜晚裡，我父母會在那邊吃晚餐，而且，也要很晚才會回來。因此，我可以在莫瑞爾女士讓火爐一直燒，既溫暖又舒適的書房裡看書，直到爸爸上床睡覺為止。

今天晚上非常寒冷，所以，我的父母決定在書房玩牌不出門了，打壞了我想在那裡看書的計畫。剛剛米麗送來了一杯熱可可給我，並且悄悄跟我說所有人都去睡了。這表示我可以在不被干擾的情況之下，偷偷進行一些我的計算。

我如果沒有米麗要如何是好呢？尤其是現在，在母親指示莫瑞爾女士於十一點之後要停止給我的暖爐添柴，並且定量供應我蠟燭的這個時候。如果母親發現米麗在半夜偷偷溜出來，好拿一杯熱可可或者是蠟燭給我，那我們兩個就有麻煩了。幫助我刺繡是一回事，但是，直接違反我母親的指示，又是另一回事了。我必須自己尋找蠟燭，因為讓米麗因幫助我而受到懲罰是不公平的。

我很高興我有這個膝上桌，讓我可以包在團團的毛毯之中，寫下我的筆記。那杯熱可可讓我的雙手溫暖，使我可以寫出還看得懂的字。

1790 年 2 月 7 日　週日

我找到一本稀有但卻無法閱讀的書，因為它是用拉丁文寫的。爸爸跟我解釋說拉丁文是所有學者的共同語言。他們用古老的語言書寫，好讓世界中其他的人可以理解他們的著作。爸爸又說，「而妳呢，我的小眼睛，如果想從這本書中學習就必須學習拉丁文。」爸爸知道我喜歡挑戰，而如果他認為我做得到，那我就要靠我自己學會數學家的語言。

儘管我無法理解這些字，我仍一直翻閱這本書，直到有個等式吸引了我的注意力。這等式看似簡單，但是又優雅純粹：$x^3 + 1 = 0$。所以，我將它抄寫到我的筆記本裡，認為它應該是個很簡單就可以解開的方程式。然後，我發現 x 會有三個值可以讓等號的左邊等於 0。很明顯的，$x = -1$ 會是一個答案，因為 $(-1)^3 + 1 = -1 + 1 = 0$，但是，其他兩個答案會是什麼？ x 不能等於 1，因為這樣等式就會變成 $(1)^3 + 1 = 2$。而它也不能是任何大於 1 的數，所以，x 的其他兩個數值到底會是什麼呢？我真希望我可以閱讀拉丁文，因為解答可能是用文字解釋的也說不定。

唉呀，我的蠟燭又快燒完了。現在房間裡冷死了，我的暖爐裡面的餘火也冷掉了。我的雙手感覺就像冰塊一樣，讓我無法繼續拿筆。我還是去睡覺，明天再來思考如何解答這個問題吧。

1790 年 2 月 14 日　*週日*

法蘭西斯・培根爵士曾說過這句話：*"Ipsa scientia potestas est"*，也就是「知識本身就是力量」。培根是個英國的哲學家，他主張對人類重要的唯一知識，就是人類經驗地深植在大自然之中。培根相信一個清楚的科學探索系統，可以幫助人們支配世界。

的確，知識就是力量。我必須學習學者們用來書寫他們的發現的語言。當然，要靠我自己學習拉丁文是不容易的。我幾乎每個字都要查字典，只為了理解我所閱讀的一小部分。我猜得出一些字的意義，但是，要理解整個句子還是非常困難。翻譯好花時間哪！

我突然想起我可以向修道院的修女們學習，因為她們的拉丁文非常好。所以，我在不洩漏拉丁文可以幫助我學習數學的情況之下，問了媽媽我是否可以向她們學習拉丁文。我的預期是母親應該會贊成，因為這個知識可以算是我的宗教教育之一。的確，媽媽答應和聖若瑟

修女會 (The Sisters of St. Joseph) 的艾比院長談談。我非常高興，等不及輔導開始的那天。但是，在晚餐的時候，爸爸叫我等到事情平靜下來再說。他說議會剛剛投票通過廢止宗教團和修道院誓約。從今天開始，政府會讓修女們選擇，是要離開修道院並且接受政府的撫恤金，或者是留在國家指定的修道院裡。由於現在還不知道聖若瑟的修女們會怎麼做，所以，我的拉丁文課程也只好等等了。

好吧。在知道結果之前，我就繼續自己學習拉丁文吧。如果事情變得困難，我就會對自己說 *Nil desperandum*，也就是「不要絕望」，然後繼續努力。

1790 年 2 月 20 日　週六

我正在研究只能用虛數求解的方程式。虛數是實數和 −1 的平方根之乘積。虛數是 i 的數量，而它的定義是：i 平方等於 −1，或者是 $i = \sqrt{-1}$。這些數被稱為虛數，因為它們在一開始導入時，無法符合當時的數目定義。虛數是因為要解答許多數學家認為無解的某些二次方程式而出現的。

一開始，我無法想像負的平方根。然後，我想出了一個非常簡單的方法來看待虛數，並且推論數學中有許多問題，沒有它們是無法求解的。舉例來說，如果我必須要解二次方程式 $x^2 + 1 = 0$，這就表示 $x^2 = -1$，因此，答案就是 $x = \sqrt{-1}$。很明顯的，若沒有虛數的話，我不會知道 $\sqrt{-1}$ 是什麼，也因此無法獲得這個解答。

利用虛數 i，並且設 a 和 b 為正或負的實數，我就可以創造出無限多個 $a + bi$ 形式的數，讓我可以找到使方程式成立的 x 的數值。$x^2 + 1 = 0$ 的兩個解分別為 i 和 $-i$，因為 $x^2 = -1$，或者是 $x = \pm\sqrt{-1} = \pm i$。這些解答真是非常虛幻。如同我剛剛敘述的，這些虛數單位是用符號 i 來代表的。雖然任何數都有兩個平方根，但是，負

數的平方根卻要在其中之一被定義為虛數時，才能分辨，因為這時候 $+i$ 和 $-i$ 就很明顯了。由於兩者都是有可能的，所以將 i 定義為「-1 的平方根」，並不會意義不明確。

古代的數學家認為負數是不可能開根號取得平方根的。那是因為他們並沒有想到平方之後會是負的數。一開始的數學家手邊只有實數可以運用，因此，不知道如何取得負數的平方根。

虛數是數百年前發明的。我說「發明」是因為所有的數目，都是我們心靈的創造。人們創造數目來幫助自己求解方程式，數目並不是實物！因此，數學家因為需要而發明了虛數，就像他們發明了其他數學的概念一樣。

我好想知道，在我知道 i 這個數字之後，我會認識到什麼新的數學呢。

1790 年 2 月 26 日　週五

我對我的妹妹安潔莉感到非常生氣。今天下午當我在書房時，她進入我的臥室，然後在我房間裡翻箱倒櫃。她打開了我膝上桌的抽屜，找到了我的筆記。可笑的安潔莉，在看到我書寫關於虛數的時候，跑去和母親說我已經要發瘋了。她開始戲弄我，在空中移動一支幻想的筆，說：「喔啦啦，蘇菲和虛數玩耍呢！」母親跑進房間裡，要求我扔掉筆記，說這就是為什麼她不贊成我研究數學的原因。我試圖解釋虛數並不是我的幻想，但是，媽媽完全聽不進去。她將我全部的筆記都拿走，準備要燒掉它們。

在這個時刻，爸爸出現了，並且問我們在騷動什麼。在我告訴他之後，他同情的笑了笑，並且向母親擔保我沒有神經錯亂，然後，說服母親將筆記還給我。媽媽很勉強的照做了。首先，她要我承諾我不會將所有時間，花在「這個不適合年輕女孩的可笑行為」。我母親是這

麼說的，還有一些我不想在這裡重複的話。她為什麼不能理解學習數學不是個可笑的行為呢？這對我來說是最重要的！

我的母親和妹妹真是小題大作，認為我對於虛數的學習是不正常的。我當然沒有發瘋，但是，解釋給她們聽是沒有用的。不過，我應該要有耐心，不應該因為她們不理解而對她們太苛刻。畢竟，這些數字從被完全理解到實用可是花了數個世紀的時間呢。

所有的開端都是從負數的發現開始的。在十七世紀之前，許多數學家並不知道或者是不接受負數。即使是如巴斯卡等偉大的數學家都抗拒了這個想法。巴斯卡是路易十四統治時的法國哲學家和數學家，和費馬是同事的關係。我讀到巴斯卡曾說過：「誰不知道從沒有之中拿走 4，結果還是沒有呢？」巴斯卡是知道負數的，因為一個世紀以前，義大利數學家尼可羅・方塔那・塔塔利亞和吉羅拉莫・卡丹諾在試圖解答三次方程式時，就發現了負數根的存在。這些負數根最後導致虛數的發明。

卡丹諾在求解像是 $x^3 = 15x + 4$ 的三次方程式時，得到了一個牽涉到 -121 的平方根式子。卡丹諾認為他無法取負數的平方根，不過，他知道 $x = 4$ 是這個方程式的一個解。但是，他不確定另外兩個解是什麼。他寫信詢問塔塔利亞的意見，但是，塔塔利亞無法幫助他。卡丹諾在他歸結下列問題之解為 $5 + \sqrt{-15}$ 和 $5 - \sqrt{-15}$ 時，幾乎發現了虛數：將 10 分成兩個部分使其乘積為 40。

卡丹諾寫了一本叫做《大技術》(Ars Magna, The Great Art) 的書，並且在裡面包含了方程式的負數解，但是，卻稱呼它們為「虛構」的數。在他的書中，卡丹諾也注記了連接三次方程式和它係數的重要事實，也就是根的和會等於 $-b$，也就是 x^2 項係數。幾年之後，另一個叫做拉斐爾・蓬貝利 (Raphael Bombelli) 的義大利數學家，給出了許多有關於這些新數目的例子，並且建立了它們加、減和乘的規則。

　　笛卡兒在他的著作《幾何學》中引進了「虛」和「實」這些專有名詞。笛卡兒是這樣寫的:「實數根或是虛假根都不恆真實的, 不過, 有時候它們是虛幻的。也就是說, 即使我們可以想像如同我所預測的每個方程式會有許多根, 但是, 對於每個想像的根並不一定都會有個相關連的數量。因此, 我們可能認為方程式 $x^3 - 6x^2 + 13x - 10 = 0$ 會有三個根, 但它卻只有一個實根, 也就是 2, 而其他兩個不管我們對它們做加、減或乘法運算, 都會一直是虛幻的。」1777 年, 歐拉建議普遍使用虛數。他的書《代數學》第十三章整章都在談論虛數。歐拉寫說虛數量的計算非常的重要, 並且給出許多例子, 來示範如何取得負數的根。

　　我求出笛卡兒提到的三次方程式 $x^3 - 6x^2 + 13x - 10 = 0$ 之根了。除了 $x = 2$ 之外, 其他兩個根為 $x = 2 + i$ 和 $x = 2 - i$。如果沒有虛數, 我就無法定義負數的平方根了。這真是太美好了! 在我知道了虛數之後, 我好似打開了一扇新的數學之門。

1790 年 3 月 2 日　週二

　　我父親問我如何計算利息的複利。他會貸款給別人, 而為了計算每筆貸款的費用, 他會使用一個簡單的公式 $I = P \cdot R$, 其中 I = 利息, P = 本金或是借出的額度, R = 利率。現在, 爸爸除了想要計算利息的複利, 還要為積欠的利息索費。他想要為利息計算利息, 因為有些人花太久時間才還錢。

　　我找到公式 $A = P(1 + R/n)^{nt}$ 可以用來計算利息的複利, 其中 A 為還錢的數量、t 為經過的時間, 而 n 是在時間 t 中計算複利的次數。爸爸想要知道要計算複利幾次, 才能獲得最大的利益。

　　由於爸爸沒有告訴我他貸款的利率, 所以, 我就先假設它是每年100%, 並進一步假設他借出一個里夫拉 (livre) (記作 $1l$) 好了。這些數值可能不實際, 但是, 這個假設可以簡化分析。

因此，將 $P = 1l$、$R = 1.00$，以及 $t = 1$ 代入時，我會獲得以下：

每年計算複利時，$n = 1$ 然後 $A = 1l(1 + 1.00/1)^{1 \times 1} = 2.0l$

每半年計算複利時，$n = 2$ 然後 $A = 1l(1 + 1.00/2)^{1 \times 2} = 2.25l$

每季計算複利時，$n = 4$ 然後 $A = 1l(1 + 1.00/4)^{1 \times 4} = 2.44l$

每月計算複利時，$n = 12$ 然後 $A = 1l(1 + 1.00/12)^{1 \times 12} = 2.61l$

我持續增加 n，以兩倍和三倍增加它，但是，A 還是以非常慢的速度增加。即使每天計算複利，我也看不到多大的成長。

　　這個計算複利的公式看起來有個極限。我必須告訴爸爸他可以每天計算複利，但是，獲利還是有限。因為，即使利息每小時計算複利，他所獲得的還是借出額度的三倍以下。太驚人了！到底是為什麼呢？

1790 年 3 月 7 日　週日

　　西洋棋這遊戲和數學有非常緊密的關係。而我今天知道為什麼了。在我待在書房中和自己下棋時，爸爸和梅拉先生一起進來了。他在棋盤上動了動棋子，嚇了我一跳，而且給了我的策略一點意見。在他們安穩的坐在扶手椅上面喝咖啡時，梅拉先生跟我說了個關於這遊戲由來的驚奇故事。我試著重述這故事。

　　許多世紀之前，有個國王想要一個其他人沒有、獨特的遊戲。這個遊戲必須有獨創性，讓它可以無限種組合持續玩要，並且要能教導他的孩子成為更優秀的思想家以及戰場上更好的領袖。以這種想法為前提，一個賢者發明了我們現在稱為西洋棋的遊戲。這國王非常滿意，並且願意給予這個人他所想要的任何東西——黃金、珠寶、任何東西。這個賢人說他想要麥穀。當被問到要多少時，他說他要的數量要根據棋盤上的正方形來算。

他的公式很簡單: 第一個正方形他要一個穀粒, 然後在接下來的棋盤上的每一個正方形上加倍。換句話說, 在第二個正方形上要有兩個 (1 乘以 2)、第三個正方形要有四個 (2 乘以 2)、第四個正方形要有八個 (4 乘以 2) 等等, 直到全部六十四個正方形都計算出來以決定穀粒的總數。國王對於這個看似謙虛的要求感到訝異, 但還是命令下人帶一袋穀粒來。僕役們耐心的將穀粒放進一個桶子中, 計算著賢人要求的數量。但是穀粒用完了, 於是更多的穀粒被帶進來。很快的, 他們發現就算是全王國的穀粒, 都不足以對應棋盤上一半的正方形。

　　梅拉先生問我可有方法算出需要多少穀粒。我當時不知道, 但是, 我匆忙的趕回房間打算一試。我首先以數字來代表棋盤上穀粒的分配。由於第一列有八個正方形, 我寫下了:

| 1 | 2 | 4 | 8 | 16 | 32 | 64 | 128 |

第二列則是:

| 256 | 512 | 1024 | 2048 | 4096 | 8192 | 16,384 | 32,768 |

第三列:

| 65,536 | 131,072 | 262,144 | … |

好吧。夠了!

　　我必須在這裡停止。現在我只能想像第四列以及棋盤上剩餘正方形的巨大數字了。我不用計算, 也知道我可以用數字 2^n 來代表每個正方形上面的穀粒, 其中第一個正方形為 $2^0 = 1$, 然後, 最後一個正方形為 $2^n = 2^{63}$。之後, 我要將所有正方形上的所有穀粒加起來, 而這總數將會無比巨大。光 2^{63} 就是個我無法想像的巨大數字了!

　　我要如何只用數學來敘述這個故事呢? 我可以寫成總和 $S = 1 + 2 + 4 + 8 + 16 + 32 + \cdots + 2^{63}$，讓我大約知道會有幾個穀粒。

　　我目前只想得到這麼多了。

1790 年 3 月 15 日　週一

　　今天天氣灰灰冷冷的，下雨也讓我覺得憂鬱。晚餐過後，我們聚在爸爸書房裡的火爐旁。安潔莉有點焦躁靜不下來，所以，我提議教她下西洋棋。一開始她並不感興趣，直到我跟她說那個國王想要教導孩子們更聰明的故事，她才安靜的坐下來聽。我妹妹喜歡童話故事，所以，創造更多讓她覺得有趣的角色，來美化故事是很簡單的，儘管他們都和西洋棋——或者是數學——無關就是了!

1	2^1	2^2	2^3	2^4	2^5	2^6	2^7
2^8	2^9	2^{10}	2^{11}	2^{12}	2^{13}	2^{14}	2^{15}
2^{16}	2^{17}	2^{18}	2^{19}	2^{20}	2^{21}	2^{22}	2^{23}
						2^{61} 2^{62} 2^{63}	

　　在我的故事中，賢者變成了英俊的王子，並且會在贏得遊戲之後，娶得國王美麗的女兒。我又額外追加了國王對這新遊戲很滿意，並且願意給予任何王子想要的東西——黃金或鑽石——來作為公主的嫁妝。我也更改了賢者要求穀粒的部分。為了讓安潔莉保持興趣，我將故事改為王子要求的是鑽石! 我妹妹完全著迷了，變得更想玩，也許她幻想著棋盤上每個正方形中都有閃閃發亮的鑽石。

我們花了點時間繼續下棋，然後，我解釋了要讓棋盤上接下來的每一個正方形數字加倍，以用來決定穀粒（或是鑽石）數量的計算方法。我不認為安潔莉明白我在說什麼，但是，她還是耐心的聽我說。棋盤上的穀粒數量會是數字 2 的次方的提升，也就是 $n = 0$ 到 $n = 63$ 的和：$S = 2^0 + 2^1 + 2^2 + 2^3 + 2^4 + 2^5 + \cdots + 2^{63}$。更簡潔的寫法是 $S = 2^{64} - 1$ 個穀粒。

因此，在只計算前十個正方形包含的穀粒的狀況下，它們的總和會是

$$S = 2^0 + 2^1 + 2^2 + 2^3 + 2^4 + 2^5 + 2^6 + 2^7 + 2^8 + 2^9$$
$$= 1 + 2 + 4 + 8 + 16 + 32 + 64 + 128 + 256 + 512$$
$$= 1023$$

穀粒的確會有很多！

1790 年 3 月 25 日　週四

母親不喜歡我！她沒有辦法了解我為什麼要研究數學。今天晚上，我聽到她告訴爸爸說我沉默寡言，只會專心在自己的事情上。她抱怨說有時候問我問題時，我連頭都不會從書本裡抬起來看她。母親用著惱怒的聲音吐露說，「有時候蘇菲看起來目光呆滯，出神的望著遠方。」我不知道爸爸之後是怎麼回答的。我不想繼續聽下去，所以，我靜悄悄的離開了。

我感到受傷和難過。母親為什麼說我只會專心在自己的事情上呢？難道她不知道數學需要深沉的思考和全心的注意力嗎？當我專心在解題，或者是研究新主題的時候，我會將自己沉浸在其中，完全不管其他事情。這不應該讓她擔心才對。

　　我親愛的母親，她相信盧梭所提倡的女性的成就，說女性應該將自己奉獻給丈夫和孩子的幸福。媽媽認為女人應該保持安靜，不說出自己的意見，尤其是自己的觀點和丈夫不同的時候。她相信一個女孩應該學習家務，好成為一個好的妻子和母親，而不是一個學者。我雖然不同意，但是卻不能反駁她。我只是希望她可以接受真正的我而已。

1790 年 4 月 1 日　聖週四

　　我們去教堂並且目睹了驚人的事情。路易國王和瑪麗·安東瓦尼特皇后進行了史上第一次的洗腳禮 (*Pedilavium*)。這個儀式是在十二個最貧困，穿著君王們所捐出的新衣服的人們，走到教堂前面時開始的。他們坐在凳子上，光著的右腳放在水盆旁邊。國王陛下走向他們，用杓子將水倒在他們的腳上來「清洗」。皇后接著將一條白色的毛巾放在他們腳上。這儀式非常莊嚴，每個人都欽佩和敬畏的觀看，因為這是法國國王第一次進行如此謙遜的行為。這是國王贏回國民，以及緩和去年社會緊張氣氛的方法。

　　我滿十四歲了。我們默默祈禱。今天，人們會記得耶穌基督在受難之前，所經歷的苦難。在這神聖的一週，我們為了準備復活節的到來，而進行齋戒和祈禱。齋戒對我來說並不困難，因為這只是代表我們每天只會吃一點點麵包和水，但是，對於我的妹妹安潔莉來說，還是非常痛苦，因為她無法不吃甜點。莫瑞爾女士晚上弄了點清湯給她，因為她餓壞了。米麗也在之後拿了些起士和果醬給她。在上床前，安潔莉問我上帝是否會因為她沒有齋戒而對她生氣。

　　我聽到莫瑞爾女士熄滅走廊上的燈，以及米麗爬樓梯回她們房間的聲音。午夜鐘很快就要響了，所以，我應該將蠟燭熄了。

1790 年 4 月 4 日　週日（復活節）

今天很冷，但是，太陽卻在無雲的藍天上照耀著。在復活節彌撒之後，我們坐車前往杜樂麗花園。花園的通道非常多人，女士們炫耀著她們最新的衣服和羽毛帽，用來慶祝復活節所帶來的新開始。

在我們散步通過杜樂麗的大門前，我們看到了新的王子和他的姊姊與他們的保母玩耍。這男孩應該已經五歲了，非常的友善和早熟。金髮的公主大概和我的妹妹一樣大，但是，她卻很冷漠，幾乎不看人群。安潔莉往王子公主的方向揮了揮手，而王子則熱情的揮手回應。我妹妹非常興奮，以為王子有看到她，但是，王子只是和所有看他在宮殿公園裡玩耍的人揮手而已。媽媽說杜樂麗沒有凡爾賽那麼豪華，因此，皇室必須要習慣一個更小的家。不過，這小男孩看起來並不在乎。他看起來和其他同年紀的小孩一樣快樂。

爸爸即將要在巴黎北部購買地產。他要在曾經屬於法國教會財產的拍賣會上，買那些地。政府現在要賣出這些地，來支付國債。爸爸問我 2000 里夫拉 (livre) 能買多少地。這在數學上是個平凡的小問題，但是，對於要買地產的人來說可是非常重要的。

舉例來說，如果那些地是正方形的話，那它的面積就會是邊長乘以本身，也就是 $x \cdot x = x^2$。用 x^2 來代表面積，我將面積和費用的關係寫了出來。舉例來說，$x^2 = 2000$。將這方程式求解之後，我會得到地產的邊長 $x = 2000$ 的平方根，也就是大約 44.7 公尺。爸爸用 2000 里夫拉 (livre) 可以買到面積為 44.7×44.7 公尺的正方形地產。如果爸爸還要買柵欄來將這塊地圍起來的話，那這公式就必須要包含面積和長度。柵欄的長度純粹就是正方形的周長，或是 $4 \cdot x$。現在，我假設爸爸總共有 2021 里夫拉 (livre)。在這情況之下，我可以將關係式寫成 $x^2 + 4x = 2021$。要解開這個二次方程式，我發現 $(x^2 + 4x)$ 是二項式 $(x + 2)^2$ 的前兩個因子 $(x + 2)^2 = x^2 + 4x + 4$。因此，我可以用這個事

實，將我的方程式寫成

$$x^2 + 4x + 4 = 2021 + 4$$

（在這方程式中，我只是在兩邊都加上了 4）。在更簡化之後，我將會得到

$$x^2 + 4x + 4 = 2025$$
$$(x + 2)^2 = 2025$$

好吧。那如果現在地不是正方形會如何呢？舉例來說，我可以假設地產是長方形。在這種情況之下，面積會等於 $x \cdot y$，而周長則會等於 $(2x + 2y)$。我的方程式則會變成：$x \cdot y + 2(x + y) = 2021$。我要如何求解呢？太簡單了！我只需要一個 x 和 y 的關係式，比如說 $y = 3x$ 好了。這樣我就可以將它們代入：

$$x \cdot y + 2(x + y) = x(3x) + 2[x + (3x)] = 3x^2 + 2x + 6x = 2021$$
$$3x^2 + 8x - 2021 = 0$$

我又再一次有一個簡單好解的二次方程式。因此，不管我得到的是什麼幾何形狀，只要我可以找到邊長 x 和 y 的關係式，我就可以算出解答。

1790 年 4 月 9 日　週五

　　我今天收到了一個意料之外，但卻很美好的禮物！我幾乎無法控制自己不寫下這個過程。當時我們正坐在母親的書房裡，準備書寫課程。這時米麗開門，後面跟著一個陌生人。這位老先生介紹自己為康多塞侯爵先生的男僕，並且莊重的宣布：「給瑪麗·蘇菲·熱爾曼的信件。」我不確定，他是否喊了我的名字？

　　所有的目光都轉到非常迷惑的我身上。在清了清喉嚨之後，這位先生重複說了一次：「我代表侯爵將訊息帶來給蘇菲‧熱爾曼小姐。」媽媽點了點頭，鼓勵我站起來接受信件。老先生將一個包裹連同信件一起拿給我。我感到非常震驚。我站起來、結結巴巴說了幾個沒人聽到的字，然後收下了包裹。我很確定我的雙頰基於羞怯和高興都變紅了，而我在收下之後，設法跟他行禮並且謝謝他。我的姊妹在那人離開之後跑到我身邊來，媽媽也催促我閱讀書信，並且將包裹打開。她們很興奮，但我比她們要來得興奮許多。

　　沒有錯! 這封信是寫給我的! 我看到我的名字以優雅的黑墨水寫在白紙上。我用顫抖的雙手將貴族蠟印解開。訊息非常簡短：「希望妳覺得歐拉的傳記讓人振奮。這是給真正欣賞數學之美的少數人看的。」署名是「尚－安多－尼可拉‧卡利塔，康多塞侯爵」(Jean-Antoine-Nicolas Caritat, Marquis de Condorcet)。我的雙手因為期待而顫抖，而安潔莉也必須要控制自己不來幫我拆開包裝。包裹裡面有兩本由萊昂哈德‧歐拉所寫的精裝《無窮小分析導論》(*Introductio in analysin infinitorum*)。安潔莉在看到是數學以及拉丁內文之後，很快的就失去興趣。

　　媽媽不確定我是否該接受如此貴重的禮物。當然，她對於這個榮耀感到很滿意，但是，她不理解為什麼一個男人會鼓勵我研究數學。她無法阻止我閱讀這些書，但是，在晚餐之後她提醒我要早點睡。而她知道我也乖乖的照做了。媽媽還要我寫一封信給侯爵以答謝他的好意。

　　我對於收到如此意外，但非常特別的禮物，感到無比興奮。之前，爸爸在羅浮宮附近的書店將我介紹給侯爵認識。在談天的時候，爸爸提到我對於數學的興趣。當時康多塞先生露出喜色，說他也對這個最漂亮的科學非常有興趣。當我聽到他如此說時，我的心好似停止跳動。

在我們道別之後，爸爸稱讚康多塞先生，說他博學多聞，是科學院裡的一個偉大數學家。

康多塞先生一定認為我必須研究這本書。即使我無法理解閱讀的每個句子，我卻可以研究這些方程式。到目前為止，我將標題翻譯為《無窮小分析導論》。康多塞先生這卓越的禮物對我來說，比世界上的黃金都還要重要。我必須在信中表達我無限的感激。

這本書現在正放在我桌上，召喚著我開始發現和學習的旅程。

1790 年 4 月 16 日　週五

歐拉在 1748 年出版的《無窮小分析導論》是以定義 *functio*（函數）的拉丁字為開頭。歐拉將函數定義為依賴另一個量的變量。舉例來說，$y = 2x^2$ 是個函數，寫為 $f(x) = 2x^2$。因此，一個函數只是兩個或更多變數之間的關聯。在一個函數成立的特定域之中，每個自變數的所有數值，都會恰好和因變數的一個數值對應。當我寫出式子 $f(x) = 2x^2 + 7$ 時，對於每個 x 的數值，我都會得到一個 $f(x)$ 的數值。因此，x 代表的是自變數，而 $f(x)$ 則是因變數。

一個因變數和自變數都在等號同一邊的等式稱為隱式。舉例來說，等式 $2x^2 - 2y = 6$ 這種寫法就是隱式，但是，卻可以寫成更清楚的顯式 $y = x^2 - 3$，或者是 $f(x) = x^2 - 3$。

函數的定義域是所有可能自變數可取的數值之集合。舉例來說，給定函數 $f(x) = 1 - x^2$，定義自變數 x 為實數，那這函數的定義域，就一定是所有 $-\infty$ 到 $+\infty$ 的實數的集合，其中 ∞ 代表「無限」，而減號和加號則是說明無限可以是負的或正的。這是因為 x^2 的數值一定會是零或是正的。在 x 趨向 ∞ 或是 $-\infty$ 時，$f(x) \rightarrow -\infty$。當然，$f(x)$ 會在 $x = 0$ 時達到最大值。這個函數的值域包含了 1，以及其他所有小於 1 的實數。用數學記號來寫，這個範圍就是 $-\infty < f(x) \leq 1$。

函數有許多種。線性函數是由像是 $f(x) = ax + b$ 之類的線性方程式來定義的。冪函數則是由取一個數的乘冪來定義：$f(x) = x^n$。二次函數，就像名字所說明的一樣，是由二次多項式 $f(x) = ax^2 + bx + c$ 來定義。指數函數有兩種形式，分別是基底為 a 且 $a > 0$ 的 $f(x) = a^x$，以及基底為 e 的 $f(x) = e^x$，其中 e 是歐拉所定義的數。他也會使用三角函數 $f(x) = \sin x$ 以及 $f(x) = \cos x$。

歐拉定義了多項式函數和有理函數。他將多項式的普通形式定義為 $a + bz + cz^2 + dz^3 + ez^4 + fz^5 + \&c$，但是，他沒有解釋「$\&c$」（等等）的意義（等等是說只有幾項還是無限多?)。歐拉也沒有詳細說明這些係數是實數還是虛數。我很好奇……。

1790 年 4 月 24 日　週六

我們今天下午在杜樂麗花園度過。媽媽和麥德琳很渴望知道最新的流行是什麼。巴黎的女性會用假裝在花園散步這種可笑的方式，來炫耀她們最新的衣裳。我所以喜歡去，是因為媽媽會讓我去拜訪附近的書店。那裡有一家我特別喜歡的店，裡面充滿了各種價格合理的新書和二手書。在店裡，我找到一本非常漂亮尚・德・拉封丹 (Jean de la Fontaine) 的《寓言》，裡面有彩色的圖案，比家裡的老書好看多了，所以我買一本給安潔莉。

我研究歐拉的書的進度很緩慢，因為我必須要翻譯內文才能理解他的分析，而這本身就有點難度。他引入了兩個數學的專有名詞：序列和級數。雖然花了我很多天，但是，我現在知道它們是什麼意思了。

序列是一組照順序排列的數字，並且詳細指明之前的和之後的數字。序列中的數字叫做「項」。「公項」定義了序列的規則。舉例來說，如果 n 是序列中項的序數，1 是第一項，然後公項是 $2n - 1$，那序列就可以寫成 1、3、5、7、…、$2n - 1$。

級數則是序列中項的和，而它可以是有限或是無限的。有限序列和級數會有定義的第一和最後項。舉例來說：

$$\sum_{n=0}^{5}(\frac{1}{2})^n = 1 + \frac{1}{2} + \frac{1}{4} + \frac{1}{8} + \frac{1}{16} + \frac{1}{32}$$

其中 n 的值會從 0 到 5 之間取得。符號 Σ 代表的是總和。

無限序列和級數會無限延伸（到 ∞）。舉例來說，級數

$$\sum_{n=1}^{\infty}(\frac{1}{n})^n = 1 + \frac{1}{2} + \frac{1}{3} + \frac{1}{4} + \cdots$$

其中 n 的值會從 1 到 ∞ 之間取得。

歐拉也納入了冪數級數的衍生，包括指數、對數以及三角函數，正弦和餘弦函數的因數分解，以及「平方倒數和」的結果估算 (consequent evaluation)。歐拉將對數定義為指數 (exponent)，而將三角函數定義為比（值）。

歐拉使用一個新的數學式子來操作無窮級數。首先，我要如何找到無窮級數的（總）和呢？我必須找出它的極限。舉例來說，如果我給一個收斂的級數添加更多項，那它的項會變得越來越小。換句話說，收斂級數的項會趨近於 0。這類收斂級數的和被稱為「無限之和」，而數學家會將它簡單的寫為 $\lim_{n\to\infty} S_n$，其中 lim 代表的是「極限」，一個由拉丁語 *limes* 轉變而來的專有名詞。它的數學意義還是有點難懂，但是，我相信歐拉下一節的推演可以幫助我理解函數的極限是什麼，以及如何決定它。

1790 年 4 月 30 日　週五

我繼續研究歐拉的書。這兩冊《無窮小分析導論》包含了很多主題，包括無窮級數以及三角函數的延拓。現在，我正在研究歐拉稱為「e」的新數字。這是一個歐拉用一種非常讓人感興趣的方法，來連結三角函數的驚人數字。歐拉先用無窮級數擴展來定義數字 e：

$$e = 1 + \frac{1}{1} + \frac{1}{1 \cdot 2} + \frac{1}{1 \cdot 2 \cdot 3} + \frac{1}{1 \cdot 2 \cdot 3 \cdot 4} + \cdots$$

歐拉說明數字 e 是 n 趨近無限時，$(1 + 1/n)^n$ 的極限。我還不知道這個數字 e 的意義，但是，我想像它應該會和 π 類似。我會這麼想的原因是，從定義上來說，e 會等於一個無窮級數。這表示這個數值並不精確，因為我們可以一直給這個級數添加另一個項直到無限。

在《無窮小分析導論》第 122 節中，歐拉給 e 的近似值到小數點後有 23 位[❶]！他寫 $e = 2.71828182845904523536028$，但並沒有說明這數值是哪來的。也許是歐拉自己計算出這個數字，但是，他也沒說是如何算的。不過，我還是計算了無窮級數的前七項，來確認 e 的數值：

$$1 = 1.0000000$$

$$\frac{1}{1} = 1.0000000$$

$$\frac{1}{1 \cdot 2} = \frac{1}{2} = 0.5000000$$

$$\frac{1}{1 \cdot 2 \cdot 3} = \frac{1}{6} = 0.1666666$$

$$\frac{1}{1 \cdot 2 \cdot 3 \cdot 4} = \frac{1}{24} = 0.0416666$$

$$\frac{1}{1 \cdot 2 \cdot 3 \cdot 4 \cdot 5} = \frac{1}{120} = 0.008333$$

$$\frac{1}{1 \cdot 2 \cdot 3 \cdot 4 \cdot 5 \cdot 6} = \frac{1}{720} = 0.0013888$$

❶ 譯注：原文誤植為 18 位。

將它們加起來之後，我得到了 2.7180553，一個接近歐拉給予 e 的數值的數。所以，如果我可以將這級數中所有項都加起來的話，也許我可以證明

$$e = 1 + \frac{1}{1} + \frac{1}{1 \cdot 2} + \frac{1}{1 \cdot 2 \cdot 3} + \frac{1}{1 \cdot 2 \cdot 3 \cdot 4} + \cdots = 2.718281 \cdots$$

歐拉又寫了 e 的分數展開式，並且在展開式中注意到一個模式。他並沒有給出級數中的模式會繼續下去的證明，但是，我確信這會引導出一個 e 是個無理數的證明。不管數字 e 是什麼意思，它一定會和 π 一樣，都是無理數。如果 π 和圓有關，那 e 和什麼有關呢？

歐拉的書裡面還有許多有趣的結論。明天我會試圖翻譯章節 *De partitione numerorum*（我想它應該是「分拆數」，但是無法確定）。

1790 年 5 月 10 日　週一

如果可以和其他人分享我從歐拉書中所學到的該有多好。他導出了許多漂亮的關係式，如此的單純卻引人入勝。吾人可以用數目創造此等美麗，真是太讓人訝異了。這真是個天才的例子，就是這優雅的式子，我稱為歐拉等式的：

$$e^{i\pi} + 1 = 0$$

它將五個獨特的基本數目，連結成一個精緻簡單的關係式：基本的整數 1 和 0、主要的數學符號 + 和 = ，以及特別的數字 e、i 和 π。我並不知道這個關係式是什麼意思，我只能想像這個美麗的等式所隱藏的祕密。

歐拉精緻的等式是 $e^{ix} = \cos x + i \sin x$ 的特殊例子，而他也注明這個公式，可以用我最喜歡的函數之實數正弦和餘弦，來表示成為複指

數形式。他利用棣美弗定理，推論出這個特別的關係式，說明對於任何實數 x 和任何整數 n，正弦和餘弦會以下列形式連結：

$$(\cos x + i\sin x)^n = \cos nx + i\sin nx$$

　　這個關係式很重要，因為它將三角學和複數連結起來了。我不知道它的意義所在，所以，我必須試圖遵照歐拉的分析，來理解他是如何發展他關於 e 的等式。我先從三個函數 e^x、$\sin(x)$ 和 $\cos(x)$ 的級數展開來看：

$$e^x = 1 + x + \frac{x^2}{2!} + \frac{x^3}{3!} + \cdots$$

$$\sin(x) = x - \frac{x^3}{3!} + \frac{x^5}{5!} - \cdots$$

$$\cos(x) = 1 - \frac{x^2}{2!} + \frac{x^4}{4!} - \cdots$$

然後，我寫下：

$$e^{ix} = 1 + ix - \frac{x^2}{2!} - i\frac{x^3}{3!} + \frac{x^4}{4!} + \cdots$$

$$= (1 - \frac{x^2}{2!} + \frac{x^4}{4!} - \frac{x^6}{6!} + \cdots) + i(x - \frac{x^3}{3!} + \frac{x^5}{5!} - \frac{x^7}{7!} + \cdots)$$

$$= \cos x + i\sin x$$

要獲得歐拉等式的唯一方法，就是變換變數，也就是設 $x = \pi$。這樣我就可以寫成：

$$e^{i\pi} = \cos \pi + i\sin \pi = -1 + i0 = -1$$

這就表示 $e^{i\pi} = -1$，或者是

$$e^{i\pi} + 1 = 0$$

看哪! 它真美! 如果我不知道我可以將變數 x 替換為常數 π，那我就不會想到 $e^{i\pi}$ 的式子了。歐拉並沒有解釋他為什麼做了如此的變換，或者是它為何會成立，但它就是會! 這也是數學家會如何思考的另一個例子。它要求我們要知道很多，才能在方程式和數字之中「看」到正確的連結，如同歐拉一樣。

1790 年 5 月 15 日　週六

現在我理解 $e^{ix} = \cos x + i \sin x$ 這個方程式了。首先，這個等號代表 e^{ix} 是個有兩個成分的複數，一個實的部分 ($\cos x$) 和一個虛的部分 ($\sin x$)。再來，如果 $x = \pi$ (或者是 π 的倍數)，那麼，指數函數的數值，就必須依賴三角函數的循環數 (cyclic value)。舉例來說，如果 $x = \pi$，那 $\cos \pi = -1$ 然後 $\sin \pi = 0$，我就可以寫 $e^{i\pi} = \cos \pi + i \sin \pi = -1 + i \cdot 0 = -1$，讓我可以直接導出歐拉的關係式 $e^{i\pi} + 1 = 0$。歐拉很熟悉他的三角學!

如果 $x = 0$，$\cos 0 = 1$，$\sin 0 = 0$，我就會得到 $e^{i0} = \cos 0 + i \sin 0 = 1 + i \cdot 0 = 1 = e^0$。這表示，數字 e 會遵照我在代數中所學到的指數規則: 任何取 0 次方的數字都會等於 1。

那麼，如果虛數單位 i 取第 i 次方，會發生什麼事呢? i^i 會是什麼數字呢? 它是實數還是虛數呢? 我將會知道。

先從歐拉方程式 $e^{i\pi} = -1$ 開始，也就是 $e^{i\pi} = i^2$ (因為定義上 $i = \sqrt{-1}$ 或是 $i^2 = -1$)。如果我將等式兩邊都取第 i 次方，我會得到

$$(e^{i\pi})^i = (i^2)^i$$

或者是

$$e^{i(i\pi)} = e^{-\pi} = (i^2)^i = (i^i)^2$$

現在，我取兩邊的平方根，

$$(e^{-\pi})^{1/2} = [(i^i)^2]^{1/2} = i^i$$

也就會等於

$$\frac{1}{(e^\pi)^{1/2}} = i^i 。$$

這表示虛數單位的虛數次方會是一個實數！

1790 年 5 月 22 日　週六

　　無限是什麼？前幾天晚上，當我觀察黑夜中閃耀的星星時，我開始好奇宇宙的大小。蒼穹之中有好多好遙遠的星星。宇宙有界限嗎？由於宇宙是由物質所組成的，那它應該就會有個範圍，要不然就會有無限數量的物質了。

　　那數字呢？它們也是無限的嗎？是啊！這我是確定的。因為不管一個數字有多大，我都可以在它上面加 1 讓它變得更大。那大是「多大」呢？如果我用一個指數來表示一個非常大的數字，比如說 10^n，其中 n 比我所能計算的任何數都要大，那我連在腦海中想像它會有幾個位數都不可能。因為就算我數累了，我還是可以再加一個數，也就是 $10^n + 1$，而這個數字會大於我原本的數字，$10^n + 1 > 10^n$。

　　數學家將無限定義為比所有實數都要大的無界數量。實數包含所有整數、有理數和無理數。因此，不管我在腦中選的最後數字是什麼，我都可以輕易的加上 1 讓它變得更大，所以，我無法看到最後一個數字。再來，由於 10^n 和 $10^n + 1$ 都已經是非常大的數了，所以，它們已經幾近無限大。我想這就和將一滴水加入海中一樣，對於海洋的大小不會有任何影響。因此，在無限上面加 1，應該也會得到無限！

1790 年 6 月 6 日　週日

　　我們星期四在聖傑曼 (St-Germain) 教堂慶祝了聖體聖血節。我們前往那裡，因為媽媽想要看國王和皇后帶領聖事 (Blessed Sacrament) 的遊行。在去年的暴動和抗議之後，君王還是以此種方式，親切的加入人民之中。

　　母親如果知道我在彌撒時心思都在數學上，應該會對我感到羞愧和憤怒。我在想兩個看似有關的簡單方程式，但是，每一個都將我帶往數學的不同領域。

　　這些等式是 $x + a = 0$ 和 $x^2 + a = 0$，其中 a 為任何正數。這兩個看似單純的方程式，其實需要實數範圍以外的解。像是 $x + a = 0$ 這種方程式需要負數。舉例來說，$x + 1 = 0$ 的解答為 $x = -1$。另一方面，$x^2 + a = 0$ 的解則是一個虛數。如同我所發現的一樣，$\sqrt{-1}$ 這個數字，叫做虛數單位，被定義為二次方程式 $x^2 + 1 = 0$ 的解之一（另一個為 $-\sqrt{-1}$）。

　　這表示說，除非我們引入負數和虛數，否則這兩個等式 $x + a = 0$ 和 $x^2 + a = 0$ 是沒有解的。這也是為什麼我認為數學非常的引人入勝。為了求解特定、看似簡單的方程式，如果在已知的領域之中無法找到解，那麼，我們有時候還是必須發展新的數學。

　　這是否表示宇宙中的所有問題都有解呢？嗯，如果我們可以辨識出問題，那毫無疑問它一定會有解。這也是為什麼我的夢想是學習數學，並且將我的生命奉獻在尋找困難問題的答案上。

1790 年 6 月 12 日　週六

　　自從我看到一個彩色的熱氣球飄過巴黎上空，我就幻想著在雲中飛行。當然這只是個幻想就是了，母親絕對不會允許的。但是，想像自己能飛還是很美好的。當我還小的時候，爸爸將泰德拉斯

(Daedalus) 和伊卡洛斯 (Icarus) 的神話說給我聽。他們想要模仿飛鳥的優雅和自在，而在那之後，我就夢想著我也有一雙翅膀。

我曾讀過李奧納多‧達文西和他的發明。他研究了鳥類的飛行，並且在一個只有他看得到的世界之中，畫出了飛行的機器。李奧納多寫道：「如果人類可以征服天空，用自己製作的大翅膀飛升到其上。」是啊，我知道人體不像鳥類適合飛行，但是，如果能搭乘達文西想像中的飛行機器飛行，豈不是非常美好？

今天，我們去杜樂麗花園，停在皇家宮殿前。那裡人潮很多，非常吵雜，好像全巴黎的人約好今天要在那裡碰面一樣。這裡一直都有東西可以吸引人們的注意力，就好像前往節慶一樣。我們看到雜技演員、表演各式各樣驚人把戲的魔術師，以及賣有趣玩具的小販。有人穿著多彩的服裝，用外國語言唱歌跳舞。拱門通道充滿了穿著漂亮衣裳，以及戴著讓我無比吃驚的帽子的女士們。母親和麥德琳也拜訪了塔塔利市集，主要是參觀商店和精品店，尋找流行的想法。

在採買之後，麥德琳和她的未婚夫在弗依咖啡廳見面。在父母親帶安潔莉去看人偶戲的時候，我和他們一起等。我們坐在中央花園的座位上，勒貝特先生也點了些清爽的檸檬飲料。爸爸之後帶我到一家賣全世界科學書的特別書店裡看看。

爸爸給了我一點錢購買伽利略最偉大著作之一的譯本，講的是他在天文學的發現。這本書叫做 *Sidereus Nuncius*，可以翻譯成「星空使者」，裡面說的是他用望遠鏡所觀察到的事。原稿是在 1610 年的威尼斯出版的。這本書好精彩：伽利略聲稱月球上面有山脈！他透過他的儀器看到的星星，比我們用眼睛看到的還要多，並且看到了「快速圍繞著木星的四個星球」。伽利略說的，是他所觀察到的木星衛星。這本書最適合在暑期溫暖的夜晚、星星點綴著明月的時候閱讀了。我現在必須停止書寫，回去閱讀《星空使者》了。

1790 年 6 月 17 日　週四

就像黑夜的閃電一樣，我突然想通了。我之前沒有發現的連結，對數和數字 e 之間的關係式就在這裡。從定義上來看，e 是當 n 無限增加時，式子 $(1 + 1/n)$ 的 n 次方之極限值。從這方面來看，我並沒有將它和對數連結。我只是單純的將對數當作是一個用來將非常大的數目簡化的工具。我知道如果三個實數 a、x 和 y 的關係為 $x = a^y$，那 y 的定義就是以 a 為基底的 x 之對數。也就是說，$\log_a x = y$。舉例來說，$1000 = 10^3$，所以，我可以將它寫成 $\log_{10} 1000 = 3$。這表示 3 等於基底 10 時，1000 的對數。

歐拉有天才的頭腦，因為他發現了許多令人難以置信的關係式，我也很高興可以看到它們之間的連結。

1790 年 6 月 25 日　週五

所有法國公民在社會上都是平等的。至少在原則上是這樣的。議會在星期六投票，廢除了貴族階層，包括貴族的稱號。這表示康多塞侯爵先生現在的稱呼，就只是單純的康多塞先生，而奎倫公爵夫人 (Madame de Quelen) 現在就只是奎倫女士了。但是，移除他們的頭銜之後，會讓他們和鄉間的農夫，或者工廠的工人平等嗎？我不這麼認為。我相信真正的社會平等，是不可能達成的。有些人一定會擁有更多的財富和權力，這樣貧困的人要如何才能和他們平等呢？

然而，當受過教育之後誰還需要頭銜呢？我對學者，對有智慧和博學多聞的人們的印象更加深刻。我寧可相信康多塞侯爵希望被稱呼為「數學家先生」，而不是「侯爵先生」。

我對著名的數學家歐拉深深著迷，也被他的真誠所鼓勵。他並沒有貴族頭銜，但是，他已經獲得了永生！他於 1707 年的 4 月 15 日，出生於瑞士的巴賽爾。當他十四歲的時候，他進入了巴賽爾大學就讀，

並且在三年之後獲得了哲學碩士學位。他的父親期望他可以成為大臣，但是，歐拉更喜歡數學。他的老師尚・伯努利 (Jean Bernoulli) 是一位有名的數學家，並且說服了他父親讓他研究數學。這就是歐拉如何成為數學家的過程。他在十九歲時，提交了兩份研究報告給法蘭西科學院，一份是有關船隻桅杆的研究，另外一份則是關於聲音的哲學。1730 年，歐拉成為聖彼得堡的俄羅斯科學院的物理教授，並且在三年之後成為數學教授。歐拉後來娶了一個瑞士畫家的女兒，他們有十三個子女。

歐拉擁有非凡的記憶力。我讀到歐拉有一次用心算，解決了學生之間有關第五十位小數點不同的計算爭論。歐拉是個多產的數學家，總共出版了數百份科學論文。他贏得了法蘭西科學院的獎項多達十二次！

歐拉經歷了疾病和個人的不幸。他在年輕的時候失去右眼的視力，並且在數年之後，完全瞎了，但無可動搖的信仰讓他有勇氣接受失明。利用他驚人的記憶力，加上視力衰退時使用石板書寫的經驗，歐拉仍使用口述給學生的方式，繼續出版他的研究成果。事實上，歐拉在口述《代數學》給他的助手時，已經老邁並且完全瞎了。

歐拉不只推進數學進展，他還在天文、力學、光學和聲學有所貢獻。歐拉也是第一個證明 e 為無理數的人。我可以一直書寫歐拉的許多成就，這會更鼓舞我學習數學，讓我能更像他一點。

1790 年 7 月 6 日　週二

女人和男人平等嗎？我們現在可以和男生一樣進大學念書了嗎？根據爸爸的說法，從今天開始，女性將會獲益。我心情太愉快了，導致書寫的順序有點亂。讓我從頭開始吧。當爸爸和他的朋友們進書房，準備開他們的星期二會議時，我正好在裡面。當我正準備離開時，爸

爸叫我留下來。我並不知道它的重要性，因為我從來沒有參與過他們的討論。但是，我很快就明白了。當他所有的朋友都安穩的坐下之後，我父親從桌子裡拿出一本小冊子揮了揮。「這個，」爸爸興奮的說道，「就是法國所需要的：女性和男性完全的公民平等！」

爸爸解釋說，康多塞侯爵剛剛才出版了一篇論文，主張給女性同樣的公民權。我大吃一驚。那個將我學習數學的興趣和欲望當作一回事的紳士，的確跟我的假設一樣，是個開明的人。

不過，爸爸的朋友對於這件事卻有不同的看法。針對政治和公民義務，有些人說「女性從來就不是用理性思考的，所以，她們也無法做出正確的判斷」。其他人甚至聲稱男性的頭腦更加優越。不過，我父親反駁了這些可笑的辯論，討論也變得更加激烈。在那時候，爸爸將康多塞先生的小冊子塞到我手中，我就拿著小冊子跑走了。我回到房間讀它。

康多塞先生的論文叫做《論女性獲得公民權利之許可》。在裡面，他寫道「不是人類全體都沒有真正的權利，就是所有人都有相同的權利。投票反對其他人者，不管是宗教、膚色或者是性別，也會因此誓言放棄自己該方面的權利」。這篇論文最有趣的部分是當他提到女性的教育時，聲稱「女性和男性的教育必須是相同的」。

康多塞辯論男性和女性應該共同追求知識，而不是分開學習。他聲稱將女性排除在職業的訓練之外是愚蠢的，職業訓練應該以競爭為根據，公開給兩性。他甚至說女性應該有相同的機會在各層次接受教育，「因為她們對於某些實用技術擁有特別才能，理論科學研究對她們來說，應該非常有價值」。

這是第一次有人公開提倡女性教育。這種嶄新的想法和大部分傳統法國人的思想，的確是個強烈的對比。

1790 年 7 月 13 日　週二

　　明天是共和政體的一週年紀念。整個城市都被邀請到軍校旁邊的戰神廣場，參加聯盟節 (*Fête de la Fédération*)。我的姊妹們都在準備她們的衣裳。每個人都很興奮，但是，母親還在為屠殺導致巴士底監獄被攻克而死傷慘重的記憶感到難過。她當然還是會帶我們去，但是，我知道母親唯一的理由，就是去看瑪麗‧安東瓦尼特皇后，以及在節慶擔任主持的皇室。我和麥德琳都會穿新的白色洋裝以及編有紅、白、藍色緞帶的草帽。安潔莉想將長髮放下，並且用她自己設計的三色飄帶花冠來裝飾。她對自己的發明感到非常驕傲，迫不及待想要在明天炫耀一番。

　　許多其他省的人已經來到了巴黎。咖啡廳裡面擠滿了人群，街上都是遊客，整個城市都在興奮的期待著。許多人為了節慶，這三個星期都在戰神廣場準備。米麗說女人，甚至小孩都在幫助工人。

巴黎市政廳，政治和政府的中心

　　父親和他的同事聚集討論昨天在制憲議會會議所發生的事情。會議代表通過了讓所有教會成員成為國家一部分的法律。這表示說，從今以後，教士會領政府的薪水，並且會由國家或是地區選舉人選出。教士必須要對國家宣誓效忠，政府也會管理他們的表現。任何拒絕宣誓的教士會被禁止執行他的職責，而且如果違反，會被逮捕和處罰。宣誓的教士會被稱為政府教士，而拒絕的則會被稱為執拗教士(refractory clergy)。

　　母親對於情勢的發展感到很不安。她辯論說教皇才是羅馬教會的領導人，不是議會，而且，政府也不應該統治教會。父親只是簡單的說，教士法 (Civil Constitution of the Clergy) 已經法定，無法改變了。他試著提醒她自從 2 月之後，已禁止修道院誓約，所以，神職人員必須由國家選出，否則一個教士都不會有。

　　我們所知道的教會已經不存在了。我母親堅持如果教士宣誓的話，她就不會和他們交談了。那她要怎麼做呢？

1790 年 7 月 14 日　週三

　　我們在雨中慶祝了聯盟節。今早，我們被雷聲提早吵醒，但是連雨水都無法澆熄我妹妹對節慶的熱情。在晨禱之後，安潔莉不耐煩的跑來跑去，催促大家快點吃完早餐。她不想要錯過節慶活動之前的遊行。安潔莉幾乎沒吃，敦促米麗幫她穿衣服。

　　早上十點左右，在軍鼓從遠方傳來第一聲聲響時，我妹妹興奮的呼喚我們。遊行從殿堂開始，朝著聖丹尼路的方向前進。跟著禮炮齊鳴和軍樂隊行進的除了士兵之外，還有國民衛隊、政府代表、水手，甚至一隊帶著宣布自己為「家園希望」旗幟的孩子們。街上的人們在他們經過時撒下鮮花。我妹妹和米麗則是向穿著濕制服和吱吱作響靴子，驕傲行進的士兵拋飛吻和揮手。

在遊行西進往聖奧諾路時，我們就換搭馬車跟在其後。爸爸在路易十五廣場下車，他在此地和制憲議會的代表會合加入遊行。我們繼續搭乘馬車前往戰神廣場。當我們從滿是人潮的凱旋門進入時，已經下午一點了。廣大的人群，包括各階級地位的人們，勞工、中產階級、農夫和貴族都在等慶祝典禮開始。音樂讓人們快樂高興，而許多人也在雨中唱愛國歌曲和跳舞。

當路易國王抵達時，他就坐在高臺的藍絨王座上。在他身旁的瑪麗·安東瓦尼特皇后，則穿著一件漂亮、裝飾著羽毛的紅白藍披風。我們坐的地方離高臺不遠，所以，可以清楚的看到他們的臉。那邊還有一個掛著整齊軍徽，騎在馬上的英俊男子。母親指向那個白馬上的人，告訴我們說他是拉法葉侯爵，國民衛隊的指揮官。

三點半的時候，數百名在白色聖織衣上披著三色肩帶的教士進場。我們在特別彌撒中，唱了一首由喬瑟夫·戈塞克 (Joseph Gossec) 所譜寫，用來慶祝國家統一的讚美頌 (*Te Deum*)。戈塞克將傳統拉丁文搭配管風樂，而這聲音則讓人們因為情緒激昂而顫抖。結束時，歐坦的主教查爾斯·塔列朗 (Charles Talleyrand) 祝福了大家。拉法葉侯爵上前，將他的劍指向燃燒的火焰，並且宣誓了對國家的忠貞。所有的代表都重複了這誓言。

皇后將王儲 (Dauphin) 抬起，民眾起而歡呼。他們用愛皇室的表現，來回應這漂亮的孩子。每個人都沉浸在團結和手足之愛的欣喜之中，揮舞著國旗和彩色的旗幟。在群眾安靜下來之後，國王從高臺上站起，誓言維護法律，並且支持法國的新憲法。在聽到這些話之後，民眾熱情的喊著，「國王萬歲、皇后萬歲、王子萬歲！」我母親真是非常高興。當我往上看時，我看到她眼泛淚光。

在今天法國的人民，不管富有貧困、年輕年老，都和國王、政府，以及彼此和睦相處。我希望這代表著去年混亂和社會衝突的終結。

1790 年 7 月 18 日　週日

聯盟節持續著。我們今天下午在塞納河看到充滿了音樂、競技、跳舞等非常精彩的水上節慶。現在已經快要午夜了，而河畔的派對還在繼續。我可以聽到音樂的聲音和人們的笑聲。我、安潔莉和米麗今天晚上坐在頂樓的窗邊觀看煙火。這些女孩們在每支大煙火飛上天時都會高興的嘻笑，然後，在爆炸時將耳朵遮起來。最後一叢的閃耀花火是最壯觀的，因為它讓整個天空佈滿了驚人的色彩。

我父母和姊妹都已經睡了。不過，我還是有點焦躁，沉浸在我的幻想裡面。我並沒有被河畔的慶祝民眾吵到。事實是，當我專心在研究上時，我就會忽略周圍環境。但是，今晚我感到焦慮，迫切地想要將意料之外的啟示寫下來。

不久之前，我碰到一個令我好奇的數學關係式，但是，直到現在，我才能理解它的意義所在。當我為我父親計算複利時，我利用了 $A = P(1 + R/n)^{nt}$ 這個關係式。然後，我下結論說：當 n 的值遞增時，$(1 + R/n)^n$ 有界。

我剛剛想到這個式子的確有極限，而且極限值為 e，這是偉大數學家歐拉所發現的一個數。回頭查閱我的筆記本，我將 e 寫為 $(1 + 1/n)^n$ 的極限。這個式子恰好就像複利公式中的項取 $R = 1$ 的情況。現在，我終於知道為什麼該付的總量（即本利和）A 不會增加太多。我必須告訴爸爸，對於複利計算，有一個定義得好好的數學極限可以運用，因此，他可以為一年內的貸款複利，設定一個合理的時間量。

好極了！這樣一來，如果 e 是 $(1 + 1/n)^n$ 的極限，那麼，對於很大的 n 值（n 趨近無限大，也就是 $n \to \infty$），$A = Pe^t$。這個式子表示 A 呈指數方式成長，也表示說，即使利息是按複利連續地計算，由於複利函數的極限是 e，因此，應該付給貸款的利息是有限的。這是表現連續地計算複利的一個多麼精巧的方法啊！

我曾經一度對 e 的意義感到好奇。知道了 π 代表一個圓之圓周對直徑的比,那麼,e 又如何呢?它會關連到可以摸得到的東西嗎?至少對複利問題是如此。我會說 e 這個數代表貪婪的限制!嚴肅地說,e 似乎代表成長的極限,它的意義在於,要不然的話,事物將會毫無限制地擴張與成長到無限大!

1790 年 9 月 5 日　週日

我等到現在才動筆書寫,因為我跟母親承諾過。當我們到達利雪時,母親把我的鉛筆拿走,企圖阻止我的分析研究。一開始我對她感到憤怒,但是,我後來領悟到讓我的頭腦休息一下,也許是個好主意。不過,我在假期中閱讀了哲學和歷史的書籍。晚上,我朗讀詩篇和小說給母親聽,她這幾個星期因為某種奇怪的病痛而臥床不起。爸爸原本待在巴黎,但是,幾星期之後,就過來找我們了。我和爸爸下棋,並且談論了哲學和科學。

我和安潔莉花了許多美妙的下午看著農民耕耘。我們看到年輕的女孩擠牛奶、幫她們的母親製作蘋果酒,以及做其他許多農場的工作。村莊的女士們曾一度邀請我們,幫她們將要拿去市場賣的起士包起來。啊!但是,最棒的,還是我們一起放風箏的時間。我教導安潔莉如何用輕木棍和彩色棉紙製作鑽石形狀的風箏。我們花了許多小時放風箏,看著它們隨著強風起伏。我們跑過原野讓風箏飛得更高,在風箏落地的時候大笑,在風箏飛太高太遠被強風奪走時屏息。

許多晚上我單獨一人,看著佈滿了無數個閃亮、像是鑽石一般的星星的驚人夜空。我想知道月亮的出現和消失。我將它在 7 月 26 日從一個巨大的圓形,變成 8 月 8 日的弦月過程,都記錄下來。這週期重複著,月亮也在兩星期之後回復成滿月。我們在 9 月 1 日離開利雪,而在當天夜裡我看到新月。

我對於在鄉間的假期感到很高興，讓我可以充分休息，並且目擊到壯觀的天堂景色。現在，我已經準備好繼續研究了，渴望著新的數學挑戰。

1790 年 9 月 10 日　週五

我開始研究無窮級數，首先，我試著理解它們如何展開，好比下列這個：

$$\frac{1}{(x+1)^2} = 1 - 2x + 3x^2 - 4x^3 + \cdots 。$$

當我代入 $x = -1$ 時，左式會得到 $\frac{1}{(-1+1)^2} = \infty$（因為 1 除以 0 等於無限）。因此，對於 $x = -1$，

$$\infty = 1 + 2 + 3 + 4 + \cdots 。$$

這個結果有意義，它蘊含說將宇宙中的所有整數加起來，將會產生一個無限值。

然而，另一個級數卻會導致嚇人的結果：

$$\frac{1}{1-x} = 1 + x + x^2 + x^3 + \cdots 。$$

當我代入 $x = 2$ 時，這個級數的左式等於 -1，但右式加起來卻是一個大上許多的數值。也就是說，對於 $x = 2$ 來說，這個級數變成為

$$-1 = 1 + 2 + 4 + 8 + \cdots 。$$

如果我逐項比較這兩個式子，第二個級數（對於 –1 的情況）的總和，似乎大於第一個級數（對於 ∞ 的情況）的總和，換言之，

$$-1 > \infty \text{。}$$

這怎麼可能？ –1 怎麼可能大於無限大？不過，明顯地 $\infty > 1$。現在，如果 $x = -1$，則第二個級數的左式會產生 $\frac{1}{1-x} = \frac{1}{2}$。因此，

$$\frac{1}{2} = 1 - 1 + 1 - 1 + \cdots \text{。}$$

這似乎也不正確。

歐拉稱呼這樣一個看起來荒謬的結果為「悖論」(paradoxical)。根據字典的說明，所謂悖論，是「一個似乎矛盾、不可信，或者荒謬的，但其實卻可能為真的敘述」。因此，或許上述我的兩個矛盾的結果，在數學上是正確的，我應該稱它們為數學悖論。

不過，我也懷疑吾人是否可以限制 x 的值，使得一個給定的級數恆為真。

1790 年 9 月 15 日　週三

數學的悖論自從古時候就吸引著哲學家的注意。據說詩人艾庇曼尼達斯 (Epimenides) 曾在六世紀時說過：「所有的克里特島人都是騙子。」因為這句話是由一個克里特島人所說的，所以，這敘述叫做克里特悖論 (Creaton paradox)，它為真若且唯若它為假。這是建構數學悖論的最早已知嘗試。

然而，艾庇曼尼達斯的敘述「所有的克里特島人都是騙子」，看起來似乎不是悖論而且是可能發生的。舉例來說，假設世界上有 100 個

克里特島人，裡面其中一個是艾庇曼尼達斯。在說出「所有的克里特島人都是騙子」時，艾庇曼尼達斯暗示全部 100 個克里特島人都是騙子。換句話說，世界上存在的 100 個克里特島人都會提供虛假的聲明。艾庇曼尼達斯可能說謊嗎？可能的，只要其中一個克里特島人不說謊就好。那麼，艾庇曼尼達斯的敘述，就純粹只是一個虛假的敘述罷了。

艾庇曼尼達斯不能說實話，因為克里特島人不能說實話。「所有的克里特島人都是騙子」蘊含「艾庇曼尼達斯是騙子」，因此如果「所有的克里特島人都是騙子」是真實的話，那麼，「艾庇曼尼達斯是騙子」也是真實的，這裡會造成矛盾，所以，艾庇曼尼達斯不能說實話。

然而，如果艾庇曼尼達斯是唯一的克里特島人，那麼，「所有的克里特島人都是騙子」就是個悖論，因為這敘述蘊含他沒有說實話，或者是艾庇曼尼達斯說「我是個騙子」。這有點讓人困惑，所以，邏輯學才研究悖論。

現在，讓我回到無窮級數吧。我想我知道為什麼我的結論看似像個悖論了。歐拉寫道：「不過值得注意的是，對於 $1 - 1 + 1 - 1 + 1 - \cdots$ 這個充滿爭議的級數來說，萊布尼茲給的和是 $\frac{1}{2}$，不過，其他人並不同意……要理解這個問題必須要從『和』這個字中尋找。這個想法，如果可以這樣構想，也就是說，當更多項增加時，級數的和，只與收斂有關，所以，我們應該放棄尋找發散級數之和的想法。」

歐拉所說的人是萊布尼茲 (Gottfried Wilhelm Leibniz)，一個德國哲學家、數學家和邏輯學家。他在歐拉九歲的時候去世。所以，如果歐拉和其他數學家要處理這類的悖論，那麼，我也應該理解如何分辨悖論和不實的數學陳述。我必須要小心，並且學習評估看似矛盾的分析結果。

1790 年 9 月 20 日　週一

　　質數真是令人著迷! 在數學的所有數中, 質數是我的最愛。當然, 我喜歡所有的數目, 但質數更為有趣。我並非唯一被質數吸引的一位。許多古代數學家認為它們是神祕的數。譬如說吧, 畢達哥拉斯和他的追隨者相信質數具有靈 (精神層次) 的性質。他們喜愛質數, 因為它們純粹簡單, 不像 2 的平方根無法正確地表示為兩個整數的比。

　　有一位普魯士數學家兼史學家對質數投入大量的研究。他的名字叫做哥德巴赫 (Christian Goldbach)。他與歐拉通信, 描述他有關質數的一些想法。在一封信中, 哥德巴赫建構了下列命題:「每一個偶數都可以寫成奇質數的和。」這個敘述被稱為哥德巴赫猜想 (*Goldbach's conjecture*), 因為他從不確定的證據中推出他的敘述。

　　我可以對任選的三個偶數, 核證哥德巴赫猜想成立:

$$8 = 3 + 5$$
$$20 = 13 + 7 = 17 + 3$$
$$42 = 23 + 19 = 29 + 13 = 31 + 11 = 37 + 5$$

好了, 我已經將每個偶數寫成兩個數的和。現在, 我需要檢視 3, 5, 17 與 37 是否為質數。利用定義, 我導出排列在前頭的質數。質數 p 是一個大於 1 的正整數, 它除了 1 和 p 之外, 沒有其他的正整數因數。正如我上述所確定的, 排列在前頭的質數為: 2, 3, 5, 7, 11, 13, 19, 23, 29, 31, 37, 41, 43, 47, 53, 59, 61, 67, 71, 73, 79, … 。

　　是的, 我可以證明 3, 5, 17 和 37 為質數。因此, 那些偶數的確可以寫成兩個奇質數的和, 確認了哥德巴赫猜想至少對於我隨機選擇的偶數來說, 是成立的。還有, 我也注意到: 當數目增大時, 有多於一組的「哥德巴赫數對」(Goldbach pair) 存在。這是可以預期的嗎? 哥德巴赫猜想只說至少有這樣的一個奇質數和存在, 而且它並未指出是否

有更多的「數對」存在。不過，對我來說，當數目增大時，有更多的
質數來造成滿足這猜想的「和」，似乎是合乎邏輯的。

　　哥德巴赫也預測說：「每一個充分大的整數可以寫成為三個質數的
和。」當他說充分大時，他必定意指大於或等於 6 的整數，因為這個命
題對於小於 6 的整數行不通。對於 6 或更大的整數，我確認哥德巴赫
猜想如下：

$$6 = 2 + 2 + 2$$
$$7 = 2 + 2 + 3$$
$$8 = 2 + 3 + 3$$

等等。

　　這看起來相當簡單。不過，還沒有人證明哥德巴赫猜想。我對於
吾人需要採取什麼樣的進路來發展證明，感到十分好奇。

1790 年 9 月 27 日　週一

　　今天下午我和安潔莉以及父母親坐車前往皇家宮殿。在爸爸前往
弗依咖啡廳去和他的同事見面時，媽媽帶我們到一家時尚的精品店買
東西。她買了一把用亮麗色彩繪製皇家圖案的美麗扇子。安潔莉之後
在咖啡廳旁邊的畫室中給人畫了幅黑色輪廓像。媽媽要我也畫一張，
但是我拒絕了。我不喜歡任何肖像。我不喜歡我的長相，甚至不喜歡
看到鏡中的自己。我妹妹嘲笑我，問我「妳喜歡什麼呢，蘇菲?」我想
要尖叫，但我卻只能眨眨眼睛，將裡面的淚水眨掉。我轉過頭低聲跟
我自己說：「我喜歡數學!」

　　我恢復研究無窮級數。這個主題相當困難而且充滿了不可預料的
結果。剛好在今晚，我學到 π 出現在與圓無關的許多方程式裡。歐拉

發現一些像下列令人驚奇的無窮級數：

$$\sum_{n=1}^{\infty} \frac{1}{(2n-1)^2} = \frac{1}{1^2} + \frac{1}{3^2} + \frac{1}{5^2} + \frac{1}{7^2} + \cdots = \frac{\pi^2}{8}$$

$$\sum_{n=1}^{\infty} \frac{(-1)^{n+1}}{n^2} = \frac{1}{1^2} - \frac{1}{2^2} + \frac{1}{3^2} - \frac{1}{4^2} + \cdots = \frac{\pi^2}{12} \text{。}$$

π 竟然出現在無窮級數的總和之中，真是令人嘖嘖稱奇！當然，歐拉是利用三角級數推出那些結果。其中，他重寫了多項式的項，並將此多項式分解成為只有他看得出來的因子。對我來說，只是發現 π 聯繫到無限，就足以清楚地說明 π 的確是一個正確值始終無法被掌握的數，這使得它成為一個真正魔幻的數。

歐拉究竟如何看到無窮級數與 π 的關係呢？我已經研讀歐拉的著作好幾個月了，我仍然無法掌握其中的每一件事。在他的分析學中有這麼多的美，然而，歐拉卻沒有告訴我，究竟是什麼樣的啟示，幫助他發現這些光輝燦爛的東西。

1790 年 10 月 1 日　週五

我遇到一位非常不尋常的女孩，她可能跟我一樣地愛好數學。我是在昨晚傑弗瑞夫人家的宴會認識她的。一開始，我並不想參加，不過，我現在很開心，因為我知道一些有趣的東西可以納入我的學習當中。不過，我現在寫得太快了。首先，我想要記錄昨晚發生的事情，以及我如何在最後與一位研究數學的西班牙女孩聊天。

一開始，傑弗瑞夫人邀請我們去她家參加一個音樂晚會。夫人不給我拒絕的機會，所以我只好勉強自己，和我的姊妹一起與會。在音樂會後，他們留下我一個人，全都跑去應酬。正如往常，我感到侷促不安。孤伶伶地坐在角落，我試著遠離女人們的慵懶八卦話題。然後，傑弗瑞夫人帶著一位先前見過的女孩走過來。對比著她的藍色長褲，

她的黑髮和黑眼珠顯得分外明顯。她被介紹的名字是瑪麗亞‧荷西法 (Mlle Maria Josefa Ibarra de la Villa Real)。

傑弗瑞夫人離開後，這位女孩告訴我她現年十五歲，就像我一樣，她非常喜愛數學。瑪麗亞‧荷西法抱怨說，她家裡無法欣賞她的才華或支持她的研究。她告訴我說，自從她五歲以來，她就可以心算，並且看到數目中的模式。而滿十歲時，她已經精通代數與幾何，就像我一樣，利用家中藏書自我學習！

荷西法出身西班牙阿拉貢地區的貴族家庭，不過，在她父親去年過世後，她母親發現家中幾無長物。因此，為了挽救家族榮耀與社會地位，母親為荷西法安排了一門婚事，嫁給一個富有的公爵。這可憐的女孩嚇壞了，但是，她別無選擇只有服從一途。婚禮將在八月舉行，不過，為了爭取一點時間，荷西法提議到巴黎學習語言和禮俗，因為她的未婚夫是法國人。我注意到荷西法說得一口流利的法語，因此，她承認這趟旅行只是延後婚禮的一個藉口。

她也傾訴她的願望，希望在巴黎見到數學家領袖。她的夢想是在她回西班牙之前，能夠向他們請益學習，雖然陪她來的母親可能並不允許。

荷西法讀過我研究過的許多書籍。當她描述一個她所解決的令人好奇的數學挑戰題時，問了我一個幾何問題；她稱之為迪洛斯問題 (Delian problem)。我沒有時間問她解法的細節，因為媽媽來接我，離開的時候到了。我記得在孟都克拉的《數學史》中，讀過有關倍立方體的說明，我好奇這是不是同一個問題。

遇見這一位顯然十分聰明且可能在數學研究上走在我前面的女孩，是一件非常美好的事。而且就像我一樣，她的才華也無法被家庭所認可。她害怕一旦結婚之後，她的心與智能所嚮往的，可能會被她的新家庭責任所埋沒。

　　我父母親也會逼我結婚嗎? 我希望不要。不像急著成婚的姊姊麥德琳一樣,婚姻對我來說不是一個適當的選項。

1790 年 10 月 8 日　週五

　　昨天,我看到街角有一群人在高呼政治口號,並散發小冊子。這些人穿著長褲,但沒有長筒襪,是革命運動份子。由於他們穿著工人階級的褲子,因此,爸爸管他們叫無套褲漢 (sans-culottes)。藉著這套穿著,無套褲漢對著貴族嗤之以鼻。

　　我們訪問了魯布蘭克先生的住家。當大家聚在一起時,話題就圍繞在巴黎所流傳的謠言上。反對國王統治的勢力逐日遞增,而大人則在談論新政府的改變。魯布蘭克先生抱怨說,在制憲議會開會時,大部分咄咄逼人的無套褲漢已經如虎添翼,大聲地抱怨、反對君主政治。他們與任何持異議者辯論。許多無套褲漢喝醉酒之後,公然在街上以數說國王不是的演講騷擾行人。他們揮舞著軍刀,宣稱他們將割下國家所有敵人的耳朵,而且只要戰鼓鳴起,他們馬上投入戰鬥。

　　今天早上,米麗告訴我媽媽說,有一群無套褲漢嘲弄麵包店門口排隊的一長列女人。他們鼓吹這些女人去示威遊行,反對路易國王,而他們也揚言要殺死所有貴族和富有的修道院院長。

　　爸爸認為並非所有無套褲漢都是壞人。革命運動的領袖就包含了對於起草新憲法大有貢獻的律師。不過,他也承認有些無套褲漢為了過去貴族所製造的社會不公,以及實質或想像的不義,而尋求報復。他們永遠是會偏向任何意識型態的極端狀況的一群人。許多無套褲漢都是政治激進份子,而且,他們的行動只會阻礙,而非促進新法國共和的理想。這是我的想法。

1790 年 10 月 20 日　週三

　　魯布蘭克先生和我短暫地談了一下數學。他告訴我安多正在學習三角學，因為他想當工程師。魯布蘭克先生問我是否知道三角函數。我當然知道三角函數，但是，他的問題讓我懷疑我是否真的知道。

　　晚餐後，我查閱了筆記，發現我已經寫下定義：「三角學是研究平面和三維圖形的角及其相關的關係式。」三角學 trigonometry 這個字源自希臘文的 *trigônos* 與 *metron*，前者是指三角形，後者則意指測量。也被稱為圓函數 (circular function) 的三角函數有正弦、餘弦與正切等等，寫成數學式子依序是 $\sin x$、$\cos x$ 和 $\tan x$ 等等，它們之間彼此相關。我在歐拉的書中遇上了三角函數，其中，我發現它們的彼此相關，不僅它們本身而已，還與指數和對數函數有關。

　　在我尚未體會這一點時，我開始研究三角學是從學習畢氏定理開始的。我使用 $z^2 = x^2 + y^2$ 來計算直角三角形的斜邊。我記得曾經學習在一個直角三角形中，一個角如何地可以被計算出正弦值或餘弦值，取決於我是否知道對邊、鄰邊再加上斜邊，或者如果我知道這個角的對邊和鄰邊時，我可以決定它的正切值。

　　在查閱了我的筆記之後，我有了驚人的頓悟。三角學也和虛數彼此相關。從歐拉，我學到數目 e 取虛數冪時，會等於一個有實部和虛部這兩個部分的數，至於這實部與虛部恰好是三角函數 sin 和 cos：

$$e^{i\alpha} = \cos\alpha + i\sin\alpha$$

其中 α 為一個角。

　　同理，對負數的乘冪來說，我可以寫下

$$e^{-i\alpha} = \cos(-\alpha) + i\sin(-\alpha) = \cos\alpha - i\sin\alpha$$

因此，

$$e^{i\alpha}e^{-i\alpha} = (\cos\alpha + i\sin\alpha)(\cos\alpha - i\sin\alpha)$$
$$= \cos^2\alpha - i^2\sin^2\alpha$$
$$= \cos^2\alpha + \sin^2\alpha$$
$$= 1 \text{。}$$

其中，我使用了 $i^2 = -1$ 的事實。因此，$e^{-i\alpha} = \dfrac{1}{e^{i\alpha}}$，完成了！

1790 年 11 月 12 日　週五

　　如果我就 e 取它的負乘冪，會得到什麼呢？像 e^x（x 是正數）這樣的指數函數代表成長，就像複利一樣。我也可以寫出 e^{-1}，因為由指數律，$e^{-x} = 1/e^x$。在這種情形中，e^{-x} 代表成長的反面，我稱之為「衰退」。

　　還有，自然對數是歐拉數 e 的反面 (inverse)[12]。因為 $x = e^y$，如在兩邊取自然 log，我可以得到 $\log x = y$。如果我有一個函數 $A = Ce^{ky}$，其中 C 和 k 是任意固定正數，則我可以重寫指數函數為 $A/C = e^{ky}$，而如果我在這個式子的兩邊取自然對數，我可以得到

$$\log(A/C) = \log(e^{ky}) = ky \text{。}$$

　　因此，為了求解 y，我只須對 A/C 這個比取自然對數，再除以 k 即可。這太簡單了。我應該試試其他問題。

---

[12] 譯按：從現代函數概念來說，這表示對數函數與指數函數互為反函數 (inverse function)。

譬如說吧，方程式 $\log(y-1) + \log(y+1) = x$，其中 y 表示未知數。利用對數律，$\log a + \log b = \log(a \cdot b)$，我可以重寫這個方程式如下：

$$\log[(y-1)(y+1)] = x。$$

還有，$(y-1)(y+1) = y^2 - 1$，因此，

$$\log(y^2 - 1) = x。$$

為了求解 y，我記得自然對數是 e 的反面，所以，上述這個方程式的兩邊被取成為 e 的乘冪：

$$e^{[\log(y^2-1)]} = e^x$$

又由於 $e^{\log a} = a$，上述這個式子會簡化成

$$y^2 - 1 = e^x \text{ 或 } y^2 = 1 + e^x。$$

最後，由這個式子我可以解出 y 來。

1790 年 11 月 27 日　週六

制憲議會的代表對於反對他們權威的主教和教士感到非常憤怒。議會發佈的教士法要求所有教士要宣誓效忠國家。這個誓言是用來擺脫教會腐敗領袖的合法手段。

我母親認為這個誓言是種褻瀆，因為教士只需要服從神聖教會。我不知道要相信什麼。現在困擾我的是，許多市民將他們的挫折發洩在許多無辜的教士身上，一些被誤導的人們闖入女修道院並且褻瀆了教堂。這不是根除腐敗教會領袖的方法。議會應該不要干涉不反對新共和國理想的教士和精神領袖才是。

1790 年 12 月 25 日　週六

　　現在這個時刻非常的冷。而這個風，神哪，這個風! 就像是個憤怒的鬼魂嚎叫、搥打著我的窗戶。我筆裡面的墨水已經結凍了，讓我的書寫難以辨認。但是，我必須得記錄今天晚上在我身上發生的事。我好想哭，消失到一個沒有人找得到我的地方。我為什麼不能像我的姊妹一樣呢? 她們漂亮、合群，受到每個人的喜愛，而我卻不知道要如何表現，然後在眾人面前出糗。我們家裡今天晚上有客人，麥德琳和她的丈夫勒貝特先生、梅拉先生和女士以及魯布蘭克先生和女士及他們的兒子安多・奧古斯特來家中吃晚餐。我試圖表現世故和成熟，但是，最後我看起來就像是個背誦愚蠢故事的小女孩。我好羞愧啊!

　　事情是從晚餐開始的。我很久沒看到安多・奧古斯特了。我無法認出他，因為他變得非常自負。由於已經十五歲了，他散發出一種優越感，以賣弄學問的口吻說話。他塗抹了非常多的古龍水，並且戴著讓他看起來像個可笑老人的粉粉鬢曲假髮。他幾乎不笑，試圖想表現自己是一個重要的人。他在晚餐時幾乎沒和我說話。

　　飯後我們到客廳，每個人心情都很好，但是，我卻感到尷尬，覺得我不該出現在這裡。派對是從安潔莉和麥德琳彈奏美妙的奏鳴曲時開始的。媽媽隨後唱了一首熱情的詠嘆調，然後爸爸和魯布蘭克先生輪流背誦拉辛劇作裡面的詩詞。我非常緊張，知道隨時都會輪到我，然後會要我去彈鋼琴。

　　我不喜歡在人群前面彈琴，因為我彈得沒有我的姊妹們好。因此，當媽媽轉向我的時候，我問她是否可以講一個有趣的故事。爸爸認為這是個好主意，所以，我選擇告訴他們迦太基女王狄多的故事。安多表現得好像什麼都知道一樣，問說這故事會不會很長（他說的是無聊），讓我差點打消念頭。我的父親走到我身邊並握起我的手，邀請大家來聽。於是我決定述說腓尼基公主狄多的故事來避免彈鋼琴。

由於她的暴君哥哥畢馬龍殺害她的父親並且追求她的財富，狄多必須從家鄉逃走。狄多和她忠誠的追隨者航海離開，直到他們抵達非洲的海岸。狄多希望可以找一個地方建造一個城市重新開始。當狄多和她的人民到達非洲海岸的一處時，她請求統治者賣她一塊地。對於狄多所給予的金錢，國王承諾她可以獲得牛皮界限以內的所有土地。其他任何人都會放棄，但是狄多是個聰明的女人。她命令奴隸們將牛皮切成許多細條狀然後將它們綁起來，形成更長的一條。然後她命令他們將牛皮條放在除了面對地中海海岸的土地上。狄多想要在這個界限之內取得最大可能的領土，因此她的奴隸們將牛皮條以半圓的形式放在土地上。利用這個形狀，狄多所獲得的土地比國王所預想的還要大。在這塊土地上，狄多建立了伽太基這個偉大的城市，並且在此統治了許多年。

在我說完之後現場一片安靜。我不確定他們是否知道狄多故事的重要性。我問他們，「狄多是怎麼知道，要獲得海岸旁邊最大的領土她必須要選擇半圓形呢?」打著呵欠，安多·奧古斯特回答說，每個人都知道圓會包含最大的面積。我的父親則回問他，「但是，你知道為什麼嗎?」當他沒有回答時，爸爸驕傲的說:「我的蘇菲，我的小眼睛，她一定知道!」

安多·奧古斯特想證明我是錯的，所以在他可以那麼做之前，我解釋狄多為何將牛皮條以半圓形、而不是圓形的方式放在地上。由於她使用海岸作為土地的邊境，所以，她不需要浪費牛皮給那部分的邊境。在這種情況下，半圓形的確會給她最大的面積。當然，如果這聰明的公主必須選擇海岸以外的土地，那她就會選擇圓形了。

在那個讓人不適的片刻之後，我已經無法忍受這個派對了。沒有人說任何話，但是，在一陣尷尬的安靜之後，大家又繼續歌唱。我感

到不自在，但是沒有人注意到。派對在沒有我的情況之下繼續了。即使在客人都離開了之後，我還是覺得自己像個傻瓜一樣。

教堂在很久之前就敲響了午夜鐘聲，但是，我還清醒著，回憶著這個事件。不過，在我全神貫注書寫後，我現在已經不想哭了。

1790 年 12 月 31 日　週五

現在已是午夜過後，然而，巴黎還在歡喜慶祝著。我可以聽到快樂的人們前往舞會的歌聲和笑聲。有些人輕鬆的走在黑巷中，尋找令人愉快的光亮街道，有些人則是坐在舒適的馬車裡。今天人們慶祝著，不管國家大事或者是經濟問題。在這個慶祝的夜晚沒有政治演講，也沒有武裝動員。

國王路易・奧古斯特十六屈服在制憲議會的壓力之下，公開同意了教士法。現在激進的改革者獲得了皇室的認可，開始進行使教士屈服的計畫。革命政府會將正式和公開的宣誓效忠強加在教士身上。晚餐時我父母討論著，說教士還有一天可以決定是否要宣誓效忠。拒絕宣誓的人會被移除，以更順從的人來替代，或者議會會創造更多新的教士。這很荒謬。然而，這就是我的國家現在的政治現實：新政府正在控制著法國教會。

我父母說我還太小，無法理解政治。這可能是為什麼我無法理解法國革命運動的根本目的是什麼。如同爸爸今天晚上所說，有一天我會明白的。但是，現在我的心智必須奉獻給我所追求的學問。

一年結束，另一年開始。就和數字在無窮序列中一個接著一個一樣，時間也是一瞬間接著一瞬間進行著。而生命則會遵循自己的步道……。

3 回顧 *Introspection*

1791 年 1 月 2 日　週日

　　今晨，週日彌撒鐘聲像往常一樣地響起。然而，今天卻不是尋常的禮拜天。聖母院的天主教儀式，已經轉變為政府粉墨登場的市民慶典。抵達後，我知道異常的事情即將發生。教堂充斥著穿著華麗三色制服的軍官，一個交響樂團演奏著愛國進行曲，而非聖樂。這就是許多教士宣誓遵守並服從法蘭西新憲法的一天。

　　當軍官以及尾隨其後的教士與主教行進到祭壇時，典禮開始。在祭壇那邊，神職人員宣誓保證忠於國家。當教士宣誓時，有些人非常開心，但有更多的人發出噓聲。媽媽未曾表達異議，直到她回家以後。看到教士棄絕他們對神聖教會的誓言，她相當難以接受。爸爸試圖將這種宣誓的需求合理化，說公會沒有意圖要干預人民信仰和基督聖典，新憲法只是想要創立一個屬於國家且沒有腐化的法國教會。但是媽媽的心情並沒有平息下來，她害怕以後這些宗教儀式將會較少與上帝有關，卻有更多的政治味。

1791 年 1 月 6 日　週四

　　顯現節是安潔莉最喜愛的節慶之一。她所以喜愛，是因為她會收到許多為了紀念聖賢的禮物 (the gifts of Magi)。在晨禱後，莫瑞爾夫人就會擺好桌子，準備熱巧克力和一塊特別的蛋糕。安潔莉必須等待，

直到麥德琳和她老公回來晚餐，並送她禮物。他們送她一組炭筆和一塊畫板。我不應該再收禮物，因為我已經不再是小女孩了，不過，麥德琳仍送我一副骨牌 (dominoes)，由石頭和大理石所製成，這些石頭據說是取自巴士底監獄的廢墟。我不玩骨牌，不過，我還是謝謝勒貝特先生，因為這可能是他挑選的。媽媽送安潔莉一面框在白色陶器中的小鏡子，以及由琥珀做的梳子。爸爸則送她一個打扮成宮廷弄臣的木偶。

　　晚上，傑弗瑞先生和夫人來得晚了些。在其他朋友也抵達時，宴會的快活氣氛就轉變成為熱烈討論。女人去母親的起居室聊天，我則帶著安潔莉到我房間閱讀。稍後，米麗加入我們，告訴我們源自一部劇作的有趣故事，讓我們發笑。米麗喜愛義大利喜劇 (*Comédie Italienne*)，她說，那是巴黎最棒的娛樂。米麗有一點笨拙，有時還太大聲，然而，她相當聰明且受惠於學習。不過，現在像她一樣的年輕女孩並未受教育。事實上，這讓我懷疑為何只有年輕男人有受教育的權利。讓想要受教育的任何人去受教育，難道不是更有意義嗎？譬如說吧，我就可以為了上大學或學院去學數學，而放棄任何事。然而，我母親說那些學校只是為男人而設。為什麼呢？我不了解，我也應該有權利受教育才是。

1791 年 1 月 20 日　週四

　　今天真是酷寒。雪下個不停，堆滿整個街道，就像蓋滿地上的一層厚重的白色毯子。城市靜悄悄的，安靜到好像沒有人似的。今天早上，我聽到的唯一聲音，是我母親喃喃自語的禱告。她為生病的路易國王禱告，謠傳他發高燒且咳到出血，媽媽說這是肺結核的徵狀。

　　我精進我的學習，學得越多，我對數目的著迷就越大。吾人可以做那麼多與數目有關的事情，這真是令人驚奇。我尤其喜歡代數，我

甚至可以花好幾個鐘頭解方程式。一開始，我以為幾何學只涉及面積和角度的計算，不過，我改變看法了。我學習到用以定義幾何圖形的數目和方程式。在遇到西班牙女孩之後，我學到希臘人如何發現「黃金平均」，這個幾何學中最美麗的概念。

黃金平均數 (golden mean) 源自一個相當簡單的幾何圖形。希臘人從一個邊長等於 1 和 2 的長方形開始論證。這個不複雜的長方形可以由其對角線對半切割，而此對角線的長度為 D，根據畢氏定理，$D^2 = a^2 + b^2$。這個對角線將長方形一切為二，它們都是直角三角形。代入長方形邊長數值，我發現 $D^2 = 1^2 + 2^2$，因此，對角線長為 $D = \sqrt{5}$。

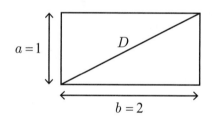

希臘學者切開這個 1×2 長方形的角落的一個直角三角形，將對角線這一邊延伸一個長度等於 1，再將長度為 2 的這一邊旋轉，而造出一個 $2 \times (\sqrt{5} + 1)$ 的長方形。這樣做了之後，他們發現這個新長方形的兩邊比等於一個無窮的、不循環的（十進位）小數。這個我可以顯示如下：

$$\frac{\sqrt{5} + 1}{2} \approx 1.6180339 \cdots 。$$

真是神奇! 這個數令我想起 π 來。π 和 $\dfrac{\sqrt{5} + 1}{2}$ 多少有一點關係嗎? 如果是如此，那又是如何呢? 這兩個數源自基本的幾何圖形，兩者

都是兩個數的比，而且兩者都是無窮的、不循環的小數。是的，我喜歡想像一個連結這兩個特殊數的方程式是美麗且優雅的。

這就是數學的魅力，吾人可以發現不可測的美之無窮關係式。或許我可以經由引用偉大天文學家和數學家克卜勒的話，來表達我的感受：「幾何學有兩大寶藏：其一是畢氏定理，其二，則是將一條線段分割成中末線比 (extreme and mean ratio)。第一個我們可以比喻成黃金，第二個則可以名之為珍貴的珠寶。」

他是對的! 任何人怎麼可能不認為數學迷人呢?

1791 年 2 月 5 日　週六

幾何學處理許多有趣的問題，其時間可以追溯回古典時期的數學家。對古代學者來說，這些問題所以有挑戰性，並非因為它們無解或者有解但非常困難，而是因為已知的解破壞了希臘數學家自己所佈置的條件。譬如說吧，被稱為「倍立方」的問題，就需要造一個立方體，使其體積為給定立方體之兩倍。

倍立方體也被稱之為迪洛斯問題，因為它處理一個與迪洛斯 (Delos) 神諭的傳說有關的問題。根據伊拉托森尼斯致函埃及的托勒密王的說法，伊里匹迪斯 (Euripides) 在他的許多悲劇故事中，曾提及迪洛斯問題。這個故事是這樣敘述的，西元前 430 年，雅典人曾請教迪洛斯的神諭，希望能遏止肆虐他們國家的瘟疫。阿波羅太陽神建議他們將祂的神龕體積加倍，而這神龕被設計為一個立方體。雅典人試過各種方法，但都無法加倍這立方體形狀的神龕。這一無法滿足神的多次失敗的後果，就是使瘟疫更加惡化。在束手無策之下，他們向柏拉圖求救。

雅典人無法只透過直尺和圓規這兩種可用以解決這一類幾何問題的工具，來解決此一問題。由於只能用這些工具的限制，迪洛斯問題

挑戰了幾世紀的數學家。當然，這個問題可以借助於代數分析 (algebraic analysis) 來探討。

好吧。倍立方體只是表示，從一個正立方體的體積開始，吾人可造一個立方體使其體積是給定的兩倍大。從代數觀點來看，這個問題可化約成尋找方程式 $x^3 = 2a^3$（其中 a 是給定立方體的邊長）的可作圖之根 (constructible solution)。

我可以只是證明這個方程式沒有有理根嗎？假設反命題為真。令 $x = p/q$ 為有理解，則 $p^3 = 2q^3$。這個方程式的左邊的質因數之個數可被 3 整除，而右邊的質因數之個數除以 3 之後，其餘數為 1。因此，這個等式誠然為不可能。這表示 $x^3 = 2a^3$ 這個方程式沒有有理數解。

利用一個簡單的代數分析，雅典人本來有可能加倍立方體之體積！

1791 年 2 月 15 日　週二

我無法停止思考迪洛斯問題。這個故事聲稱雅典人聽從阿波羅的勸告，而試圖加倍立方體形狀的神龕之體積。因此，我將這個倍立方的問題重述成為一個二項方程式 $x^3 - 2 = 0$ 的形式，並試圖尋找一個有理解。

書寫 $x^3 = 2a^3$ 的形式蘊含我必須為這個立方體造出一個由 $x = a\sqrt[3]{2}$ 所給定的邊長。如果我可以找出一個有理解，其中 x 和 a 是沒有公因數的整數，那麼，我必定可以確認 $x^3 = 2a^3$ 為偶數。由於一個偶數的立方也是偶數，x 必定也是偶數，令 $x = 2p$，則 $x^3 = 8p^3 = 2a^3$，且 $a^3 = 4p^3$。也就是說，a^3 為偶數，導致 a 也是偶數。而如此一來，x 和 a 有公因數 2，這與我原先的假設矛盾。所以，我只能導出這個二項方程式 $x^3 - 2 = 0$ 對於有理數的領域來說，是不可約的 (irreducible)[13]。換句話說，$a\sqrt[3]{2}$ 是無理數，就如同我在前面所推導的！那位西班牙女孩也求得同樣的解嗎？

[13] 譯注：原文 "irreducible over the field of rational numbers" 是現代說法，譯文稍改。

喔，我的上帝！時間已經這麼晚了。我最好趕快跳進被窩，否則媽媽將會非常生氣。

1791 年 2 月 28 日　週一

法蘭西陷入混亂之中。有一些人反對路易十六國王，其他一些人則支持且維護他。今天這兩邊，革命份子與保皇黨，就在杜樂麗皇宮門口，爆發了暴力衝突。這真是讓人害怕。當時國民衛隊指揮官拉法葉恰好到鄉下地區，試圖驅散那兒聚集的暴民。

1791 年 2 月 28 日憤怒的暴民企圖摧毀文森城堡

同一時間，好幾百個貴族及皇室的支持者，因為擔心國王的安全，以刀槍武裝，集合在一起來守衛皇宮。由於懷疑這個示威是企圖幫助國王逃亡，革命份子遂引發暴力衝突。拉法葉被迫倉促趕回，解除群眾的武裝，並且逮捕了不少人。爸爸並沒有牽涉在內，因為他始終忙著議會的事情。然而，當我們聽到這個騷動時，還是擔心爸爸的安危。

巴黎現在處於混亂失序的狀態。不過，在家裡我們試圖保持平常心。我們維持同樣的家庭例行活動，包括我非常喜愛的文學夜晚和音樂插曲。其他時間，我都花在自己的學習上。而現在，我有了一種新活動，帶給我非常多的快樂：我正在教米麗讀書和寫字。昨晚，她從那本我送她當生日禮物的書本抄寫了幾段文字。她是一位渴望學習的學生，因此，我教她基本算術。米麗能數數，且做簡單的加和減，現在，我將教她計算百分數。

1791 年 3 月 10 日　週四

主教威脅要將任何像政府文官一樣發誓 (swear the civil oath) 的教士逐出教會。媽媽認為神聖閣下可以阻止這種席捲法國的瘋狂行為，對著公民組織 (civil constitution) 發誓，違背了最神聖法則的承諾。我不認為這出自主教的訊息，會讓人覺得舒服。相反地，他的威脅讓教士更加為難，因為他們別無選擇。要是他們不遵守這個新政府的規定，他們勢必會被逮捕下獄，甚至還會被判死刑。母親憂慮但態度堅決，她將不參加由政府教士所主持的聖禮，因為她認為他們背叛了教會。多麼難解的困境啊！

我有我的數學可以自我滿足。我還有許多必須學習的東西！數學分析需要深刻的專注，它也需要數學家利用智力之眼觀察大自然，目的是為了考察大自然如何運作。希臘人知道這一點，他們尋求底蘊的規則與支配數目及環繞它們的關係式。古代學者相信，由於宇宙是完美的，他們可以利用演繹推論來建立真理，而不會有經驗度量的不純粹。他們的進路引導了幾何與代數的發展，而數學推論也成為邏輯論證的基礎。

我必須說，數學是發現大自然最美妙與最富詩意的方法。

1791 年 3 月 20 日　週日

　　安潔莉的圖畫得很漂亮。我告訴她她將來應該是個藝術家。藉由炭筆素描，她捕捉到鄰近皇宮和建築物的美。現在，她想畫人，米麗志願充當模特兒讓她畫一幅肖像，而在這次首度嘗試中，她就表現得十分出色。我必須承認，她的鉛筆素描畫出了米麗柔和的眼神與甜美的微笑。安潔莉只有在畫米麗鼻子時有一點小小的問題。現在，她在行事上頗有我的作風，不過，這並非意在澆熄她的熱情，我建議她不如畫我們媽媽的漂亮臉蛋，並將這個素描送她作為生日禮物。我妹妹認為這是個好主意，然後就自顧自地離開了。

　　我正在學習定理和證明。當數學家談論定理時，他們是什麼意思？不同的書本有著不同的解釋，但簡單地說，定理是可以從一個形式系統的公理，藉由推論法則的遞推應用，而演繹出來的敘述或公式。至於公理則是為了建構一個理論──其中，定理可以透過推理法則而導出──而被規約為真的一個敘述。這麼說，這句話未免太長了。其實，闡釋一個定理及其證明的最佳方法，莫過於透過真實的操作。首先，為了證明一個定理，我需要知道某些事實，然後，我必須遵循恰當的數學法則。

　　我從一個非常簡易的數學敘述開始：「任意正數及其倒數之和是大於或等於 2。」這是一個用我自己的簡單語言來表達的定理，因此，我必須運用數學記號重新敘述如下：

$$若 \ x > 0, \ 則 \ x + \frac{1}{x} \geq 2。$$

這是我可以顯示如何證明為真的敘述：因為

$$(x-1)^2 \geq 0$$

所以,

$$x^2 - 2x + 1 \geq 0$$

或

$$x^2 + 1 \geq 2x$$

因此,兩邊除以 x,我得到

$$x + \frac{1}{x} \geq 2 。$$

Q.E.D.。

　　好了! 這個定理容易證明,因為我知道任意實數的平方是非負的數,而且,在不等式兩邊加上同數會保持不等式。

　　這就是造就數學家的方式。為了證明定理,吾人必須知道足夠的數學,才能支撐其結構。還有,當數學家完成一個證明時,他們通常寫下 Q.E.D. 作為最後一個敘述。當我開始研讀《無窮小分析導論》時,我對於歐拉永遠用 Q.E.D. 來完成他的證明,一直十分好奇。現在,我知道這三個字母是拉丁文 *Quod erat demonstrandum* 這個句子的縮寫,它的意思是:「得其所證」。從今以後,當我完成一個證明時,我也要寫下 Q.E.D.。

1791 年 3 月 25 日　週五

　　數學可以充滿挑戰性。有時,數學家感到某事為真,並且可能預測了結果,但卻不能證明。有學問的人可以看到超乎他們眼前所見,而且獲知那是什麼或在那裡可能有什麼的想法。哥德巴赫,一位研究質數的數學家,因為他的數學猜想而聞名,他看到對其他人而言並不

明顯的數學關係式。這個問題非常重要，因為它挑戰數學家去證明或反證他所提出的敘述。

我也想要發展這樣的洞察力，而且不只提出猜想，還能證明它們。我對自己的期許將是去證明一個其他人還無法證明的猜想或定理。我有足夠的聰明做這件事嗎？我確信我現在就是缺乏知識去做。我還有很多需要學習的東西。

1791 年 4 月 3 日　週日

街坊傳令員今晨用意外的消息喚醒我們，「米哈波去世了！」我們衝到窗口去聽這個宣告。官員走遍大街小巷，宣布這個不幸的消息。米哈波這位國民議會主席，昨晚去世了。

米哈波伯爵 (The Comte de Mirabeau) 是我父親的朋友，他來我們家討論政治多次。米哈波先生是君主制憲的支持者之一，並且企圖協調路易十六的反動法庭與革命的日益激進勢力。爸爸說米哈波先生身體欠安，而且由於他的選舉，也讓他承受不少壓力。我母親並不特別喜歡他的生活方式，尤其是他的賭癮。儘管如此，我母親對於他的死訊還是深感遺憾。正如爸爸所說，目前在政府部門，已經沒有人像米哈波那樣傑出且有影響力，因而再也沒有人能代表國王，那麼有理性與口才流利了。

1791 年 4 月 7 日　週四

我希望可以導出一個預測質數的方法而不需要執行無止盡的算術計算。不過這並不容易。自從質數被發現以來，許多數學家已經企圖建構一個產生質數的方法。

1640 年，費馬發展了一個他認為可以製造質數的公式。他敘述說形式為 $2^n + 1$（其中 $n = 2^p$，且 p 為正整數）的數將是質數。然而，他錯了。

吾人容易證明：對於整數 0, 1, 2, 3 以及 4 來說，費馬公式成立，但對 $n = 5, 6$ 以及其他 n 來說，它卻行不通。對 $n = 32$（或 $p = 5$）來說，根據歐拉的發現，這個公式給出 $2^{32} + 1 = 4294967297$，這是一個可以被 641 整除的數，因此不是質數。我缺乏精力和時間去計算 2^{32}，因此，我無法核證歐拉的值。當然，我相信他的發現，不過，考慮到他半盲的狀況，我好奇他是怎麼做到的。他真的擁有一種奇異的能力，可以在他的腦海裡做複雜的運算，但儘管如此，這個數還是太巨大了，以至於無法如此計算。

1644 年笛卡兒的一位朋友兼導師，名叫梅仙的學者出版了一本論文全集 (memoir)，書名為《數學與物理學的一些想法》(*Cogitata Physica-Mathematica*)。在序言中，梅仙敘述說：對於 $n = 2, 3, 5, 7, 13, 17, 19, 31, 67, 127$ 以及 257 來說，$2^n - 1$ 是質數，而對於 $n < 257$ 的所有其他正數來說，它則是合成數。合成數是那些可以寫成兩個其他數的乘積的數。

如果我要假定所有形如 $2^n - 1$ 的數為質數，我將是錯的，因為我檢視任意選擇的 n 的三個值 $n = 2, 3$ 和 12 之情況，我發現前兩個是質數沒錯：$2^2 - 1 = 3, 2^3 - 1 = 7$。不過，它對 $n = 12$ 卻不真，因為我得到 $2^{12} - 1 = 4095$。4095 這個數顯然可以被 5 整除，因此，它不是質數。這告訴我們，梅仙公式對所有 n 的值來說，並不會都產生質數。

喔，我知道計算這樣巨大的數是多麼艱鉅的工作。我希望有簡易的方法來發現質數，而且我也好奇，究竟有沒有其他人發明了不會錯的公式？

1791 年 4 月 24 日　週日

我們一早到教堂慶祝復活節，而在下午，我們前去拜訪傑弗瑞先生與夫人。我們在他們家晚餐，並且舉行了一個音樂晚會。我妹妹吟唱莊嚴的讚美頌，讓爸媽非常高興。爸爸的一位朋友稍晚趕到，帶來一個令人難過的消息。他告訴我們說，皇室遭受到極差的對待。

今天早上，路易國王與他的家庭打算前往聖克羅 (Saint-Cloud) 城堡。但是，腹背被一群憤怒的市民所控制的國家衛隊，卻在皇宮門口堵住皇家馬車。國王告訴士兵說，他們只是想去聖克羅城堡的小教堂慶祝復活節，然而，士兵不准馬車離開。皇室想要跟他們自己的教士所主持的聖禮一起過復活節，他們對於參加由「陪審員」(juror) 教士──亦即曾宣示效忠公民憲法──所主持的聖禮猶豫不決，這讓國王在政府眼中成為嫌疑犯。這不是一個好徵兆。

1791 年 4 月 30 日　週六

梅拉夫人是我所知的最成熟、最有教養的女人之一。她有關文學和哲學的知識相當淵博。當她說話時，她總是如此熱情以至於聽到她的觀點都會深感著迷。夫人說話時，帶著一種從容、優雅，還有迷死人的漂亮表達。我崇拜她的自信與流暢自如。

梅拉認為女人應與男人擁有相同的權利，無論是政治或其他方面。她論證說，要是女人有政治權利，我們將能改變這個社會系統，以一種造福每一個人──不僅是其他女人或小孩──的方式。事實上，她給了我恭維的鼓勵，送我書籍，並且告訴我有關古代哲學家的啟發故事。母親不再責備我學習數學，或許她聽了梅拉夫人有關女人應該受教育的論點覺得很有說服力，容忍度便增加了。梅拉推論說，一旦與男人同樣多的女人有機會進入大學，這個社會將會大大地受益。不過，她也承認要改變社會有關女性角色的看法，還有很多事要做。

　　我個人並不關心政治權利。然而，沒有公民權利，女性將不會有權利去追尋並接受與男人一樣類型的教育。

1791 年 5 月 10 日　週二

　　教士法現在將教會置於國家的控制之下。在今晚的聚會中，我父親與他的朋友談論這個新的發展。許多教士被捕，因為他們拒絕發誓。我坐在角落，眼前放著一本書，卻無法專心，盡想著政府行動的愚蠢。革命發端於社會平等的理念，因此，發誓究竟與教士有何關連呢？光是一個誓言又如何能夠堅持這些原則呢？我對於政府挪用教會土地與財富，以及打擊教會有力人士的貪污行為等行動，完全可以理解。然而，將教士下獄，只因為他們拒絕成為政府僱員，這並不公平。

　　在政治討論之後，爸爸和他的同事談論在過去兩個世紀，法國在歐洲的科技地位。他們提及偉大的哲學家和學者如巴斯卡、笛卡兒、梅仙、迪薩格 (Desargues)、羅必達以及費馬等人。爸爸的一位朋友則提及當今法國數學家的著作，其中有一些介入新政府的科學事務。

　　除了康多塞侯爵之外，他們也提及拉格朗日 (Lagrange)、拉普拉斯 (Laplace)、孟日 (Monge) 以及勒讓德 (Legendre) 等名字。爸爸跟康多塞很熟，事實上，他是送我歐拉兩冊《無窮小分析導論》的學者。康多塞先生在書寫《論女性獲得公民權利之許可》之後，也因為積極關注女性權利而聞名於世。他相信女人必須擁有像男人一樣的受教權。如果我記的沒錯的話，爸爸的許多朋友反對康多塞有關女人的想法，然而，按照我的看法，他比大部分人都要好。一個男人必定是相當聰明，才能接受女人智力與他並駕齊驅的事實。

　　我很想要跟這次聚會所提及的學者學習數學。有朝一日，我將鼓起勇氣撰寫一封信，請求他們准許我參加他們在羅浮宮所舉行的公開演講。

1791 年 5 月 20 日　週五

　　從前，有一位了不起的人叫做唐哈夫，由他年輕的兒子陪伴，穿過一塊很大的土地。有一天下午，他們遇見一位陌生人坐在一條廢棄的路旁。這個男人迷路了，身無分文也沒有食物，因此，唐哈夫設法幫助他回家。這位陌生人感激地接受了，並請求一點食物充飢。唐哈夫說他有五條麵包，兒子有三條，合在一起，這八條麵包將讓他們三人來分食。為了感謝他們的慷慨，這位陌生人承諾在返家後，將盡快回報八個金幣。吃完麵包之後，這三個人騎上馬，開始了返回城市的旅程。

　　翌日，回到家的唐哈夫和他的兒子驚異地發現，這位陌生人其實是那個疆域的國王。這位心懷感激的君主，邀請他的恩人到他華麗的皇宮過夜。在美食晚宴之後，國王命令他的僕人送給唐哈夫兒子三個金幣，作為與他分享三條麵包的報償，至於唐哈夫本人，則贈送五個金幣。

　　不過，唐哈夫卻插嘴說：「雖然您對金幣的分法非常直接，但在數學上卻非正確。因為我分享了五條麵包，我應該受贈七個金幣。至於我的兒子，他分享三條麵包，應該得到一個金幣。」國王有一點不好意思，因為他並不理解這個論證的邏輯。於是，唐哈夫為他的提議何以在數學上是正確的，提供了證明：

> 在這趟旅程中，當我們都飢腸轆轆的時候，我取出一條麵包，並將它分成三片，而我們每一個人都吃了一片。如果我貢獻五條麵包，這表示在我的袋子中，有十五片麵包。而我兒子貢獻三條麵包，或者說從他那裡可取得九片。現在，在我袋子內的十五片，我吃了八片，這表示我給出了七片。我兒子有九片且吃了八片，所以，他只給出一片。這就是為什麼我期待七個金幣，而我兒子一個。

國王無法就反對此一邏輯提出論證，因此，他的僕人根據唐哈夫的數學公式，在父子之間分配這八個金幣。唐哈夫謝了國王，並且說：「國王閣下，我提議的分法，七個歸我，一個歸我兒子，在數學上固然正確，然而，在上帝的眼中，它卻不公平。」於是，唐哈夫這位智者將八個金幣收攏在一起，然後對半分，四個歸他兒子，四個他留著。

我創作了這個故事，用來娛樂我家小妹，同時，也用以提醒我自己，生活並不遵循嚴正的 (exact) 數學公式。

1791 年 5 月 28 日　週六

梅仙 (Marin Mersenne, 1588–1648) 是一位密尼米修士 (Minimite friar)，他對數論及其他科學研究貢獻極大。1611 年，梅仙加入密尼米教團 (Minims)，獻身給禱告、研究和學術。1612 年，梅仙成為教士，他在 1614–1618 年間，在訥韋爾 (Nevers) 的密尼米修道院教授哲學。一年之後，他回到巴黎居住，直到去世。

身為法國神學家、哲學家和數學家，梅仙投入時間研究，並出版了有關聲學和數學的著作。梅仙廣泛地和與他同時代的偉大學者如笛卡兒、費馬、巴斯卡、伽利略與惠更斯 (Huygens) 通信。在他與費馬的通信中，他們交換了許多有關質數的想法。

梅仙在巴黎此地的修道院接待許多訪客。他為笛卡兒和伽利略的反對神學批判辯護，並且奮力揭穿煉金術和占星術的擬科學 (pseudosciences) 面向。他延拓了伽利略在聲學方面的研究，並藉由自己在音樂上的興趣，為撰著《音樂理論》(*Theory of Music*) 的荷蘭學者惠更斯，提供想法與指導。惠更斯在 1646 年曾打算移居巴黎，以便就近拓展他們的合作計畫。不過，兩人最終並未見面。惠更斯在梅仙去世多年後，才訪問巴黎。

在數論上，梅仙的研究非常重要。他試圖找到一個公式以表徵所有質數，雖然他失敗了，不過，他對於形如 $2^p - 1$（其中 p 是質數）的數之研究，激發了數論的更進一步發展。

1791 年 6 月 10 日　週五

或許是天氣的緣故，我感到有一點倦怠和疲累。現在還不是夏天，但是，空氣卻讓人覺得濕熱。我白天花時間閱讀傳記，知道數學家如何過活，以及如何研究並發展數學，是一件神奇的事。我是從《科學、藝術與手工藝辭典》(*Dictionnaire raisonné des sciences, des arts et des métiers*) 開始閱讀。當我還是小女孩時，父親就介紹我看這一本書，不過，我不記得那時候讀了什麼數學。我也發現一本有關過去兩個世紀的法國偉大學者的著作。

有一位數學家幼年時是數學神童。他的名字是羅必達 (Guillaume François Antoine de l'Hopital, marquis de Sainte-Mesme)，生於 1661 年，死於 1704 年。當羅必達十五歲時，他聽到兩個數學家討論巴斯卡問題中的一個。羅必達宣稱他可以解決那一個問題，讓他們大吃一驚。的確，幾天之後，他就提出了他的解答。身為皇家陸軍中將的兒子，他本來打算發展軍旅生涯，可惜視力出了問題，只好辭職。於是，羅必達完全投入數學研究，這是他最喜愛的學問。當他年滿三十歲時，他跟隨尚·伯努利學習數學。

羅必達是一位優秀的數學家，而且在 1696 年撰寫一本名叫《有關曲線知識的無窮小分析》(*Analyse des infiniment petits pour l'intelligence des lignes courbes*)（微積分的教科書）的著作之後，更加聞名於世。這對我來說，是數學的一個新的分支，因為他處理了一種他稱之為無窮小 (*infiniment petits*) 的新概念，似乎與函數的微末變化有關。不過，我並不確定。在導論中，羅必達向他的導師萊布尼茲、

傑克・伯努利 (Jacques Bernoulli) 與尚・伯努利等人致謝，因為他們教他微積分。羅必達擁有最偉大的老師！

1791 年 6 月 18 日　週六

最速下降 (brachistochrone) 曲線這個字被連結到尚・伯努利 (Jean Bernoulli) 在 1796 年所提出的數學問題上。數學家利用最速下降曲線來描述給定兩點之間的曲線，它在給定的運動類型下，表徵了花費最短時間的軌跡。這種運動的一個例子，是出自重力影響的物體之落下。在伯努利之前，伽利略宣稱：一個自由落體沿著圓上兩點連接的弦對應之圓弧運動，它所花的時間將是最短。但顯然他錯了。伯努利在科學期刊《教育學報》(*Acta eruditorum*) 上，重新引進這個最速下降曲線問題。

伯努利敘述這個問題如下：「在一個垂直平面上，給定 A 和 B 兩點，哪種從 A 開始抵達 B 的曲線是由其上只受重力影響，且所花時間最短的點所描繪？」

尚・伯努利知道此一最速下降曲線問題的解，不過，他卻拿來挑戰他人。數學家既挑戰他們自己也挑戰他人，因而顯得生氣盎然。我已經在整個數學史上讀過這一類的競賽。這些挑戰被用以檢驗數學家的方法和他們的智力強度。

萊布尼茲說服尚・伯努利允許他有多於六週的時間，他打算在那段時間內求解最速下降曲線問題。萊布尼茲推論說，允許更多時間將提供機會給外國數學家解題。結果，許多的解都由當時最好的數學家如牛頓、傑克・伯努利和萊布尼茲，乃至於尚・伯努利自己所提交。他們都獨立地證明出最短時間之路徑是一條內擺線 (inverted cycloid)。

　　我需要知道他們是如何做到的。首先，像伽利略一樣，我猜測由這個微小物體落下所描繪的軌跡將是圓弧的一部分（以便在最短時間內移動）。現在，我知道不是如此。一定有什麼事情我漏掉了，而那就是我需要知道哪類方程式適用的原因。或許爸爸可以帶我去市立圖書館查閱《教育學報》。那是我看得到數學家所提交的最速下降曲線問題的解之唯一方法。

1791 年 6 月 27 日　週一

　　國王企圖逃走但被抓到。這在巴黎引起一場很大的騷動。而我也目睹皇室被捕後護送回來的情形。前天，當我與母親和安潔莉一起乘車外出時，我們的馬車被迫停在新橋，因為有一大群人堵住了路。我們當時並不知道這場騷動是怎麼回事，直到晚上爸爸回來吃晚餐時，才告訴我們事情的真相。

　　幾天前，路易十六、皇后瑪麗・安東瓦尼特以及王子和公主企圖逃離法國。結果，皇室在瓦雷納 (Varennes) 被捕，然後解送回巴黎。這就是我們的馬車被堵時，所發生的事。當我們在橋邊等候時，皇室馬車經過我們，被護送回杜樂麗皇宮。暴民已經歇斯底里了！許多人辱罵皇室，男人用棍和矛敲打皇室馬車的窗子。

　　當馬車經過時，男人始終戴著帽子，表現的輕蔑是如此地粗魯而缺乏敬意。人民怒吼辱罵，使用那樣粗鄙的語言，使得我母親因害怕而退縮。她不斷地喃喃自語，眼中噙著淚水，「男士們，以上天之名！他是法國國王，看在上帝面上！請對她仁慈一點，她是我們的皇后！」當我們靠得更近一些時，我們目睹粗魯的士兵在皇室馬車被帶回皇宮時，將他們的步槍指向地面。母親非常驚嚇，且深深地被人民對皇室的態度所困擾。

1791 年 6 月 25 日皇室在企圖逃出法國但失敗之後回到巴黎

　　爸爸說，在國王企圖逃離法國後，許多人，甚至那些原先愛護和支持君主制度的人，現在認為路易十六是一個叛國賊，而且有害國家。他與制憲國民議會同仁的討論，圍繞在國王的停權上。現在，對於皇室陰謀與外國入侵，有更多的疑慮出現。

　　母親支持路易國王，並且同情他企圖離開一個不再尊敬他的國家。她難過地看到對國王陛下尊敬的態度已經被憎惡所取代，而約束法國人民對他們的國王的傳統標準也被摧毀。不過，我父親的一位朋友則澄清說，有一群人到處張貼海報，命令市民在皇室馬車經過時，要把帽子戴上，並威脅他們如不服從便立刻逮捕。因此，市民是否失去了他們對國王的尊敬，或者這只是革命軍領袖在操弄他們，還很難說。但無論是哪一種，君主制度都岌岌可危了。

1791 年 7 月 5 日　週二

　　我企圖求解相當具有挑戰性的問題，但是無論怎麼試，我就是找不到解。在我差不多要放棄的時候，相當意外地，我偶然發現一本書，其作者宣稱要是無法精通歐幾里得《幾何原本》的話，就不算是真正的數學家。多麼有啟發性啊！我曾經假定這本古代的著作鑽研了我認為相當枯燥的數學內容，因為它需要運用直尺和圓規，來度量幾何圖形。儘管如此，為了克服阻止我解方程式的障礙，我決定研讀歐幾里得的幾何學。

　　《幾何原本》是一本學習代數學和幾何學的精彩著作。知道它完成於好幾個世紀以前，真是不可思議。沒有人能夠確定是何時，不過，在它的導言中，有一則由譯者所寫的注記說，根據普羅克洛斯 (Proclus)《歐幾里得《幾何原本》的第一冊評注》的一段文字，歐幾里得應該是生活在耶穌出生前大約三個世紀的亞歷山卓。那使得這本書已經有 2000 歲了。

　　《幾何原本》是一套有十三冊的著作。第一冊包括了對於其後數學研究至關重要的定義。《幾何原本》一開始的少數幾項是樸素的名詞 (primitive terms)。它們的意義來自稍後公理所假定的有關它們的性質。這個公理有兩類：設準 (postulates) 與共有概念 (common notions)。歐幾里得定義點為「沒有部分的東西」。這表示一個點沒有寬度、長度或深度，而具有一個不可分割的位置 (indivisible location)。至於第一個設準 (I. Post. 1) 則對於「點」這個名詞給出更多的意義，它敘述說：任意兩點之間可以畫出一條直線。

　　「線」是《幾何原本》的第二個樸素名詞，它被定義成沒有寬度的點之連續集合。有關線的「無寬度的長度」(breadthless length) 之描述蘊涵著一條直線只有長（度）這個維度，但它缺乏寬度或深度。從這個定義，我無法說出所謂的「線」是指什麼樣的線，不過，因稍後

一條「直」線被定義為線的特例，於是，我下結論說：「線」不一定是直的。或許「曲線」是比「線」更好的一個翻譯才是，因為對歐幾里得來說，一條曲線可能是或可能不是直的。之後歐幾里得利用已經定義的名詞，來定義新的概念。

第二冊的主題被稱為幾何式代數 (geometric algebra)。因為這裡的幾何是平面幾何，所以，它們的關係表徵了二次方程式。這對我將是容易理解一點，因為我懂代數的基本知識。

1791 年 7 月 11 日　週一

一個在十三年前去世的人怎麼可能還如此有名？過去好幾週以來，人民談論伏爾泰，就好像他還活著一樣。伏爾泰是作家兼哲學家，一位對君主制度和教會主教公開批判的人。伏爾泰的理念和思想現在非常流行，許多劇院排演他的劇本，只要有任何人想要將反對君主制度加以合理化，他的名字就會被召喚。

由於他對教會的批判，所以，他在 1778 年去世時，拒絕葬在巴黎教會的地下室。現在，由於雅各賓黨——反對國王的政黨——的催促，伏爾泰的遺骸將會移到萬神廟 (Panthéon)，這是為法國偉人所建立的陵墓。

從昨晚起，棺木就被放置在巴士底監獄的廢墟中。今天，我們看到聖奧諾路的送葬隊伍。它由騎兵部隊前導，緊接著是學校、俱樂部、兄弟會，以及來自各劇院的許多團體演員等代表。至於摧毀巴士底監獄的工人，則從監獄囚犯取來鐵球和鐵鍊。四個穿著古典劇場制服的男人，扛著伏爾泰的金色雕像，演員揮舞著繡著伏爾泰劇作名稱的旗子。一整隊的交響樂團前導著有輪子、由十二匹白馬拉著的石棺。一旁的小箱子裝飾了劇場面具，並刻上「詩人、哲學家、史學家，他在人類精神上推進了巨大的一步。他協助我們獲得自由」。

　　許多重要人物肅然地跟在石棺後面，包括國民議會、巴黎的司法單位以及市政廳的成員。幾百個市民列隊在街道兩旁，注視著葬禮的進行，而且有許多人跟著隊伍走下去。我們並未前往埋葬處，不過，爸爸說當伏爾泰的遺骸安葬在萬神廟時，差不多是午夜時分了。

　　我熟悉伏爾泰的哲學，這是從我還是小孩時，家裡討論的一個主題。媽媽不喜歡他的想法，因為伏爾泰批評國王，不過，爸爸贊同他反對宗教不寬容與宗教迫害。事實上，有時候在我們家庭的文學夜晚時，爸爸會朗讀伏爾泰的劇本。他最喜愛的劇本之一是《伊底帕斯王》(*Oedipus Rex*)。爸爸也愛讀他那些幽默詩篇，那是伏爾泰用以取笑政府和貴族的一種藝術。

　　有一次，伏爾泰因為寫了一篇嘲諷政府的文章，而被關到巴士底監獄。而在他羞辱了有權勢的貴族德‧霍漢 (Chevalier De Rohan) 之後，伏爾泰被迫有兩個選擇：入獄或放逐。他選擇放逐，並前往英國。當他回到巴黎時，他與夏德萊夫人 (Marquise du Châtelet)──一位非常聰明而博學的女人──成為好友。他們研究自然科學，並且一起著書。伏爾泰在夏德萊夫人去世後，繼續著書立說。他引進了男人之間的平等與容忍概念，這些都超乎社會和宗教偏見。因此，儘管伏爾泰已去世，他的名字與著作將會永垂不朽。

1791 年 7 月 15 日　週五

　　數學家創造數學理念，以及與我們所生活的日常世界無關的一個神奇世界。數學理念是數學家的想像之虛構，由純粹的邏輯和極好的創意所產生。從歐幾里得的著作，我學到點只顯示一個位置，但是，由於它是零維度，所以，無法被看到。不過，我們可以看到由這些不可見的點所構成的線段。歐幾里得也定義直線在長度上是無限的。圓周也被賦予一種觀念上的完美，是一條無厚度、無瑕疵的曲線。不過，

這些圖形在我們生活的現實世界中存在嗎? 被定義為兩個維度上是無限, 但卻只有一個點厚度的幾何平面又是如何呢? 這些物件只存在於另一個世界, 數學世界。

然而, 許多數學理念意在連結我們的世界, 甚至加以說明。一條方程式可以表徵真實的東西, 就像一個物體的運動或是溫度的改變, 這就是為什麼我將數學視為魔術的原因。不過, 知道數學是一種純粹的知識再創造, 就夠了嗎? 我認為不然。知道如何解數學謎題也很好玩, 但是, 我還要揭開宇宙的奧祕。這也就是為什麼必須學習其他科學的原因。

假使我想要理解大自然, 我必須知道支配它的定律。科學教我定律, 它納入有關宇宙如何運行的一些理念和理論。科學也提供我知識上的饗宴, 給了我一個架構, 以學習和探索新問題, 而且也給了我有關宇宙的偉大秩序與對稱的一種無可比擬的觀點。數學則是科學的語言, 因此, 我需要它們兩者。

1791 年 7 月 20 日　週三

巴士底被摧毀的兩週年是在上個禮拜。而悲慘地, 這一個暴動衝突的標記日子, 再度以可怕的大屠殺收場! 去年的鼓號曲已經不見了, 沒有皇家慶典, 也沒有為巴黎全體市民舉行的戶外彌撒。這一次, 無套褲漢在戰神廣場舉辦示威遊行, 以為他們廢除國王路易十六的請求爭取簽名支持。不幸地, 這場遊行最後變成暴動收場。由拉法葉將軍所率領的國民衛隊的一小隊, 竟然對著群眾開槍, 殺害至少五十名示威者。這激怒了革命運動領袖, 並且點燃了他們對君主制度的仇恨。

現在, 國王的權力被擱置, 直到他簽署憲法為止。國民議會分裂了, 許多代表支持有王室的民主制度。然而, 市民的支持也分化了。就在議會投票讓皇室復權後, 無套褲漢所組成的激進團體開始散發他

們廢除王室的請求。爸爸相信，戰神廣場所發生的大屠殺，激化了無套褲漢摧毀君主制度的決心，而非促進和平的解決方案。

就像媽媽所說的，政治辯論可以讓朋友變成敵人。我也看過成年人像吵鬧不休的小孩一樣，當他們彼此不同意某些議題時，就互相叫囂辱罵。我必須對這些口頭角力免疫，因為在我的成長過程中，我對父親和他的朋友每週二晚上在他的書房爭辯，早已見怪不怪。最近，他們的討論是如此激化，以至於我不再想在那兒徘徊。他們有一些人贊成君主立憲，其他人則認為法國應成為一個沒有國王的共和國。我父親試著為路易十六辯護，但是，他的朋友都質疑國王為何逃亡，而且還有人宣稱此舉背叛人民與國家。甚至那些反對共和國的，也因為是否支持君主制度而分裂了。

1791 年 8 月 5 日　週五

巴黎現在實施戒嚴。軍人充斥各地，監視每一個人，隨時準備動用火槍鎮壓任何想造反的市民。這些軍人漫無理由地在街上盤查路人，只要被懷疑有陰謀，就會立刻被送入監獄。我感到沮喪與混亂。對於血洗與踐踏國家的恐怖，都缺乏合理的正當性。我每天閱讀偉大哲學家的作品，試圖理解人類的行為，試著對沒有意義的事情賦予意義。然而，沒有任何事情可以合理化暴力和到處瀰漫的無法律狀態。

巴黎看起來黑暗且有凶兆，這是一個無辜和有罪者一樣膽戰心驚過日子的城市。在上週的悲劇事件發生後，我痛苦地察覺革命者的意識型態已經不同了。法蘭西已經分裂成兩派。溫和派支持民主但不須排除國王為國家領導。他們信仰和平，並希望終結過去兩年來的敵意與殘酷暴力。另一方面，是希望廢除國王路易十六的激進派。這些激進的革命份子準備使用任何手段，包括謀殺，來達成他們的目的。戒嚴令暫時壓制了他們，免得憤怒沸騰爆發出來。

我父母親在家時試著保持平常心，並不要過度評論這些可怕的時事。我們每週還是有家庭聚會，那是我們可以避免對於無法掌控的事件過於煩躁不安的唯一方法。我已經準備好明天的聚會了，我將要談論希臘哲學家和數學家。

我將討論歐幾里得，古典世界最偉大的幾何學家。我希望我可以如此形容這個人。不過，他的生平事蹟我們知之甚少，甚至他出生於何時與何處，都無從得知。根據普羅克洛斯的說法，歐幾里得追隨柏拉圖的第一代徒弟，並且活躍在托勒密一世 (Ptolemy I) 統治時期。因此，史家相信歐幾里得在雅典的柏拉圖學院受教育，而且，他大約生活在西元前 300 年左右。後來，歐幾里得前往埃及的亞歷山卓教書。

在個人方面，歐幾里得可能是一位和善有耐心的人。我讀過一則軼事，多少透露了他的個性。這則故事描述說，有一天，一位學生在學完第一堂幾何課程之後，就問他學幾何學可以獲得什麼實質好處。結果，歐幾里得要他的助手拿一塊硬幣給這個學生，如此他將開始從學習中獲得好處了。非常聰明，真的! 在另一個故事中，托勒密王詢問歐幾里得是否有更簡單的方法，來學習幾何學。針對這一點，歐幾里得回答說:「幾何學沒有王者之路」，然後，他將國王送去學習。

當歐幾里得撰寫《幾何原本》時，他將他那個時代可以掌握的全部幾何知識綜合起來。歐幾里得針對質數的個數是無窮多，給了一個漂亮的證明。他使用窮盡法 (methods of exhaustion) 和歸謬法 (reductio ad absurdum) 證明許多定理。他也討論了尋找兩個數的最大公因數之算則。

我無法找到歐幾里得去世的情況。所有我所知道的，是他大部分時間都在亞歷山卓生活與工作，而且在那兒建立了一所數學學校。這些關於他的傳記資料有限，不過，我想已經足夠讓我報告有關歐幾里得——史上最偉大、最具有影響力的數學家之一——的事蹟了。

1791 年 8 月 12 日　週五

　　底下是《幾何原本》第二冊的一個定理:

如果一條線段隨機地切割成兩段, 那麼, 整個線段所張出來的正
方形面積, 是等於切割出來的兩個線段所張出的正方形面積, 再
加上由這兩個線段所形成的長方形面積之兩倍。

我將這個命題翻譯成如下的代數方程式:

$$(a+b)^2 = a^2 + 2ab + b^2。$$

究竟歐幾里得是如何建立這樣的關係式? 他的證明是複雜的, 但是,
我可以更簡單地證明, 如果我借助於某些代數法則:

$$
\begin{aligned}
(a+b)^2 &= (a+b)(a+b) \\
&= (a+b)a + (a+b)b \\
&= a\cdot a + b\cdot a + a\cdot b + b\cdot b \\
(a+b)^2 &= a^2 + 2ab + b^2。
\end{aligned}
$$

好極了! 現在, 我要如何將這個方程式延拓到更高的指數, 以便得到
對於 $n = 3, 4, \cdots$ 的 $(a+b)^n$ 展開式之公式呢?

　　第一步將是得到 $(a+b)^3$ 的展開式。我無法在其他任何一冊中發
現類似 II. 4 (按即第二冊命題 4) 的定理——給出 $(a+b)^3$ 的展開式。
因此, 遵循我之前所使用的方法, 我得到下列:

$$
\begin{aligned}
(a+b)^3 &= (a+b)(a+b)^2 = (a+b)(aa+ab+ba+bb) \\
&= a(aa+ab+ba+bb) + b(aa+ab+ba+bb) \\
&= aaa + aab + aba + abb + baa + bab + bba + bbb。 \\
(a+b)^3 &= a^3 + 3a^2b + 3ab^2 + b^3。
\end{aligned}
$$

這是一個我們可以遵循的自然步驟，來達到更一般的 $(a+b)^n$ 之展開式。必定存在有更簡易的方法來展開 $(a+b)^n$，而不是我所用在 $n=2$, 3 的情況之代數方法。但那又該怎麼做呢？

1791 年 8 月 19 日　週五

我對於如何證明有無窮多的質數已經感到驚奇。歐幾里得想過這一問題並且加以證明。他最先假定只存在有限多個質數，然後，證明這個敘述為假。這個證明如下：

> 假定只有有限多個質數 p_1, p_2, p_3, $\cdots$, p_n，則 $p_1 \cdot p_2 \cdot p_3 \cdots p_n + 1$ 不會被任何一個 p 所整除，因此，它的任何一個質因數會產生一個新的質數。

歐幾里得只考慮 $n=3$ 的情況。正如他一樣，我可以證明 $p_1 \cdot p_2 \cdot p_3 + 1$ 不會被任何一個 p 所整除。

取前三個質數：$2 \cdot 3 \cdot 5 + 1 = 31$。的確，31 不被 2, 3 和 5 所整除。不過，31 是質數。然而，我不能針對所有數這樣做。我將試試不同證法。

假設 n 代表最後的質數。於是，我運用一路數上來的質數來造出一個新的數，而且，還包括最後的 n：$2 \cdot 3 \cdot 5 \cdot 7 \cdot 11 \cdots n$。

現在，我加 1 到這個乘積上，並稱它為 k，亦即，$k = 2 \cdot 3 \cdot 5 \cdot 7 \cdot 11 \cdots n + 1$，則 k 定為質數。如果 k 不為質數，那麼，我用來形成這個乘積的質數列表，一定會漏失掉一個。我知道 2, 3, 5, 7, 11, $\cdots$, n 無法整除 k，因為每次除的時候，都將會餘 1。因此，k 是一個新的質數。這表示質數的個數是無限多，果然！

歐幾里得是對的。我可以利用同樣的進路，證明他的定理對任意個數的質數都成立。不過，那將太冗長且不必要。我將要尋找更嚴密的進路，來證明質數的個數為無限多。

1791 年 8 月 30 日　週二

我發現某些神奇的事。我發現在 1 和 2 之間，至少有三個無理數：$\sqrt{2}$, ϕ, $\sqrt{3}$。在 2 和 3 之間，至少有五個無理數：$\sqrt{5}$, $\sqrt{6}$, $\sqrt{7}$, $\sqrt{8}$ 以及 e。而在 3 和 4 之間，則至少有七個無理數：π, $\sqrt{10}$, $\sqrt{11}$, $\sqrt{12}$, $\sqrt{13}$, $\sqrt{14}$ 以及 $\sqrt{15}$。

ϕ, e 和 π 這三個數是我所知的最不尋常的無理數，每一個都各自落在兩個連續整數之間，而且全都可以在 1 和 4 之間找到。在 4 和 5 之間，我可找到 16, 17, 18, …, 24 的平方根，而這讓我不免好奇在 4 和 5 之間，是否存在有唯一與特殊的無理數？如果有的話，那麼，它將是關連到宇宙間美麗事物的一個數。喔，我確定如此。某些卓越的數學家將來一定可以發現，或者可能是我自己發現它！如果我做到了，我將稱它為 α 或 ω。

今天晚上，梅拉先生問我為什麼研究數學。我被這個問題嚇了一跳，只含糊地說：「數學是最美麗的科學！」他奇怪地看著我，微笑，然後丟下我加入我父親那一圈。我本來想多做一點解釋，說我喜歡數學是因為我享受解題的樂趣，也因為我樂於沉思每個定理底蘊的神祕。我對數目及其在方程式中的和諧連結深深著迷，它們就像美麗交響曲的音調一樣。是的，數學是一門需要邏輯和真理的嚴密科學，因為它的目的是解決宇宙的問題，包括環繞我們周遭的日常世界，以及我們所無法觸及的。我喜愛數學因為數學是真理！

至少我想說數學是一種語言，它用美麗的音調對我訴說。不過，我太害羞了，以至於無法對任何人表達這些感受與思想。我只知道當我研究數學時，我將我自己帶進另一個世界，那是一個充滿精緻美和真理的世界。而在那個世界中，我是我希望成長的那個人。

1791 年 9 月 8 日　週四

我在雷聲中醒來。雨開始下了，對於拒絕終止的漫漫夏日，這場雨讓我們喘了一口氣。不過，閃電讓我神經緊張，所以，我決定寫一點東西，好讓我自己安定下來。

昨晚，我有看到安多·奧古斯特。媽媽邀請魯布蘭克先生與夫人來吃晚餐，安多·奧古斯特也跟著與會。我已經有一段時間沒見到他了，想知道他的近況，卻因為太害羞而不敢開口。不過，爸爸倒是問了他的學習現況，好像可以讀到我的心靈似的。魯布蘭克夫人回答說，安多·奧古斯特對數學喪失興趣，將要轉而學習法律。這麼說，真是令人氣餒啊！

有太多東西要讀，但卻沒人可以告訴我必須讀什麼主題的書，不過，卻仍然有一點期待。魯布蘭克先生在我耳邊嘀咕說，他將堅持要安多讀一個工程學位。爸爸和魯布蘭克先生討論說，安多必須精熟數學與科學，以便通過嚴格的入學考試。只有最好的學生，才能進入土木工程學院 (*École des Ponts et Chaussées*)。

我真希望我是可以準備入學考試的一員，我將會用功讀書而成為全班最好的學生。然而我知道女人不被允許進入工程學校，真是令人遺憾。我並非想成為工程師，而是希望在那裡或其他學校，學習由法國最好的教授所開授的科學與數學課程。不過，進入學校並接受最偉大數學家的指導，現在看來只是一個夢想，一個我自己的空想，讓我可以度過漫漫長日，等待一個更好的未來。

1791 年 9 月 14 日　週三

路易十六國王接受了法國新憲法。國民議會提供了一個執行者——國王——以及一個立法團體。這部新憲法是一份溫和的文件，它創立了君主立憲，並且給予富裕的公民相當多的特權。

曾經在簽署現場的爸爸描述那個典禮的舉行，這樣一個歷史事件並沒有被期待的盛大場面與鼓號曲出現。爸爸說，路易國王坐在一張扶手椅，而非國王寶座上，象徵他被安排在與議會主席同等級的位置上。爸爸評論說，當典禮進行過程中，國民議會的議員代表一直戴著帽子，而且，路易十六被稱為「先生」而非「閣下」。

路易國王被視為跟一般男人一樣，儘管他是在相信自己是半神的情況下成長。路易十六不再是昨日令人敬愛的君主了。正如爸爸所說的，國王與人民之間的和諧關係被打破了，甚至軍人也失去他們對皇后的敬意。某一天，我發現有一些軍人在杜樂麗花園散步，在皇后閣下現身時，他們竟然戴著帽子且大聲嘲笑。一些軍人接近皇宮的大門時，還唱著低俗的歌，彷彿試圖故意羞辱瑪麗・安東瓦尼特皇后似的。這不僅侮慢而且傷人，尤其因為軍人在小孩面前，用粗俗的語言大放厥詞，我真感到羞愧。

現在，國王簽署了法國新憲法之後，國家或許可以重獲一點安定。至少今天所有的憎恨都被慶賀所取代。今晚，我可以從我的窗外看到絢麗的煙火到處綻放，我不免為照亮整個夜空的多彩爆炸著迷。巴黎市民再度歡笑，在街上舞蹈，充滿了對更好未來的期待。

這種衝突結束了嗎？爸爸指出許多保皇黨宣布他們不會遵從這個新制，因為被囚禁的路易國王是在被脅迫下，簽署這份文件。這表示不同團體之間的敵意可能強化。

1791 年 9 月 18 日　週日

我們參加一個特別的、路易國王與瑪麗‧安東瓦尼特皇后也蒞臨的彌撒。合唱團吟唱讚美頌，以感謝上天啟示國王接受法國新憲法。之後，我們前往香榭麗舍大道參加慶典。一個熱氣球拖曳著三色彩帶滑翔過天空，宣示這些好消息。

現在，全都恢復安靜了。我單獨在家，等待去訪問姊姊麥德琳的父母親和妹妹回家。我因為頭痛欲裂需要打個盹，所以在家休息。兩天前，姊姊生了一個男嬰。她與姊夫為他取了雅克‧阿蒙這個名字。

我讀了一本書，其中描述哥德巴赫如何在一封給歐拉的信中，猜想說每一個奇數是三個質數的和。當哥德巴赫寫那一封信時，數目 1 是否應該視為質數，還不十分清楚，不過，哥德巴赫顯然假設它是。依我之見，如果 1 被排除在質數之外，那麼，哥德巴赫猜想應該書寫如下：「每一個大於或等於 4 的偶數可以表示成兩個質數的和，而且，每個大於或等於 7 的奇數可以表示成三個質數的和。」

看起來簡單。然而，在多年後，數學家無法證明哥德巴赫猜想。這是我想要證明的一類問題。不過，我需要知道更多有關質數的東西。或許如果我能被數學家指導的話，我就可以學得更快一些。

1791 年 9 月 20 日　週二

今天是我的命名日，姊姊麥德琳送我一組羽毛筆，安潔莉則送我一幅美麗的素描圖畫。在她的炭筆素描中，生動捕捉了巴黎這一區的風景，畫出了栩栩如生的兌換橋、聖母橋，以及格力夫碼頭 (Quai de la Grève)。

欣賞這幅畫，我體會到安潔莉像藝術家一樣，具有敏銳的視覺。在它的背景中，她也將巴黎古監獄和正義皇宮 (Palais de Justice) 入畫，她畫出在房子被破壞之後，靠近橋邊的堆積碎石。最令人嘖嘖稱奇的，

莫過於安潔莉如何捕捉人民的活動，好像她所看的生動景象在她素描時，即時被凍結住了。在前景中，她畫了一個穿白衣的長金髮女孩，還畫了一個賣檸檬水的小販、一個賣煎餅的女人、一對夫婦牽著狗散步，以及走過橋的人民。在她的素描中，鄰居看起來迷人和喜樂，就像我喜歡記憶的。在這風景畫的左邊，安潔莉畫了一群國民衛隊士兵帶著隨風飄動的旗子與重裝備行進，提醒我們巴黎現在被革命軍圍城。我將會永遠珍惜我妹妹的禮物。

此外，我還收到了其他禮物。米麗送我一塊白手帕，上面以紅藍兩色繡了我的名字縮寫字母。莫瑞爾夫人辦了一桌可口的菜: 餅皮、洋菇湯以及我最喜愛的巧克力慕司蛋糕。

母親送給我最好的禮物: 她告訴爸爸說，我必須有一張完整尺寸的書桌放在臥室。我完全說不出話來。我想要擁抱她，並且謝謝她滿足我的願望。我一直希望有一張大書桌，像爸爸書房那一張一樣。我的筆記桌對於我的大量筆記書寫，已經不夠用了。我不知道是否這是一個訊號，表示媽媽已經對我的學習數學讓步。她沒說，我也沒問，不過，我親吻了她的臉頰，溫柔地表現我的謝意。爸爸也對這個想法深表贊同，他答應從英國櫥櫃製造商那兒訂一張桌子，並補充說，我也應該有一個書櫃來搭配，以便容納我日漸增多的藏書。

我好快樂! 我要把書桌擺在靠窗的位置，以便我可以在讀書時，對著天空來引發靈感。

1791 年 9 月 24 日　週六

母親想要找個機會出城，呼吸點新鮮空氣。她打算到德・雷茲花園 (Désert de Retz) 野餐。德・雷茲花園座落在離巴黎約 20 公里處。爸爸安排了一輛四匹馬拉的四輪馬車來載運全家人，包括米麗在內。在那裡，我們度過了心情最喜樂的一天。

德・雷茲是一個非常漂亮且特別的花園，它是爸爸熟識的富有貴族德・蒙維拉 (M. François Rachine de Monville) 幾年前所設計和建造的。那是一個植物園，裡面種滿了從世界各地所移植過來的罕見樹木與奇花異草。

媽媽帶了一籃食物讓我們野餐，我們就在樹下享用。午餐後，安潔莉四處尋找靈感，以便素描寫生風景，而當我父母親聊天時，我也單獨地散步了好長一段路。當我的腳步在林中漫遊，耳中只有鳥聲吟唱，而樹葉則在微風中飄落，我的心靈清澈寧靜這真是太美妙了。我想像歷史上的偉大思想家是在孤獨漫步時，被大自然之聲所啟發，而領悟出最美麗的想法。

1791 年 10 月 2 日　週日

今天是法國政權的新時代的第一天。國民議會解散了，議員完成了他們兩年打算要做的事。法國的新憲法被呈獻給國家，而且國王接受並簽字了。現在，議會的任務已經完成，一個新政府已經被選出來了。

魯布蘭克先生昨天與我閒聊。他說：「蘇菲，想像我有五本書，而我借給妳一本，那麼，只選一本書的方法有多少種？」答案很簡單，我說：「五種方法。」他點點頭，然後繼續說：「如果將這些書標示為 A, B, C, D 和 E，那麼，選兩本書的方法有多少種？」我將書本的組合列舉如下：AB, AC, AD, AE, BC, BD, BE, CD, CE, DE。這會造出十種選法。魯布蘭克先生同意我的答案。他還不放棄，繼續追問道：「如果我從五本中借妳三本，那又如何？」這麼說好了，從五本選三本，就如同從五本剔除兩本一樣，因此，有十種方法可以這麼做。

魯布蘭克先生很滿意我的解答。在他離去加入爸爸那一圈前，他提及安多‧奧古斯特正在研讀這一被稱為組合的單元。我留在原地，試著理解數學組合的相關性。我參閱了一本處理組合問題的著作。它從二項式開始講解。就好像多項式是一個有多項的代數式子，二項式是只有兩項的代數式子。二項式的整數乘冪如下：

$$(x+y)^0 = 1$$
$$(x+y)^1 = 1x + 1y$$
$$(x+y)^2 = 1x^2 + 2xy + 1y^2$$
$$(x+y)^3 = 1x^3 + 3x^2y + 3xy^2 + 1y^3$$

如果我將上述二項展開式的係數（每項前面的數）排成三角形，並將 $(x+y)^0$ 放在最頂端，$(x+y)^1$ 的係數放在第二列，$(x+y)^2$ 的係數放在第三列，以此類推，那麼，這個形成的算術列表，就叫做「巴斯卡三角形」(Pascal's Triangle)。它看起來有如下列：

$n=0$						1				
$n=1$					1		1			
$n=2$				1		2		1		
$n=3$			1		3		3		1	
$n=4$		1		4		6		4		1
$n=5$	1		5		10		10		5		1

巴斯卡三角形這個名稱來自布萊士‧巴斯卡 (Blaise Pascal)，他將這個性質寫在其身後才出版的《論算術三角形》(*Traité du triangle arithmetique*)。它對所有的正指數都行得通。譬如，我可以證明

$$(1+x)^4 = 1 + 4x + 6x^2 + 4x^3 + x^4。$$

根據巴斯卡三角形，對 $n=4$ 的二項展開式之係數，的確是 1, 4, 6, 4, 1。這個三角形具有許多性質，且包括數目的有趣模式。經由檢視這個三角形中的對角線，我看到一些簡單的模式：

(a)沿著左右兩條稜線的對角線只包括 1。

(b)次於稜對角線的對角線包括依序的自然數。

(c)再往裡面，另一對對角線包括三角形數。

　　要是我將這個三角形中的奇數著色，那麼，我將會得到有趣的形狀嗎？巴斯卡利用這個三角形去求解機率論中的問題。我還可以做哪些其他的事呢？

1791 年 10 月 7 日　週五

　　我將要展開下列的二項式：$(2+3x)^5$。應用升冪與降冪的一般法則，以及巴斯卡三角形中的係數，我可以展開如下：

$$(2+3x)^5 = 2^5 + 5(2^4)(3x) + 10(2^3)(3x)^2 + 10(2^2)(3x)^3 + 5(2^1)(3x)^4 + (3x)^5.$$

這化簡成為

$$(2+3x)^5 = 32 + 240x + 720x^2 + 1080x^3 + 810x^4 + 243x^5.$$

二項式的代數展開式與組合的選擇有關。因此，要是有人問我：「從八個物件選擇六個的方法有幾種？」我利用巴斯卡三角形，因為有八個物件，我注視始自 1, 8 等等那一列。為了選 6，我從 0 開始數直到 6。在那兒的數是 28，所以，有 28 種選法。

　　巴斯卡三角形在尋找二項展開式時十分有用，特別是對 $n<6$ 的乘冪之情況。不過，當指數變大時，它就變得笨拙不堪，就像一頁不足以包括這個三角形的所有列的情況。對於 $n>7$ 的情況，最好是利用公式來計算組合數。

　　我將要使用巴斯卡三角形跟安潔莉玩遊戲。或許我可以設計一種組合卡的遊戲。這將是在安靜的冬夜中，天氣如此酷寒，我們只能留在室內時，與她遊戲的有趣打發時間方式。

1791 年 10 月 15 日　週六

　　秋天很美。在冬天來臨之前，日光比較溫柔，而且日落晚霞也更加色彩繽紛。空氣中浸染著憂鬱的氣氛，也許這是我自己的懷舊情懷，感覺我正在遠離我的童年。

　　我家小妹也在成長中。不過，我是如此沉浸在我的學習之中，以至於沒有注意到她的改變。她從不脫稚氣的喋喋不休，轉變成為矜持的氣度。她現在舉止優雅有致，不會再像一隻嬉鬧的小狗在廳堂之間狂奔。今晚，她到我的臥室來，問我說：「蘇菲，愛情是什麼？」我被她的問題嚇到了，因為我從未想到這些事。安潔莉問這個問題時，似乎有一點臉紅，而且對答案十分渴望。我不知道如何回答，除了握住她的手，並且說我愛她。

　　然而，安潔莉希望知道兩個不相干的人之間的愛情是什麼。那樣的愛究竟是什麼？我不禁自問：愛是我父母邂逅時所感受到的情緒，以及我姊姊麥德琳對她丈夫所引發的熱情嗎？當吾人專注時，吾人可以在人們與他們的摯愛間，看到某種柔情。這是安潔莉好奇想知道的那種愛吧。

　　在安潔莉離開後，我更深入思考她的問題，然而，即使現在，我還是沒有答案。我只知道數學。我可以告訴安潔莉有關友愛數的東西。希臘數學家定義兩個整數為「友愛的」，要是每一個都等於另一個的真因數 (proper divisor) 的和。這讓我們想起兩人之間的堅定友誼，一種藉由他人來定義吾人的關係式。最好說明友愛數的方法，就是舉一個例子。

　　220 和 284 這兩個數具有令人好奇的性質——每一個都包含另一個，意即每一個的真因數加起來會等於另一個。讓我們看看：220 的因數是 1, 2, 4, 5, 10, 11, 20, 22, 44, 55, 110 以及 220 本身，但是，最後這一個不證自明，所以我們只取其他的十一個因數加起來：

$$1 + 2 + 4 + 5 + 10 + 11 + 20 + 22 + 44 + 55 + 110 = 284。$$

另一方面，284 的因數為 1, 2, 4, 71, 142，而當我將它們加起來時，我得到 220，也就是：

$$1 + 2 + 4 + 71 + 142 = 220。$$

這就是我所謂的 220 和 284 互相友愛的意思，因為每一個都「包含」另外一個。

　　友愛數被使用在魔術、占星術以及春藥與避邪物上。畢氏學派知道它們存在，他們稱呼 284 和 220 為友愛數，取其美德和社會性質，因為每一個數的部分都有力量生成另一個。據說畢達哥拉斯曾宣稱「朋友是另一個我，就像 220 和 284 一樣」。

　　有其他的友愛數嗎? 是的! 下一對友愛數是由十三世紀的阿拉伯數學家伊本・阿爾巴納 (Ibn al-Bana) 所發現的 17,296 和 18,416。然後，在 1638 年，法國數學家笛卡兒發現更令人驚奇的 9,363,584 和 9,437,056。我對數學家如何發現友愛數感到好奇，然而，我沒有發現公式或方法，來揭開所有的友愛數。不過，某些特定類型的公式，倒是曾在歷史上被發現。

　　有一位名叫塔比德・伊本・庫拉 (Thabit ibn Kurrah) 的古代數學家注意到: 若 $n > 1$ 而且 $p = 3 \cdot 2^{n-1} - 1$, $q = 3 \cdot 2^n - 1$ 以及 $r = 9 \cdot 2^{2n-1} - 1$

都是質數，則 $2^n pq$ 和 $2^n r$ 是友愛數。1636 年，費馬在他寫給梅仙的一封信中，提及他利用這個公式，取 $n = 4$，核證了阿爾巴納的那一對：17,296 和 18,416。兩年後，笛卡兒寫信給梅仙，提及 $n = 7$ 時的另一對：9,363,584 和 9,437,056。到 1747 年為止，歐拉已經多發現了 30 對，後來，他進一步增加更多對新的友愛數。

這真令人印象深刻。不過，沒有任何著作在提及這些不可思議的成就時，描述數學家如何發現這些友愛數對。誠然，他們一定不是把數拿過來，然後逐一檢視它們的因數。這不會是數學分析。一定有什麼方法或方程式來生成友愛數。

喔，我離題了。我從愛情的問題開始談論，卻終止於數學。我不期待安潔莉能理解這一點。

1791 年 11 月 14 日　週一

我現在仍然覺得沮喪與惱怒，實在很難言喻，不過，我必須試著表達我如何地為一個愚蠢的男人的話而感到羞辱。我與雙親在週末到國家劇院 (Théâtre de la Nation) 觀賞《亨利四世狩獵宴》(*La Partie de Chasse de Henri IV*)，這是一齣三幕的喜劇。我原來對這齣戲非常喜愛，但是，在中場休息時，一個不幸的事件壞了我所有的興致。

當時在那兒，當沙瓦特利先生與夫人向著我們走來時，我正與媽媽和爸爸在一起享用點心。沙瓦特利夫人是一個輕浮的女人，她不斷地對著大廳的鏡子擠眉弄眼，言不及義時，也一直搔首弄姿。她老公也好不到哪裡去。我甚至不記得我們的交談如何轉移到我對數學的興趣，我所記得的，只是沙瓦特利先生甚至正眼都不瞧我一眼地評論說：「啊，熱爾曼先生，你的聰明女兒一定讀過那些為年輕女士所寫的奇妙好書。它們簡單得很，因此，或許她能夠理解這些抽象的事物。」

　　我簡直快抓狂了。他怎麼敢建議我讀這樣愚蠢的書呢? 然後，他太太擠出一絲笑容，說:「親愛的! 它們奇妙得很。」然後，又回去修整她的頭髮，好像那是唯一她會做的事。我父親正要開口說話，但被第二幕即將開演的呼叫所打斷，因此，我們只好回到座位。我非常沮喪，因為竟然有人建議我讀那麼無聊的書。

　　當晚，我躺在床上，聽著窗外的風聲，久久無法入睡，一直在自問，為什麼有人會認為我會愚笨到去讀那些蠢書。他所提及的，是「女士實用的科學書籍」，由一位科普作家所撰寫，他相信女人只喜歡羅曼史。因此，他企圖經由兩個蠢笨的戀人之調情式的對話，來說明數學與科學知識。那些書非常女孩子氣，無聊透頂! 啊，爸爸，你為什麼不說我讀書是為了成為學者呢? 我只研讀由真正的數學家所寫的書。

　　我希望我可以闡述我的思想，並說出我心底的話。我將會說我對輕浮的東西不感興趣，但我不知道如何說這些事，而不帶著看起來是輕蔑的態度。

1791 年 11 月 29 日　週二

　　我已經沉浸在二項展開式的好玩遊戲當中，為它們的對稱性以及如此容易地找到係數所深深著迷。爸爸告訴我說二項式被使用在博弈的遊戲當中，同時，他也說了一些這個數學部分的發展情況。

　　首先，雖然這個算術三角形是按法國數學家巴斯卡來命名，但是，在他誕生的幾個世紀前，許多其他數學家已經知道這個三角形且應用此一知識。這個算術三角形同時被十一世紀的波斯人和中國人獨力發現。這位中國數學家賈憲利用這個三角形來開平方根和立方根。在賈憲發現了開平方根與這個三角形的二項係數之後，中國人為了解高次方程式，繼續在這個單元上努力研究多年。

　　當然，巴斯卡利用已知的二項係數，發展了這個三角形的許多性

質與應用。他的研究出自博弈的風行。一位法國貴族問他：丟骰子時，某些點數的出現機率為何。巴斯卡致函費馬討論此一問題，在某些討論和論證之後，這個算術三角形的想法就誕生了。

利用巴斯卡三角形，我只要察看這個三角形的第 *n* 列的第 *k* 項，就可以找到從一個 *n* 個項目的集合中，選取 *k* 個項目的方法之數目。因此，根據 45 成員的一群，有多少個不同的三個一組 (trio) 可以形成，尋找時可以察看第 45 列的第 3 項。這個三角形的頂端的 1 被標示為這個列的第 0 項。至於每一列的數目，則重合了二項式 $(1 + x)^n$ 的係數。

1791 年 12 月 25 日　週日

聖誕節不再是我童年時代的喜慶節日。當然，我們還是有傳統晚餐，以及上教堂禮拜，但是，已經不再有牧歌 (*Pastorele*) 了。我不知道新政府是否與此有關，或者是教士覺得舉辦這種慶典並不方便，可能人民自己也感到害怕吧。

昨晚，我閱讀了一些與伽利略有關的東西，他是出生於 1564 年的一位偉大的義大利哲學家與學者。他以首度藉由望遠鏡觀測天空為豪。他相信他的最偉大之處，乃在於他能在股掌間觀察世界，以理解它的部分行為，並且利用數學命題來描述它們。事實上，伽利略做了許多實驗，然後演繹出支配自然界許多事物運動的數學方程式。例如測量單擺的擺盪，直到他可以利用數學定律來描述為止，他也沿著斜面滾動一個銅球，以描述自由落體的加速度。

在十七世紀，太陽和所有行星都被認為是繞地球運行。當伽利略學到哥白尼所提出的日心說——亦即地球和所有行星都繞日運行——時，他立即擁抱它，並成為它的最佳支持者。他利用他的新望遠鏡所做的觀察，說服他行星的確繞日運行。然而，接受日心說卻造成伽利略與羅馬教會對立的許多麻煩。

1633 年春天，伽利略被召喚到羅馬宗教法庭，接受異端指控的審判。根據正式的敘述，他被告發，「因為他擁抱不動的太陽居世界中心且地球繞日運動這種虛假的學說為真!」這位偉大的學者被認為有罪且被迫放棄他的觀點。宗教法庭宣判他終身監禁和自我懲罰。由於他的年歲已高，法庭准許他在佛羅倫斯的阿切堤 (Arcetri) 的家中軟禁。

我坐在窗前，注視繁星在寒冷的夜空中閃爍。蠟燭的微弱火焰搖晃著，投影在我書寫的文字上。我的心思開始晃蕩。閱讀伽利略確認了我有關數學和宇宙之間的不凡與複雜連結的想法。我也希望能建構數學定律來描述物理現象。然而，知道伽利略晚年的遭遇，也讓我體會宗教信仰可能與知識理念互相矛盾。學者又將如何折衷這兩者呢?

1791 年 12 月 31 日　週六

我寫了一篇短文，記錄 1791 年所發生的事情，而且也反思社會變遷和我對新政府的看法。為了替可能從我的記憶消失的時代留下永遠的紀錄，我請求安潔莉圖畫巴黎一張，充當我的文章插圖。我不想遺忘!

在過去十二個月中，有太多的事情發生了。翻閱我自己的日記，我歸結說: 1791 年是個混亂與暴力的一年。路易國王試圖逃離巴黎，被捕，然後，再返回巴黎。人民先是反抗國王，然後支持他，承認他的權力，最後，還是不承認。國王先是忽視新憲法，然後，接受它，雖然受到脅迫。

新政府似乎也是混亂的。首先，議員支持國王，恢復他的特權，然後，又懷疑他叛國。制憲議會陷入衝突與紛爭之中。然後，立法議會 (Legislative Assembly) 設立了。暴力在整個 1791 年頻傳，留在我記憶裡的是戰神廣場大屠殺的恐怖意象。在這場事件中，有許多人民在反對路易十六復權的示威遊行中喪生。

　　現在差不多午夜了，在新年來臨前就只剩幾分鐘。我對於法國人民的未來有何指望不免感到納悶，暴力和恐怖將會留下妥協的空間嗎？如果我可以許個願，我只祈求和平。

4 圍 城 *Under Siege*

　　新的一年裡，我毅然決然地重拾決心，要好好研究質數。其中一個目標是學得必要的數學知識作為證明一些定理的基礎。

　　質數是迷人的，它們全都是質樸的整數，我可以藉由不同的方式和它們玩耍，就如同棋盤上的棋子。並非所走的每一步棋都是正確的，但唯有正確的道路能引導你走向獲勝之路。從整數中萃取出質數的過程，便是個很好的例子。首先，我們知道，任何的整數 n 皆屬於以下這四類：

$$這個數恰好是 4 的倍數： n = 4k$$
$$這個數比 4 的倍數多 1： n = 4k + 1$$
$$這個數比 4 的倍數多 2： n = 4k + 2$$
$$這個數比 4 的倍數多 3： n = 4k + 3$$

很容易可以驗證第一類與第三類都是比 4 大的偶數，舉例來說，對 $k = 3$，5，6 與 7 等任意的整數，我可以寫成：$n = 4(3) = 12$、$n = 4(6) = 24$，或者 $n = 4(5) + 2 = 22$ 以及 $n = 4(7) + 2 = 30$。所得的這些數顯然都不是質數。因此，我可以直截了當地說，質數一定無法寫成 $n = 4k$ 或 $n = 4k + 2$ 的形式。於是，問題落到另外兩類。

　　所以，一個比 2 大的質數要嘛可以被寫成 $n = 4k + 1$，不然就是 $n = 4k + 3$。例如，當 $k = 1$ 時，可以得到 $n = 4(1) + 1 = 5$ 以及 $n = 4(1) + 3 = 7$，的確都是質數。這對任何 k 都適用嗎？我可以利用此一式子找到質數嗎？取另外值如 $k = 11$，如此，$n = 4(11) + 1 = 45$，且 $n = 4(11) + 3 = 47$。那 45 和 47 是質數嗎？好的，我知道 47 是質數，但是 45 不是，這是因為它可以寫成 9 與 5 的乘積。因此，$n = 4k + 1$ 這個關係式並不保證永遠是質數。

　　約莫是 100 年前，費馬得到下面這個結論，形如 $n = 4k + 3$ 的「奇數，皆不能寫成兩個完全平方數之和」。簡單來說，他宣稱 $n = 4k + 3 \neq a^2 + b^2$。舉例來看，當 $k = 6$ 時，$n = 4(6) + 3 = 27$，顯然 27 不能被寫成兩個完全平方數之和。這裡，我當然可以驗證其他所有的 k 值，但完全沒有這個必要。

1792 年 1 月 8 日　週日

　　今晚格外地寒冷，馬車車輪嘎扎嘎扎地輾過冰冷的雪地，彷彿玻璃碎裂的刺耳聲。臨睡前米麗為我準備了一杯熱可可，她也為我留下一根長蠟燭，並準備好暖爐。時至午夜，我仍無法入眠。

　　我發現了一個方法，可以解決那個困擾了我許久的問題。這個點子，如此清晰而簡單地浮現在我腦海。這也讓我了解到，該如何證明費馬所提出的斷言，即任何形如 $n = 4k + 3$ 的奇數皆不能寫成兩個完全平方數之和 $a^2 + b^2$。

　　我考慮以下三種情況：

　　第一種情況：如果 a 與 b 都是奇數的話，它們的完全平方 a^2 與 b^2 亦是奇數。因此兩個奇數的和必定是偶數。例如：當 $a = 3$ 以及 $b = 5$ 時，$a^2 = 9$ 與 $b^2 = 25$，因此 $a^2 + b^2 = 9 + 25 = 34$。

於是，我得到下列結論：當 a 與 b 都是奇數時，形如 $n = 4k+3$ 的奇數，不能被寫成兩個完全平方數之和 $a^2 + b^2$。

第二種情況：如果 a 與 b 都是偶數的話，它們的完全平方 a^2 與 b^2 亦是偶數。因此兩個偶數的和必定是偶數。例如：當 $a = 2$ 以及 $b = 4$ 時，$a^2 = 4$ 與 $b^2 = 16$，因此 $a^2 + b^2 = 4 + 16 = 20$。

於是，我得到下列結論：當 a 與 b 都是偶數時，形如 $n = 4k+3$ 的奇數，不能被寫成兩個完全平方數之和 $a^2 + b^2$。

第三種情況：我考慮一個偶數與一個奇數的完全平方和。如果 a 是偶數，那麼它必定是 2 的倍數，因此 $a = 2m$，其中 m 是整數。另一方面，我假設 b 是奇數，因此，它比 2 的某個倍數多 1，或者說 $b = 2r+1$，其中 r 是整數。因此，

$$\begin{aligned} a^2 + b^2 &= (2m)^2 + (2r+1)^2 \\ &= 4m^2 + (4r^2 + 4r + 1) \\ &= 4(m^2 + r^2 + r) + 1 \end{aligned}$$

這意味著 $a^2 + b^2$ 比 $4(m^2 + r^2 + r)$ 多 1，然而它無法被寫成 $n = 4k+3$ 的形式，因為這比 4 的倍數多 3。

這證明了形如 $n = 4k+3$ 的奇數，都不能被寫成兩個完全平方數之和 $a^2 + b^2$，無論其中的 a 與 b 都是偶數或都是奇數，或者一奇一偶皆然。證明完畢。

1792 年 1 月 12 日　週四

每當無法解決某個難題而感到沮喪時，我總是提醒自己，別人也是同樣正使勁奮鬥著，於是，這激勵了我，並讓我從不放棄。我曾聽說過，研究數學必須全心致力，並對所有可能成功的機會堅持不懈。許多數學家也許可以享有在安逸舒適的環境中作研究的恩典，並擁有

一個可以指引方向的老師。但也有許多人必須盡最大的努力，不單須克服數學上的挑戰，還得面對人生中的種種障礙。

例如，達倫伯 (Jean Le Rond d'Alembert) 在還是嬰兒時，便被母親遺棄。由於他是私生子的緣故，她將他遺棄在巴黎一間教堂外的階梯上。教士發現了這個小孩，並將他送到另一個家庭接受撫養。養父母將這個男孩送到學校，而學校老師發現他在數學上的天分。達倫伯克服了童年不幸的遭遇，並成為當世紀法國最偉大的數學家之一。

另一個例子是歐拉，他克服了眼睛失明的生理缺陷，雙眼失去視力並未阻擋他在數學研究上的創意與天分。最令人感到訝異的是，歐拉在生病後眼睛再也看不到的那些日子裡，完成了許多最有價值的數學研究成果。他的朋友丹尼爾‧伯努利 (Daniel Bernoulli) 則面對全然不同的挑戰。從小伯努利便熱愛數學，但是他的父親卻命令他當個商人，並且與一個他不愛的女子結婚。由於伯努利並不擅長做生意，於是，他的父親轉而強迫他成為一個醫生，但丹尼爾‧伯努利並未學習醫學。終其一生他奉獻於數學研究上，表現極為傑出。

我相當欣賞伯努利的奮鬥過程，它堅定了我的信念，當一個人想成為數學家時，便沒有什麼事可以阻撓得了他。數學是來自於心靈的抽象產物，智力的追求無法被抑止。然而，僅是匆匆一瞥地閱讀書籍並無法捕捉數學的精髓，它需要認真地學習以及持續不懈地努力。如果我希望能精通數學的話，我必得全心全意地奉獻我的心靈，並榨乾每一滴身體的能量來研究數學。

1792 年 2 月 1 日　週三

媽媽的身體狀況不佳，我很擔心她胸部疼痛與頭痛的症狀會越來越嚴重。她總是提心吊膽，擔憂著爸爸，尤其當他太晚回來時，她擔心他是否會被漫遊在街頭的嗜血暴民們攻擊。梅拉夫人每天前來照料媽媽，以助她早日康復。

　　我喜歡梅拉夫人，主要是因為她能懂得為什麼我這麼渴望學習。她是理性的女人，不怕表達出自己心中關於革命運動的意見。她閱讀偉大哲學家的著作，並以出色的辯論能力不畏和任何人進行討論。她認為女人天生被賦予和男人同等的心智能力。然而，她同樣相信女人天生應留在家庭環境裡，並負起養育小孩的義務。她認為女人應受教育，以更明瞭如何撫養小孩，並指導小孩的學習。我同意她關於教育權利的觀點，特別是從事於科學研究，過往這是專屬於男人的特權，但我相信女人可以選擇自己是否要撫養小孩。我並不同意強迫女人扮演她們所不喜歡的角色。

　　我希望我沒有了解任何事，寒冷的冬天折磨著我的身體，我的雙手總是冰冷，我的腳痠痛，並且一直咳嗽。這些日子，我總是窩在父親書房裡的壁爐邊取暖，邊作研究。夜裡我總穿著兩雙羊毛長襪睡覺，而米麗會利用熱熨斗暖和我的毯子。即使在這麼寒冷的天氣裡，我還是喜歡在夜裡工作，屋子裡唯一的聲音，是時鐘每小時所發出的整點報時聲。

　　夜晚，是我沉浸於數學奧祕裡的美好時光。每當我精熟了某一個新主題，我總是感到特別興奮，而夢境也總會引領我前往新的世界。然而，當我解不開問題或者無法理解一個新概念就睡著時，美夢不會來臨，就如同昨晚。天氣非常寒冷，而我的身體感到痛苦，但心卻無法歇息，重複地在腦中思索著那些數字。

1792 年 2 月 24 日　週五

　　白雪覆蓋了城市的傷痕，是的，巴黎受了傷，它被社會混亂、流血以及經濟問題所造成的破壞給折磨著。冬天的氣候愈加嚴酷，加劇了窮苦人們所遭受的蹂躪與痛楚。現在，是巴黎最艱難的時刻。

　　米麗抱怨著很難找到食品雜貨商。搶劫使得經營商店更加困難，流氓帶著搶劫到的商品逃離，並在街尾賣掉這些物品。今天，米麗遇到了兩個帶著糖與咖啡，並且沿著朗伯德路 (rue des Lombards) 逃跑的小偷。偷竊商店貨物的小偷們接近她，並試圖以極低的價格賣給她。現在連蠟燭都極度缺乏，而且燃油的價錢也非常昂貴。我不想加劇這些情況，於是我放棄了夜裡的學習，以節省蠟燭。

　　我的母親緩慢地從這場大病裡復原，她的虛弱身體、灰而苦澀的冬天，以及在巴黎持續激烈的政治革命，構築了那些圍繞著我們的沮喪心情。即便是充滿朝氣的米麗，在她完成差事回到家之後，不僅可感受到她的疲累與冷淡，同時也非常消沉。沒有了媽媽在過去每個星期裡使我們歡樂的音樂聚會之後，房子更顯冰冷與黑暗。若不是安潔莉喋喋不休式的熱情，我們將會更加痛苦。

1792 年 3 月 3 日　週六

　　這是一場美好的聚會，今晚，我們的許多朋友來到家裡，參與這一場為了媽媽所計畫的音樂劇表演。幾個星期之前，為了使她開心，安潔莉想到這個主意。我建議由拉辛 (Racine) 扮演劇中的伊斯特 (Esther) 這個角色，因為她是母親最喜歡的角色。這齣戲劇告訴我們關於哈曼 (Haman) 與猶太皇后伊斯特的故事，她冒著生命危險從一場毀滅裡解救她的人民。

　　安潔莉的主意也使得米麗對於演出這場戲劇感到格外興奮，她希望也給我一個演出的機會，但是我拒絕了，並提議以其他方式來幫助他們。我的妹妹選擇扮演伊斯特並且讓米麗扮演國王亞哈隨魯 (Ahasuerus)。在莫瑞爾夫人的幫助之下，她們完成了服裝與造形，而我也幫忙安潔莉與米麗記住她們的劇情動線以及對話內容。我則自願演奏鋼琴作為幕間音樂表演，這主要是因為沒有其他人會彈琴。

對於每一個來觀賞這齣戲的人而言，這無疑是一個愉悅的喘息。安潔莉邀請麥德琳和她的丈夫勒貝特，以及梅拉先生和梅拉夫人。媽媽事先不知道會有這場戲，因此，當莫瑞爾夫人揭開幕簾，露出我們臨時搭建的舞臺時，她驚喜萬分，而這舞臺是麥德琳和她丈夫幫我妹妹裝飾的。媽媽非常入迷地看著，並且我也注意到，當我妹妹的獨白中說出「天呀！我的國王，請注視著獨佇在你面前，顫抖著的我！」這句臺詞時，她的眼睛泛著淚光，她辨識出這是伊斯特。媽媽看起來多麼地喜悅呀！在表演結束時，她也隨著其他人用力地鼓掌。

1792 年 3 月 13 日　週二

我在爸爸的書房發現了一本奇怪的書。第一頁的一開始寫著下列一段話：

> 一個男人將一對兔子放在籠子裡，如果我們假設每一對兔子在出生後的下個月開始，每個月都會生一對小兔子的話，那一年之後，總共會有多少對兔子呢？

這是數百年前一位知名的數學家斐波那契所寫的一段話，起先，我覺得一個數學家寫出這般幼稚的話，是非常奇怪的事，但是，很快地，這個謎題引起了我的興趣，我決定進一步研究它。關於李奧納多・皮薩諾 (Leonardo Pisano)，一般人較為熟知的，是他的姓斐波那契，他於 1202 年出版了《計算書》，裡面的內容主要是他到遙遠國家旅行過程中，所學到的算術與代數知識。

斐波那契在書裡介紹印度－阿拉伯的十進位系統，並將阿拉伯數碼的使用傳入了歐洲。他的書中還包含了齊次線性方程組。《計算書》的第二個部分，則收集了許多與經商有關的問題，這些問題與商品價

格有關，並描述如何計算交易時的利潤、如何換算地中海所使用的各種不同貨幣，以及許許多多的實用問題。

　　兔子問題出現在《計算書》的第三個部分。在斐波那契所研究的原始問題裡，只問兔子繁殖速度有多快？乍看之下，問題似乎不太合理，但需要使用邏輯思考才能解決這個問題。以下是我分析整個問題的方式：

　　假設這個男人一開始擁有一對剛出生的兔子，其中一雄一雌，並且他把牠們放在籠子裡。一個月後兔子便到了可以交配的年紀，所以第二個月的月底，雌兔子生出另外一對小兔子。假設兔子都不會死亡，而且每隻雌兔在出生一個月之後的每一個月底，都會生出一對新的兔子（一雄一雌）。斐波那契問道：「一年之後，總共會有多少對兔子呢？」好的，我來嘗試回答這個問題。

1. 在第一個月的月底，兔子交配，現在有一對兔子。
2. 在第二個月的月底，雌兔生出一對新兔子，所以現在籠子裡共有兩對兔子。
3. 在第三個月的月底，原本的雌兔再生出了一對新兔子，使得籠子裡總共有三對兔子。
4. 在第四個月的月底，原本的雌兔又生出了一對新兔子，而在兩個月前出生的雌兔也生出了牠的第一對兔子，所以現在籠子裡總共有五對兔子。

　　每個月初，籠子裡的兔子數目分別為 1, 1, 2, 3, 5, 8, 13, 21, 34, 55, 89, 144。這些數字被稱為斐波那契數。而原本問題的答案是 144，也就是說，第 12 個月結束之後，籠子裡將會有 144 對兔子。

　　這個問題看起來非常不實際，它意味著兔子家族裡的成員可以交配。我寧願說，每對兔子中的雌兔是與任何不是兄弟的雄兔交配，並

生出另外一對兔子。同樣地，問題意味著每次生出來的都恰好是兩隻兔子，而且是一隻雄兔與一隻雌兔。這在現實中是不可能發生的事。也許斐波那契使用兔子作為一種數學物件的示例，而非從生物學的角度來看問題。其他諸如：「一隻蜘蛛往牆上爬了許多呎之後，每個晚上又往下滑落某個固定的距離，請問這隻蜘蛛要花多少天才能爬完整座牆？」又或者「一隻以算術數列式地 (arithmetically) 增加速度的獵犬，追趕另一隻同以算術數列式地增加速度的野兔，在獵犬追上野兔時，牠們共跑了多遠的距離？」皆是。

斐波那契數在數學上有多重要呢？或者說，它僅是一場數學遊戲，只是一種智力消遣呢？我不知道，但我可以將這些數字寫成數列的形式，並且找尋它們之間的規律。

為了求得斐波那契數列中的每一個數,我在最前面加上兩個數字。換句話說，數列中的每個數字都是排在它前面的兩個數字之和，一開始是 0 和 1，我將它們相加得到下一個數字 $0+1=1$，接著，下一個數字是 $1+1=2$，再下一個是 $1+2=3$，以此類推持續得到數列中的數字，我以 Fib(n) 來表示如下這個數列：

n : 0 1 2 3 4 5 6 7 8 9 10 11 12 13 14 15 16 …

Fib(n) : 0 1 1 2 3 5 8 13 21 34 55 89 144 233 377 610 987 …

非常棒！這個數字數列是一串奇特的數字，隨著每一次我將新數字加上前一個數字的過程，它變得越來越大。彷彿存在某種特別的節奏：跟隨在兩個奇數之後的是偶數，它激起了我的好奇心。如果置換掉 0 和 1，改成其他的數字，例如 1 和 3，那麼這串數字將會變成 1, 3, 4, 7, 11, 18, 29 等等。

1792 年 3 月 21 日　週三

多麼令人愉快的一天呀! 雖然空氣仍然冷颼颼的, 但是太陽終於露了臉, 街上到處擠滿了人。今早醒來之後, 我感到非常愉快, 心情大受鼓舞。晚餐過後, 我和爸爸聊了許多, 我問他是否有一天會帶我去參加科學院的演講。我知道, 每星期都有數學家在國王廳發表他們的研究成果。聆聽這些偉大人物談論他們的研究內容, 將會是人生中最興奮的經驗。我很好奇這些數學家如何說明數學, 並想學習他們如何將這些結果, 應用到對自然的研究上。儘管演講是公開的, 但與會的每個人都需要特殊的入場券, 這些入場券是預留給其他學者以及重要的訪問者。我願意拿我所擁有的任何東西, 來交換聆聽演講的入場許可。

我再次聽到一段關於拉格朗日這位數學家的談話, 他原本來自於義大利的都靈 (Turin), 但是, 拉格朗日先生後來到德國工作, 而後, 又受到法國數學家的推薦, 國王邀請他到巴黎科學院任職。爸爸有一個熟識的朋友, 他曾遇過拉格朗日先生, 並提到他是一個很客氣、說話溫和且謙恭的學者。如果我有機會與拉格朗日先生聊天的話, 我想向他請教許多數學問題。

1792 年 4 月 1 日　週日

為了慶祝我十六歲的生日, 我和爸爸兩個人聊天 (tête-à-tête)。我們談論了我的學習情況, 以及他對我未來的期望。最終, 我感到非常沮喪, 為了讓我開心起來, 爸爸送了我一個從英國進口的可愛扇子。但是, 物質上的禮物無法療癒我心裡的憂傷。

我也想念安潔莉的嘮叨, 我的妹妹得了流行性感冒, 已經躺在床上超過一星期了, 我不能去探望她, 媽媽擔心她的病會傳染給我。我

必須獨自過日子，閱讀並翻譯歐拉《無窮小分析導論》(*Introduction to Analysis*) 的最後一章。這件事花掉我許多時間，但我也幾乎要完成了。

梅拉夫人給了我《沉思錄》(*Pensées*) 這本書，它是巴斯卡所寫，他同樣是法國數學家，主要的研究與三角計算有關。《沉思錄》這本書主要是收集上百頁巴斯卡的筆記而成，這些筆記中的許多內容，巴斯卡原想彙編成一本書，期望能用來幫助他捍衛天主教。而巴斯卡生前重新整理並分類了一些筆記，但其他許多內容仍待整理，他心裡想寫的那本書也未曾動工。巴斯卡的《沉思錄》包含許多極具洞察力的想法，引導我們更加深刻地冥思人類本質以及心靈的努力。他同時反思這個可見的世界，其思想也深受幾何知識所影響。舉例而言，其中他所說的 "*C'est une sphère infinie dont le centre est partout, la circonférence nulle part.*" 就是指：「我們所見的這個世界是一個無窮盡的球體，處處都是其中心，因而圓周並不存在。」

根據傳統，今天我們會在巴黎聖母院，與一群特別的人展開慶祝復活節的活動，但是在新政府的規定下，所有儀式與慶典暫時取消。巴黎教堂現在幾乎都空無一人，忠誠的信徒，如同我母親，拒絕從陪審員教士 (priest juror) 接受聖禮，其他的人則對教會感到憤怒。巴斯卡會怎麼想呢？我從閱讀數學家的哲學中尋找慰藉，而這些數學家捍衛了教會。

1792 年 4 月 8 日　週日（復活節）

完美數打從古代開始就令許多數學家著迷，許多學者關心一個數字與它的因數和之間的關係，並賦予神祕的詮釋。如果一個正整數 n 等於本身以外的所有正因數和，那麼便稱它為完美數。

完美數都具有 $2^{n-1}(2^n-1)$ 的形式，其中的 n 與 (2^n-1) 都是質數，為了了解為什麼這是對的，我先嘗試第一個質數，$n=2$：

$$2^{2-1}(2^2-1) = 2^1(4-1) = 2(3) = 6$$

這證明了 6 是第一個完美數，因為 $6 = 1+2+3$。而下一個完美數是 28，因為 $28 = 1+2+4+7+14$。接下來的兩個完美數分別是 496 與 8128。這四個完美數早在西元前就被人們所知曉。超過兩千年前，歐幾里得曾提出過一種發現完美數的方法，而這個方法是基於質數的概念。

有兩個定理與完美數有關：

定理一： k 是一個偶完美數若且唯若它具有 $2^{n-1}(2^n-1)$ 形式，其中 (2^n-1) 是質數。

定理二：如果 (2^n-1) 是一個質數，那麼 n 也會是。

前幾個完美數 6, 28, 496, 8128 都是偶數。是否存在奇數的完美數呢？我試著把每一個質數代入 $2^{n-1}(2^n-1)$ 這個公式來驗證。但考量第四個完美數已經是一個很大的數字，這將會是一件龐大的任務，很可能得花上一輩子的時間才能驗證它。除此之外，這也不是證明數學命題的方法。精確地說，一個定理為真，意指它被證明為真。因此，為了使一個數學敘述成為定理，必須論證從該系統的公設到給定的敘述之間，存在一條邏輯推論的路徑。

我想要證明的是，存在無限多個完美數，我確信我們需要先證明存在無限多個質數。我的結論是偶完美數具有 $2^{n-1}(2^n-1)$ 的形式，其中 (2^n-1) 這個數本身是質數，而指數 n 也是質數。

我多麼希望可以向某個理解質數分析的人，說明我的研究內容。如果我說給爸爸聽，他一定會很感動，但是他無法知道我的方法是否正確。

1792 年 4 月 27 日　週五

　　古希臘數學家研究質數以及它們的性質。歐幾里得的《幾何原本》包含了許多與質數有關的重要結果。在《幾何原本》的第九冊，歐幾里得證明了存在無限多個質數。他的證明使用了歸謬證法。

　　歐幾里得證明了如果 $(2^n - 1)$ 是質數，那麼，$2^{n-1}(2^n - 1)$ 就是完美數。

　　在西元 200 年前的某個時候，伊拉托森尼斯 (Eratosthenes) 發展出一套用來計算質數的演算法，這個方法今天與伊拉托森尼斯本人齊名，故以他的名字作為此方法的名稱。它從自然數的集合中（包含 1），逐一篩去所有整數的倍數，使得留下來的都是質數。在質數發展的歷史上，存在一個持續了數百年的空白，直到 1651 年，法國數學家費馬的出現，才使得質數的研究重新流行起來。他與其他數學家們一樣，特別是梅仙，嘗試想找出可以表示所有質數的公式。

　　1601 年，費馬出生於博蒙特德洛馬格 (Beaumount-de-Lomagne)，他是一個相當博學多聞的人，他獲得了法律學位，並於 1631 年，成為了位於土魯斯 (Toulouse) 的地方議會議員。他在這個位置上表現非常傑出，後來成為皇家法學顧問。而費馬也將自己的閒暇時間，都花在數學研究上。

　　但真正令人感到驚訝的是，雖然費馬僅是一個業餘數學家，但他如此卓越而傑出的學術研究成果，使他被認為是當代最偉大的數學家之一。費馬喜歡到處與人通信討論。他與巴斯卡、惠更斯和梅仙等人的書信中，包含了他的數學研究成果。費馬研究的內容主要包含了解析幾何、最大與最小值問題，以及機率論等。

　　整數論或許是費馬最喜歡的研究領域，他研讀丟番圖的書，而在他的筆記與評論之中包含了許多簡潔的定理。其死後，許多他生前的研究成果，都是在一些散亂的筆記頁中被發現，又或者寫在他所讀過並注解過的書籍頁邊空白處。其中有一封寫給梅仙的信，費馬猜想如果 n 是 2 的冪次，那麼，形如 $2^n + 1$ 的數都會是質數，費馬檢驗了當 $n = 1, 2, 4, 8, 16$ 時的情況。

　　梅仙也曾研究過 $2^n - 1$ 這個類型的數，並且發現即使 n 是質數，也並非所有這類型的數都是質數。例如 $2^{11} - 1 = 2047 = (23) \cdot (89)$ 是一個組合數。然而，許多年來，這類型的數是已知最大質數的來源。多麼令人驚奇呀！

1792 年 5 月 15 日　週二

　　上帝存在嗎？是否存在一個充滿智慧的造物主，創造了整個宇宙以及當中的萬物？我總是著迷於這類型的問題，但卻無法回答它們。有時，我甚至無法確定什麼是可以相信的。這是一個令我極度懷疑的問題。從孩提時，我開始學習祈禱，就如同媽媽教導我那般。但是，隨著我成長，我開始質疑這件事，並認為它是沒有意義的。

　　媽媽總是告訴我，上帝會回應我們的禱告。所以，當我還是小女孩時，我對上帝禱告，希望能像我的姊姊麥德琳一樣可愛。但是，每當媽媽幫我剪頭髮時，我注視著鏡子裡的自己，卻未曾發現有任何的改變。對於那些坐在教堂階梯上不幸的乞丐們，我總感到納悶，他們當中有許多人看不見、瘸了腿或者生了病，為什麼上帝容許這些人的遭遇與苦難呢？當媽媽生病時，我祈禱並希望她能趕快康復，然而，當她真的康復時，我不曉得她是因為我的祈禱而被治癒，抑或是因為服用了醫生所開的藥方呢？曾經，我甚至考慮成為一個修女，但是我知道那會是虛偽的，因為我不確定自己的信仰為何。

　　我的母親和姊姊相信上帝是萬能的，她們似乎能從祈禱中找到慰藉，即使她們祈禱的上帝從沒有人看見過，但是，她們卻相信祂是無所不在的。我們親眼目睹了過去幾年裡，那些蹂躪著我們國家的荒蕪和恐怖。我們總為其他人祈禱，無論他們是否無辜或有罪。我們的確祈禱了，但我無法確定是否帶來幫助。

　　我閱讀由法國知識份子所寫的書，他們秉持著自由主義的原則。基本上，他們在著作中提到: 人不對任何權威負責、人不虧欠上帝任何東西、人的思想和意志取代神的旨意。在爸爸的書房裡，這三個原則已經被討論了許多次。打從我還是一個小女孩，靜靜地坐著聆聽大人們說話時，我便嘗試去理解這一切所指為何。我從來沒有看過父親祈禱，我想知道他是否也和我一樣，每當媽媽說，上帝會來救我們時，會感到懷疑。在我們見證身邊的流血事件與種種不公正之後，它又更難令人相信。不過，我當然希望母親的祈禱能得到回應，巴黎的暴力事件從而趕快結束。

1792 年 5 月 30 日　週三

　　爸爸給了我一本由歐拉所寫的漂亮著作，它的書名是《致德國公主信函論及物理學與哲學等各種主題》(*Lettres à une princesse d'Allenmagne sur divers sujets de physique & de philosophie*)，爸爸向我解釋，歐拉在這本書中寫下他教導小公主（一個像我這樣的女孩）的相關主題。在歐拉留在柏林的期間，他被要求教安哈特‧德紹 (d'Anhalt Dessau) 公主數學，她是腓特烈大帝的姪女，歐拉透過這些信件教導這位公主。

　　在剛開始通信的時候，歐拉的皇室學生是一位不學無術的女孩，公主她並不知曉自然哲學與數學。歐拉從最基本的距離、時間與速度等概念開始教起，接著，信件的內容持續加入了物理學上較困難的內

容：光與顏色、聲音、重力、電學與磁學。歐拉接著在信中開始討論事物的本質，以及力量的由來。他給德國公主的教育內容相當廣泛，信件的內容同時還涵蓋了形上學，處理身體與心靈的問題、解放了意志與決定論、靈魂的本質以及上帝對於自然界的運轉。歐拉無助地認為，人類的智性並無法引帶我們走得太遠，某些哲學問題將持續懸而未解，等待神的啟發。

我將勤勉地研讀此書，我也會假裝每一封信都是寫給我，同時，想像著歐拉如何耐心地寫下他希望我學習的這些概念。

1792 年 6 月 5 日　週二

昨晚我參加了一場音樂劇。媽媽要我穿一件新的藍色絲質禮服，那是件穿起來並不舒服的衣服。透明而薄紗狀的三角形披肩，使我的脖子非常癢。媽媽也堅持要我穿束腹，所以，我整晚必須很不自在地挺直坐著。最後，我不想穿那件許多年前女人流行穿的大蓬裙。米麗在我的極力反對中，幫我固定了頭髮，安潔莉則在我臉頰塗上腮紅。我很慶幸她們沒有在我的頭髮上撒粉或把頭髮堆高，使它看起來很怪異。之前爸爸送我一個非常漂亮的扇子作為我的生日禮物，所以，我帶著它到音樂劇。安潔莉穿著她的白色長禮服，並在腰部繫著三色腰帶，感覺像個大人。她也把頭髮弄捲，看起來就像是路易國王的小女兒瑪麗・泰瑞絲。

我們的座位離王室包廂並不遠，而媽媽非常興奮地一直往前看著美麗的皇后。瑪麗・安東瓦尼特皇后在王儲與她女兒的陪伴之下很快地露了面，國王的妹妹依莉莎白以及女家庭教師桃樂拉也都陪著她。打從一開始我就注意到，皇后陛下 (Her Majesty) 似乎很憂傷，她被來自於忠貞人民的加油聲給淹沒，我看見她輕輕拭去眼角的淚水。而坐在皇后旁邊的小王儲，似乎對他媽媽的眼淚感到非常焦慮。

在音樂劇《不可預見的事件》(*Les Événemens Imprévus*) 之中，道格拉 (Dugazon) 女士扮演年輕的未婚女子。音樂劇的其中一幕，是道格拉與她的男僕演出二重唱，當她唱到「啊! 因為我愛我的情婦」時，她把視線停留在瑪麗·安東瓦尼特皇后身上，作為一種情緒性的象徵。就在此時，一些憤怒的人民跳上舞臺，企圖傷害道格拉。其他的演員阻止了這些流氓。在這個騷動的過程中，皇后和她的家人匆忙地離開。對於越來越多人公開冒犯皇后，媽媽也感到很丟臉且心煩。他們怎麼能這樣公然地表現出心裡的輕蔑呢？

真是百感交集的一晚，我吹熄了蠟燭，倚著臥室窗戶，看著星光點點的夜空。也許我能辨識出某些星座，像這樣的夜裡，我總著迷於宇宙的奧祕。

1792 年 6 月 10 日　週日

π 與 e 這兩個數常在數學中出現，許多數學家被這兩個數所吸引，並試圖找出它們的性質。之前，我曾試著證明 e 是無理數，但是我失敗了。我需要學習某些數學知識以幫助我建立適當的假設。我再次嘗試，首先陳述一個簡單的定理：e 是無理數。

證明：我知道，對於任意的正整數 n，

$$e = 1 + \frac{1}{1!} + \frac{1}{2!} + \frac{1}{3!} + \cdots + \frac{1}{n!} + R_n$$

其中，$0 < R_n < \dfrac{3}{(n+1)!}$（這是我在某本書中看到的）。

我假設 e 是有理數，亦即，存在兩個整數 a 與 b，使得 $e = a/b$，並且我令 $n > b$。那麼，我重新寫下此級數：

$$\frac{a}{b} = 1 + \frac{1}{1!} + \frac{1}{2!} + \frac{1}{3!} + \cdots + \frac{1}{n!} + R_n$$

兩邊同乘 n 階乘，或者說 $n!$

$$n!\frac{a}{b} = n! + \frac{n!}{1!} + \frac{n!}{2!} + \frac{n!}{3!} + \cdots + 1 + n!R_n$$

因為 $n > b$，這個等式的左邊是一個整數，因此，$n!R_n$ 也必須是整數。但是，我知道：

$$0 < n!R_n < \frac{3n!}{(n+1)!} = \frac{3}{(n+1)}$$

所以，如果 n 夠大的話，上式中等號的右邊比 1 小，但是，這會使得 $n!R_n$ 的乘積是小於 1 的正整數，此時產生了矛盾，因此，e 是無理數。證明完畢。

1792 年 6 月 21 日　週四

　　一群憤怒的無套褲漢入侵了巴黎的杜樂麗皇宮[14]，這是一場殘忍的攻擊行動。昨天大約一點左右，在我們結束了拜訪勒布朗夫人的行程，準備回家的路上，一群無套褲漢阻擋了我們的馬車，由桑泰爾所領導的武裝人民，正走往皇宮的方向，喧嘩地喊叫，並且高唱著「它將會很好」(Ça Ira)[15]。極度抒情的歌曲煽動人民吊死貴族與教士。曲子聽起來像在威脅一般，使我感覺到某些可怕的事情即將發生。

　　我試著忘記這件事，但是後來爸爸將所發生事情的細節描述得栩栩如生。這些無套褲漢攻擊了巴黎皇宮，並在國王的面前揮舞著手槍與軍刀，往內大聲喊叫，恐嚇著王室家族。幾個小時之後，這些人羞辱國王與皇后，並以暴力恐嚇他們。他們強迫國王路易十六戴上自由

----

[14] 譯按：無套褲漢為典型的城市下層勞動者，其中占主導地位的是法國的激進左翼游擊隊。

[15] 譯按：Ça Ira 為法文，意思是 It'll be fine。

帽，為人民的健康乾杯，這些無套褲漢不再尊重國王，並且把他當玩偶一般地戲弄他，稱呼他為「先生」，而不再尊稱為「陛下」。這些法國人失去對國王路易十六該有的尊重，過去他被人們敬重的那些日子已經不再。而這場攻擊行動可說是國王路易十六統治權結束的開端。

緊張的氣氛逐步上升，國家存在著許多混亂：國王否決了有關驅逐執拗教士的法案、皇家憲衛隊的解散以及巴黎聚會者所佈署的上千人軍隊。上週，國王免職了雅各賓 (Jacobin) 部長，取而代之的是較溫和派的斐揚俱樂部 (Feuillants)。在這段期間，街頭暴力事件增加。我很害怕法國的君主政體即將終結。

1792 年 6 月 30 日　週六

今天真是熱到不行！我真希望可以去我們位於利雪的鄉村房子度假，遠離那些擾動整個巴黎的騷亂。但是，現在旅行受到限制，人們需要通行證才能離開城市，而村莊的情況更是不穩定。

基於相同的理由，我們要前往杜樂麗花園或任何其他公共場所，就如同要那些暴民們悠閒地散步一樣，都是不可能的事。整天都得呆坐在家讓安潔莉越來越感到痛苦，為了她好，我建議爸爸帶我們到藝術畫廊，欣賞藝術品有助於減輕她的痛苦並紓緩她不安的情緒。對於我的這個建議她感到非常興奮，還親了我的臉頰好多次。

對於安潔莉來說，外出的唯一動機，就是陪媽媽到小香榭路 (rue des Petits-Chapms) 的服裝店購物。在城市的那一頭，經常會有小小的騷動發生，不過，只是某些商店老闆驅趕駐足在櫥窗前過久的平民，或者是女人議論他們負擔不起的衣袍價格。如果是在家哩，安潔莉會練習鋼琴，也會利用三色緞帶花環裝飾我們的衣服。媽媽堅持要我們妝點三色緞帶，以示我們支持革命運動。

1792 年 7 月 8 日　週日

　　天空之外有什麼東西呢？在遙遠到我看不見的地方，有什麼奇妙的行星在繞著別的太陽運轉呢？一顆座落在夜空邊緣的星星向我致意，激勵我不斷地追尋。我該找尋些什麼呢？什麼又會是我的命運呢？

　　暖和的夜以及靜謐正圍繞著我，但是，此時此刻，我並不想讀書或解題。今晚，我只想要遙望天空，凝視著遠方，對著敞開在我眼前的浩瀚宇宙，嘗試為我的命運解碼。

1792 年 7 月 14 日　週六

　　今天是巴士底監獄遭到破壞滿三週年的紀念日，但這次我們並沒有慶祝，暴力以及反抗國王的行動已使得巴黎陷入一片恐懼。上週，革命政府提出「祖國正處於危險中」(*patrie est en danger*) 這份聲明。是的，我們都深陷危險，特別是皇室家族。

　　巴黎就像是軍營，黑旗在巴黎市政廳飄揚，每天，都可以看見成群的士兵在公共場合裡行進，全副武裝地反覆唱著「它將會很好」，這令我感到很不自在。它就像是觀察覆滿雲朵的夜空，預言一場猛烈的風暴即將爆發。

　　在家裡，有些時候，緊張的氣氛會讓我們厲聲責罵其他人，有一天，米麗邊清理媽媽的房間，邊唱著一首引人注意的歌曲，但是莫瑞爾夫人卻生氣地要她立刻停止歌唱。歌曲中持續唱著：「我們將會勝利，我們將會勝利，我們將會勝利，今天的人們不會停止歌唱，我們將會勝利，我們將會勝利，不管那些叛國賊，一切將會成功。」接著，我也聽到歌曲中的另一句歌詞：「讓我們在燈柱上吊死貴族」，很清楚地，米麗唱的是「它將會很好」，它是無套褲漢最愛用來侮辱教士以及富裕中產階級的革命歌曲。我確信她是因為太常在街上聽到這首歌，以至於當她隨口哼唱時，並沒有意識到歌詞背後的意義。

1792 年 7 月 30 日　週一

　　今天下午，士兵們從馬賽抵達巴黎，米麗上氣不接下氣地跑來告訴我們，我們衝向窗邊，看著大隊士兵邊行進，邊以男高音的聲音大聲地唱著愛國讚歌。人們跑出戶外給予士兵們鮮花與食物，十幾歲的青少年蹦蹦跳跳地跟在士兵們後面，笑著並歡呼著。因為士兵們的歌聲中帶來了希望的訊息，整個巴黎滿佈歡樂的情緒。

　　但是，政治的情況仍然充滿爭議，爸爸讀了布倫瑞克宣言(Brunswick Manifesto) 給我們聽，這是由布倫瑞克公爵所寫的宣言，他是普魯士－奧地利軍隊的指揮將軍，公爵警告巴黎市民必須服從國王。這個宣言以威脅的口吻，揚言若人民不服從的話，將會施予嚴厲的懲罰。

　　布倫瑞克宣言主要回應了反對路易十六的革命團體，那些不承認路易十六為法國最高領導者的人。議會被布倫瑞克宣言觸怒，並且命令巴黎地區作好開戰的準備。昨天，馬克西米連・羅伯斯庇爾(Maximilien Robespierre) 要求將法王路易十六免職。羅伯斯庇爾是國民公會的代表，他是反抗君主政體最激進的政治團體的律師兼領導者。在他演說結束後，巴黎某些地區要求廢除王位。

　　爸爸與一些同事在他的書房裡，推測接下來會發生什麼事，這份宣言造成了巴黎的恐懼與憤怒，革命領導者正在煽動巴黎的人民造反。我很擔心接下來將發生的事。

1792 年 8 月 5 日　週日

　　暴力不斷增溫，米麗今天一早激動而歇斯底里地回到家裡，幾乎是邊流著淚，邊訴說著令人不安的消息。一群無套褲漢洗劫了沃依德(Comte Voyeaud) 的家，同時在街上引發一場大暴動。米麗描述了她所目擊到的搶劫過程與大混亂，媽媽遞上一杯熱茶，試著平撫她的情緒。

　　男男女女一大群人洗劫了城堡，帶走了任何拿得動的東西，米麗以最快的速度跑回家中，告訴大家這件事。暴民將房子裡的衣物、家具以及收藏的畫作通通往外扔。她告訴我們，這些無法無天的人喝著酒、瘋狂地大吼大叫，並誘使經過的人恣意拿走物品。我們都很擔心沃依德的家人，而他們住的地方離我們家並不遠，我也很害怕這些暴徒的掠奪行為會延燒到我們街上。米麗趕緊跑到樓下，將所有門窗上的三色緞帶綁緊。

　　整個城市異常地靜默，巴黎聖母院的鐘聲聽起來彷彿已是午夜時分，不知道這些革命者的心裡正懷著什麼樣的鬼胎，唯有時間能說明一切。

1792 年 8 月 10 日　週五

　　警報聲劃破夏夜的靜謐，那宏亮而持續的教堂鐘聲，吵醒了沉睡中的我，我快速地打開窗戶，凝視著夜晚，鐘聲像是對戰爭的召喚，警報聲持續地響著、響著，憤怒的巴黎人民迅速地起而回應，直奔路易國王住所。

　　當聽見人們聚集在街上的吵鬧聲與腳步聲，我趕緊倚偎在父母身邊。火炬照亮了陰暗大街上，那些搖搖晃晃聞聲而來的人。光點就像是一群帶著盛怒的螢火蟲，朝杜樂麗皇宮行進，沉睡的國王仍未意識到，那即將到來的危險。聽見暴怒聲不斷蔓延，我不禁害怕地顫抖，心裡有一種不祥的預感，但我完全無法想像接下來將會發生什麼事。

　　母親不停地喃喃自語：「我的天呀！我的天呀！」她極力堅持把我們送上床睡覺。即便當教堂鐘聲停歇，遠處的喧囂逐漸沉靜，我卻始終無法入睡。寂靜裡，恐懼籠罩著城市。遠在曙光照亮地平線之前，我就已經醒來，從窗戶望出去，一片黑紅色的天空，是我未曾見過的清晨景致，它預示著鮮血將持續地流淌，染紅整片街道。

1792 年 8 月 10 日杜樂麗皇宮風暴

　　早餐過後，在幫媽媽折床單時，突然響起的槍聲嚇了我們一跳。那聲音非常可怕，我感覺自己彷彿被閃電擊中一般。我的妹妹安潔莉害怕地跑進母親的懷抱裡。聖安多路 (rue Saint-Antoine) 上的憤怒暴民們，朝著杜樂麗宮的方向前進。

　　天氣異常炎熱，但母親整天緊閉窗戶並拉下窗簾，槍聲與尖叫聲並未被靜止的空氣阻隔。父親一早回來，告訴大家革命軍已經占領了國王城堡。國王路易十六和他的家人在憤怒的暴徒來到杜樂麗宮之前，已逃到立法議會大樓。一場暴力行動在花園爆發，數群憤怒的市民與國王的瑞士衛隊 (king's Swiss guards) 以及國民衛隊激烈地戰鬥著。

　　攻擊行動中，瑞士衛隊以及宮殿裡的女傭和廚師慘遭屠殺。爸爸也描述了香榭麗舍大道和杜樂麗花園佈滿屍體和鮮血的慘況。我們只能在顫抖中想像恐怖的一切。媽媽生病了，她的臉色慘白，顫抖地重複著：「我的天呀！我的天呀！」宮殿的攻擊行動非常殘酷，仇恨和復仇的氣氛極度沸騰，摧毀了人們之間的任何情理。國王和他的家人安然無恙地度過襲擊。但是，他們現在遭到軟禁。

1792 年 8 月起義，巴黎皇宮受到攻擊

　　晚飯後，我來到父親的書房，但卻無法集中注意力，感覺得到這座苟延殘喘的城市，在飽受攻擊後的緊張情緒。屠殺行動一直持續到晚上，多麼可怕的事件！它折磨著我的美夢。

　　起於杜樂麗宮的火仍在燃燒，濃煙四散竄入了封閉的窗戶。面對著這樣的瘋狂，我們還能承受多久呢？

1792 年 8 月 14 日　週二

　　法國徹底摧毀了它的國王。今日，革命領袖公開譴責國王路易・奧古斯特十六以及瑪麗・安東瓦尼特皇后。皇室成員被囚禁在聖殿塔，當中包括小孩子以及國王的妹妹。無套褲漢們如願以償：羞辱、廢除，並將路易十六送入監牢。

1792 年 8 月 13 日皇室家族被押入聖殿塔監牢

　　他究竟做了什麼可怕的事？以至於被廢黜的國王，被人們丟進黑暗的地牢，那個只屬於窮凶極惡罪犯的地方。

　　這是不公正的，我為國王和他的家人深感遺憾。即使他不是一個有效率的統治者，但這也完全不公道。之前，瑪麗・安東瓦尼特皇后疏遠了與法國人民之間的感情。關於她的傳言甚囂塵上，說即便凡爾賽門外面的農民餓死了，她仍執意舉辦奢侈的宴會。她的敵人也聲稱，

瑪麗‧安東瓦尼特皇后心裡想的全都是禮服和珠寶，恣意地花錢，買了奢侈而昂貴的禮物送她的女性朋友。即便事實如此，這些行為也不該得到這樣的處罰呀！

我為這個家庭感到遺憾，怎麼都沒有人同情他們呢？公主瑪麗‧泰瑞絲僅僅十四歲，她就像是我的小妹妹一般，而迷人的小王子也只有六歲。孩童不應該被關進監牢。他們究竟犯了什麼罪？難道，政府裡面沒有任何人同情他們的遭遇嗎？

我希望存在某種方法可以阻止這場暴力侵襲我心愛的巴黎，現在無辜的人被逮捕已經是司空見慣。前幾天，阿貝‧西卡德，一個聾啞兒童的教師和保護者，與其他多位教士一同被囚禁在修道院。來自學校的學生和教師們向議會懇求，希望還他自由。他做錯什麼事而被逮捕？什麼也沒有。爸爸說，他唯一違法的事，便是當一個拒絕聽從新政府規範的教士。難道這就是革命者理想中的正義？

1792 年 8 月 23 日　週四

警報聲驚醒了我們。今天凌晨，鎮上傳來吼叫聲：「普魯士軍隊前進！」召喚戰爭的聲音響起，城門匆忙關閉。鼓播了一整天，人們瘋狂地在街上跑著，孩子陷入哭鬧與混亂。從房間的窗戶往外看，士兵騎在馬背上，在這個受到驚嚇的城市中，試圖維持和平。煙硝味伴隨著戰爭中的激動情緒鑽進了關閉的窗戶。今天是炎熱的一天，但這城市中即將展開攻擊的緊張氣氛，卻比酷熱的空氣更令人感到壓迫。很長的一段時間裡，我們處於不安的狀態。我試圖轉移我的思緒，從書本中找到避風港，引領我穿越包圍而來的煎熬。

已經過了午夜，城市一片寂靜。但是，隱藏在黑暗之下，有什麼可怕的事情正要發生呢？

1792 年 8 月 25 日　週六

凝視著漆黑的夜晚裡的星星，我的思緒到處遊蕩，將我帶回到數字的世界。當我開始研究質數時，我想知道 1 是否屬於質數的集合。有一個非常重要的定理提到：「每一個大於 1 的整數，都可以表示成質數的乘積，而這種表示法是唯一的。」

我任取一個數字，並將它寫成其因數的乘積。例如：6 可以寫成 $6 = 2 \cdot 3$ 或者 $6 = 1 \cdot 2 \cdot 3$。根據該定理，只有第一種表示法是成立的。這是將 6 表示成質數之乘積的唯一一種方式，這也解釋了為什麼不把 1 當作質數。

是否存在一種方法，可以證明這個定理對任意的整數都成立，而不需利用算術的方法逐一檢查呢？例如，先考慮正整數 n，我想知道它是否是質數。為了證明這一點，我先檢查是否 1 能整除 n，接著繼續檢查其他的整數。我可能需要將 n 逐一除以其他任何的整數，直到除以 n 為止，當然我們會得到 $n/n = 1$。好吧，這可能是構成某種證明的方式之一，我只是想確定一下。但也許我先研讀其他數學家研究過的相關結果，會來得更好一些。

1792 年 8 月 30 日　週四

巴黎繼續被圍攻。新的革命政府——公社 (Commune)，使用恐怖的手段來控制人民。當中包括了授權搜索住家。如果公社懷疑某人是保皇派或同謀，他們便派遣一組士兵到家中逮捕他或她。他們把這種搜索行動稱為「家居探訪」，就好像他們是進行友善的拜訪，然而，現實中的無套褲漢希望揭露那些可能會威脅國家的叛徒與謀反者。

任何人都可能是家庭搜索的目標，甚至像我們這種無辜的人。公社領導人以尋找藏匿的槍枝與嫌疑犯為理由，為自己的行為作辯護，他們認為這種入侵是必要的措施。為了尋找用來對抗人民的罪證，士

兵們可能在夜間或清晨出現，以確保所有人都在家中。參與搜索的一行人，包括 10 個或更多全副武裝的軍人，帶著軍刀、長矛、槍，他們沿著房子的周圍翻找，從不留下任何漏網之魚。大多數的逮捕行動已經遠至蒙塔涅聖吉納維夫 (Montagne Sainte-Genèvieve) 地區，我想再過不久，就會在這附近看到這些負責搜索的隊伍，我們要怎麼知道誰的家會是下一個搜索的目標？

有時候，我聽到爸爸和他的朋友持續地進行政治論辯，而他們也警告彼此在公共場所務必保持沉默。即使沒有什麼證據，都有可能遭受其他人的指控。多少友誼受到背叛而破滅？每個人都對彼此感到害怕，我希望爸爸擁有忠誠的朋友，可以分享他的信仰，但不會背叛他。

父親今天晚上帶了一本新書回來，這本書是巴拉尚先生從他的書店特地為我保留的。但它是以拉丁文書寫，理解它將會是很大的挑戰。到目前為止，我將它的標題 "*Philosophiae naturalis principia mathematica*" 翻譯成《自然哲學的數學原理》。巴拉尚先生也告訴我，之前購買這本書的人將本書簡稱為《原理》。作者是艾薩克·牛頓爵士，他被視為是上個世紀最偉大的數學家之一。我覺得書中的主題相當困難，文字亦難以理解。對我而言，《原理》這本書包含了許多全新的概念與想法。

在這個充滿不確定的時代，保持冷靜是一件困難的事。現在的我對於熬夜感到恐懼，害怕公社可能派遣搜索隊到我家來。如果全副武裝的士兵突然出現在我的臥室，我該做些什麼？爸爸會阻止他們傷害我，但如果他被逮捕了呢？哦，不，我甚至不敢去想它，或許我最好在白天進行我的研究。

1792 年 9 月 3 日　週一

　　警報聲對士兵的召喚導致了更多的屠殺! 昨天下午大約一點時,警報聲嚇了我們一跳。緊接著是槍聲和鳴鼓聲。一位公社的成員騎在馬背上急馳過街道, 他宣告敵人正在城門。普魯士軍隊占領了凡爾登 (Verdun)。我們透過窗戶看見奔跑的人們, 從城市中不同的地區趕來集合。他們手持長矛與手槍, 可怕而憤怒的表情寫在他們臉上。

　　爸爸後來跟媽媽描述了警報聲響起之後的慘況。約莫晚上七點,憤怒的暴徒包圍了埃格利斯 (Église des Carmen), 並屠殺了被收押在那裡的所有教士。接著, 野外的人群襲擊了修道院 (Abbaye) 監獄, 並殺害了更多的人。

　　聽到這種野蠻行徑之後, 媽媽哭了出來,「天呀! 天呀!」她不停地喃喃自語著。即使是平時那麼鎮靜而自律的爸爸, 也久久不能自已,已經無法以言語來形容那令人震驚、殘酷而血腥的場面, 以及他不幸目擊到的瘋狂人群。「但是, 為什麼要殺教士呢?」母親問道。我們知道, 完全沒有任何能令人接受的答案, 可以說明這場屠殺的正當性。無套褲漢認為囚犯們將會逃脫, 以幫助釋放被囚禁的國王路易十六,並發起反革命行動。他們的憤怒以及對君主體制的不信任, 已經蒙蔽了他們的理性。

　　今天上午, 當莫瑞爾夫人幫媽媽整理頭髮的同時, 米麗氣喘吁吁、帶著恐懼且顫抖地走進來, 她告訴我們, 來自教堂那場大屠殺後所留下的屍體, 被放在新橋 (Pont-Neuf) 上等待認領。她去市場的路上, 不得不走過那座橋, 目睹了令人毛骨悚然的景象。我關上房間的窗戶,害怕瞥見在離家不遠處的這場恐怖夢魘。母親立即取消她訪問麥德琳的行程, 並指示莫瑞爾先生趕緊載爸爸走另一條路, 遠離這座橋, 但為時已晚, 莫瑞爾先生回答說, 他們已經看過米麗所描述的恐怖景象。

1792 年 9 月 2 日至 5 日屠殺囚犯

　　警報聲夜以繼日地持續在空氣中迴盪不已，就像是朝著天堂發出求救的絕望哭喊。有人聽見了嗎？

1792 年 9 月 8 日　週六

　　今天晚上，梅拉夫人前來拜訪。當她到達時，我正在閱讀，努力地翻譯著牛頓《原理》中的某一頁。在她親吻了我的臉頰之後，夫人親切地稱呼我：「數學家，蘇菲！」這真是最好的褒獎呀！

　　看了看擺在我面前的這本書之後，夫人坐過來告訴我，這一本書曾被翻譯成法語，而且是由一位了不起的女人！她說，大約四十年前愛蜜莉・馬達斯・夏德萊 (Gabrielle Émilie le Tonnelier de Breteuil, Marquis du Châtelet) 翻譯了牛頓的這本書。這個了不起的女學者也寫

了新章節，解釋了她後來對《原理》所作的補充與更正。透過她的筆記，愛蜜莉‧夏德萊澄清了在原書中的許多困難概念。在梅拉夫人說這段小插曲之前，我本已經計畫好搜尋牛頓這本書的其他翻譯版。夫人又說了一些與愛蜜莉‧馬達斯‧夏德萊有關的故事。以下，我總結了她告訴我的事。

加布莉‧愛蜜莉出生於 1706 年的巴黎。她的父親布雷提(Breteui) 男爵，是路易十六大使的首席祕書以及介紹人。孩提時，加布莉‧愛蜜莉便請了家教，包括她的父親也教導過她拉丁文。加布莉很聰明，對於語文、數學、科學都有很高的天分。當她十二歲的時候，便能讀、寫、說一口流利的德語、拉丁語和希臘語。十九歲時，她嫁給了夏德萊侯爵，並育有三個小孩。

後來，愛蜜莉‧夏德萊請了家教老師來教她幾何學、代數、微積分以及科學，她對牛頓的研究深感興趣，所以，她請求數學家莫貝度(Moreau de Maupertuis) 教她牛頓的理論，這位卓越的數學家支持牛頓的想法，而這些想法也受到當時法國學者們的挑戰。

說到愛蜜莉‧夏德萊，大家也會記得她不屈不撓的精神，她想參加科學院的例行會議，當中的學者們將討論最新的科學發現。然而，女人並不被允許參與這些聚會，於是她被迫只能與同事在咖啡廳討論。

但是，女人也被這些地方所禁止，包含受歡迎的葛瑞多特咖啡廳，那是哲學家與學者們例行碰面交換意見的場所。為了排除女人，經營者規定不准穿裙子的人進入他們的咖啡廳。於是，夏德萊女士穿著男人的衣服進入咖啡廳，並坐在莫貝度以及其他學者旁邊。據說，紳士們點了一杯咖啡給她，並以對待團體中其他成員的方式來對待這位女士。老闆只好假裝沒注意到他們正為一個女人服務，自此之後，夏德萊女士可以自由地出入這家咖啡廳，並不會受到刁難。

　　當夏德萊女士二十八歲的時候，她遇見哲學家伏爾泰，這兩個人搬到她住的迪契雷城堡，以進行科學與哲學的寫作。他們之間的合作就如同友誼般親密。在《牛頓哲學導論》(*Introduction to the Elements of the Philosophy of Newton*) 這本書裡，伏爾泰聲稱此書是他和夏德萊女士的共同創作。在這個合作計畫之後，愛蜜莉・夏德萊繼續從事她的數學研究，並完成了牛頓《原理》這本書的翻譯工作。不幸地，她在翻譯本出版前過世。

　　這是一個美麗的故事，我真高興有機會可以更了解這位令人無法置信的女學者。但是，現在最重要的事，是必須尋找夏德萊的翻譯版。巴拉尚先生肯定沒有翻譯版複本，否則他一定會告訴我。我將拜託爸爸幫我到其他書店找找。

1792 年 9 月 10 日　週一

　　激烈的衝突每天在巴黎街頭爆發，我們生活在恐懼之中。城門緊閉，士兵在街上巡邏，並到房屋裡搜尋武器，處處充滿了害怕被迫害的恐慌。媽媽將三色緞帶穿過門與窗戶，如她所說的：「與那些在街上遊蕩、嗜殺的人群保持距離。」三色緞帶作為效忠共和國的標誌，我們希望這樣的展示可以讓我們安全地遠離那些狂熱的革命者。當父親出門做生意時，我們大部分的時間都害怕地躲在樓上，米麗的差事也限制在前往麵包店與市場等基本行程。

　　第一次監獄屠殺行動之後，越來越多的攻擊監獄事件持續發生，並不只監獄中的教士成為憤怒暴民手下的犧牲者，許多一般民眾同樣慘遭殺害，在比塞特 (Bicêtre) 監獄，許多被殺的人年紀都還不到十八歲! 爸爸說，大部分被殺的人，都是經由暴民所運作的法庭，在沒有任何公平正義之下執行審判的。在這些法庭之中，所謂的審判，實際上就是殺了他們，而大部分的時間裡，這些法官都是醉得不省人事。因為被血腥和訕笑所蒙蔽，這些殺人凶手的眼裡所見的，都是造反的人。

最可怕的屠殺，莫過於蘭巴樂公主 (Princesse de Lamballe) 被殺事件。她是瑪麗‧安東瓦尼特皇后最親密的朋友，同時也是皇后家的前總管，只因為她和皇后過從甚密而被監禁，在審判過程中，這個年輕女孩拒絕指責國王路易十六以及瑪麗‧安東瓦尼特皇后。這激怒了那些控告者，接著，這個公主被脫光衣服、強姦並分屍。為什麼呢? 怎麼可能發生這麼令人毛骨悚然的暴行呢? 我真不敢想像這群凶殘的人，加諸於這個年輕女孩身上的可怕酷刑。

爸爸指責這些對充滿害怕的反革命者的屠殺行為，革命者藉由監視反對革命的叛徒來保護巴黎。但是，為什麼他們要殘害人民呢? 為什麼這麼泯滅人性地殘忍呢? 蘭巴樂公主是清白的，他們以殺害動物的方式殺了她，為的是什麼? 這些凶手的正當理由又何在?

1792 年 9 月 15 日　週六

愛蜜莉‧夏德萊是一個偉大的女人。我很羨慕她的能力和精神。她有請家教老師的特權，以及有追求知識目標的機會。但是，她也不得不面對，在這樣一個不認真看待女學者的社會裡，所產生的種種偏見。她的成就，讓我留下深刻印象。她將許多以拉丁文或其他外國語言寫的經典著作翻譯成法文。例如，她翻譯《伊底帕斯王》[16]，這是希臘的索福克勒斯 (Sophocles) 所寫的一齣戲劇。

夏德萊夫人另外也翻譯了《物理學原理》(*Institutions de physique*)，這是德國數學家萊布尼茲對於形上學理論的解釋，就如同他在《單子論》(*Monadoiogie*) 一書中所呈現的一般[17]。當然，愛蜜莉‧

---

[16] 譯注：英文書名為 *Oedipus the King*，《伊底帕斯王》為古希臘悲劇作家索福克勒斯於西元前 427 年根據希臘神話中伊底帕斯的故事所創作的一齣希臘悲劇，為希臘悲劇中的代表作。

[17] 譯注：英文書名為 *Monadology* (1714)，這是萊布尼茲最有名的著作之一，書中展現了他的哲學觀。

夏德萊對於法國最偉大的貢獻，便是她將艾薩克・牛頓的《原理》從原本的拉丁語翻譯成法語。我已經迫不及待地想讀它了。

1792 年 9 月 20 日 週四

最終，爸爸找到了牛頓《原理》這本書的法文翻譯版。我讀了一個完整的章節，但我仍然無法理解它。到目前為止我只能摘要出牛頓的一些想法。他首先定義了質量、運動以及三種力量: 慣性、作用力和向心力的概念。牛頓同時還定義了絕對時間、空間和運動，並提供了絕對空間與運動的存在性證據。

牛頓提出了「三大運動定律」，以及由此所導出的結果。《原理》的其他部分維持續命題、引理 (lemma) 和系理 (corollary) 的形式，也包含了令人難以理解的注釋 (scholia)。第一卷的《論物體的運動》(*Of the Motion of Bodies*)，將這些運動定律應用在不同軌道中運行的物體。第二卷的內容主要與流體以及流體本身的行為有關。至於第三卷《論宇宙的系統》(*The System of the World*)，牛頓將「萬有引力定律」應用到太陽系裡的行星、衛星和彗星之運動上，他以這個大一統的概念解釋了各種不同的現象，包括潮汐、春分與秋分的歲差以及月球在軌道中運動時的不規則現象。

即使閱讀《原理》的翻譯版，我發現仍難以掌握一些概念，但我已經許諾要讀懂它。有朝一日，我一定要學會牛頓的科學。

1792 年 9 月 30 日 週日

心情很鬱悶，即使我試著不去回想過去幾個星期裡的大屠殺。我也很擔心爸爸，他和他的同事們談論著持續增溫中的暴力事件，以及被控為反革命而無辜被捕的人。他們也說，監獄滿是被誣告的人民。我盡量不去聆聽，但實在無法繼續漠視每天發生著的恐怖社會事件與政治事件。

照亮我心情的，是爸爸帶來的一本新書，書名是《微分學和積分學課程》(*Lessons on Differential Calculus and Integral Calculus*)，這本書是由庫欣 (J. A. J. Cousin) 先生所寫，他也是爸爸所熟識的人。我希望這本書中有關微積分的概念，可以幫助我理解牛頓的想法。《原理》真難呀！

微積分處理變量的變化率，我把它解釋成曲線的斜率、長度與面積以及物體的體積。這本書將微積分分成微分與積分兩個部分，首先處理了函數的微分問題，接著是函數的積分。我必須盡自己所能，認真而勤勉地學習微積分，就如同過去學習其他科目時一樣。我想在開始學習之前，先了解一下究竟是什麼原因，讓數學家們發展了這個新分支，這真是件有趣的事。

1792 年 10 月 6 日　週六

我擁有一本關於微積分的新書，它由瑪麗亞・阿兒涅西 (Maria Gaetana Agnesi) 所著，書名是《分析講義》(*Instituzioni analitiche ad uso della gioventú italiana*)。爸爸跟我解釋說，他會買這本書主要是因為康多塞侯爵的推薦。這本書之中，有許多描述微積分方法的例子。而康多塞和許多學者都極力推薦這本書，並且將它評選為微分學的最佳教科書。

瑪麗亞・阿兒涅西是一位義大利數學家，在她所寫的這本書的序言裡，阿兒涅西感謝朗平立 (Rampinelli) 幫助她學習數學。她寫道：「在所有的學習過程中，最為數學感到著迷，使我願意全心致力於其中。如果沒有朗平立令人安心的指引，以及他所給予的睿智方向，引領我繼續前行，我恐怕會糾結在難以克服的巨大迷宮之中。……對於他的建議（無論是什麼），我都由衷地感謝著，他使我渺小的天賦得到適合翱翔的天空。」

　　瑪麗亞・阿兒涅西是如此地幸運，擁有朗平立先生的教導，並指引著她的研究。

1792 年 10 月 13 日　週六

　　我的雙親邀請了許多朋友共進晚餐，他們討論最新的政治事件還有爭論著政府新實施的法令。當我提到傑弗瑞夫人時，一些人異口同聲地要求我稱她為傑弗瑞女士。一開始我有些疑惑，並且不太確定我是否真的了解，但爸爸接著解釋，從現在起先生 (monsieur) 和夫人 (madame) 這兩個稱謂，被替換成男士 (citoyen) 和女士 (citoyenne) 了。據他的說法，這是上禮拜巴黎公社 (Paris Commune) 正式決定的。魯布蘭克先生繼續討論這個話題，那些和夫人、小姐以及先生有關的稱謂都不再被接受，改成了公民 (citizen) 還有女公民 (citizeness) 這些新稱謂，目的是為了消除社會階級的差異。

　　這感覺一點意義也沒有，當稱呼女性時，這些新的稱謂是不足夠的。例如，如果有人提到「熱爾曼女士」(Citoyenne Germain)，誰知道他們是不是在說我的母親（一個已婚的女人），或者指的其實是我。我並不想爭論以「男士」(citoyen) 指稱男性的稱謂方式，畢竟，社會上所有的男人都被稱為「先生」(monsieur)，但是，我並不同意使用「女士」(citoyenne) 這個稱謂，因為這並不適用於所有的女人。所以目前對我而言，我母親還是「熱爾曼夫人」(Madame Germain)，而我還是「熱爾曼小姐」(Mademoiselle Germain)。

　　此外，我也想問，廢止禮貌性的稱謂，如何使我們人人平等呢？新的稱謂規定並不會改變我們對待彼此的方式，無論我們有沒有加上對方的稱謂，人們總是存在偏見。

1792 年 10 月 15 日　週一

　　巴黎還是被圍攻，暴力、恐慌和民生用品短缺，就是我們的生活。牛油供不應求，我們每星期只允許使用一點點的蠟燭，現在我只能在白天研究。有時候我並沒有意識到有多暗，直到夜晚的影子使我書上的文字消失，而我只能盡力睜大眼睛。米麗與安潔莉把她們的蠟燭給了我，但這會讓我顯得很自私，剝奪了她們的光線，特別是夜晚越來越長。

1792 年 10 月 20 日　週六

　　我現在正在學微積分，這是數學中非常具挑戰性的領域。我讀到書中的某個地方提到，微積分是那些需要解釋物理原理的數學家所發展的。從我的研究中可發現，兩個來自於世界上不同地方的學者，同時有了類似的想法，但他們在處理微積分概念的方式卻大不相同。

　　據推測，牛頓發展出微積分的想法是在 1665 年的夏天，當時因為發生瘟疫而使得學校關閉。牛頓回到了他在林肯郡的家中隱居，並在此展開有關新數學基礎的研究。他將他的微積分命名為「流數法」(method of fluxions)，它也連結了與無窮級數有關的研究。他將一個點置於字母的上方來表示「流數」(fluxion)，例如 $\dot{x}$，它是一個有限的值。又例如，以 $\dot{x} = \dfrac{dx}{dt}$ 來表示速率，其中，x 表示距離，而 t 表示時間。沒有加上一點的字母表示「流量」(fluent)。

　　流數法在牛頓的洞見之下獲得發展，一個函數的積分就是微分的逆運算。以微分作為基本的運算，牛頓發展出簡潔的分析方法，統整了以前數學家為解決獨立而不相關的問題時，所發展出的許多方法與技術，例如求面積、切線、曲線長，以及函數的極大極小值問題。由於他的新數學概念如此地與眾不同，牛頓害怕遭受批評，所以直到 1704 年以前，他並沒有出版他的回憶錄。而這些內容出現在他《光

學》這本書的附錄中。牛頓宣稱他在 1671 年就完成了《流數法》(*De methodis serierum et fluxionum*) 這本書，只是很久以後才出版。

　　德國數學家萊布尼茲也有類似的想法。萊布尼茲曾與法國數學家通信，而且曾經到巴黎科學院工作。在法國的那段日子裡，萊布尼茲發展了他的微積分基本想法。1673 年，他持續嘗試為他的微積分，發展出好用的符號系統。幾年之後，他寫了一本手稿，第一次以 $\int f(x)dx$ 作為積分符號，在這本手稿裡，他也提出了微分的程序性法則。

　　1676 年，萊布尼茲發現了微分公式 $d(x^n) = nx^{n-1}$，其中，無論 n 是整數或是分數都成立。但不知什麼原因，他並沒有公開他的新數學發現。到了 1684 年，他將他的微分學以標題為「求最大、最小值與切線的新方法」的論文，發表在《教育學報》(*Acta eruditorum*)，它是 1682 年萊布尼茲在萊比錫所創立的。那篇論文的內容包含了：dx、dy 等記號，以及 $d(uv) = udv + vdu$ 等微分規則，還有一些法則用來計算冪次、乘積和商式之導數。

　　法國的數學家們現在都使用萊布尼茲的記號 (以 dy/dx 來表示導數)，而不是使用牛頓發明的流數記號。萊布尼茲也是第一個將這個數學的分支稱作微分學和積分學的人。在 1696 年，第一本微積分教科書出版了，書名為《無窮小分析導論》(*Analyse des infiniment petits*)，這是由法國數學家羅必達所寫的，他曾經向偉大的瑞士數學家伯努利學習過微積分。

　　也許是因為符號的關係，才使我難以理解牛頓所寫的書。我想請爸爸幫我找找萊布尼茲所出版的刊物。如果有羅必達寫的教科書更好，因為那是用我習慣的語言寫的。我必須留個訊息給巴拉尚先生，請他幫我尋找這本書。

1792 年 11 月 2 日　週五

　　我好擔心我所深愛的法國的未來，殘忍的殺戮還有社會混亂改變了我的國家。現在有兩派對立的觀點指引著法國未來的方向，它們是由兩個不同的政黨所支持：溫和的吉倫特派 (Girondists)，他們希望以較為和平的方式來改造法國，另一個則是比較激進的雅各賓派 (Jacobins)，它是由羅伯斯庇爾所領導，他傾向於根除法國以前的帝國主義，誰才是對的呢？

　　在家的時間裡，我們試圖保持正常的生活，假裝從沒發生什麼事。但是，我知道這只是表面上的偽裝。我們都目睹了由貧窮造成的痛苦所帶來的恐怖，還有政治領袖誤導人的口才。妹妹臉上的表情變得冷漠呆滯，當我們聽見窗外傳來暴民的喧鬧聲，尋找受害者、尋找那早已蕩然無存的正義與真理時，妹妹也不再渴求媽媽的懷抱。

　　我們變得比實際年齡來得成熟，媽媽原本美麗的臉龐，也開始有了痕跡，彷彿戴上了擔心和憂慮的面具，她再也不像以前那般輕易地展現笑容。我的父母不再到劇院，而我們也只拜訪最親近的朋友，但我們仍試圖保持家庭的舊有傳統，在屬於我們的文學之夜裡，我們讀著由莫利爾 (Molière) 和來自拉比列 (Rabelais) 的客人所作的劇本。每個星期，安潔莉為我們彈奏美麗的鋼琴協奏曲，媽媽會唱她最喜歡的詠嘆調。米麗也加入我們的聚會，她現在已經可以很棒地誦讀，並總是急著想背誦新的流行詩詞。

　　我懷抱書本，帶我通過無止境的嚴峻考驗，我的書本呀！它們靜靜地等待著我，揭開刻印在書頁上的知識奧祕，打開一扇門，引領我來到一個沒有暴力的新世界。

1792 年 11 月 15 日　週四

　　國王路易十六生病了，據報紙所說，在他被關進那個寒冷而可怕的監獄之後，健康情形急速惡化。我們決定早上為他祈禱，媽媽誦念七篇聖詩祈求他能復原。但我仍然感到困惑，試著想去了解，為什麼國王和他的家族得監禁在聖殿塔的監牢裡呢？他們的罪名是什麼？那小孩子呢？

　　我很高興我的父親不再是政府的眾議員了，爸爸在很久以前就辭職，甚至早在皇室家族被囚禁之前。因為他不想和他們共同承擔這些指責背後的犯罪和愚蠢，這些都是他無法寬恕的行為。歷經這麼多不公平和暴力之後，爸爸沒有選擇的餘地，只好離開政府。

1792 年 11 月 17 日　週六

　　我已經很努力地想理解微分 dx 的概念，如果 Δx 表示在 x 軸上的一段距離，或是任意兩個 x 值的差距，那它與 dx 的意思恰好相同。唯一的差別在於，dx 是一個無窮小的距離，亦即一個非常、非常微小的距離。如果我有一個非常接近零的量，那麼 $2 + dx$ 仍會是 2。或者如果我將一個數除以 dx，像是 $3/dx$，那麼，相除的結果就是無限大！

　　有兩種涉及 dx 的計算會產生有限的數。其一是當我把兩個無窮小量 (differentials) 相除時，可能會發生。如果它們相等，我們得到的商值就是 1，例如 $dx/dx = 1$。但是，如果兩個無窮小量不同，那也可能會得到一個有限的數，這是因為分子和分母都是非常接近零的，就像 $dy/dx = $ 常數，或者等於其他值。另外一種情況是，當我們將無限多個無窮小量相加，而它們的和等於某一個比零大的數，但又小於無限大。這其實滿好懂的，而這兩個情況分別描述了微分和積分的概念。

　　現在，蠟燭的火焰焦躁地閃爍，投射在牆上的影子，就像鬼魂和幽靈一般。我必須在火焰消失，讓房間完全黑暗之前，趕緊和今日道晚安。

1792 年 11 月 25 日　週日

　　國王路易十六的健康狀況不斷惡化，然而，他仍被囚禁在聖殿塔的監牢裡，剝奪了身體的舒適，他和他的家人的未來將會如何呢？爸爸和他的朋友討論著，路易十六是否應該在法庭接受審判？革命領袖當中有許多人，都以反叛國家的罪行指責他，然而，1791 年的法條，免除了比廢黜王位更加嚴厲的懲罰，在這塊土地上，並沒有任何法庭具有凌駕於國王之上的合法審判權。

　　爸爸並不確定，巴黎中是否有足夠多的人民知道這件事，他所有的朋友都一致堅持，國王路易十六不能在沒有審判的機制下被判刑，當然，爸爸是站在國王這邊的，但他也覺得在沒有替代方案之前，「公社」取代法庭的角色與功能。我實在無法理解，這完全違背可接受的審判原則呀！我不懂法律，但是這看起來一點都不好。母親不斷地祈禱，希望這場夢魘趕快結束。然而，這場革命已注定是一條不歸路了。

1792 年 12 月 1 日　週六

　　我氣炸了！母親叫我坐在客廳，給我上了一堂名為規矩的課。我之所以這麼生氣是因為她叫我要對那位安多·奧古斯特獻殷勤，他下禮拜要和他的父母來家裡共進晚餐。媽媽提醒我，行為舉止要像個年輕完美的小姐。對媽媽來說，當個小姐的意思是，處理事情要像個天真的、無助的小女人，好讓男人感到自己是比較上等的人類。我辦不到！為什麼女人被認為是弱勢，還要奉承這些男人呢？

　　我一點也不想要跟安多·奧古斯特講任何話，他變得驕傲，擺出紆尊降貴、恩賜的姿態，表現得好像知道所有的事情。上次看到他的時候，他似乎浪費了好幾個小時在處理他襯衫正面的皺褶以及他領子上的蕾絲，那時他穿著一件白色的繡花背心而翻出來的部分是藍色的，而頭髮如此地粉亮，好像一團白色的空氣環繞著他。

　　但是，他最令我惱火的是，在他的談話中，不斷地穿插一些數學術語，以顯現他好像懂很多。不過他騙不了我的，有一次，當他陳述某件很荒謬的事時，我試著糾正他的錯誤，連我都比他懂，何況我還不是受過專業訓練的數學家，但是他表現出來的舉動，就像我是愚蠢的一樣，並且在我讓他意識到自己的錯誤之前，就搶先攔住了我的嘴。氣死人了！氣到說不出話來和他爭吵。而安多·奧古斯特最讓人感到印象深刻的，就是自以為懂很多的做作樣子以及他世故的談話內容。他是如此的囂張！有時候又口無遮攔，有一次，他還把分數和無理數搞混了！但他一定不會承認這一點。

　　媽媽的這堂課結束之後，我更是感到慌亂，因為她還為我選了一件棕色衣服，好讓我在聚會時可穿。我不喜歡那件衣服！當米麗進來時，我正在房間裡生悶氣！為了安慰我，她唱了一首歌，歌詞說：「要是我想認識蝴蝶的話，就必須去忍受兩三隻毛毛蟲」(*Il faut bien que je supporte deux ou trois chenilles si je veux connaître les papillons*)[18]。過了幾分鐘，我對著米麗所唱的蠢歌曲笑了出來。或許她是想告訴我什麼，這可能有助於我和安多·奧古斯特成為好朋友。他大可以告訴我他在學校學習的課程有哪些，尤其是那些他認為能讓我留下深刻印象的事。或許，他願意讓我看看他的數學講義。只要他別抱著帶有優越感的態度對待我，我也會以禮相待。我的底線就是這樣。

1792 年 12 月 7 日　週五

　　女人為什麼不需要像男人一樣接受教育呢？男孩有家庭教師教他們科學和數學知識，而後他們到學校裡學習更進階的課程。男學者可與其他人討論自己的研究內容，並且相互學習。男人可以成為律師、

---

[18] 本句出自《小王子》。

醫生、數學家，或任何他們所希望的職業。然而，婦女被排除在這些專業領域之外，她們留在家裡，撫養孩子長大成人。即使我們很聰明，並且有心學習科學和數學，我們卻總是被告知，這是男人們特有的權利，我們只被期望能了解與藝術和文學有關的知識，而有些領域的知識「不適合女人」，這是為什麼？

當我解出方程式或者證明一個定理時，我滿懷成就感，一種智性的喜悅。但我還是蘇菲，一個女孩。如果我能思考數學，那麼就意味著數學並非專屬於男人的腦袋。到底是誰，決定排除女人從事知識追求的權利呢？女人已經證明，她們與男人一樣地聰明。歷史上，有許多女人在科學發展上作出偉大的貢獻，首先是古希臘時住在亞歷山卓的海芭夏 (Hypatia)。據我所知，本世紀還有另外兩個女學者愛蜜莉·夏德萊以及瑪麗亞·阿兒涅西。一定還有許多和這些女學者一樣聰明的女人，而我也確信，此時此刻還有許多像我一樣嚮往科學學習的人，但是我們受到社會壓力而被剝奪了求學的機會。

哦！我情願放棄一切，只為擁有和數學家一起學習的權利。過去三年來，我已經學到了很多東西，但還不夠！因為，儘管我一直在努力填飽自己對知識的需求，但我也完全了解，在我們的社會中，身為一個女人的處境。社會的氛圍裡，對於女人的壓迫所造成的束縛與偏見是一種屈辱。我希望，新的法蘭西共和國能捫心自問，以提供女性同等於男性的教育機會。人民的社會需求已被聽見，但是，到了今天，教育仍然不是女人的權利。

1792 年 12 月 14 日　週五

我焦急地等待著安多·奧古斯特的一封信。一個星期前，他和他的父母來家裡作客，他答應寄一些他的上課筆記給我。我必須承認，

我從沒想過事情會有這種無法預期的發展。一如往常，在聚會中，一開始的話題總是圍繞著政治以及巴黎發生的事，接著，討論被囚禁在聖殿塔的王室家庭，以及即將到來的審判。安多他今年十七歲，已經是一個成人了，所以整個晚上和其他男士們論辯著這件事，也表達了他對共和國的熱情。

我持續等待與他交談的機會，因為我心中有這麼多的問題想問他，以了解他的學習。一直等到午夜，當他們即將離開時，我終於鼓起勇氣接近他。令人驚訝地，他傾聽著我的問題，很有禮貌，他甚至表示願意將他的講義複本寄給我。他提到，他正學習微分方程。他也認為，透過微積分的學習，可以讓人理解這個世界。好吧，我也想了解這件事，而我也正在學習微積分。

接下來的一天裡，我去了書店詢問巴拉尚先生有關微分方程的書籍。他發現一些二手書是歐拉寫的。我眼睛一亮，毫不猶豫地便買下了所有的書。其中一本書的標題寫著《微分學基礎》，而另一本有三卷，書名為《積分學基礎》。

現在我擁有了最好的書可以學習微積分了。歐拉在書中納入了微分方程的理論、泰勒定理及相關應用，以及許多我所渴望學習的概念。我才剛讀完與微分方程有關的一個小節，歐拉區分了「線性」、「正合」(exact) 和「齊次」微分方程。我花了一整天的時間複習函數，歐拉也以明確的方式描述了函數。一個線性微分方程具有下列形式：$dy/dx + P(x)y = Q(x)$，其中 $P(x)$ 與 $Q(x)$ 都是 x 的連續函數。這種類型的微分方程可容易地藉由積分求得其解。正合精確微分方程則是形如：$M(x, y)\, dx + N(x, y)\, dy = 0$ 的微分方程，其中 M 和 N 是兩個變量 (x, y) 的函數。解這類微分方程的方法對我而言並不簡單，因此，我需要投入更多的時間，練習解這類的微分方程。

　　現在，我開始理解這個數學領域。微積分對於理解事情如何變化是很有用的，或者更精確地說，它可用於研究在微小時間區內的「瞬間」變化。微分方程理論具有一種內在的美感，因為它為我們提供了理解大自然的獨特工具。還有這麼多值得我去學習的學問，這也是為什麼我下定決心，要在明年春天之前精熟微積分的原因。

　　今晚，我仰望天空，看不見月亮。已經是午夜了，唯一的聲音，是房間窗戶外的風嚎聲。我想到了國王、皇后和他們的孩子，被關在那個寒冷而黑暗的監獄裡，什麼樣的未來正等著他們呢？

1792 年 12 月 20 日　週四

　　巴黎的容顏已經改變許多。當我還是小女孩時，總期盼著每年充滿歡愉與希望的這個時刻，白雪、暖洋洋的熱情、色彩紛呈的燈籠，為聖誕節準備著。慶祝的前奏，將巴黎妝扮成光明而歡樂的城市。我們總會前往教堂，跪在上千根蠟燭的光芒之下。我多麼喜歡宣告耶穌誕生慶祝即將到來的那些教區節日。即使是最貧窮的人們，無一不滿懷希望，引頸期盼著節日的來臨，而那些富裕的資助者更加慷慨，將禮物贈送給這些一無所有的人。然而，那些幸福的日子已經一去不復返。

　　凜冽的天氣再次籠罩，但這次，沒有熱情可以溫暖人心。自從法國國王被視為罪犯逮捕，一切都變了。現在，他的審判過程不啻是一種對正義的嘲弄，我的母親祈禱奇蹟的發生，但國王的律師並無法保護他去對抗那些可怕的指控。

　　多麼愚蠢的審判。許多人已經譴責了他，但為什麼沒有人認為這次審判是違法的呢？國王路易十六被控叛國，一旦陪審團認定他有罪，將依法判處死刑。父親的一些同事們也認為，若讓國王活下來，會破壞革命的正義原則。但，什麼是正義？以正義之名行謀殺之實。不！流淌在我心愛的巴黎這片土地上的鮮血，已使得正義蕩然無存。

　　我為爸爸感到擔心，雖然他堅持改變並支持革命，但他也同情國王。如果要他投票，他不會讓路易十六被判死刑。我確信這一點，而父親也總是直言不諱，挺身堅持對的事，他並不感到害怕。但也有許多背叛了朋友的偽君子，甚至是自己的兄弟也不放過。我的母親擔心有一天，可能會有人指控我的父親。但是，正如他所說的，擔心那些尚未發生的事是沒有意義的，他仍會繼續無所畏懼地打抱不平。

1792 年 12 月 25 日　週二

　　昨晚我做了一個美夢。當我醒來時，我感到如此開心，美麗的景致依然縈繞在我腦海。栩栩如生的夢境，像一個啟示。我飄浮、飛行、遠離了地球，黑暗的夜空被遠方數以百萬計閃爍的星星照亮，我的身體輕如羽毛，輕盈而自由。當我翱翔時，四面八方盡是數學公式和符號，朝我飄浮而來然後離我遠去，就像肥皂泡一般地出現而又破裂。

　　x、y、z 等字母以及 π、e、i、1 等數字像蝴蝶一樣地飛舞在一座花園裡，當我伸手拾取一個方程時，它倏地離我遠去，然後，另一個方程又出現在我身旁。許許多多各式各樣的方程浮現，我認出一些簡單的，但有些方程太複雜了，根本無法理解。有一個很特殊，讓我想要擁有的方程出現在眼前，於是我用盡所有力氣追逐，當我將它擁在手心時，多麼地快樂呀！這是一種超越笑容的幸福，雖然它不是真實的物體，卻像是無法言喻的深刻情感，即使我不曾觸碰到它，但我感覺到，它令我的心快速跳動著。

　　夢醒了，我依然感到興奮。我的手仍抱著昨晚讀的那本書，我趕緊起床，試著記下夢裡的那道方程，我好希望把它寫下來，了解它的意義。但我記不得了，方程的景象已經消失。留在腦海裡的，只剩下擁有那道精美方程時，我所感受到的純粹而快樂的感覺。

　　我正思考著，如果在夢裡，我能構想出那樣的方程，那它必定也佇留在我腦海中的某處。於是，有一天，我珍愛的這道方程將會再次出現，不是在夢中，而是從我心深處被喚醒。

5 抵達門檻 *Upon the Threshold*

1793 年 1 月 7 日　週一

　　新的一年開始，一個母親在極度筋疲力竭之中，產下一個不健康的孩子，這位母親便是 1792 年的法國。那是始於衝突，結束於悲傷的一年。一年之前，處處充滿苦難，人們為了食物而暴動，並在飢餓與絕望中死亡。整個國家被戰事包圍。

　　夏天之後，一切並沒有變好，巴黎市民陷入瘋狂，猛攻巴黎的杜樂麗皇宮，俘虜了國王與王室家庭，並將他們打入了冰冷黑暗的監牢中。人們吐口水在君王和他的小孩的臉上，宛如犯人般地對待他們。暴力、暴動以及越來越多的屠殺隨至，9 月，殘忍的暴民殺害了數百個無辜的人，包括教士們也因為不願發誓效忠於人民憲法而被監禁。一夜之間，巴黎的面容改變。激進的公社接管了政府，進入城市的大門也被關閉。

　　法國國王所受的磨難，使我們心中滿佈驚恐與不安，法王路易十六如同一般重刑犯般地受到責難，並在法院中接受審判。法院裡塞滿不忠誠的國民以及那些反對這位曾被視為國家領導者的群眾。今日，法王路易十六被宣判有罪。他的律師無法說服陪審團，路易國王並未傷害國家，而控告者希望求處死刑。

　　新的一年靜悄悄地突然到來，沒有響亮的喇叭聲迎接，就如同從白天到黑夜的過程，當中的變化我們幾乎未曾察覺。這一次，並沒有

喜悅的慶祝、沒有禮物、沒有節日也沒有歡笑。我們只能等待和焦急，希望國王的生命無恙。

1793 年 1 月 16 日　週三

等待已經結束。今天，我們所敬愛的法國國王路易・奧古斯特十六，被判處死刑。在巴黎，還保有正義感的人民完全無法言語，唯有激進的革命份子歡欣鼓舞。我們著實嚇呆了！這幾個星期以來，母親為國王路易十六祈禱，希望他被判無罪或能從輕量刑。我們一直焦急地等待消息，每天最想知道的是，什麼時候法國的這場噩夢才會結束。

當爸爸告訴我們這個消息時，媽媽哭了，即使是安潔莉也留在她房間裡繪畫，試著用她的木炭素描將現狀永遠停格。我們對於接下來將發生的事，感到莫名恐懼。

父親和他的朋友們回顧了國王的審判結果。投票過程歷時數天才得以完成，當中只有少數代表放棄投票權。在第一輪投票中，全部的693 名代表一致認為國王有罪。然而，要求交付公投的提議，最後以424 票對 283 票被否決。是否處以死刑的投票結果為 387 票對 334 票。雖然有七十二個代表要求緩刑，然額外加開投票的結果，380 票對310 票，否決了這個要求。而當中的每一次投票，都是以公開唱名的方式進行表決。這也是為什麼我們會知道康多塞先生對國王路易十六的死刑，投了反對票的原因。母親不斷地誦念著祈禱文，持續地希望奇蹟出現，可以挽救國王路易十六的生命。爸爸則說，一切為時已晚。

我的心情異常沉重，我的靈魂顫抖著。我必須從學習中找到避風港。數學是一個不存在暴力的世界，在那裡我可以成長、茁壯、蓬勃發展，免於被那些殺戮和悲傷所帶來的可怕幽靈所碰觸。

1793 年 1 月 21 日　週一

今天，對法國而言，是最殘忍而可恥的日子。就在今天，我們的國王路易‧奧古斯特十六將被處死於斷頭臺上。我必須為後人記錄下這一天。早上，我們沮喪地醒來，也知道某些可怕的事情即將發生。冷灰色的天空招呼著我們，令一切更加悲傷。餐桌前人人不發一語，我一點食慾也沒有。即使是安潔莉也異常地離開了餐桌。

今晨，巴黎的城門深鎖，整座城市靜得出奇，處於等待的狀態，將要被處決的罪犯，彷彿被一道沉默之牆，將他與世界的其他角落隔離。

後來，爸爸告訴我們，執行死刑之前，就在鼓聲稍息的片刻，國王對著暴民們說道：「我清白受死，但我原諒我的敵人。」瞬間，擊鼓聲又淹沒了他的聲音，沉重的刀片迅速落下。爸爸以低沉得幾乎聽不清楚的聲音說，當國王路易十六的頭顱掉在泥濘的地上時，群眾鼓譟歡呼。媽媽不想再聽到任何隻字片語，離開餐廳，我聽見她在房間裡哭泣，嗚咽中穿插著她的祈禱，當我和妹妹接近她時，媽媽不再掩飾她的悲傷。彷若冷雨的眼淚在她的眼睛裡顫動，我吻了她的臉頰，滿是鹹味的淚水，妹妹緊緊地抓著她，而我離開她的身邊，獨自一人。

獨自站在房間裡，把自己遺留在黑暗中，我，像個孩子，哭了起來。我試著盡量不去回想，我不想去想像那恐怖的斷頭臺，我感覺得到臉上溫熱的眼淚，當我試著壓抑啜泣時，喉嚨卻痛了起來。為什麼呢？我無法理解這些暴力和殘殺。為什麼他們要以那麼可怕的方式，來取走一個人的生命呢？為什麼他們不願饒恕他呢？殺死國王後，這些人們的歡笑聲又代表了什麼樣的正義？

爸爸給了我們一個充滿希望的想法，試圖安慰我們：「共和國建立在無辜受害者的鮮血之上，必無法長存。」我的天呀！我希望他是正確的，好讓這場噩夢趕快結束。我的心情滿是沮喪，我的靈魂載著沉重的悲傷。

在執行了國王的死刑之後，城市的生命重新恢復，許多商店照常營業。但對我來說，一切就像是剛埋葬了家中的成員。我的父親暫留在家中，我們無法抑制自己的悲痛，我只能獨自哀悼那個被謀殺的國王，路易·奧古斯特十六。

1793 年 2 月 1 日　週五

我得了肺炎，當我呼吸時感到胸口疼痛。媽媽認為，這是因為我晚上熬夜學習，加上寒冷的天氣，因而染上了疾病。也很可能是暖爐裡的火熄滅了，我卻沒有注意到，而使得房間變冷的關係。

安潔莉下午大部分的時間都留下來陪我，並一邊畫著畫。她說，我發燒得如此嚴重，已經有點神智不清，常常喃喃自語，說些沒有人能理解、奇怪的話。她也描述說，有一次我不顧一切地伸手想拿書，爸爸抱著我，讓我冷靜下來，但我卻完全不記得這些事了。

高燒已經退了，感覺好多了，只是我在床上躺了這麼多天，身體依然虛弱。醫生今天早上來到家裡，並給了我難以下嚥的補藥，媽媽要我在床上多歇息一會，並且禁止我閱讀。爸爸要求我聽從媽媽的意見，不要如此埋首於學習中，拿自己的健康開玩笑。他也提醒我，如果我的身體因疾病而衰弱，我將無法維持頭腦的思考力。他溫柔地親吻了我的臉頰，我也允諾，在我身體好了之前，我不會起床念書。

今天晚上，米麗帶了雞湯來給我，並試著背一首她剛學會的情詩，來為我加油。她說，當我病得很嚴重時，她總是坐在我的床邊靜靜地看著我。現在，她已經可以讀得這麼好了，我很替她感到驕傲。接著，她提到一封安多·魯布蘭克寄給我的信，這封信於星期一時送達。我的心跳突然加速，信中一定包含了安多承諾寄給我的數學講義。我求媽媽讓我閱讀，但她回答我，必須等醫生親口說我已經痊癒了才行。但我已經等不及了，我一定得趕快好起來，我已經冷落我的學習太久。

1793 年 2 月 6 日　週三

梅拉夫人前來探望我。她帶了一本書《分析力學》(*Mécanique analytique*) 來給我，這本書是拉格朗日所寫，他也是巴黎數學界的領導者之一。她說，這是一本給真正數學家的書。我細讀它，但我並沒有足夠的數學知識以理解書中的內容。每一頁都充滿了方程式，我必須承認，我被拉格朗日所稱的「分析力學」嚇到了。他將本書分為兩部分：「靜態或均衡理論」與「動力學或運動理論」。他也談到他將在書中分別解決一般物體和流體的問題。

拉格朗日先生在他書中的序言寫道：「人們不會在這本書中發現任何圖形，我所闡述的方法既不需要解釋，也無需幾何或力學的論證，唯一需要的是一般課程裡的代數運算。」的確，當我隨意瀏覽此書，找到的盡是方程式，完全沒有圖形！但是如果能理解這些方程式的意義，將從中獲得許多資訊。我敢肯定，有一天，我能學到足夠的數學知識以理解這本書。如果梅拉夫人認為我做得到這一點，那麼，我會的。

拉格朗日先生還指出，若欲學習《分析力學》，必須使用微積分。同時，他在書中介紹了有關最大與最小值的新示例，並且也提到等周問題的解決方法。好的，我將會努力學習微積分，好讓我可以更加理解這本獨特的書，它對我的數學學習一定非常重要。

我重新回顧了安多・魯布蘭克最近寄給我的筆記，它和我在阿兒涅西那本討論微分的書中，所找到的內容相同。因為我曾提過我對質數很感興趣，他也向我推薦，可以去找勒讓德發表於 1785 年的一篇論文〈不定分析研究〉(*Recherches d'analyse indéterminée*)。同時他還強調，論文中包含了許多重要的結果，例如二次互反律，以及每一個首項與其公差互質的等差級數包含無限多個質數等。

對於一個初學者而言，這些都是相當進階的知識，特別是對一個被剝奪學習機會的人。有朝一日，我有機會達成願望，成為一個數學

家嗎？如果我將來能理解這些學者的研究成果，那麼我會斬釘截鐵地說，我是一個數學家。

1793 年 2 月 18 日　週一

巴黎已經改變了，但我的生活改變得更多。當我第一次看見這場革命時，我還是個小孩，但現在，我覺得自己已經長大了。我所謂的成長並非因時間的影響，讓我看見自己的變化，而是從我周遭一切所發生的一種社會化轉變。

短短幾年裡，法國社會改變，舊的習俗和傳統消逝，許多我們過去珍視的價值亦隨之而去。即便是我們稱呼彼此的方式也變了。國王路易十六已被遺忘，對於他的記憶，現在僅殘留下一個影子，跟隨著那些仍然被囚禁的王室成員。他們被拋棄，淡出人們的視線，彷彿那些凶手們害怕見到來自於罪惡感的幽魂。就像瑪麗·安東瓦尼特，曾經是法國美麗皇后的遭遇一樣，人性善良的恩典已被拋棄，取而代之的是粗鄙沒教養的話語。君主政體一舉被清除，就如同乘上了零。

現在的法國人民生活在恐懼之中。人們害怕被控告、譴責與監禁，或者被判處死刑。很多次，我仔細地想，如果沒了學習，我會做些什麼？如果沒有數學把我的思緒帶入一個沒有暴力與仇恨的世界，我肯定無法承受現實的殘酷。學習為我提供了逃離現實的機會。每當那些苦惱折磨著我的心，擔心父親是否陷入危險之中時，書籍撫慰了我的心靈。每天晚上，我們是如此地焦急，等待他的歸來。

天氣冷得要命，陽光僅在中午照耀大地，時間並不長，不足以融化街道上冰冷的雪。我們現在必須花更多的時間待在廚房，偎在燃燒中的暖爐附近，只因為沒有足夠的燃料，補充房子裡的所有暖氣。煤炭缺乏，燈油極其昂貴，貧窮在巴黎的街頭橫行。媽媽和安潔莉織著圍巾，送給那些無家可歸的兒童，他們是革命所生的孤兒。

今晚，魯布蘭克先生及夫人前來拜訪。魯布蘭克先生避談政治，只專注於與教育有關的話題。他表示，現在迫切需要建立一個新大學，以教育科學家和工程師。他也指出，革命已經耗盡了法國的知識份子與力量，許多工程師和科學家紛紛移居到其他國家。此外，他也提到，現在法國最大的學校已經關閉，戰爭的蹂躪也使得基礎交通設施亟需維修與改善。

魯布蘭克先生分享了他與一群學者之間的討論內容，他們希望建立一所獨特的學校，在這所學校裡，拉格朗日與孟日等偉大的數學家可以訓練平民以及軍事工程師。他提到了其他的名字與細節，主要是對於這所新工藝學校的建議，其中也包括了在數學、物理、化學等科目需要教授哪些課程。魯布蘭克夫人說，安多應該會是這所學校的第一批學生之一。他需要接受最好的老師的訓練。因為他想進入土木工程學院就讀，而這是一所優秀的理工學校，需要嚴格的數學與科學訓練，方能取得進入這所學校的資格。

沒有人提到這所學校是否認可女性的學習，但因為新的法國憲法應該保證所有公民之間的平等。我想知道，是否會有像康多塞先生這樣的人提出有關女性教育的議題。我希望新政府能允許女性到這所理工學校就讀。

沒有什麼是能確定的，因為科學院關閉，同時，對於新共和國的未來也充滿許多不確定。我想知道建校計畫是否將被實行，也許它將為我開啟另一扇門。如果我能參與學習，那豈不是最快樂的事？若能被這些法國最偉大的數學家們教數學，要我做什麼都可以。

我一定努力學習，正如同魯布蘭克先生所強調的，這所新學校只招收最有天賦的學生，他們一定會要求學生們通過最嚴格的入學考試。我將作好準備。哦，是的，我會的。我還能做些什麼，好讓我的美夢成真呢？

1793 年 2 月 27 日　週三

我感覺到身體已經好到足以恢復我的學習了。我的心已經作好準備，迎接新主題的挑戰，而這個主題起初看起來是一道無法逾越的高牆。我將重新開始研究微積分。

無窮小量真是非常神奇，我重新回到基本定義：「一個函數的導函數表示一個函數對應於任意參數所產生的無窮小變化」。函數 f 對 x 的導函數記作 $f'(x)$，這與 $\dfrac{df}{dx}$ 相同，而牛頓使用流數的符號 $\dfrac{dz}{dt} = \dot{z}$，但它們指的其實是同一件事。所以，我從現在開始，將使用 f' 或 $\dfrac{df}{dx}$。好的，我現在已經學會求某類函數的導函數了，因為我只需使用連鎖法則即可。

如果我面對的函數是 x^n 這類，我使用 $\dfrac{d}{dx}(x^n) = nx^{n-1}$ 這個性質。所以如果已知函數 $f(x) = x^5$，那麼它的導函數即為 $5x^4$，這很簡單。如果我分析 $\sin x$ 與 $\cos x$ 這類的三角函數，那我會使用 $\dfrac{d}{dx}(\sin x) = \cos x$ 以及 $\dfrac{d}{dx}(\cos x) = -\sin x$。

取導函數真是太簡單了！我可以花上幾個小時來處理更複雜的函數。我甚至希望學習如何透過數學的眼睛來看世界，我想尋找微分方程與物理之間的關係。

我渴望探索關於數學的應用面向，我們先來看看一個微分方程，它與一個未知的函數和它的導函數有關。像 $\dfrac{dP}{dt} = kP$ 這類型的微分方程相對比較容易，或者，像下面的線性微分方程就比較難一些：

$$(x^2 + 1)\frac{dy}{dx} + 3xy = 6x$$

又或者是非線性的微分方程:

$$\frac{dy}{dx} = (1 - 2x)y^2$$

如果未知函數和它的導函數的冪次都是一次的話（不可以是它們的乘積），那它是線性微分方程，而其他則是非線性微分方程。變數和它們的導函數必須是恆為一次的單項式。非線性微分方程通常很難解，其中更有些是無法解的。

　　當務之急，需要先精熟線性方程。有些數學家使用 y' 這個符號來表示 dy/dx，或以 y'' 表示 d^2y/dx 等等。前面的線性方程可以寫成 $(x^2 + 1)y' + 3xy = 6x$，我需要將這些微分符號記在心中，因為這些內容是我從五本不同的書當中學到的。

　　我學過了微分方程的性質也學習如何解它們。現在我必須學習如何應用微分方程。但是，我如何將物理現象轉譯成可描述它們的方程式呢? 想要百分之一百地描述自然是不可能的事，所以通常轉而尋找某些可以近似而適當地描述該物理系統的方程式。

　　假如我想要預測巴黎的人口成長，為此，我可以使用指數模型，這是可以用來表示人口變化率與現有人口數成正比的方程式。如果 $P(t)$ 代表隨時間 t 而變化的人口數，那麼我知道 $\frac{dP}{dt} = kP$，其中，比率 k 是常數。由觀察可知當 $k > 0$ 時，方程式描述成長現象，而當 $k < 0$ 時，則是衰退現象。這個指數方程是線性的，它的解為 $P(t) = P_0 e^{kt}$，其中，P_0 是初始人口，也就是說，$P(0) = P_0$。

　　就數學而言，如果 $k > 0$，則人口成長而且持續擴張至無限，另一方面，如果 $k < 0$，則人口會減少，最後趨近於 0。顯然，第一種情況 ($k > 0$) 是不合實際的。人口成長最終會受到某些因素所限制，像是戰

爭或疾病。當人口成長未受到限制時，它才會以指數的方式成長。然而，當接近它的極限時，人口數量可能會波動。好的，我想我用來預測人口成長率的這個微分方程可以進一步修改，使它包含這些因素，方能得到較接近真實情況的結果。

亞里斯多德認為大自然無法以精確的數學規則來預測，但是，伽利略 (Galileo) 反對這個觀點，他設計實驗，利用數學來分析大自然，從而更加了解它。而後，牛頓受到伽利略的激勵，發展出運動定律以及萬有引力定律。接著，萊布尼茲、歐拉以及其他偉大的人，創造出可以幫助我們和宇宙交談的數學。

哦，這是多麼光榮的事呀! 可以說著數學語言，並用它理解那些從天上以及周遭世界所發出的低語。

1793 年 3 月 7 日　週四

有人說數學是科學之母，這必定是真的，就像藝術和音樂，數學刺激了感官並提升心靈。我對數學的追尋，把我從社會的混亂和對國家未來的不確定裡拯救出來，遠離了那些苦惱。

我的母親開始了晨間的祈禱，從感恩到祈求未來的答案。經濟更惡化了，食物短缺，米麗僅從市場帶回少許的食物，那些商店幾乎都空了。城市的某些角落，飢餓的人們挺而走險地攻擊肉店以及麵包店，只為了填飽他們的肚子。

廢止君主制並沒有為城市中低階的市民帶來改變，社會革命造成的廢墟到處可見。城市裡有越來越多飢餓的人民，還有越來越多的孤兒。貧窮正在蔓延，這些不是革命應該連根拔除的東西嗎?

當巴黎的黑夜來臨，安全的假象消失，軍隊在街道上巡邏，槍聲夾雜著報時的鐘聲。公社頒佈了宵禁，如果沒有通行證，就無法在晚上十點後行走於街道上。夜晚的巴黎，宛如一座恐懼的監牢。

1793 年 3 月 10 日　**週日**

　　這是一個暴風雨的夜晚，從我的窗外，看到了寒冷的黑夜還有雲霧不時被閃電照亮。巴黎聖母院的鐘停在十點，我坐在這裡無法入眠，只能思考著、擔心著。

1793 年 3 月 15 日　**週五**

　　我鼓起勇氣寫了一封信給安多‧魯布蘭克。我問他是否可以讓我研究他的數學課筆記。媽媽如果知道我這麼大膽而無禮的要求，可能會感到羞愧。我必須承認，對此我感到有些焦慮與害怕。安多可能忽略了我的信，或是更糟，他取笑我且輕視我的請求。不管怎樣，沒有退路了，他大概已經收到我的信了。

　　在我康復以後，我重新研究線性微分方程。到目前為止，我已經學到許多類型，且難易度不同的複雜微分方程。就數學而言，微分方程實在是太美了，如果它們是線性的，那麼它們的解法就很直接。例如，有一類我曾學過的微分方程：

$$\frac{dy}{dx} + p(x)y = q(x)。$$

這是一階線性微分方程，它的一般解為：

$$y = \frac{\int u(x)q(x)dx + C}{u(x)},$$

其中的 $u(x) = e^{\int p(x)dx}$ 為積分因子。我想我喜歡這種類型的微分方程，因為它很容易解，而且其解還包含了歐拉數 e。這類微分方程也可以寫成 $y' + p(x)y = q(x)$，其中，$y' = dy/dx$。

　　但我也發現還有其他一階或更高階的微分方程，它們更加複雜且更困難。這些微分方程形如：$y' + p(x)y = q(x)y^n$，就目前我所學過的方法都沒辦法解它。我嘗試用過數種方法來得到答案，但是我並不確定我寫的是否正確。所以我想寫信給安多，我把我的筆記放進信封寄給了他，並請他將我的分析拿給他的老師看。

　　從現在開始，我不應該再繼續為那封信煩憂，我正式地且正確地寫了信，就像媽媽以前教我的那樣。如果安多選擇忽視它的話，我就會忘掉這件事，然後再找其他的方法來學習更高深的微積分。但是如果他很友善，那麼，安多·魯布蘭克就會成為我和許多學習資源之間的聯絡人，包含那些學者。總而言之，我必須有耐心。

1793 年 3 月 21 日　週四

　　當我感到快被擊敗時，總覺得還有太多東西必須學習。但是，當我解出很有挑戰性的微分方程時，我也覺得非常興奮，想要繼續往前，接受更多挑戰，特別是那些與我所熟知的物理有關的微分方程。

　　我發現即使是簡單的冷卻現象，亦可利用微分方程來表示。例如，當熱巧克力倒入杯子時，它馬上就開始變涼。冷卻的現象使得溫度一開始會急速下降，接著會減緩。在一段時間後，液態的巧克力溫度會與房間的溫度平衡。溫度的變化是根據物理的冷卻法則，那可以寫成「熱體的冷卻速度與該物體和環境之間的溫度差成正比」。

　　我可以利用數學來描述冷卻定律，其中，$T(t)$ 表示熱體在時間 t 的溫度，而溫度變化率可表示成 dT/dt，它是溫度對時間的導函數，而它與周遭環境溫度之差為 $(T - S)$，於是，我可以寫成：

$$\frac{dT}{dt} = -k(T - S)$$

　　這裡，S 是周遭環境之溫度，而 k 是一個正的比例常數，它與該物體的物理性質有關。上式是一個一階微分方程，很容易就可以解，過程中僅需要知道如何積分。但是，首先，我需要一個邊界條件，在這個例子中，即一個初始條件。換句話說，我需要知道物體在整個冷卻過程中，當 $t = 0$ 時的初始溫度。那麼，我可以把這個初始條件寫成：$T(t = 0) = T_0$。欲解這個微分方程，我先將變數分離，接著可以如下方式積分：

$$\int_{T_0}^{T} \frac{dT}{T - S} = -k \int_{0}^{t} dt$$

積分後，可得：

$$\ln(T - S) - \ln(T_0 - S) = \ln \frac{T - S}{T_0 - S} = -kt$$

這個方程也可以寫成以下形式：

$$\frac{T(t) - S}{T_0 - S} = e^{-kt}$$

我所建立的這個微分方程，其解便可寫成：

$$T(t) = S + (T_0 - S)e^{-kt}$$

　　太好了！這個解相當簡單。然而，我也知道解其他微分方程的過程會更加複雜。但是，我會盡力試試！

1793 年 4 月 1 日　週一

　　就像黃昏分離了光明與黑暗，觸摸不到時間的瞬間，它卻真實存在。現在的我，已經不是個孩子了，而處於成年期的開端，今天的我，十七歲，正跨越邊境前往未來，究竟什麼才是我存在的理由 (*raison d'être*) 呢？我存在的理由是什麼？我人生的目的又何在？我只知道我熱切地渴求著真知與智慧，賜與自己，好好地學習數學。

　　我顫抖地期盼著，那佇立在我面前的未來，因為，正如我的夢境，數學主宰著世界。我無法從我的靈魂中剝奪數學的美麗與和諧，數學和我的思想交融，就像華麗交響樂上的音符。我想創造數學的概念，且徜徉在這樣一個獨立於真實世界，卻又迷人的境地。我想掀開隱藏在那些還沒被解決的方程式底下的祕密。我也希望利用數學的眼睛領會大自然的奧祕。

　　過去幾年裡，我藉由閱讀，從偉大學者身上所學到的，是如此之多。但是，如果我非得舉出影響我最深遠的數學家，那麼，我將會選擇阿基米德與歐拉。

　　阿基米德，他是古代最偉大的思想家之一，他激勵了我，喚起了我對數學的興趣。他也教我，數學家可以恣意地揮霍著對數學的熱情，從而心無旁騖地研究。

　　歐拉，他則是最偉大的數學發明家與創造者，就如同教導一位無知的公主，他親切、充滿耐心地教我數學新知，從最基本的代數法則與三角學，到無限與微積分的概念。歐拉也教我嚴謹的分析，引領我走向那最美麗而優雅的方程式，一個由自然界中最簡單且最神奇的數字所組成的方程式。歐拉向我揭露的，是那個最優美的方程式 $e^{i\pi} + 1 = 0$。那些支配數學世界的基本數字，構築了這個簡單的等式。

　　但是，我的學習之路依舊漫長，我全然意識到，前方的世界遼闊，我所追尋的新數學真理無邊無際，我也知道，我將以數學之筆，勾勒出眼前世界的景象，就如藝術家那般。

　　再見了，我的朋友 (*Adieu man ami*)。我告別了身後的童年，而現在，我越過了起點，擁抱著我的成年。對於我的存在而言，這是新章節的序曲，我開始了數學家的人生。我以一個困惑我許久的定理，闔上童年日記的最後一頁，我嚮往有朝一日，我終能證明它。

　　我把它稱作費馬最後定理，因為它也許是費馬最後一次嘗試解決這樣一個名留青史的大問題。費馬在下面的簡單敘述中，總結了他的想法：當 $n > 2$ 時，方程式 $x^n + y^n = z^n$ 沒有非無聊的正整數解。

　　所謂的無聊，指的是 $(0, 0, 0)$, $(0, 1, 1)$, $(1, 0, 1)$ 這種永遠存在的解。非無聊的解之中不存在 0，這使得我們可以用 $xyz \neq 0$ 來限制。我先談談歐拉用來證明 $x^3 + y^3 = z^3$ 沒有解的方法[19]，而這個方法，似乎也能用來處理 $n = 4$ 的情況。然而，如果歐拉無法進一步證明這個方法對所有 $n > 4$ 的情況都有效，那也許就不是正確的方法了。費馬宣稱他發現了證明的方法，然而，他書本中的頁邊空白處太小了，以至於無法寫下這個證明。那麼，這也暗指整個證明的過程一定相當冗長。我接下來的挑戰便是學習新的方法，以便能用來證明這個定理。我將尋找那個巧妙的方法 (*je cherche un déft à relever*)！

----

⑲ 譯注：原文誤植為 $x^3 + y^3 + z^3 = 0$。

6 智識上的新發現
Intellectual Discovery

1793 年 4 月 19 日　週五

　　有任何事物比起質數更令人著迷嗎? 質數的基本概念實在太簡單了, 甚至當我還是小孩時, 我就能了解它。質數是除了它本身與 1 之外, 無法寫成乘積的形式。比如 17 好了, 這是我喜愛的數, 只能寫成 $17 = 17 \cdot 1 = 1 \cdot 17$, 而這就是全部了。然而, 質數結合了美麗的簡約和神祕的特性, 以及只有那些通曉數學的人才能欣賞的一種深刻意義。在其本身裡面, 質數包含這樣的神祕和複雜, 以至於許多問題在幾百年之後, 仍然無法解決。數學家猜測有關它們的特性, 而最終某些這樣的猜測成為定理且被證明, 而另外一些則仍然無法證明。譬如說吧, 1742 年, 哥德巴赫猜想說: 任一大於 2 的偶數, 都可表示成兩個質數的和。但是, 至今仍未獲得證明, 今天這個猜想仍然沒有解決。

　　質數另一個能激起好奇心的特徵是: 儘管它似乎是不規則, 以至於隨機現身, 然而, 只要將數排成某種形式, 或者將質數與某些整數結合在一起, 吾人還是可以發現極大數量的模式。

　　比方說吧, $n^2 + n + 1$ 這個由數所形成的關係式看起來像是質數, 但是, 經由更深入檢視, 它卻不是。且讓我們代入幾個整數看看:

$$n: \quad 1 \quad 2 \quad 3 \quad 4 \quad 5 \quad 6 \quad 7 \quad 8 \quad 9$$
$$n^2 + n + 1: \quad 3 \quad 7 \quad 13 \quad 21 \quad 31 \quad 43 \quad 57 \quad 73 \quad 91$$

當我檢視 100 以內的質數系列：2, 3, 5, 7, 11, 13, 17, 19, 23, 29, 31, 37, 41, 43, 53, 59, 61, 67, 71, 73, 79, 83, 89, 97, 我體會到我的公式有一些漏洞，因為當 $n = 4, 7$ 和 9 時，它無法產生質數。因此，我的結論是：由 $n^2 + n + 1$ 所產生的數並非永遠是質數。

其他像 $4n + 3$ 這樣的公式似乎也能產生質數，因為對於 $n = 1, 2$ 而言它的確如此，但接下去就行不通了！現在，我終於了解到：直到吾人核證有效性之前，假設一個給定公式可以產生質數是如何吸引人。刻畫質數的神祕性和幾乎完全的隨機性，或許是我喜歡它的原因。甚至在尚未試圖檢證之前，我總是不由自主地尋找模式，而且找到越多，尋覓越多，看起來像是上了癮頭！由於不會只有兩個或三個，我們確定吾人可以找到的模式有無限多個。

檢視一個公式時，我詢問是否存在有無限多像 $n^2 + n + 1$ 和 $4n + 3$ 這樣形式的質數。自古代學者所處的時代以來，存在有無限多個質數已經為人所知，事實上，歐幾里得已經提供了這樣的證明。因此，身為一位數學家，我必須企圖去證明存在有無限多質數具有一給定形式，它就像上述例子所給出的，或者出自我的研究所發現或所想出的。

1793 年 4 月 29 日　週一

質數是數論的一部分，這門學科可能是純數學的最古老分支。它的發展或許始自歐幾里得，他在好幾百年前[20]，研究數目的性質，並證明質數的個數無限多。

下一個重要的研究是丟番圖所作，他的宏偉作品《數論》處理了代數方程式的解，並且為數論提供了最綜合性的研究。在他之後，一直到韋達 (François Viète) 的時代和十七世紀初期的巴西特

---

[20] 譯注：原文說「幾百年前」(hundreds of years ago)，正確的說法應該是約兩千多年前，因為歐幾里得是西元前 300 年的人物。

(Claude Gaspard Bachet)，數學家繼續研究數目的性質，但卻未曾提出新的發現成果，從而進展十分有限。一直等到費馬 (Pierre de Fermat) 完美數和丟番圖算術，有關質數的新定理才被陳述出來。費馬的深入研究在加速新概念的發現上，貢獻更多，而且為數學清出一條新的途徑。他創造了許多定理，但大多未曾證明。

從費馬到歐拉的時代，數學家似乎都投入新微積分學的發現與應用，幾乎沒有人研究數論。歐拉是復興這個主題的第一位數學家。他發表於《聖彼得堡評論》(*Commentaires de Pétersbourg*) 上的許多論文以及其他作品，證明他如何推進這門數目的科學，延拓最初的根基以及這門知識的更多層次。而這就是歐拉在純數學和應用數學的許多分支上有所進展的同時，所做的數論研究。

歐拉博學的研究引領他去證明兩個重要的費馬定理。第一個定理是：若 a 是質數，且 x 是不被 a 整除的任意數，則式子 $x^{a-1} - 1$ 永遠可以被 a 整除。第二個則是：任意形如 $4n + 1$ 的質數都是兩個平方數的和。

與質數有關的許多其他重要發現都被收入歐拉的全集 (*mémoirés*) 之中。其中，吾人發現包括有關數量 $a^n \pm b^n$ 的因子理論——《分拆數》(*Partitione numerorum*)，這個文獻也被他收在 1748 年的著作《無窮小分析導論》之中，另外也包括不定方程式解法中的虛數或無理數因子之使用、二次不定方程式的一般解是藉由假設一個特殊解為前提，還有與數的乘冪相關的許多定理，尤其是費馬猜測：兩個立方的和與差不可能是立方，兩個四次方 (biquadratic) 的和與差不可能是平方數。最後，吾人發現在上述這些的著作中，有很多不定方程問題被他使用非常聰明的分析技巧所解決。

我決定學習更多有關費馬定理的東西，尤其我希望解決一個命題：形如 $4n + 1$ 的任意質數都是兩個平方數的和。因為對我而言，這就好

比他已經說方程式 $A = x^2 + y^2$ 永遠可解，只要 A 是形如 $4n + 1$ 的質數。吾人可以添加一個條件說：$A = x^2 + y^2$ 將只有一個解。

從上述的摘要，我已經列了一個表，它所包括的是我在企圖證明數論定理時，需要精熟的數學單元。

1793 年 5 月 3 日　週五

現在，我研究不定方程式，它們是那些多於一個變數且有無窮多解的方程式。例如說吧，$2x = y$ 是最簡單的不定方程式，正如 $5x^2 + 3y = 10$ 是最簡單的二次不定方程式一樣。我可以陳述說：「不定方程式是具有無窮多解的方程式。」不定方程式無法從給定的資訊直接求解。

我檢視下列表示式：

$$ax + by = c$$
$$x^2 - py^2 = 1$$

其中 a, b, c, p 是給定整數（並設 p 不是平方數），而我知道它們是不定方程式。

如果給定一個有兩個未知數的方程式，而且沒有其他條件加入，那麼，這個方程式的解之數目是沒有限制的。因為要是未知數之一取了某個數值，另外那個未知數的對應值就可以被找到。這樣的方程式被稱為不定方程式。雖然一個不定方程式的解是無限的，未知數的解卻被限制在特定的範圍內。這個範圍在要求未知數是正整數的前提下，可能會被進一步限制。

一般而言，每一個一次的不定方程式，其中 x 和 y 是未知數，可以被假定成為 $ax \pm by = \pm c$ 的形式，其中 a, b 和 c 是正整數且沒有公因數。

我藉由一個非常簡單的不定方程式 $3x + 4y = 22$，其中 x, y 為正整數，來研究這個概念。

首先，我改寫這個方程式如下：

$$3x = 22 - 4y$$
$$x = 7 - y + (1 - y)/3$$

或

$$x + y - 7 = (1 - y)/3。$$

由於 x, y 值都是整數，$x + y - 7$ 將是整數，且因此，$(1 - y)/3$ 將也是整數，儘管它寫成一個分數的形式。令

$$\frac{(1 - y)}{3} = m,$$

是一個整數。那麼，

$$1 - y = 3m$$
$$y = 1 - 3m。$$

我將這個 y 值代入原方程式：

$$3x + 4(1 - 3m) = 22$$
$$x = 6 + 4m。$$

方程式 $y = 1 - 3m$ 顯示 m 可能為 0，或者可能有任意負整數值，但不可能有一個正整數值。

方程式 $x = 6 + 4m$ 也顯示 m 可能為 0，但不可能有比 -1 小的負整數值[21]。因此，m 可能是 0 或 -1。

所以，原方程式的解如下：

$$\begin{cases} x = 6 \\ y = 1 \end{cases} \quad 或 \quad \begin{cases} x = 2 \\ y = 4 \end{cases}$$

解出來了! 這相當簡單。

現在，我來解不同的問題，它敘述如下：求一個最小數使得當它被 14 和 5 除之後，餘數分別為 1 和 3。

首先，我用 N 來代表這個所求的數，如此，可以形成如以下的關係式：

$$\frac{N-1}{14} = x, \quad 且 \frac{N-3}{5} = y$$
$$N = 14x + 1, \quad 且 N = 5y + 3$$
$$14x + 1 = 5y + 3$$
$$5y = 14x - 2$$
$$5y = 15x - 2 - x$$
$$y = 3x - (2 + x)/5$$

現在，令 $\frac{2+x}{5} = m$ 為一個整數，

$$x = 5m - 2$$
$$y = \frac{1}{5}(14x - 2)，由原方程式$$
$$y = 14m - 6。$$

---

[21] 譯注：原文是「不可能比 1 大的負整數值」，茲改正之。

若 $m = 1$, $x = 5$, 且 $y = 8$。因此，我的解答是：

$$N = 14x + 1 = 5y + 3 = 43。$$

好極了！這些不定方程式簡單極了。我需要更大的挑戰。對我而言，該是時候去試圖掌握更高等的數學方法，且做足準備以證明更複雜的定理。

1793 年 5 月 23 日　週四

皇后，人們似乎已經把她給忘了，她的名字已經不再被報紙所提及。然而，對於瑪麗‧安東瓦尼特皇后及她的孩子仍然被囚禁在聖殿塔監獄之內，我經常感到好奇。我想她在哀悼她死於一度是這個王國的臣民之手的丈夫時，心中必定有所感觸。她的孩子在恐怖的地牢中又是如何度過的？那位小王子是否跟年輕男孩一樣，玩遊戲並自我取樂？公主又如何呢？當我看到我妹妹安潔莉時，我想到同年的瑪麗‧泰瑞絲 (Marie-Thérèse)，當他們被扔進那個可怕的牢獄時，她應該與我妹妹同年，也就是十四歲。他們還受到俘虜者的折磨嗎？沒有人為他們辯護。喔，可憐的人兒啊，被剝奪了最基本的舒適，小孩則不再天真無邪。為什麼有時候人類會如此殘酷無情，濫用愛國主義的藉口呢？

1793 年 5 月 31 日　週五

我必須外出。這並不是我不喜歡隱居生活或嚮往城市的喧囂。不是的，我只是必須感覺一下夏季太陽晒在我蒼白皮膚的溫熱，以滌淨我情緒上的創傷，並抒解我的恐懼。我必須沿著羅浮碼頭散散步，去聆聽新橋下的潺潺水流聲，並只是去感受一下，正如當我還是一個孩童時所做的一樣。

我母親才不信這一套。她憂慮每條巷弄所潛伏的危險，一開始就拒絕讓我出門。她擔心醉醺醺的無套褲漢帶著一種被誤導的狂熱之瘋

癲，勾搭街上的女人。不過，在我答應她我不會走近古監獄後，媽媽還是讓步了，但要米麗跟著我。米麗渴望離開家，她的這個差使比起只是到市場或是在麵包店外排隊，有趣得多了。她們兩人都要我在帽子上別上三色的絲帶，因為有一個謠言說公會將要發佈命令，要求所有女人在公眾場合戴上象徵愛國的徽章。

我們一路走下去，因為莫瑞爾先生已經早一步離開，駕著馬車去接爸爸，而且聖丹尼路邊也沒有馬車。天氣炎熱，不過，沒有像幾天前那麼令人感到酷熱。相當令人意外地，我發現街上有許多人在散步，態度閒散，一副未被每日逮捕和處決的新聞所困擾的樣子。

突然，我決定右轉入聖奧諾路，那兒一直有櫛比鱗次的商店。接著，我們再轉入新橋街，雖不是真的想過橋。不過，我很高興我們走過去了，因為在走出來轉進西岱島時，我發現在奧古斯丁碼頭的轉角右邊，有一家專賣數學書的書店。當我進去時，書店沒人，因此我可以隨意瀏覽，而不致有好奇的眼光或質疑的注視。由當代數學家所寫的新書，或是古代文本的精緻翻譯，都裝訂在美麗的皮革封面和銘刻金色字體之內，無法形容的知識寶藏，整齊地記錄在那些書頁中。我以 30 法郎購買《阿基米德全集》(*Oeuvres d'Archimède*)，很高興我帶夠錢。這相當昂貴，但我不能讓它溜掉。這本書始自阿基米德的傳記式的生動描寫，然後，討論他的全集，並且還補充了古希臘的數論發展史。

我不記得我是如何走回家的，因為我急著回家閱讀我的寶藏。

1793 年 6 月 11 日　週二

證明定理有不同的方法。有一種方法叫作「數學歸納法」，被用來證明一個敘述——一個定理或一個公式——對於每一個自然數都成立。所謂每一個自然數，或所有自然數，是指我盡其可能提到的任何數。

數學家利用歸納法作為形式化一個證明的方法，以便吾人不必說「而且等等」、「我們據同理繼續做」或某些類似的敘述。主要的想法是證明這個結果對 $n = 1$ 為真，然後，一旦吾人已經證明它對某一個整數為真，再去證明何以我們可以看到它對下一個整數也必然為真。

數學歸納法有兩個步驟：

若 (I) 當一個敘述對某個自然數 $n = k$ 為真，則對它的後繼元素 $n = k + 1$ 也為真，而且 (II) 此敘述對 $n = 1$ 為真，則這個敘述將對每一個自然數 n 都為真。

這是因為當這個敘述對 $n = 1$ 為真時，根據 (I)，它對於 $n = 2$ 也將為真。但是，這蘊含它對 $n = 3$，對 $n = 4$ 等等也都將為真。換句話說，對於我考慮得到的任何自然數來說，它都將為真。於是，利用歸納法來證明一個敘述，我必須證明上述的 (I) 和 (II)。讓我們利用以下簡單例子來解說。

定理：前 n 個奇數的總和等於 n 的平方。

這也就是 $1 + 3 + 5 + 7 + \cdots + (2n - 1) = n^2$。

證明：

a) 首先，我做下列假設：這個敘述對 $n = k$ 為真：

$$1 + 3 + 5 + 7 + \cdots + (2k - 1) = k^2 。$$

b) 基於這個假設，我來證明這個敘述對於 k 的後繼元素 $k + 1$ 也為真：

$$1 + 3 + 5 + 7 + \cdots + (2k - 1) + 2k + 1 = k^2 + 2k + 1 = (k + 1)^2 。$$

c) 現在，我在歸納假設的兩邊各加上 $2k + 1$：

$$1 + 3 + 5 + 7 + \cdots + (2k - 1) + (2k + 1) = k^2 + (2k + 1)$$
$$= (k + 1)^2 。$$

d) 為了完成歸納證明，我必須證明這個敘述對 $n = 1$ 也為真。

e) 因此，我證明 $1 = 1^2$。

　　我現在已經完成了數學歸納法原理的兩個條件，這個定理因此為真。Q.E.D.。

　　由於這個證明簡單得很，我好奇我是否應該利用數學歸納法來證明 $4n + 1$ 為質數。

1793 年 6 月 19 日　週三

　　我看到安多・奧古斯特站在聖丹尼路和窩赫街的轉角，他的左手緊握著一疊紙張，神情嚴肅地皺著眉。我們交換了眼神，然後各自趕路。米麗最先認出他，因為她擠著我，跟我講一些有的沒有的。我不確定我是否應該主動認出他，或者等著他向我揮手或跟我說話。安多急忙錯身而過走向聖奧諾路，然後就消失了。

　　我懷疑是否他沒收到我上次寫給他的信，或者他對於通信已經感到厭煩。上次，我寫信請求他幫忙找一本包含歐拉函數 (totient) 定理的書，並且也請求他將我有關小定理的證明拿給他的家教老師看看，以確認我是否證明無誤。好吧，他不跟我說話，我也不介意。安多回不回我的信現在看來已經無所謂了，因為我已經找到我尋找的那本書，而我也確定我的證明是正確的。

1793 年 7 月 7 日　週日

　　從 1 到 n 的所有正整數的總和是多少? 顯然，若 $n = 1$，則和為 1，若 $n = 2$，則和為 3 等等。然而，一個更好的問題是: 是否存在有一個方法或公式允許我去決定對任何 1 到 n 的值之總和，而不必去加這些數或加數 (summands)。例如說吧，我從 $n = 5$ 開始，並決定前五個連續正整數的和，亦即 $1 + 2 + 3 + 4 + 5 = 15$。由此，我注意到在每

一個情形中，總和——我將稱之為 S_n——等於 n 和下一個整數 $(n+1)$ 的乘積之半，譬如 $S_5 = 1 + 2 + 3 + 4 + 5 = (5)(6)/2$，換句話說，

$$S_n = \frac{n(n+1)}{2}, \text{ 對 } n = 1, 2, 3, 4, 5 \text{ 都成立。}$$

現在，如果我要確定這個公式對於大於 5 的整數 n 也行得通，我將寫下如下的定理：

「從 1 到 n 的所有正整數的和是對所有 $n \geq N$, $S_n = \frac{n(n+1)}{2}$」。

為了利用歸納法來證明對所有 n，其和是 $S_n = \frac{n(n+1)}{2}$，我從建立對於 $n = 1$ 的事實著手，因此，我寫下 $1 = \frac{1(1+1)}{2}$。

現在，我假設這個敘述對於任意的數 $n = p > N = 1$ 為真：

$$S_n = 1 + 2 + 3 + \cdots + p = \frac{p(p+1)}{2}。$$

基於歸納假設，這個定理必須也對 $n = p + 1 = q$ 為真：

$$S_{n+1} = 1 + 2 + 3 + \cdots + p + (p+1) = \frac{p(p+1)}{2} + (p+1)$$

$$= \frac{p(p+1)}{2} + \frac{2(p+1)}{2} = \frac{(p+1)(p+2)}{2} = \frac{q(q+1)}{2}。$$

我知道這個公式對於 $n = 1$ 也為真：選 $p = 1$，它將也對 $n = 1 + 1 = 2$, $n = 2 + 1$ 等等為真。也就是說，這個公式對所有整數 $n \geq 1 = N$ 都為真。Q.E.D.。

1793 年 7 月 8 日　週一

我的上帝！我的上帝！逮捕康多塞的拘票已經發下去了！他已經被譴責並宣布為罪犯 (*hors La loi*) 了！

爸爸剛剛告訴我這個令人震驚的消息。我被嚇壞了，但他看起來並不驚訝。他認為康多塞先生反對死刑，並堅決反對處死國王路易十六，激進團體領袖當然會對他不滿。不久之前，康多塞先生為新共和草擬了憲法，這個文件被認為太自由主義了，某些人稱之為吉倫特派憲法，即使康多塞先生並非吉倫特派成員。不過，自從今年 5 月以來，吉倫特派已經失勢，另一個由羅伯斯庇爾所領導的更激進的政治團體雅各賓派正在領政。他不智地為了捍衛他自己的草稿，公開發言反對雅各賓派所提議的憲法，因為這個舉動，導致他備受責難。

我不能理解。康多塞侯爵是一位有聲望的哲學家和數學家，一位高貴正直的啟蒙運動學者，他倡導那麼多了不起的改革，比如女人及所有小孩的教育機會，以及為了讓教育免於政治壓力，建立一個由國立科學和藝術學會所支配的自主教育系統。

不過，爸爸說立法議會對所有自主的合作組織都很有敵意，因而忽略了康多塞的計畫，雅各賓派所控制的國民公會 (National Convention) 則認為它太溫和了。於是，制憲委員會的成員德・謝克勒 (Marie-Jean Hérault de Seychelles)，不正確地解釋了康多塞的許多理念，並提出一封信件，而康多塞就是被這一封投書到報紙的信所批判。今天沙保 (Chabot) 在國民公會的一個場次上，公開指責這一封信。他的敵人利用這封信將他打成叛國者，而政府也立即對他發佈逮捕令。

我為康多塞先生感到憂心。不過，我還是喜歡想像他的許多友人和同事將會前來支持他，他們會說服公會成員說他不是叛國者。某人必須說出來，並且提醒法庭，康多塞是共和國締造的一位領袖，而且他可以協助法國成為一個更好的國家。

當康多塞是科學院院士時，他出版了不少著作，並協助普及科學。1772 年，康多塞出版了一本積分學的著作，被拉格朗日描述為「充滿偉大和豐富的想法，它們可以為許多作品提供材料」。康多塞也研究數

學哲學和機率論。他的《分析學應用到多數決的機率之短論》(*Essay on the Application of Analysis to the Probability of Majority Decisions*) 出版於 1785 年,是一部處理機率論的著作。爸爸對康多塞先生極為推崇,或許是因為他的著作贊成杜爾哥 (Turgot) 的經濟理論,並且同意伏爾泰 (Voltaire) 反對教會的主張。

對我來說,康多塞先生特別重要,因為他曾送給我一項數學禮物(歐拉的《無窮小分析導論》),那是我將永遠珍惜的。要是可以,我將為這位偉人辯護,他捍衛了被壓迫和被犧牲者的人權,這是一位擁有崇高原則的男人,他聲言廢除奴隸(制度),並推動所有女性的教育機會。現在我可以做的,就是為他祝福。

1793 年 7 月 13 日　週六

時間已過午夜,而我還不能入睡。我的心靈被一會兒之前,魯布蘭克先生所傳遞的擾人消息所煩惱。他未曾通報地走進來,並且上氣不接下氣地說,一個年輕的女人剛剛刺殺了馬哈 (Jean-Paul Marat) 先生。就在今晚七時半,一位名叫夏樂蒂・柯地 (Charlotte Corday) 的女士闖入,刺死了被困在浴缸內的馬哈,一位雅各賓派的領袖及激進的新聞記者。夏樂蒂・柯地是來自諾曼第的吉倫特派支持者,她當時以希望保護馬哈為藉口,而被允許進入他的房子。

沒有人知道她為何殺死馬哈,不過,我們所知道的,是柯地小姐出身貴族但同情革命的理想。事發後她並未逃走,而是冷靜地留在原地等著被捕。不久之後,保安委員會 (Committee of General Security) 的軍官抵達現場,他們發現她手持一本普魯塔克的《希臘羅馬名人傳》(*Parallel Lives*),這是一部希臘和羅馬的英雄傳記。顯然,她受過很好的教育,而且必定已經被雅各賓派的種種暴力行徑所嚇壞。柯地小姐現在被關在修道院監獄 (l'Abbaye),這是去年發生令人恐懼的大屠殺的那一座地牢。

　　我父親和他的朋友推測這個女人的身分，及她謀殺這位人人都稱之為「人民之友」(l'Ami du people) 的馬哈之計畫。他們反思她的動機，認為部分是基於以暴制暴 (tyrannicide)，那是可怕罪行的一種行動。雖然天主教教義譴責誅殺暴君，偉大的神學家聖湯馬士 (St. Thomas) 卻主張對抗暴君的叛變是有正當性的，因為這是當暴君無法無天，而且已經沒有其他可以用得上的保全生命的方法時，不得不採取的非常手段。換句話說，其假設是：柯地小姐必定已經相信她藉由處決馬哈，就可以阻止幾千人被謀殺。我不想再聽下去了，我回到房間讓自己冷靜下來。

　　我不能使用這類的推論來將謀殺正當化。一個女人奪取另一個人的生命，即使她認為這具有正當理由，但就是如此令人難以置信。她是如此年輕，甚至還不到 25 歲，我懷疑巴黎市民對她究竟會崇拜還是震怒。毫無疑問，她將會被送上斷頭臺。夏樂蒂・柯地對他們的人犯了暴力的罪行，陪審團將會毫無憐憫地以牙還牙。

　　馬哈是個狂人，一位狂熱的愛國者以及自相矛盾的男人，他簽署處決命令，狂暴地處決「人民的敵人」，毫無憐憫之心。今天，這位人民之友已經不復存在了。

1793 年 8 月 1 日　週四

　　更惱人的新聞今天發生：在夜半時，被罷黜的皇后被解送到古監獄。米麗今天早上十一時從中央市場回來，十分急切地想要轉述她從市場女人那兒聽來的馬路消息。我母親將古監獄稱為「死亡的前廳」，因為任何人只要被監禁在那兒，遲早都會被送上斷頭臺。當米麗告訴我們說，今天凌晨二時，皇后被公社主委 (Commissioners of the Commune) 叫醒，然後被帶到古監獄，媽媽便忍不住她的淚水。皇后

甚至不被允許向她的女兒、王子和伊莉莎白夫人 (Madame Elisabeth)告別。現在，她被關在最糟的監獄囚室中。

　　這個新共和國怎麼能立基於女人的痛苦和折磨？甚至瑪麗・安東瓦尼特也不應受這種非人的待遇。自從 7 月當公會宣布年輕的路易王子——這可憐的孩子才只有八歲——將從他媽媽身邊被帶走時，媽媽就已經哭過了。我相信在失去她的小男孩之後，對這個不幸的女人而言，任何對待都已經不算什麼了……。

1793 年 8 月 8 日　週四

　　科學院今天關閉。國民公會已經下令關閉所有學院，以及國家所贊助或許可的學會。最重要的科學機構或推進知識的研究中心怎麼可能會被認為是一種威脅？但是，正如爸爸所說的，身為皇家機構的科學院是革命份子的顯著標靶，而且雖然有一些人爭論說它對國家提供了有用的服務，因此應該免於被關閉才是，但某些成員卻接受它是不民主的事實，而支持廢除。

　　學會所擁有的深入且珍貴的科學藏書將會上鎖。那麼，這個機構的奠基者、建構者和所屬的科學家究竟該怎麼辦呢？拉普拉斯、勒讓德、孟日以及拉格朗日這些難能可貴的學者，他們可是宇宙恩賜給法國的資產。

　　然而，我父親向我再三保證，這些哲學家和數學家將會在其他地方聚會，並繼續討論他們的研究成果。他相信學者將碰頭討論由國民公會所委託的議題，因為沒有一個國家能夠在缺乏學者的情況下生存。不過，學者不需要介入社會，或是為了推進、發展新科學或者為了人類知識的興趣工作，而去爭取組織中的位子。就像我一樣，學者可以在他自己的研究中，默默地工作。

1793 年 8 月 17 日　週六

　　我建立質數表已經有超過一年的時間，為的是擁有一張檢視的表，可以讓我檢驗一個給定的數是否為質數。逐一地核證一個數是否為質數，是一個冗長的過程，然而，在某些時候，我就是停不下來，好奇我是否可以發現更多。今天，在確認 3571 為質數之後，我發現我的表已經包括前 500 個質數了。

　　當然，我知道質數的個數是無限的，但是當吾人在數列中走得更遠時，它們似乎不常出現。自從歐幾里得的時代以來，數學家已經企圖去建構一個有關質數個數的定律，它關連到小於或等於一個給定整數 n 的質數之個數。或許最終的目標之一，應該是發現一個定律，它找到每一個質數一路到無限。那將是偉大的事！

1793 年 8 月 24 日　週六

　　十五發！是的，我數過了。在 11 時 20 分時，有十五發的彈藥發射。狂亂的呼救聲刺穿了黑夜，而砲彈的轟隆聲則在遠處迴響。我感到驚恐，但不再覺得意外，因為我已經對這種夜間的混亂漸漸麻痺。

　　昨天，國民公會簽署全國動員令 (*levée en masse*)。卡諾 (Carnot) 力勸「年輕人將上戰場；已婚男人將要鍛造兵器並運輸軍需品；女人將縫製帳棚和衣服，並到醫院服務；至於長者則將致力於現身公共場所，以便鼓舞戰士的士氣，並祈禱共和國的統一，以及強化對國王的憎恨」。這個召集的意圖，是設法控制一個難以駕馭的社會，而要是希望共和國的最終勝利，這個社會就需要紀律。不過，現在實際上的無政府狀態正在我窗外的街道上囂鬧。

　　我一直等到現在才終於平靜下來，可以恢復我的閱讀。當我研究並執行分析工作時，革命的恐怖似乎遠離而無法觸及我。

1793 年 9 月 3 日　週二

不久之前，我在尋找一個公式以生成質數時，我閱讀有關梅仙的猜測。他認為對於 $n = 2, 3, 5, 7, 13, 17, 19, 31, 67, 127$ 及 257，$2^n - 1$ 是質數，對於其他 $n < 257$ 的正整數而言，則是合成數。這麼說吧，我剛學到 1536 年時，有一位名叫雷吉爾斯 (Hudalricus Regius) 的數學家已經證明 $2^{11} - 1 = 2047$ 不是質數。太神奇了！那是我用以證明梅仙結論是錯誤的同一個數[22]。

還有，在 1603 年，義大利數學家皮耶特羅‧卡塔爾地 (Pietro Cataldi) 正確地核證 $2^{17} - 1$ 和 $2^{19} - 1$ 兩者都是質數，但他卻錯誤地敘述說：對於 $n = 23, 29, 31$ 和 37 來說，$2^n - 1$ 是質數。接著，在 1640 年，費馬證明對於 23 和 37 來說，卡塔爾地是錯的。幾乎一百年後，歐拉證明對於 29 而言，卡塔爾地也錯了。在進一步的研究中，歐拉承認卡塔爾地的斷言對於 $n = 31$ 是對的。我不確定歐拉證明了這一點，因為我沒有他全部的備忘 (memoirs) 的拷貝，不過，根據我的研究，我推論他在 1752 年寫給哥德巴赫的信件中，說他無法確定這是什麼數（即使他先前將它列為質數）。最後，在 1772 年，歐拉寫信給伯努利說他已經證明 $2^{31} - 1$ 為質數，他的方法是證明 $2^{31} - 1$ 的質因數必定都是形如 $248n + 1$ 和 $248n + 63$ 中的一種，然後，運用小於 46339 的所有這樣的質數去除。歐拉的結果必定需要一個我仍然試圖要證明的一個定理之證明。

現在，我研究不同的主題，是由歐拉寫於 1732 年的備忘，其題目如下：費馬定理及其他涉及質數的結果 (*Observationes de theoremate quodam Fermatiano aliisque ad numeros primos spectantibus*)。根據歐拉所述，費馬斷定任意形如 $a^n - 1$ 的數為質數。但是，歐拉證明這是不成立的。

[22] 譯注：原文有誤，$n = 11$ 並未包含在梅仙的表列中。

在其中第三頁，歐拉寫道：「只要 n 不是質數，那麼，不僅 $2^n - 1$ 還有 $a^n - 1$ 都有因數。不過，要是 n 是質數，$2^n - 1$ 還是可能有一個因數，雖然就我察覺的程度來說，沒人曾去大膽斷言，因為它極易被排除在外。」歐拉繼續說 $2^9 - 1$ 不是質數，因為它可以被 $2^3 - 1$，亦即 7 所整除。

歐拉也敘述說：只要 $2^n - 1$ 為質數，因而 n 必須為質數，$2^{n-1}(2^n - 1)$ 就是完美數 (perfect number)。他斷定說：若 $n = 4m - 1$ 且 $8m - 1$ 為質數，則 $2^n - 1$ 永遠可被 $8m - 1$ 整除。而且，因為 11, 23, 83, 131, 179, 191 等等都被這公式所排除，這使得對應的 $2^n - 1$ 變成為合成數。

在歐拉的備忘的最後，歐拉加入六個未證明的漂亮定理。他寫道：

Haec persecutus in multa alia incidi theoremata non minus elegantia, quae eo magis aestimanda esse puto, quod vel demonstrari prorsus nequeant, vel ex eiusmodi propositionibus sequantur, quae demonstrari non possunt, primaria igitur hic adiungere visum est.

我翻譯拉丁文的能力有限，不過，我認為歐拉承認他還不知道如何證明那六個定理。或者也許歐拉是想將這些定理留給像我這樣的人來證明。

1793 年 9 月 17 日　週二

瘋狂已經擴散到我摯愛的法國。國民公會發佈一道嫌疑犯法令 (the Law of Suspects)，它授權政府幾乎可以將每一個人下獄。我父親說，無寬容之心的無套褲漢一再地侵入公會對其代表施加壓力，他們希望採取經濟措施，以保障食物供給，並且要求政府對待反革命份子要更加嚴屬。無套褲漢的四十八區代表敦促公會「要讓恐怖成為時代的秩序」(make Terror the order of the day)。

9 月 5 日，公會投票通過，開始執行恐怖統治措施，以鎮壓反革命份子的活動。如果反革命的言詞剛好被告密者聽到，那就代表有人將被法庭起訴。簡單地說，一個男人（和他的家庭）可能由於開口批評革命政府，就被送上斷頭臺。遍佈全國的監視委員會 (Watch Committee) 被鼓勵去逮捕可疑份子——那些不是由於行為就是被牽連的人，因為這些人的評注或者寫作，都是暴君和封建制度的同路人以及自由的敵人。

就像今天，我父親與他的同事的每週會議就取消了。他們都擔心被指控子虛烏有之事，即使他們都支持共和國。反革命言行的最微末暗示都可讓任何人變成可疑份子。爸爸說，這是我們必須忍受的最艱困時刻。他安慰我媽媽特別要堅強，而且不要讓自己過度難過，我知道他是試圖讓她免於一種恐懼，他必定已感受到他自己被指控的可能性。現在，沒有人是安全的了。

1793 年 9 月 23 日　週一

為了打發時間，我母親為孤兒院童編織掛毯和手套。雖然她不再指導我的學習，她仍要我將我們所喜愛的書本中的訊息，詮釋給她聽。她經常都在祈禱，每天早晨，她都讀該日彌撒約定禮拜詞。她也會研讀宗教書籍，有時候在我們的請求下，她會吟誦一首詩，或朗讀一齣有趣戲劇中的某幾頁。週六，當我們在晚餐後聚在一起時，媽媽會在安潔莉的鋼琴伴奏下，吟唱她的詠嘆調。我妹妹也會演奏小小的插曲，或者魅力十足的柔美奏鳴曲。我只是聆聽、做白日夢或者思考數學。

1793 年 10 月 3 日　週四

康多塞的名字今日再度出現在被帶到革命法庭上的名單中，被指控陰謀破壞共和國的統一。在這樣的聽證會上，人民被判處死刑。不

過，爸爸說康多塞不在被捕的議員代表 (deputies) 名單內，他從 7 月躲藏至今，沒有人知道他身在何處。因此，他的名字也在放逐的名單之內。

他的太太康多塞夫人現在身無分文，因為政府沒收了他的所有財產。爸爸向我保證說她現在很好，住在離這裡不遠的聖奧諾路的一間小公寓內。現在，康多塞夫人必須自食其力，還要照顧妹妹和四歲大的女兒。雖然她受過教育，她還是被迫開一家店來謀生，而她也是位藝術家，因此，她的肖像畫賣得很好。

諷刺地，逮捕她先生的授權狀清楚地寫在一張陰沉的告示上，就張貼在她的店附近，其中以大寫的文字，宣稱死刑的懲罰將會施加到對罪犯提供協助的任何人身上。沒有人知道現在康多塞先生在何處。他已經亡命海外了嗎？看起來不像，如此他將會因為沒有身分證而在邊境被抓。爸爸認為他可能在巴黎，藏在某位朋友家的閣樓。我希望如此。

1793 年 10 月 11 日　週五

這兒有一個有趣的敘述：「對每一個大於 0 的整數來說，永遠有一個質數介於 n^2 和 $(n+1)^2$ 之間。」我將這個斷言書寫如下：

$$對 n>0,\ n^2<p<(n+1)^2。$$

如果我稱 N 是介於 n^2 和 $(n+1)^2$ 之間的這些質數 p 之個數，

n	1	2	3	4	5	6	7	8	9	10
N	2	2	2	3	2	4	3	4	3	5

我可以看到 N 的最小值恆為 2，從不是 1。我已經檢視大於 10 的許多

n 的值，發現 N 一直在上下振盪，但當 n 遞增時，它也顯示了向上升的趨勢。因此，如果 N 真的恆為 2 或更大，我們說「對於每一個正整數 n，有至少兩個質數 p 和 q 使得對 $n > 0$, $n^2 < p < q < (n+1)^2$」，這樣會不會更好？

1793 年 10 月 14 日　週一

　　瑪麗・安東瓦尼特皇后的審判已經結束，她的辯護律師無法拯救她。寡婦卡佩 (Capet)——我們對皇后的稱呼——被指控叛國。爸爸說當富基埃・丁維拉 (Fouquier-Tinville) 惡毒指控她時，她仍舊保持高貴的態度以博得眾人尊敬，而且，在漫長的審訊過程中，她的回答總是清晰且熟練。然而，陪審團卻一致宣告她有罪，且不需要證據。大家都知道這個審判會如何結束。他們會放過她嗎？爸爸認為不會。

1793 年 10 月 16 日　週三

　　今天，過午時的十五點鐘，時間停止，在這個時刻，法國使用一種恐怖的方法，摧毀了它的君主制度。我們正在哀悼一位具有偉大膽識的女人，瑪麗・安東瓦尼特，我們的前皇后。在這個不幸的鐘頭之前，我們在家裡無聲的聚集在一起，表達我們無人可以避免的哀傷。

　　在清晨五點鐘，我們聽到每一區的「提醒」(*rappel*) 鐘聲，而到七點時，在監獄和斷頭臺之間的街道上，防衛的武裝士兵已經就位。在十點鐘，獄卒被獄方派到皇后的牢房。我不在現場，不過，不難想像接著發生的事。

　　瑪麗・安東瓦尼特在她骯髒可怕的牢房中，由於恐怖的死亡念頭一直縈繞在心裡，想必度過了不堪折磨的夜晚吧。媽媽說過好幾次，皇后必定忍受極大痛苦，或許更甚於只是思念她的孩子。她完全不知道她的兒子落入何人之手，或者俘擄者會如何對待她嬌貴的女兒。她

在黑牢中由年輕的姑媽陪著，當然沒有人可以安慰她們，但卻清楚知道她媽媽將會被處決。皇后在古監獄待了七十五日，她在 8 月 1 日被押送到那裡，而在今晨被解送到斷頭臺處決。瑪麗・安東瓦尼特得年只有 38 歲。

為什麼要這麼做呢？她對共和國一點都沒有威脅，即使是政府領袖也掙扎了好幾週，才奪取她的性命。路易十六已經被處決好幾個月，他們想要的都做到了，而且他們也已經摧毀了君主的直系子嗣。我不理解這一點！他們大可以將前皇后放逐到奧地利，要是她提出請求，或者就讓她在法國某處終老。現在，她既沒有君主皇權，又缺乏有權勢的家族或朋友，她又能如何造次呢？

我沒有目睹她沿著聖奧諾路的可憐押解過程。但是，米麗看到瑪麗・安東瓦尼特皇后非常狼狽，她告訴我們說：皇后看起來莊嚴高貴、堅毅不拔，而且膽識十足，她的頭髮已經剪短，雙手反綁在背後。我並不想聽米麗的敘述，但是，聽著她對這個悲劇事件的說明，我忍不住當場驚嚇發呆。

皇后穿著一件白色的寬袍，還有一條橫過她胸部的雪紡圍巾。在她的頭上，則戴著一頂小小的素色亞麻布帽子。今天早上，當這位前皇后即將要與她的丈夫重逢時，她也沒有哀傷之情。一陣騷動來自等候在古監獄外的一匹白馬。因為雙手被反綁，瑪麗・安東瓦尼特困難地爬上馬車。米麗注意到她神情肅然，對於暴民對她更進一步的叫囂辱罵與折磨充耳不聞。我不知道我是否應該相信米麗試圖安慰皇后的說詞，雖然米麗發誓說她向皇后微笑，並在胸前劃了一個十字來安慰她，而皇后似乎非常感激。

我不希望去想像這位法國前皇后的最後悲慘時刻。沒有人應該如此可怕的死掉。

1793 年 10 月 24 日　週四

　　今天不再是 1793 年 10 月 24 日週四。根據我們的新曆法，今天是共和二年霧月三日 (3 Brumaire year II)。這很難相信，不過，爸爸今天帶回法國已經採用的一本新曆 (共和曆)。這個共和政府決定重組我們已經使用幾個世紀的系統，來度量時間和記錄歷史。在聽過公共教育委員會 (Committee of Public Instruction)——成員包括天文學家、數學家、詩人以及劇作家——的推薦後，發佈命令說：所有的公共行動將按新曆來記錄。

　　這部新曆被設計的用意，是與法國君主制度和它們的機構完全決裂，它也與天主教會切斷關係，包括格力固里公曆 (Gregorian calendar)。為了反對迷信和狂熱，在理性、科學、大自然、詩歌以及其他非宗教的理念等名義下，禮拜天和天主教的節日都遭到廢除。

　　在這部新曆中，一年有 365 或 366 日，分成每月 30 日的十二個月份，再加上 5 或 6 個多餘日，或補充日 (jours complementaires)，而閏年則又多一個額外的補充日。委員會裡的詩人為這十二個月選擇了下列名字：霞月 (Vendémiaire，9 月)、霧月 (Brumaire，10 月)、霜月 (Frimaire，11 月)、雪月 (Nivose，12 月)、雨月 (Pluviose，1 月)、風月 (Ventose，2 月)、芽月 (Germinal，3 月)、花月 (Floreal，4 月)、牧月 (Prairial，5 月)、獲月 (Messidor，6 月)、熱月 (Thermidor，7 月) 以及菓月 (Fructidor，8 月)。這部新曆以動物的名字命名尾數是 5 的日子；以工具的名字命名尾數是 0 的日子；至於其他所有日子則以植物或礦物的名字來命名。總共有 366 個日子的新名字！我要如何記得住它們呢？

　　這麼說好了，改變日子和月份的名稱沒什麼不好，然而，這部新曆的麻煩在於月份不是分成幾週，而是每月分成三旬，每旬十天，而最後一天才是休息日。我相信這將帶來很多不便，因為現在介於休息

日之間有九天工作日，而從前在週日之間，我們只有六個工作日。每一旬的每十天分別被稱為：Primidi、Duodi、Tridi、Quartidi、Quintidi、Sextidi、Septidi、Octidi、Nonidi 以及 Decadi。

　　新的年份將從 1792 年 9 月 22 日的第一法國共和起算。這就是為什麼現在我們已經是（共和）第二年了。我必須將這個新曆的一份複製本放在桌上，以便提醒我自己今天是什麼日子！

1793 年 11 月 3 日　週日

　　我正在思考形如 $4n+3$ 的質數，而且好奇地想我是否可利用歐幾里得的方法，來證明具有這種形式的質數有無窮多個。換句話說，將歐幾里得證明「質數是無窮多的」作為一種模型，藉由它我可以證明具有 $4n+3$ 形式的所有質數之集合是無限的？

　　我這個想法之所以出現，是因為我知道形如 $4n+1$ 的許多數之乘積，永遠具有相同的形式。而奇數個形如 $4n+3$ 的數之乘積，也具有 $4n+3$ 的形式。不過，偶數個形如 $4n+3$ 的乘積卻是 $4n+1$ 之形式。

　　因此，如果我相乘，比如說，$4n+3$ 系列中的前六項：

$$3 \cdot 7 \cdot 11 \cdot 19 \cdot 23 \cdot 31$$

並且加上 2：

$$3 \cdot 7 \cdot 11 \cdot 19 \cdot 23 \cdot 31 + 2$$

我得到一個形如 $4n+3$ 的數，它無法被 3, 7, 11, 19, 23 或 31 所整除。它的質因數不可能形如 $4n+1$，因此，至少有一個「新」的因數必須是形如 $4n+3$。如果我稱這個新的質數為 p，且可形成一個新的表示式，或許我可以運用歸謬法來證明我原先的斷言。

1793 年 11 月 10 日　週日（共和二年霧月二十日）

我必須寫下今天所發生的事，但我不確定是否可以充分表達我的情緒。我只能記錄我所看到的，且試著去描述一個我沒有參加的事件，即使我的身體在那兒，但其實我並不在！

理性節 (*Fête de la Raison*) 在聖母院舉行。聖母院現在被褻瀆，並被改稱為「理性廟」(temple of reason)。這個節日意在強調知識、理性，以及政治自由的世俗原理。

我們不想參加，尤其是我媽媽，不過，最後她讓步了，因為她想到要是拒絕參加，只會讓我們家，尤其是爸爸，投下一道被懷疑的陰影。在抵達後，當媽媽發現教堂大門前的雕像都被砍頭時，完全無法隱藏她內心的恐懼。那些執行這麼沒理性的行動的人，必定已經相信這些雕像都是法蘭西國王，而實際上它們都是舊約聖經中的王。多麼無知啊！而教堂裡面也好不到哪裡去，那些神聖的寶物都被掠奪與破壞殆盡了。

不過，喔，最令人憤怒的行為卻是裡面所揭幕的戲劇，理性節不過是一齣主題式的戲劇，其中一個女人扮演了自由的角色。她穿了一身白紗，披著一件長長的藍色斗篷以及胭脂紅的蓋頭。許多年輕女孩穿著白衣，且環繞著橡樹葉，歡唱愛國歌曲，引導著自由女郎進入掛滿鮮花的「廟宇」。四位男士扛著坐在寶座上的「自由女神」，通往一簇象徵「真理火炬」的火把，伴隨其旁的，是被推崇的哲學家之半身像。有一支繡上一棵描繪自由、平等和理性的樹之旗幟掛在神壇上面，並向世界伸展它的根。在這棵樹底下，散佈著撕裂的聖經、皇冠和權杖這些宗教和皇室的遺物。

接著，公社的主席修梅特 (Chaumette) 先生發表了一個譴責盲信的演說。人民熱情地以「山岳黨萬歲！共和國萬歲！」以及「自由萬歲！」回應。不過，對我而言，自由、理性和真理都只是抽象的概念。

這些都不是神或女神那一類的東西，而恰當地說，理性和真理都是我們自身的一部分。為什麼呢？如果共和國的目的是去基督化和終結偶像崇拜，那麼，政府又為什麼利用這種怪誕的展示，以一個扮演女神角色的女人，向我們灌輸這些意識型態呢？

1793 年 11 月 10 日聖母院舉行第一次理性節

1793 年 11 月 19 日　週二

我那被憂鬱所擊倒的可憐母親是如此恐懼，以至於也把我給嚇壞了。她感到絕望，常常幾個鐘頭都沉默不語。而她最大的慰藉只有她的外孫，她每週都盼著麥德琳帶著小嬰兒雅克・阿蒙來訪。他已經滿兩歲了，我母親唯一的喜樂，就是看著他牙牙學語，和搖搖晃晃地學習走路。她望著窗外，等候我姊姊抱著他出現。每週的來訪，是她唯一的希望、唯一的想法以及她對生命本身的定錨。

　　安潔莉是唯一會哄著媽媽說話的家人，徵詢她的時尚意見，甚至學她笨拙的聊天方式來取悅她。我妹妹會做白日夢，然後，編造一些幼稚的故事。在她的故事中，來救她的英雄永遠是一位來自遠方土地的英俊紳士，而且他是一位年輕的男士，將要帶領我們去到另一個國度，那裡的人民沒有恐懼，而且過著平安的日子。我不確定是否有這樣一個田園詩所謳歌的伊甸園存在。

1793 年 12 月 7 日　週六

　　「宇宙」(universe) 間究竟需要多少沙粒才能填滿呢？按照阿基米德的看法，需要一千個「極大數量」(myriads) 的八倍這麼多！他發展了一種數系，利用了 myriad 的乘冪，可以給出像宇宙中的沙粒那麼多的大數。阿基米德說，「宇宙」是一個球體，它的中心在地心，而其半徑則等於日心和地心的直線距離。

　　對阿基米德來說，大數有一種特殊的魅力，在他的許多有關數學的貢獻中，《數沙者》(*The Sand Reckoner*) 也許是他最廣為人知的著作。透過這部著作，阿基米德引進一種生成和表達非常大的數之新系統。他必定是因為挫折而設計這個系統，因為非常大的數在當時的一般記號中，表達起來非常地笨拙。

　　希臘人使用他們的二十七個字母來表達數碼 (numeral)（他們只差沒有代表 0 的記號），而且，他們的數學記號並非位值制。他們的系統利用了許多符號，因此，對一位數學家而言，這顯得笨拙不堪。阿基米德於是設計了一個涉及足碼 (indices) 的程序，將問題簡化到可管理的 (manageable) 範圍。對於數目 10,000，意即 myriad，用字母 M 來代表它。它的希臘字則是 *murious*（不可數，複數為 *murioi*）。羅馬人將它變為 myriad。這個字母 M 可以結合其他字母和記號，以造出更大的數目。

在《數沙者》中，阿基米德論證說他的程序所給出的數目，大到足夠計數可以填滿宇宙的所有沙粒之個數。他寫道：

> 有一些人，譬如格隆 (Gelon) 國王，他認為宇宙中的沙粒數是無限的，而我所謂的沙，不只是包括環繞敘拉古和西西里的部分，也包括那些在每一個其他區域（無論是有人居住或沒有）的部分。

> 亞里斯塔克斯 (Aristarchus of Samos) 寫了一本書，其中包括某些假設，其前提導出一個結果說宇宙比起現在被稱呼的大上許多倍。他的假設是說：恆星和太陽保持不動，而地球繞著太陽在一個圓的圓周上運動，太陽則位居這個軌道的中心。這個假設還說：處在與太陽同心的情況下，恆星的球面如此的巨大，以至於他所假設的地球繞行的圓周，有這樣的一個對恆星距離的正比例，如同球心對球面的正比例一樣。

阿基米德引述的正是希臘數學家和天文學家亞里斯塔克斯（約 310 B.C.–250 B.C.）的觀點，他有兩件事為人所知：有關地球繞行太陽的信仰，以及他企圖決定太陽和月亮的大小與距離。阿基米德詮釋亞里斯塔克斯的說法如下：地球的大小與宇宙的大小之比，是可以相較於 (comparable) 地球軌道大小與行星球面大小之比。而阿基米德所給出的數非常巨大！

> 我可以證明宇宙直徑小於一條等於地球直徑的 myriad 倍的直線，而且，也可以證明宇宙直徑小於一條等於一百個 myriad myriad stadia 的直線。只要吾人接受事實說太陽直徑不大於三十個月亮直徑，而且，地球直徑大於月球直徑，那麼，太陽直徑小於三十個地球直徑，就很明白了。

……這個數目是這八個數目的第八個，它是一千個 myriads 的八倍……。因此，填滿某尺寸的球面——亞里斯塔克斯借給恆星球面使用的尺寸——的沙粒之數目，明顯地小於一千個 myriad myriad 的八倍之數目。

阿基米德估計 8×10^{63} 粒沙可以填滿宇宙！

1793 年 12 月 24 日　週二（共和二年雪月四日）

沒有教堂鐘聲宣告午夜時刻，也沒有喧嘩的嘹亮鐘聲在滿天星斗的夜晚中迴響，宣告耶穌的誕生。在這個新共和國中，我們缺乏精神上的德行，卻必須膜拜理性女神。聖母院已經變成理性廟宇，而理性女神則取代了聖母瑪麗亞。法國的所有教堂現在都關閉了，不再有教士，不再有天主教，有的只是理性的膜拜。

儘管如此，我們還是在家裡度過了一個最愉快的夜晚。我姊姊與她的丈夫帶著小嬰兒回娘家，梅拉夫人及其他家族好友應邀來我家晚餐。不久，我妹妹開始演奏鋼琴，而這種晚會 (soirée) 成為一種喜樂的慶祝。甚至爸爸也唱了歌，並朗誦了盧克來修斯 (Lucretius) 的《論事物之天性》(*On the Nature of Things*) 的片段。這是西元前一世紀的羅馬詩人和哲學家盧克來修斯的史詩，它的目的是向羅馬人說明伊壁鳩魯哲學 (Epicurean philosophy)。然後，我們都期待我母親唱歌，因為她的詠嘆調是如此充滿感情。

當媽媽在唱一首舊的聖誕歌曲：*Veni, Clavis, Davidica, Regna reclude celia; Fac iter tutum superum, Et claude vias inferum* 時，她哭出來了。當她的淚水從臉頰輕輕滑落時，眼睛被浸潤得閃閃發光，媽媽破了嗓仍繼續唱，*Veni, veni, Adonai, Qui populo in Sina Legem dedisiti vertice, In maiestate glorie.* 我們都感覺與她一起哭泣，我們流下的是喜悅的淚水。

1793 年 12 月 31 日　週二

　　1793 年這個可怕的一年像夢魘一般地揭開序幕，它以一種令人癱瘓的恐懼鎮壓心靈，其力道是如此強烈，以至於身體無法移動，而吾人也無法說話或醒轉過來。人們如何將這種已發生的殘暴行徑放在適當的脈絡中呢？從處決法蘭西國王開始，國民公會採取激烈的措施，帶來了可怕的後果，它在 3 月 9 日設立了革命法庭，且在 4 月 6 日建立公共安全委員會 (Committee of Public Safty)，掌握了指控和譴責的可怕力量。

　　在那之後，恐怖統治開始。瑪麗‧安東瓦尼特皇后是第一位受害者。然而，更多無辜的人民，包括貴族與勞工、教士與修女以及受過教育者與未受教育者，都喪命於斷頭臺。革命法庭命令處決了幾百位傑出與沒那麼傑出的公民。

　　我無法細細回想今年改變巴黎市容的所有事件。3 月 1 日，流亡被判永遠罷黜，且所有財產被沒收。3 月 18 日，還有一道命令說任何流亡者或被驅逐出境的教士如在法國領土內被捕，將在二十四小時內處決。國民公會在 9 月 17 日通過嫌疑犯法令，它授權政府幾乎可以將任何人下獄，其後果是幾百人被處決。正如爸爸說的，通告變成一種生意。即使是法蘭西最傑出的學者都被指控和譴責。康多塞先生正在躲避迫害。而在 11 月時，拉瓦錫這位擁有巨大成就的科學家，他曾大力地協助新共和國的建立，也被下獄了。

　　革命的理想究竟出了什麼問題？人權宣言 (Declaration of the Rights of Man) 中的承諾已經被遺忘了。祈求自由的希望和夢想已經變成明顯的恐怖。我要用一首似乎可以反映現實的古代詩歌，來闔上我日記的這一頁：

於是，這恐怖，這心靈的黑暗
不是日出的晨曦輻射
不是清晨散發的燦爛光箭
而只是大自然的面貌及其律則
它教導我們有此緒論：
自然本無所生
恐懼控制了腐朽
只因為看那大地與蒼穹之中
這麼多因果他們卻無慧以知
原來人們認為神蹟在此展現
　　　　　——盧克來修斯，〈物質是永恆〉

7 敲天堂之門
Knocking on Heaven's Door

1794 年 1 月 12 日　週日

當我進入我自己的孤獨與神聖之形上學空間，並與日常瑣事毫無關連時，我最是感到快樂。在這個空間中，我努力，我休息。還有，我也做夢。而當我處在迷人的發現，被知識的慧光所照亮的這個特別境遇中，我全部的感覺，就像在天堂一般。

過去兩週，我已經研究過一個最奇怪的主題。在歐拉的一個備忘中，我發現了 *calculi variationum* 這個名詞，我了解它不同於積分或微分。然而，這份備忘是以拉丁文寫成，我開始慢慢地翻譯，不久之後，我發現它是數學的另一個分支，處理定積分的極大、極小值。我無法確定我的翻譯是否正確，但是，我將這個分支稱之為「變分學」(variational calculus)。

由於這個譯文相當冗長，我會在研讀著名的等周問題時，找到一絲慰藉。這些問題是企圖回答下列問題：「在所有的等周長之封閉曲線中，哪一條（如果存在的話）極大化了它所包圍的區域？」這等價於下列問題：在平面上包圍一個固定面積的所有封閉曲線中，哪一條（如果存在的話）極小化了周長？

等周理論 (isoperimetrics) 是檢視被一個固定周長所環繞的最大面積之學問，它可以被視為變分學方法論的發展之根源。歐拉在敘述它的起源時，提及亞里斯多德所作的一個觀察：大部分運動不是以直線

就是以圓形進行。亞里斯多德提出一個共同的生成原理 (generating principle)，亦即極小化。也就是說，某一個數量（如兩點之間的距離）達到最小的可能值。

等周理論的源頭喪失於數學史的開端。然而，古希臘幾何學家也知道球面上的兩點之最短距離，以及球面包圍了最大的體積，這些都是眾所皆知的事。古代數學家曾處理圓和球的等周性質，後一個可以簡單形式構造如下：在等體積的所有立體中，球體具有最小的表面積。

圓形的等周性質的第一個證明，是由阿基米德之後的吉諾多勒斯 (Zenodorus) 所貢獻，他曾撰寫過一部討論等周圖形的論著，經由巴伯斯 (Pappus) 的《數學彙編》(*Mathematical Collection*) 為我們所知。吉諾多勒斯證明：在包圍一個給定面積的多邊形中，正則的形狀（亦即正多邊形）具有最小可能的周長。利用一個標準的逼近論證，這個性質蘊含了圓形的等周性質。從那時開始，許多相關證明陸續給出，某些並不完備，儘管它們運用了有趣的想法。

1794 年 1 月 13 日　週一

巴伯斯解決了如下的等周問題：在具有相同周長的所有平面圖形中，哪一個具有最大面積？他使用了幾何論證得到如下結論：如果吾人考慮平面上有固定周長的任意封閉曲線，那麼，圓這個圖形包圍了最大面積。古代希臘人已經察覺到這一點，許多文明也直觀地使用圓形，以便獲得更多空間。這導致下列等周定理之建構：「在等面積的所有幾何形狀中，圓形將是由最小周長來刻畫的」，而這當然也等價於：「在等周長的所有幾何形狀中，圓形將是由最大面積來刻畫的」。

巴伯斯探索了自然的優選 (natural optimization) 之藝術。他相信蜂房的漂亮形狀是大自然本身效能的結果，而更甚於蜜蜂的幾何美感之內在本質。他認為在蜂房的截面上所見之六邊形的重複模式，利用了

最少量的蜂蠟去建造它的牆壁。巴伯斯將這個想法，寫成一篇名為「蜜蜂的睿智」的短論。

　　智者觀察到蜜蜂將牠們的蜜保持純淨的方式，而且將牠們的蜂房分成六邊形。為什麼是六邊形呢？巴伯斯問道，為什麼蜜蜂不將牠們的每一個小蜂窩分成三角形或正方形或其他幾何形狀呢？為什麼小蜂窩具有直線的邊呢？溫熱的蜂蠟更容易形成曲線的牆。使用直線邊，只有等邊三角形、正方形和正六邊形才能組合在一起而沒有空隙。巴伯斯解釋說「蜜蜂利用某種幾何先見之明，而造出這種形狀，它們的圖形必須彼此相鄰，它們的邊共有，以至於外界的物質無法進入它們之間的空隙，因此，就不會弄髒牠們的產品之純度」。巴伯斯觀察到只有三種正多邊形能夠恰好各自繞著同一點填滿整個空間：正方形、等邊三角形以及正六邊形。在這些形狀之中，在周長相等的情況下，正六邊形具有較大的面積，因此，「蜜蜂的結論是：在花費同樣多蜂蠟建造蜂房時，正六邊形可以保存更多的蜂蜜」。

　　因此，這個數學問題是二維幾何學中的一個。它的解需要找尋可以無限地重複去蓋住一個大的平面面積之二維幾何圖形，其中所有小蜂窩周長為最小，換句話說，去找尋盡可能小的蜂房壁之總面積。

　　這麼說來，如果對一個體積來說，球具有最小的表面積，那麼，有沒有可能帶曲線壁的正六邊形對蜂房小蜂窩來說，甚至效能更佳呢？誠然，對一個單一的小蜂窩來說，如果其牆壁鼓起來，當然比起其牆壁是平直的，可以儲存更多的蜂蜜。然而，當所有的小蜂窩裝填在一起的時候，我們可以想像要是其中一個小蜂窩壁鼓起來，那麼，相鄰的一個必然是凹進去。如果整個蜂房的小蜂窩壁有鼓起的現象，有可能其外鼓的效能比內凹的效能之淨值更大？如果有這樣的一種模式，那麼，巴伯斯的蜂房猜測將是錯誤的。

畢達哥拉斯宣稱：「最美的立體是球，而最美的平面圖形則是圓。」除了注意到圓形的等周性質——它在所有等周圖形中，包圍了最大面積——之外，古代幾何學家也注意到：球體具有相等表面積的立體中包圍最大體積之性質。這個最大容量之性質構成了下列想法之基礎：圓形與球體是「幾何完美的體現」，這個觀念也被歷史上大部分的偉大學者所分享。譬如哥白尼就寫道：「首先，我們必須觀察宇宙是球體的。這要嘛不是因為那個圖形是最完美的，正如它尚未被清楚闡述，但其本身是整體和完備的；要嘛就是因為它是最大容量的，從而是最適合去包含且保存所有事物。」

其次，我將研究克卜勒，他除了發現行星運動定律之外，也曾探討等周問題。

1794 年 2 月 13 日　週四

約翰・克卜勒 (Johannes Kepler, 1571–1630)——發現行星繞著橢圓軌道運行的偉大天文學家——猜測說在三度空間內，裝填球體的最有效方法 (亦即，耗費最少空間)，就是雜貨店老闆所熟悉的堆置柳橙之方法。

另一個更廣為人知，但卻簡單許多的問題，是克卜勒的酒桶謎題。它需要在給定酒桶直徑的前提下，找出其最大體積。這個問題可以回溯到 1612 年，那時克卜勒即將再婚，為了慶祝，他購買了好幾桶酒。售貨員帶了幾桶酒過來，並說明如何計價：從桶頂蓋的一個小洞，售貨員將一根標竿對角地伸進酒桶。當標竿移出時，它被酒浸濕的長度，就決定了那一桶酒的價格。

克卜勒深感困惑，於是，他稍後寫道：「像新郎一樣，我覺得研究度量法則對於持家是恰當的。」換成簡單的說法，克卜勒希望對一個給定價格，計算最大體積量的酒，而且，他還考慮不同形狀的酒桶。他

利用圓柱體逼近酒桶，然後，他問道：如果直徑固定，那麼，當它的高是多少時，所得的體積最大？當時是在微積分發明之前，因此，克卜勒利用不可分割量方法 (method of indivisibles) 發現了一個公式，而最終規範了確定比例的酒桶。

等周理論非常迷人地曾與迪多 (Dido) 王子的傳奇交織在一起。這個源自維吉爾 (Virgil) 的史詩《埃涅阿斯紀》(*Aeneid*) 的數學故事，我多年前曾經讀過。迪多問題可用數學方式敘述如下：對一個給定周長，找到一塊土地的最大面積 *S* 之優選形式 (*optimal form*)。顯然，這個解是一個圓。巴伯斯、席昂 (Theon of Alexandria) 都記載了這個結果，並歸功於吉諾多勒斯。

1794 年 3 月 19 日　週三

我購買了一本歐拉寫於 1744 年的美麗作品。它的書名是 "*Methodus inveniendi lineas curvas maximi minimive proprietate gaudentes, sive solutio problematis isoperimetrici lattissimo sensu accepti*"，我將它翻譯成「找尋具有最大或最小值的曲線，或者在可接受的最廣範圍內的等周問題之方法」。

這部作品處理變分學，其中列出一百個歐拉認為可以解說他的方法之特殊問題。為了寫下微分方程式或第一個必要條件，歐拉也推演了一個一般的程序。此外，歐拉也提出並討論最小作用原理 (principle of least action)，說明變分學如何進入物理學而發揮作用。

歐拉建構最小作用原理如下：令被投射的物體之質量為 M，令 v 為其速度平方之半，沿著給定路徑之弧長元素為 ds。在所有通過兩個相同端點的曲線中，所求的那個會使得 $\int M ds v^{1/2}$ 有最小值，或者，

對常數 M 來說，$\int dsv^{1/2}$ 的值最小。這個原理應用到許多的物體或粒子上。不過，當我考慮在有阻力的介質中運動時，它似乎遭遇了其他困難。

在該書的附錄 II 子標題為「在無阻力的介質中，利用最大和最小值方法，來決定拋射體的運動」中，我找到一個最小作用的一般原理之公式（不只適用於光線），它可以應用到受向心力影響的拋射體之研究上。歐拉寫道：「由於所有的大自然效應服從最大或最小值，拋射體描述的曲線軌跡無疑也是如此，……因此，它具有成為最大或最小值的某種性質。」歐拉接著說：「於是，我認為由物體所描述的軌跡必須被安排成為 $dMsv$ 的形式，或者如果 M 為常數，它必須在連接兩個端點的所有軌跡中，成為一個最小值。」

這是一個我還無法掌握的相當難的主題。對我而言，還有很多需要學習的東西。

1794 年 3 月 31 日　週一

為了了解積分學和歐拉所謂的「變分學」之區別，我花了不少力氣。首先，看起來這個數學分支的基本問題，需要尋找某一類函數中使得給定的定積分最大或最小值的那個函數 $y = y(x)$。這個定積分有如下列形式：$\int_a^b F(x, y, y')dx$，其中 $y' = \dfrac{dy}{dx}$。

這類問題中的最簡單例子，就是去找尋平面上連接兩點之間的最短曲線。當然，這個答案是連接兩點的一條直線，這是我直觀所知的事。然而，為了了解其他不那麼顯然的問題，我將試著使用我從歐拉那兒所學到的變分學。

　　有一個必要條件必須被所求函數所滿足，這個條件是歐拉在 1741
年的一篇論文所導出的方程式：

$$\frac{d}{dx}(\frac{\partial F}{\partial y'}) - \frac{\partial F}{\partial y} = 0。$$

我可以要求這一類函數也滿足如下形式的一個邊界條件，以修飾這個
基本問題：

$$\int_a^b g(x,\ y,\ y')dx = 常數。$$

如此一來，我便可以獲得正如從古代以來被考慮過的等周問題：在給
定弧長的條件下，尋找包圍最大面積的那一個。

　　現在，讓我們尋找 xy-平面上連接兩個相異點 a 和 b 的最短路徑：
令 $(x_0,\ y_0)$ 和 $(x_1,\ y_1)$，$x_0 < x_1$，是 a 和 b 的笛卡兒坐標，且 $y(x)$ 是可
二次微分的函數，$x_0 \le x \le x_1$，使得對 $i = 0,\ 1$，$y(x_i) = y_i$。則 ds 描述
了連接 a 和 b 的路徑，而且其弧長 L 等於

$$L = \int_a^b ds = \int_{x_0}^{x_1} \sqrt{dx^2 + dy^2}$$

利用 $dy = y'(x)dx$，我得到

$$L[y] = \int_{x_0}^{x_1} \sqrt{1 + y'(x)^2}dx。$$

從基本來看，這是函數 $F(x,\ y,\ y') = \sqrt{1 + y'^2}$ 的定積分。現在，為了
最小化這個積分，我求解歐拉方程式：

$$\frac{d}{dx}(\frac{\partial F}{\partial y'}) - \frac{\partial F}{\partial y} = 0$$

其中，針對這個問題，我有下列條件：

$$\frac{\partial F}{\partial y} = 0$$

而且

$$\frac{\partial F}{\partial y'} = \frac{y'}{\sqrt{1 + y'^2}}$$

因此，歐拉方程式給出

$$\frac{d}{dx}\left(\frac{y'}{\sqrt{1 + y'^2}}\right) = 0$$

最後，對 x 積分，我得到

$$\frac{y'}{\sqrt{1 + y'^2}} = 常數,$$

這就如同 $y' =$ 常數。因此，$y(x)$ 的斜率為常數，指明 $y(x)$ 是一條直線，正如同我先前所知。

　　還有許多其他最大和最小值的例子，我都可以利用這個方法來求解。事實上，我應該試著求解多年前我讀到的等周問題。例如說吧，一顆珠子從靜止開始按重力加速度 g 沿著一條曲線從這一點到另一點滑動（無摩擦力），以最短時間完成，求這條曲線之形狀。這正是萊布尼茲、羅必達、牛頓，以及伯努利兄弟差不多一百多年前，所解決的著名最速下降線問題 (brachistochrone problem)。

對這個最速下降線問題，從點 a 行進到點 b 的時間 t 是由下列積分所給出：

$$t = \int_a^b \frac{ds}{v}$$

其中，v 是速度，$v = \sqrt{2gy}$，且 s 是我前面定義的弧長，

$$ds = \sqrt{dx^2 + dy^2} = \sqrt{1 + y'^2}\, dx。$$

因此，我的結論是

$$t = \int_a^b \frac{\sqrt{1 + y'^2}}{\sqrt{2gy}}\, dx。$$

函數會變化的 $F = (1 + y'^2)^{1/2}(2gy)^{-1/2}$。然後，我利用歐拉方程式，它被簡化了，因為 x 沒有出現在我的 F 之中。

我將解的這個部分留到明天再說，因為現在差不多已經是早晨了，在媽媽注意到我的眼睛整晚都在閱讀之前，我必須小睡一會兒。明天是我的生日，所以，她可能計畫辦一個家族的晚餐宴會。

1794 年 4 月 1 日　週二（共和二年花月二日）

1789 年，我十三歲，就是那一年我知道我將畢生投入數學研究。這兩個數都是質數（13 和 1789）是一種巧合嗎？下一個質數是 1801。我剛好知道在 1801 年，某件特別的事將會降臨到我的身上，某件我仍無法想像的巧妙事情……。

1794 年 4 月 5 日　週六（共和二年花月六日）

今日黎明時分，最有群眾魅力以及或許是最愛空想的法國大革命政治家丹頓 (Georges Danton) 走上革命廣場 (Place de la Révolution)

的斷頭臺，他的聲音永遠消失了。很多人欽佩丹頓，包括我父親在內，而且有些人將巴黎在過去幾年倖免於軍事失序和無政府狀態歸功於他，其他有些人則認為他牽連到可怕的九月大屠殺，當然，這兩種觀點可能都不是誤解。

最終，丹頓是被他曾經的同盟羅伯斯庇爾所剷除。丹頓剛剛從半退休狀態的農村生活，回來捲入他這場失敗的權力鬥爭。丹頓的樸實、過於人性的生活熱情，正如爸爸的形容，是迥異於冷血的、「不會腐敗的」羅伯斯庇爾。丹頓與羅伯斯庇爾赤裸裸地成為爭奪巴黎領導權的政敵。在這兩人中，或許丹頓是較容易被同情的，我這樣想可能是因為他的悲劇結局吧。當然，我從未見過這兩人中的任何一位，我只是經由雙親的口中知道他們而已。

1794 年 4 月 8 日　週二

康多塞先生死了。在躲藏了幾個月之後，昨天他在卡拉馬(Calamart) 被捕，並且在平等鎮（原先的皇后鎮，在革命之後易名）下獄。他在今晨被發現死於獄中。

爸爸今晚來帶我去讀書，並告訴我這個悲劇訊息。我沒有哭。我只是未出聲的坐在那兒，無法移動地聽著爸爸充滿遺憾的話語。康多塞先生在維爾內 (Vernet) 夫人座落在瑟汪東尼 (Servandoni) 街的寓所——剛好從盧森堡公園穿過去——躲藏了八個月之久。康多塞先生當時應該認為他自己已經不再安全，於是，他在 4 月 5 日早晨留下他的遺囑後離開了。

同一天，大約下午三點鐘左右，康多塞先生精疲力盡地抵達一間鄉下屋子的門口，那個家庭在過去二十年間曾接受康多塞先生不少的接濟。不過，那些都不算數。康多塞據信只請求一個夜晚的收留。一定有什麼事讓他的朋友沒有伸出援手，反而是告知他說有一個小公園（其門外開向村子）在夜晚應該不會關門，而康多塞可以在晚上十點

到達那裡。爸爸相信這個朋友無疑地犯了所託非人這種無可彌補的錯，而沒有發現這些安頓如何進行。有兩個陰暗的夜晚，沒有一個門為他而開。當然，也沒人會知道痛苦不堪的康多塞先生必定在那好幾個小時中，飽受飢餓與無屋瓦可蔽的煎熬。

昨天，受傷的康多塞先生為飢餓所逼，只好進入卡拉馬的一家食堂，並且點了洋蔥炒蛋。不幸地，這位聰明的學者完全不知道一個工人正餐吃幾個蛋。當侍者問他需要幾個蛋時，他竟然回說一打。這個不尋常的數目先是引來了驚奇，接著是懷疑，消息很快就傳遍整個小鎮。這位陌生人被要求出示身分證，而他當然沒有。當他被緊逼著追問時，他說他是一位木匠，但是他的細皮嫩肉，卻拆穿了這個謊言。該鎮長官立即獲得通報，警察前來逮捕他，並且將他押送到平等鎮的監獄。

今晨，當獄卒打開康多塞被囚的地牢之門，準備讓憲兵隊將他解送到巴黎受審時，發現他已死亡。

馬達斯·康多塞逃過了斷頭臺。爸爸相信他的朋友皮耶·尚·喬治·卡巴尼 (Pierre Jean George Cabanis) 給了他一顆毒藥，讓他藏在戒指內，以便他知道自己無法逃脫時，即可吞服。不過，也有一些朋友相信他很可能是被毒死的（或許由於他備受愛戴與尊敬，因此不能被處死）。我不知道該怎麼想。無論他是被殺或是自殺，現在真的無所謂了。康多塞先生已經不再存活在這個世上，可以說話並且告知我們真相了。

我是否曾經期待這些事件的轉機呢？是否都有！我有一部分相信康多塞將會被赦免，外國學者將會前來營救，帶著他前往英國或德國。我也曾想像，就像幫助拉格朗日免於被遞解出境的事情一樣，康多塞的前科學院同仁應該會幫他求情才是。當然，現實的處境是許多無辜的人都已經喪生在激進派革命家的手上，而似乎沒有人能對他們伸出援手。

諷刺地，康多塞的一個（教育改革）提議，亦即建立一所訓練科學家和工程師的學校，剛剛被宣布要付諸實行。這個世界將會記住他在數學、教育和哲學方面的許多貢獻，我也會永遠記住這位偉人。

1794 年 5 月 8 日　週四

安多－羅倫・德・拉瓦錫 (Antoine-Laurent de Lavoisier)，一位化學方面的科學家，今天被送上斷頭臺。沒有人能夠拯救這位在古監獄度過最後幾天的偉大學者。

除了科學研究之外，拉瓦錫先生也投入商業和政治。他是貼現銀行的董事會主席，一家稱作稅款包收公司的收稅員，當時他曾試圖引進貨幣和稅務系統的改革，以幫助農民。拉瓦錫也與其他科學家共同研究，並協助發展度量衡制度，讓全法國的衡與量能夠統一。然而，儘管他在政府部門與科學方面具有相當的重要性，馬哈 (Marat) 卻指控他盜用政府基金，並在菸草中摻雜劣質物，以便在通行稅 (toll duty)中獲取暴利。今天下午，拉瓦錫、他的岳父以及該公司的大部分成員都被押解到革命廣場。在那兒，他們在一群暴民面前，被送上了斷頭臺。這群暴民實在太過愚昧，以至於無法體會這位注定榮耀的偉人的可怕殞落。

我詢問爸爸拉瓦錫的同事是否曾經企圖拯救他。他回答說，是的，當然，不過，拉瓦錫與收稅公司的連結是如此密切，讓他喪失了獲釋機會，以至於革命法庭法官甚至未曾閱讀代表他的文件，來自工藝美術的諮詢室 (*Bureau de Consultation des Arts et des Métiers*) 的報告。部分而言，這份報告宣布了他的科學成就摘要，而且，它也斷定說公民拉瓦錫值得登入那些推進人類知識以及提升科學與國家榮耀的人士之列。這個諮詢室的成員有伯修里 (Berthollet)、拉普拉斯、拉格朗日以及庫欣。

　　我也詢問我父親是否認為拉瓦錫先生有罪，他只是簡單地說：「拉瓦錫死得冤枉。」我相信這一點，就像法國國王、皇后、康多塞先生以及其他許多死於斷頭臺的人士是無辜的一樣。令人悲傷的是，許多人還會追隨他而去。看起來，理智 (reason)、理性 (sense) 和人類原理並無法贏過現在統治我們的這個新共和國的瘋狂。

1794 年 5 月 8 日拉瓦錫和稅款包收公司受審

1794 年 5 月 19 日　週一

　　費馬原理敘述說：光線在兩點之間行進時，遵循了一條所需時間最短的路徑。如果光線在介質（折射係數 (index) 是 n）中的速率是 $v = ds/dt = c/n$，那麼，從點 a 到點 b 的行進時間為

$$t = \int_a^b dt = c^{-1} \int_a^b n \cdot ds$$

如果 n 是常數，則它也可以從積分分解出來，如此，這個問題就化約成為兩個點之間路徑最小化問題，正如上述所做的一樣。如果 n 在跨

過不同區域時跟著改變，或者隨著位置而有所變化，那麼，這個積分就可以變成為下列這個形式：

$$t = c^{-1} \int_a^b n(x, y)\sqrt{1 + y'^2}\, dx。$$

儘管一個給出最小值的解將會是一條有效的 (valid) 曲線這一原因是清楚的，但對我來說，為何一個最大值的解將會是光線的正確路徑，答案並不明顯。不過，這是一般性的結果：一個解若讓積分保持不變，則其路徑將是一條光線。吾人得到最大值還是最小值，就完全依賴問題的本質。

根據費馬原理，t 是靜止的 (stationary)。如果路徑包括兩條線段，而且 n 在這兩個線段上都是常數，那麼，$\int_a^b n \cdot ds$ 及其問題就能利用平常的微積分來求解。然而一旦折射係數並非常數，而是依賴 x 或 y 時，那麼，問題就會變得更加有趣了。我將試著尋找當 n 正比於 y^{-1} 時，一條光線所遵行的路徑為何。

1794 年 6 月 8 日　週日（共和二年牧月二十日）

在我所見過的所有共和國慶典中，至上崇拜的盛宴 (*Fête de l'Être Suprême*) 似乎是最怪異的一個[23]。對比於絕對清晰 (perfectly clear)、有誘人暖意的春天日子，這個慶典是愛國狂熱、誇大的戲劇和平淡的愚蠢的奇怪綜合體，慶祝一位至高無上神。它在不同情況下，其實是猶太的五旬節日。

---

[23] 譯注：這是羅伯斯庇爾試圖建立的一種自然神論——至上崇拜，以取代原來的天主教。

在清晨準五時，一位將軍的提醒已經響遍了整個城市。它邀請每一位市民，男人和女人都包括在內，運用自由的顏色去裝飾房子，要嘛懸掛更多的國旗，不然就運用花朵與綠葉的花環來裝飾。

不久之後，我們必須集合到指定的區域，然後等待出發的信號。男人一律不准佩帶武器，14–18 歲的男孩則必須佩帶軍刀和槍或矛，並排成正方形隊伍，以十二人為一排行進，而在中央則佈置國旗和代表每一區武力的旗幟。

所有女人都被要求穿上自由的顏色。媽媽們被要求拿著玫瑰花束，而年輕的女孩則捧著插滿花朵的花籃。每一區都選出十位年長男人、十位媽媽、十位 15–20 歲的女孩、十位 15–18 歲的青少年，以及站在團圓廣場 (*Champ de la Réunion*) 堆高的山丘上的十位八歲以下的男孩。我們不在他們之列，我必須說我鬆了一口氣。

每一區選出來的十位媽媽都穿著白色的衣服，戴著一條從右到左橫過她們胸前的三色肩帶。十位女孩也穿得像那些媽媽一樣，但在秀髮中用花朵紮辮。至於十位男孩則武裝配刀。每一位市民（包括我們在內）必須攜帶花束、花環或花籃。安潔莉和米麗樂於順從，並且裝扮著花朵和紅藍絲帶，而我只是帶著一根橡樹枝。

在早晨準八時，一支砲兵部隊從新橋齊發禮炮，告知這是前往國家公園 (National Garden) 的時間。所有市民必須離開他們的分區，排成兩行行進，每六個人並行。男人和男孩居右，而女人、女孩和八歲以下的小孩則居左。

抵達國家公園之後，男人這些行列排到公園內斐揚俱樂部的陽臺這一邊，女人和小孩這些行列排到窗臺這一邊，至於男孩的正方形隊伍，則排在中央的寬道上。當所有的分區都抵達國家公園時，一個代表團前往國民公會，報告說諸事已備。國民公會議員從毗鄰的露天劇場的統一廳 (Pavilion of Unity) 陽臺抵達。他們有一個樂隊前導，處在

入口階梯的邊上。這個慶典由幾千位志工的大合唱揭開序幕，曲目當然包括「馬賽曲」(La Marseillaise) 的熱血演唱。

當羅伯斯庇爾穿著有紅色翻領的天藍色外套躍上舞臺，觀眾爆起了熱烈喝采。身為總統，羅伯斯庇爾在講臺上給了人民一個激勵人心的演講，說明這個莊嚴慶典背後的理由，並且邀請我們一起向造物主 (Nature's Creator) 致敬。在他的莊嚴演講之後，一支交響樂團開始演奏。在這同時，總統手持真理的火焰 (Flame of Truth)，從露天圓形劇場下來，然後走近一個代表無神論怪物從圓形基座拉起的巨大混凝紙圖形。

從混凝紙圖形雕像的中間地帶，也就是總統點火之處，智慧的圖形 (figure of Wisdom) 現身。羅伯斯庇爾接著步下講臺，走向戰神廣場，在他之後出現了一輛代表勝利的二輪無棚馬車，由八隻牛角塗上金色的公牛拉著。接在馬車之後，是帶著水果籃的白衣年輕女孩，以及臂上滿是玫瑰花的快樂媽媽。在這項儀式結束後，總統回到講臺上，再次地向人民演說，每個人都回報以歌唱和歡樂的吶喊。當然，幾週以來，音樂教師一直在巴黎街上教唱，以確定市民通曉向至高無上者致敬的新讚美詩的文字。我只是假裝跟著哼唱。

這場盛會在晚間七時唱完讚美神的歌聲中結束。我們都精疲力盡、飢渴不堪。好不容易回到家時，演講內容我已經全忘了。但是，我忘不了，這是一場我不能拒絕的盛會。現在，甚至對這些事件的矛盾情緒，都可能導致可怕的結果。

自從 1793 年初，斷頭臺每天都以遞增的速度在轉動，數以千計的所謂反革命份子，都湧入古監獄而成為囚犯，不知道何時會被處死。這些受害者不只是貴族，其名單還包括屠夫、麵包師、洗衣婦、女裁縫，任何人只要被認定「反愛國」(antipatriotic) 就可能喪生在那兒[24]。

---

[24] 譯注：作者不用「叛國」而用「反愛國」來描述這些基層工人的「罪行」，顯然意在強調這些人只是沒有很積極地呼應「愛國主義者」的口號罷了。

而這就是我們做我們被要求做的事的原因，即使是被要求參加像這樣輕浮的盛會。

1794 年 6 月 23 日　週一

當我研讀拉格朗日的《分析力學》時，我看到了惠更斯的名字。拉格朗日如此崇敬地提及他，並頻繁地引述他在力學方面的論著，所以，我必須了解他和他的著作。克里斯堤昂‧惠更斯 (Christiaan Huygens, 1629–1695) 是荷蘭數學家和天文學家。他發展了望遠鏡與單擺鐘的實驗，並操作有關報時 (timekeeping)、光學和力學方面的實驗。

惠更斯也組裝了第一座天文鐘，其中有一個特殊裝置，他讓單擺沿著一條擺地線 (cycloid) 的一段弧擺動，以保證這個單擺是同步的，亦即，在等區間內以等時間行進。這可以藉由將內擺線 (inverted cycloid) 弧的兩條漸屈線，置放在單擺的懸掛點的每一邊來完成。

單擺或許是學者用以描述運動的最重要（實驗）設計。簡單地說，單擺是從某個樞紐懸掛的一個重量，以至於它可自由地擺盪。而也由於它的規則運動，單擺通常被用來計時。大約從 1602 年開始，伽利略是研究單擺的第一位科學家。他的興趣可能源起於 1582 年，當時他觀察到比薩城的一家大教堂的吊燈，會作有韻律的擺盪運動㉕。

奇怪地，單擺的週期（擺盪的時間）依賴了它的長度、重力常數，以及某種程度上，單擺盪出垂直線的最大角（擺動的幅角）。我相信伽利略一定發現了這一點。接著，在 1673 年，惠更斯發表了他有關單擺的數學分析，《擺鐘或振盪運動》(*Horologium oscillatorium sive de motu pendulorum*)。這是一部重要的著作，拉格朗日曾在他的《（分析）力學》第 234 頁引用之。幾年前，其他學者已經觀察到單擺並未同步

㉕譯注：此事科學史家無法證實，不過，讀者不必在意，因為這個版本常見於科普書籍，相當能吸引讀者的興趣。

運動。例如，梅仙——這是我在研究質數時曾遇到的數學家——在1644 年操作實驗並且發現單擺的週期依賴擺動的寬度，寬擺所需時間多於窄擺所需時間。

惠更斯分析這個現象，並且確定了無論起點如何，某質量在同一時間內，因重力因素而往下滑所遵循的曲線之形狀，這就是所謂的「等時曲線」(tautochrone problem)。惠更斯證明這種曲線是擺線，而不是在那之前，許多人所相信的單擺上下擺動之圓弧。換句話說，單擺並不是等時的。

惠更斯也解決了梅仙所提出的問題——如何計算任意形狀固體所做成的單擺之週期，發現了振動中心，及其與樞紐點的倒數(reciprocal) 關係。在惠更斯的《擺鐘或振盪運動》中，他利用向心力的概念，分析了典型的單擺，亦即包括了在圓上運動的弦上之重量。這個力起因於旋轉之連結的慣性效應，而這些效應也被感受成為離開旋轉中心的力。惠更斯導出這種理想的數學單擺之公式。

現在，我很好奇等時曲線和最速下降曲線的區別究竟在哪？

1794 年 7 月 28 日　週一（共和二年熱月十日）

羅伯斯庇爾風光不再，他上了斷頭臺！在好幾週的不經審判及逕行處決之後，恐怖統治將國家推到了完全窒息的境地，巴黎人真是受夠了。昨天，當羅伯斯庇爾正在簽署一項訴求，要巴黎的某一區為他武裝時，他被一位年輕的憲兵射中下顎，不過，也有人認為這是他自我傷害的結果。羅伯斯庇爾和其他人被捕，國民衛隊將他們押解到市政廳監獄的過程中沒有遭遇什麼困難。在一夜的痛苦折磨之後，羅伯斯庇爾被帶到法庭，他的罪犯身分被確認，未經進一步審判，他與許多追隨者便一起被處決。

這是否意味著恐怖統治的結束？爸爸認為是如此。我們討論了這件事，討論這個人所受的痛苦折磨，他對其他人造成這麼多的傷痛，又是如何忍受凡人難以捱過的二十四小時呢？在他的劇烈痛苦中，飢餓必定也是其中一項，因為他的傷，他至少有十七小時未曾進食。這麼說來，他可以體會他人因他而受的苦了嗎？

我不知道該怎麼想。有一段時間，我衷心地擁抱共和國的理想，然而，我要的是一個既純正又偉大的共和國，對所有人都是自由和平等的。現在，我完全感到困惑了……。

1794 年 8 月 1 日　週五

我發現了我的第一本童書，它就放在我母親的衣櫥內的一個箱子中。褐色的頁面已經褪色，且某些地方已經裂開，不過，我的鉛筆塗鴉仍然歷歷可見。《問答教學法》(*catechism*) 則是我的第一本教本和宗教讀本，被我稚氣的筆塗過，字母都不見了，只留下數目字。大數和小數都利用小小的線連接，因為我認為如果數目互相接觸彼此，它們就可變換成為另一個。我記得當我五歲時，父親給了我一本算術書籍，並且教我加法與減法。

現在，多年後的我，還是在做數目的加法與乘法，不過，此時按我的稚嫩心靈來說，這些數目看起來都是特殊和神奇的。今天，我研究質數和二次多項式如 $ax^2 + bx + c$，其中 a, b, c 都是整係數，而判別式（一個給出多項式根的特性之式子）是 $b^2 - 4ac$。

1772 年，歐拉發現「質數－產生」(prime-producing) 多項式 $x^2 + x + 41$，並且敘述說：對於從 $x = 0$ 到 $x = 40$ 以及之後的許多值而言，這個公式（的值）都是質數。我曾經驗證，發現事實上，對於 $x = 0, 1, 2, 3, \cdots$ 這個公式產生了數 1681，它等於 41×41。這是一個

合成數[26]！歐拉在寫給丹尼爾・伯努利先生的一封信提及他在 1771 年出版的備忘：「這個序列 41, 43, 47, 53, 61, 71, 83, 97, 113, 131 等等，其通項為 $41 + x + x^2$，更加不同凡響的，是前四十一個都是質數。」因此，我代入 $x = 43, 47, 53$，結果，歐拉的公式真的依序得出質數 $p = 1847, 2203, 2797$。

還有，對所有整數 $x = 0, 1, \cdots, 39$ 而言，$f(x) = x^2 + x + 41$ 都是質數。對於 $x = 39$ 來說，這個多項式產生 $p = 1601$，的確是一個質數。然而，對於 $x = 40, 41$，它分別產生 1681, 1763，都不是質數。

我注意到歐拉公式和拉格朗日公式中的判別式都相同，亦即 $b^2 - 4ac = 1 - 4(1)(41) = -163$。我懷疑是否這與它們產生質數的容量有關，而如果真是如此，那麼，我將有辦法找到另一個具有判別式為 -163 的多項式，它對於至少 40 個 x 的整數值，可以生成質數。我藉由翻譯歐拉多項式，將可以做到。在下週一，那將是一個很好的作業，屆時媽媽和安潔莉去購物，我將可以不被打擾地，在好幾個小時內，自由地做我想做的任何事。

1794 年 8 月 24 日　週日

我無法忘記某些日子……而在其他時候，我常在半夜驚醒，因恐怖統治開始所感受到的恐懼而顫抖。在那一天，羅伯斯庇爾宣布恐怖為恢復「日常生活的秩序」，這就是殘酷地處決任何被視為共和國敵人的開始。恐怖統治已經奪取了幾千人的生命，包括瑪麗・安東瓦尼特皇后和傑出的哲學家及數學家康多塞。

---

[26]譯注：原文為 composite prime，應該是指 composite（合成數）。

1794 年 9 月 7 日　週日

　　沉默、純粹和簡易，缺乏令人驚奇的意外或令人困擾的噪音，這就是我最渴望的事。我希望有一個安靜沉默的夜晚，只有不時被遠處教堂鐘聲的樂音所打斷，或者讓風之吟唱哄我入眠。從我感受到那種寧靜開始，已經有一段時間了。現在，我必須將我的心靈埋入璀璨純潔的數學之光當中，並且閉上耳朵，以免受到永不止息的環境之干擾。現在，窗簾是永遠拉起來的，以減弱馬車的噪音、馬匹的喘氣和牠們的蹄不停地敲擊街道的聲音。在這個夏夜，做個好夢，想一些平安的事都令人期待。

1794 年 9 月 19 日　週五

　　我對於數學與真實的連結經常感到好奇。某物是可觀察的，但如何被一個公式或方程式所描述？例如說吧，一顆蘋果從我的書桌落下，我看到了蘋果落下，而且，要是我夠聰明的話，我可以找出落下速度和桌面到地面蘋果所移動的距離兩者之間的數學關係式。

　　一般而言，為了完全了解一個物理過程，科學家試圖從更基本的概念導出這個過程。譬如說吧，1600 年代初期，克卜勒建立了一個太陽系模型，然後藉由它來預測行星的正確位置，其精確度是迄所未知的。他是怎麼做到的？利用觀測！克卜勒著手研究弟谷・布拉赫 (Tycho Brahe) 的數據，而發現行星運動定律。布拉赫是一位才華橫溢的天文學家，也是克卜勒的導師。要是缺乏布拉赫所建立的完整系列，及前所未有的精確觀測資料，克卜勒是不可能發現行星繞著橢圓軌道運行的。

　　我的意思是說：在吾人試圖了解一個物理過程時，通常第一步驟是探索它如何 (how) 運作，然後，再決定為何 (why) 它那樣運作。克卜勒很可能根本不知道他的定律行得通，要等到牛頓建構他的重力理

論，才說明了何以克卜勒的行星運動定律行得通。同時，也讓牛頓揭開物體互動的三種根本方式，以導出他的重力理論。因此，由牛頓的三個運動定律開始，吾人可以導出克卜勒模型：由於重力，行星按它們原來的方式運行，而重力照它原來的方式運作，因為它遵循了力的三個基本定律。

為了按科學方式建立大自然的這些定律，牛頓必須發明一個新的數學分支。真的！他想要知道為何事物按它們本來的方式移動，以及為何按它們本來的方式落下。或許他從思考速率開始。例如，我從某處走到另一處，且沿著那一條路保持同樣的步調，那麼，在任何時間我的行走速率都相同。那個速率正好是我行走的總距離除以我從點 a 移到點 b 所花的時間。

不過，如果我不是保持一個穩定的步調，而是沿途變換速率，某些時候慢下來，而在其他時候則加速，那麼，我會決定一個平均速率，它是總距離除以我從點 a 移到點 b 所花的時間。

然而，牛頓可能並不滿意只知道平均速率。他想要用一種方法，來知道一個物體沿著其行進軌跡的任何瞬間的速率。我可以看得出來，這將會引出一個數學問題，因為吾人會需要去將這個在一瞬間行進的距離（這將會是 0），除以需要行進那段距離的時間（也將會是 0）。這完全沒有意義，因為沿著這趟旅程的每一瞬間，移動的物體有某個速率，否則它將不會移動，也將永遠到達不了目的地！

因此，我可以想像牛頓會認為他或許能從平均速率出發，然後讓時間區間越來越短，直到差不多成為一個時間瞬間 (instance of time)，而有能力得知每一瞬間的速率。當然，我不知道牛頓如何發展「流率」的想法，這個名詞是他用來表達一個「流數」或連續函數的導數。所有我知道的，是他發明了微積分的目的，是為了基於速率和加速度的概念，說明他的運動理論。當然，他也發現了許多其他方面的用途。

有趣地，同時在德國，另一位名為萊布尼茲的數學家也發明了微積分，然而，由於他是獨立於牛頓而完成，他的數學進路不同，而有不同的命名法，即使他們兩人得到了相同的結果。對我來說，萊布尼茲發展微積分成為一種純數學的概念，而牛頓則將它發展成為定義物理概念的一種工具。

現在，何謂重力？形式上來看，重力是兩個物體之間的引力。重力是那種讓片段物質成叢聚集而成為行星、月亮和恆星、讓行星繞行恆星——像地球繞行太陽——的東西。還有，由於重力，如果我放掉某物，它會落下，而非上升。沒錯，這是每一個人都知道的事！然而，按數學方式來看，何謂重力以及我如何將它應用在方程式之中呢？

我必須回到牛頓的《(自然哲學的數學) 原理》(*Principia*) 裡去複習這些概念，並繼續研讀拉格朗日的《(分析) 力學》，以理解運動的分析學。

1794 年 9 月 28 日　週日

這是我長久以來所聽到的一個最佳消息。國民公會提議中央工程學院 (*École centrale des travaux publics*) 的建立，爸爸和他的朋友已經談論這所工程學院有兩年之久了，這也是魯布蘭克先生期望他的兒子安多就學並成為工程師的那一所學校。公會已經提名了首批任教的教授：拉格朗日、普隆尼 (Prony)、孟日、傅克華 (Fourcroy)、伯修里 (Berthollet)、德・莫伯 (Guyton de Morveau) 以及其他全法國最傑出的男士、最好的科學家和數學家。在 12 月，這所工程學院將在波旁皇宮開始提供課程。

諷刺地，那位遞交教育改革計畫給公共教育委員會的男人康多塞，卻在這兒缺席，無法面對他所提議的結果，驕傲地微笑。然而，我卻是如此希望他在這兒，並再度論辯女人的教育權利。如此一來，或許這所新的學校將會為像我這樣的人打開大門。

1794 年 10 月 3 日　週五

　　Tautochrone 這個名詞意即「等時（相同時間）」(same time)，它源自希臘字 *tauto* 與 *chromos*，前者意即相同，後者則指時間。所謂等時曲線，是指沿著這樣的曲線，一個物體在一個等重力場中，無摩擦力地滑動到最低點的時間與它的起點無關。正如我最近所發現，惠更斯解決了這個等時問題，證明這種曲線是擺線。根據我所學的幾何學，我知道擺線是當一個圓在一直線上滾動（而無滑動）時，其圓周上的一點所描繪出來的路徑（或軌跡）。

　　另一方面，brachistochrone 曲線也稱作最速下降曲線，它是兩點之間滿足下列條件的一條曲線：有一個物體從其中一點靜止狀態出發，在固定的重力影響以及無摩擦力的假設下，沿著這條曲線移動到另一點花了最少時間。Brachistochrone 這個字也源自希臘字 *brachistos* 和 *chromos*，前者意即最短的，後者則意指時間。其實這條曲線也是一條擺線，正如許多數學家（伯努利兄弟、牛頓、歐拉、萊布尼茲和羅必達）在 1697 年利用不同的解法而加以證明。

　　在此，我打算解這個最速下降問題，我假定粒子位置被弧長 $s(t)$ 從最低點參數化，它與曲線 $y(s)$ 的高成正比。因此，基於我從拉格朗日著作所學到的東西，我的支配方程式 (governing equation) 為

$$y(s) = s^2$$

它的微分形式是

$$dy = 2sds$$
$$dy^2 = 4s^2ds^2$$
$$= 4y(dx^2 + dy^2).$$

現在，去除 s，我可以為 dx 和 dy 寫一個可解的微分方程式如下：

$$\frac{dx}{dy} = \frac{\sqrt{1-4y}}{2\sqrt{y}}。$$

我要如何對這個方程式做積分呢？如果我變換變數，例如令 $u = \sqrt{y}$，則可得如下積分：

$$x = \int \sqrt{1-4u^2}\, du。$$

我還是不確定如何可以從上述積分得到擺線方程式。因此，我現在試著運用另一種方法，從擺線的下列參數方程式開始：

$$x = a(\theta - \sin\theta)$$
$$y = a(1 - \cos\theta)$$

其中，a 是沿一條直線滾動的圓之半徑。

　　為了檢視擺線滿足最速下降性質，我對上述參數方程式取導數：

$$x' = a(1 - \cos\theta)$$
$$y' = a\sin\theta$$

如此，我可以有

$$x'^2 + y'^2 = a^2[(1 - 2\cos\theta + \cos^2\theta) + \sin^2\theta] = 2a^2(1 - \cos\theta)。$$

記得有一個在下降時間、粒子路徑和重力之間的關係式：

$$dt = \frac{ds}{\sqrt{2gy}} = \frac{\sqrt{dx^2 + dy^2}}{\sqrt{2gy}}$$

其中，我可以代入我先前的關係式：

$$dt = \frac{ds}{\sqrt{2gy}} = \frac{\sqrt{2a^2(1-\cos\theta)}\,d\theta}{\sqrt{2g[a(1-\cos\theta)]}}$$

$$dt = \sqrt{\frac{a}{g}}\,d\theta$$

$$\int_0^T dt = \sqrt{\frac{a}{g}}\int_0^\pi d\theta\,。$$

因此，這個積分給出了粒子從擺線的頂端滑到底端所需時間：

$$T = (\frac{a}{g})^{1/2}\pi$$

做到了！這比起我所想的還要簡單些。不過，我需要回去利用第一個方法解這個問題。

1794 年 10 月 30 日　週四（共和二年霧月九日）

國民公會為了建立法國高等師範學院 (*École Normale Supérieure*)，簽署了一項法案。這個法令上寫著：「一所師範學校將在巴黎建立，在其中來自共和國已經在最有用科學上受過訓練的所有公民，都會被召喚前來，在每個領域的最優良師資指導下，學習教學的方法 (art of teaching)。」這是一所訓練教師和教授的高等學校。孟日先生和拉格朗日先生都被任命去教數學。這所師範學院預計在今年 12 月底開學。

知道將會有兩所新學校在巴黎創立，而且由偉大的數學家任教，是一件非常令人興奮的事。我希望有一天可以遇見這些人士。這是即將對我開放的另一個機會嗎？

1794 年 12 月 29 日　週一

　　我坐在這兒，帶著一疊紙和沾了墨的手指，看著蠟燭火焰翩翩起舞，輕柔地啪啪作響。這夜晚真是不尋常的安靜。或許酷寒的天氣已經澆熄了在街上巡邏的士兵的革命狂熱，因為沒有任何槍聲打破這可怖的沉默氣氛，巴黎的生命似乎是在這瞬間停止了。不過，就在這個時刻，我知道有許多像我一樣的人坐在他們的書桌前，思考生命的意義，譬如學生從書本和分析學學到東西，以及飽學之士發現可能是對宇宙十分有意義的某些東西。

　　五年內，我的生命改變了如此多！注視沿著我床鋪過去的書架，提醒我這趟始於十三歲的航程，這是引領我進入數學世界的一個發現之旅。正如科學的進步一樣，從古希臘到今天，我自己的學習也已經引領我從五歲時父親教我的孩子氣算術，到數學分支的發現。後者需要擁有相當抽象而令人畏懼的數學詞彙，包括概念和高等解析技巧的精熟。自從我發現了我的存在之真理之後，我的人生方向似乎更加確定。數學是我的世界，對於數目和科學真理，我獻上我的生命。

　　現在，當今年即將結束時，我希望能反思我的知識追求的這個其他世界，並且對為我——一個找到他們的謙卑學生——鋪路的學者致敬。我將從人類故事的起源寫起。在語言發展後不久，就好像是在那時候，我可以想像人類開始計數。我自己對於計數的第一個記憶，是使用手指來做，因此，我認為大多數人自然也這麼做。當有人引入一個記號來代表十的每一組時，數目就跟著出現了。

　　一旦古代人發明了數的系統之後，他們必定發展出算術來。不同的文明發展了他們各自的系統，而且，那些包括位值概念及 0 的想法的文明，則將數學推得更遠。幾何學和代數學誕生了。這兩個分支彼此互相需要，例如，當一個數被表示成 2 的平方 $(2 \cdot 2 = 2^2)$ 時，可以被描述為一個邊長為 2 的正方形之面積。同理，2 的立方 $(2 \cdot 2 \cdot 2 = 2^3)$ 就是以 2 為每一維度長度的立方體之體積。

在巴比倫，數學似乎在耶穌之前好幾百年已經相當進步，正如一些古代學者給出他們的幾何和代數計算例子。巴比倫人運用幾何名詞來表示他們的數學問題，但他們的解本質上卻是代數式的。埃及數學沒有巴比倫數學那麼老練，不過，紙莎草數學文獻卻存活下來。它包括了我孩童時代學習的一個問題：如果一個堆 (heap) 和它的七分之一等於十九，那麼，這一堆的大小是多少？

啊，但是到了西元前六世紀，在數學的進路上，一個深刻的改變出現了，那是希臘人的貢獻。較早的時期是由泰利斯、畢達哥拉斯、柏拉圖和亞里斯多德以及和他們相關的學派所代表。希臘人基於邏輯原理發展數學思想。

畢達哥拉斯或許是希臘數學家的最佳典範，他將科學帶入另一個領域 (realm) 中，而且還影響著今日的世界。在克羅頓，畢達哥拉斯基於他有關數目是宇宙的根本、不變的真理之理念，建立了一個哲學學派。他和他的追隨者在多年間給出了許多創造。其中，畢達哥拉斯證明了不管一個三角形的形狀如何，它的三個角加起來永遠等於兩個直角的和（180 度），這是我所學到的第一個定理。畢氏學派甚至發現了數學和音樂的關係。數學是實在 (reality) 的基石，這個畢氏學派的理念啟發了四世紀的哲學家，利用數學模型發展物理學和形上學的理論。這些理論後來就影響了中世紀和現在的哲學。

然後，在約西元前 300 年，歐幾里得出版《幾何原本》。他對數學的最重要貢獻，在於將前輩的數學概念，收集、編輯、組織，並且再探討成為一個相容的整體結構，現在被稱為歐氏幾何。從古代到今天，每一位數學家必定曾經從歐幾里得《幾何原本》學習幾何，在該書中，歐幾里得編輯了十三冊的幾何定理❷。經由該書，我學到質數的個數是無限多，而且我遵循了歐幾里得的證明，來引導我的學習。

❷譯注：此說不確，《幾何原本》的第 7–9 冊專門討論數論。不過，這是蘇菲的「說法」，讀者不需苛責。

　　西元前三世紀的阿基米德擴張了幾何學，並超乎其外。他計算了球體和圓柱體的表面積和體積。他撰寫了許多論著，並且發現了浮體定律。除了力學方面的研究之外，阿基米德也估算了 π 的近似值，並且利用尤得薩斯的窮盡法，取得一些結果，預示了很晚才問世的積分學之性質。

　　大約西元前 220 年的某個時候，亞歷山卓博物館長伊拉托森尼斯 (Eratosthenes) 繪製星圖，並且追尋質數。為了後者，他運用現在稱之為伊拉托森尼斯篩法 (Sieve of Eratosthenes) 的辛勤計算過程。他最有意義的成就是首度估算地球的周長。利用幾何論證，伊拉托森尼斯決定了地球周長大約是 46,000 公里，這是一項令人讚嘆的估計。

　　好幾個世紀之後，在大約西元 200 年時，丟番圖撰寫了著名的，或許也是數論方面最重要的論著《數論》。在這部了不起的著作中，丟番圖使用了一個特殊的記號代表減，並且採用（希臘）字母 ς 來代表未知量。丟番圖引導了求解一類的不定代數方程式，其中吾人可求未知量的整數值。

　　在這同時，希臘數學傳入印度、中國和日本**❷**，而且它經由阿拉伯傳播，達到最廣闊的影響力。在大約 825 年左右，最重要的發展是代數學，而數學知識的這個分支，則被記錄在一本由阿爾・花剌子模在巴格達寫成的著作之中，它的書銜為《還原與對消的科學》（*Kitab al jabr w'al-muqabala*，或英譯的 *Book of Restoration and Reduction*）。Algebra（代數）這個（英文）字即演化自該書的部分名銜 *al jabr*。在文藝復興時期，代數方面的最佳著作，是由卡丹諾寫於 1545 年，它的書銜是 *Ars Magna*（拉丁文），英譯為 *Great Art*《大技術》。

---

❷譯注：希臘數學傳入印度是定論，不過，當時希臘數學傳入中國和日本，則非事實。

我們今日所知的代數符號，是在下一世紀所發展出來的。加號 (+) 和減號 (−) 這兩個符號是演化自拉丁文本的縮寫。平方根號 $\sqrt{\ }$ 或許是 r（縮寫自 *radix*，拉丁文的 root）的一個版本。等號 (=) 則歸功於名叫雷可德 (Robert Recorde) 的英國數學家，他最早在 1556 年使用。在十七世紀，笛卡兒引進 x, y, z 來代表未知量，以及書寫平方數和立方數的一種規約。

在十六與十七世紀之交，為了更好地理解自然世界，伽利略推廣了科學方法如觀察與實驗之使用，預示了永遠改變數學的科學思想的一個新的時代的來臨。上兩個世紀的數學家所推進的科學成就，遠遠多於古代人在許多世紀之前所完成的。數學的新沃土已經被開發了。萊布尼茲和牛頓給了我們（無窮小量）微積分，而後來的歐拉則引進變分學。

在 1600 年代後期，只有幾個人了解微積分。牛頓和萊布尼茲身為微積分的發明者，當然深知它的威力。傑克・伯努利 (Jacques Bernoulli) 和尚・伯努利 (Jean Bernoulli) 兩兄弟或許是最早認識到微積分作為分析學的一種工具，是如何地有效用。由於伯努利兄弟的推廣，傑克利用他出版的上課講義，而尚則是利用教學方式，使其他數學家了解了微積分。這個家族的好幾個兒子和孫子也經由他們的教學和著作，對數學做出貢獻。尚・伯努利的兒子丹尼爾是歐拉的一位好朋友。

在少數將微分和積分變得完善，並將之教與他人的，是兩位法國數學家，我熟悉其中一位羅必達是經由他的著作。羅必達出身另一位偉大的數學教師尚・伯努利門下，在 1691 年，尚・伯努利花了幾個月時間居停在羅必達的巴黎寓所，只是為了教他這種新的微積分。五年之後，羅必達出版了《無窮小分析》(*Analyse des infiniment petits*)，這本我也擁有的書籍，是說明這門數學的原理和用途的第一本論著。

　　歐拉或許是本世紀最偉大的數學家，他的成就是如此地豐碩，以至於我根本數不清。數學家崇拜歐拉，說他幾乎在數學的每一個領域都做過研究，而且，他發展了微積分方法，拓展它的應用，有效地將數學推進到數學思想的一個新的境地。儘管歐拉一生大半時間半盲，最後十七年歲月甚至全盲，他卻保有計算上近乎傳奇的技能。在歐拉那些了不起的定理中，他導出了漂亮的方程式：$e^{i\pi} + 1 = 0$，連結了數學的基本數目，這是一個啟發我良多的神聖公式，今天它仍讓我深深著迷。

　　在法國，我知道有很多像拉格朗日和勒讓德的學者，他們在這個時刻必定還在探索新的發現。無疑地，他們的名字將會蝕刻在數學年鑑上，在牛頓和歐拉以及其他難以勝數的偉大學者之身旁。

　　這部歷史既不完備也不足以闡明一切，還有太多等待揭露。有許多定理等著被證明，許多新的數學概念等著被建構，甚至還有新的數學分支將會生長出來。我將如何成為這個世界的一部分呢？

　　我必須精通歐拉、費馬、勒讓德和拉格朗日，因為我深信他們的著作對我的教育和知識成長十分重要。然而，我也必須有足夠的膽識，並且找到方法攀爬通往象牙塔的階梯，去敲頂層的門。我只是需要有人讓門扉微開，只需要一點點，就足以讓我窺見內部堂奧，而且沐浴在它的聖光之中。

作者注記

　　《蘇菲的日記》是受法國數學家蘇菲‧熱爾曼 (Sophie Germain) 所啟發而寫的一本數學小說 (mathematical novel)。這本虛構的日記是以我的觀點切入描述一位年輕的巴黎女孩在 1789–1794 年間如何自學數學。作為一本歷史小說 (historical fiction)，引自法國大革命的歷史之年代順序架構是真實的，同時它也描述了真正的歷史人物，然而，它的主角（蘇菲）卻是虛構的，即使是由一位真實的人物所啟發。我企圖在本書中，以那一段時期的瑣事，精確地捕捉其中呈現的人物及其時代的風貌與會條件。還有，作為一本數學小說，《蘇菲的日記》納入年輕的蘇菲所自學的數學，並在其中補入數學史的插曲。

　　蘇菲‧熱爾曼是數學史上第一位在費馬最後定理的證明以及彈性理論上，做出實質貢獻的女性。所有這些都在二十二年間完成，而且主要是她一個人獨力的工作。在克服外界對她的科學成就的偏見與無數的挫折之後，蘇菲‧熱爾曼在 1815 年成為科學史上首位贏得巴黎科學院大獎的女性。

　　從蘇菲‧熱爾曼早期傳記作者的描述中，我推論她大約在 1797 年冒用了巴黎工藝學院的一位魯布蘭克先生的名字，提交一份她自己的研究成果，給十八世紀最偉大的數學家之一拉格朗日 (1736–1813)。在當時的巴黎，女人不被准許進入工藝學院或其他高等教育機構就學。如同李布里 (G. Libri)[1]與史都樸 (H. Stupuy)[2]——她最早的兩位傳記

----

[1] 李布里 (1803–1869) 全名為 Count Guglielmo Libri dalla Sommaja，他是義大利數學家，主要研究數學物理，尤其是熱學理論。此外，他對數論研究也有貢獻。

[2] 史都樸 (1830–1900) 是法國記者兼作家，他挖掘報導的主題涵蓋政治、戲劇與文學。他以編輯蘇菲‧熱爾曼的（哲學）著作並撰寫她的傳記而聞名。

作者——的報導，拉格朗日是意外發現熱爾曼的。熱爾曼設法取得他的上課筆記，且冒用魯布蘭克先生的名義繳交一份作業。李布里寫於 1833 年的訃聞[3]以及史都樸於 1879 年出版的傳記中[4]，都指出蘇菲所取得的已出版上課講義 (*cahiers*)，其內容就包括傅克華 (1755–1809) 的化學和拉格朗日的分析學。李布里評論說：在期末，按照慣例授課教授要求學生繳交一份有關課程的上課心得。冒用了魯布蘭克先生的名義，蘇菲·熱爾曼送交她的心得給拉格朗日，結果拉格朗日「十分推崇，然後得知作者的真正身分，並以最激賞的語氣，表達他的讚嘆」。不過，李布里和史都樸都沒有說明蘇菲如何取得這些講義，或者解釋拉格朗日如何發現她的真正身分，他們也沒有提供有關蘇菲心得報告的日期或細節。

儘管如此，在女人中發現這樣一位數學天才，必定在巴黎的知識圈引起一場騷動。李布里寫道，在被發現之後，熱爾曼認識「當時已知的科學家，有些將他們的研究成果寄給她，而有些甚至訪問她並企圖提供協助」。

熱爾曼的傳記作家都提到公民庫欣[5]，他是法蘭西科學院教授，

③見 *Notice sur Mlle Sophie Germain*, p. 12，這出現在熱爾曼身後出版的哲學著作中。參考 Germain, S., *Considérations générales sur l'état des sciences et des lettres aux différentes époques de leur cullture*, Paris, impr. De Lachevardière, 1833, in-8, 102 p.

④見 *Étude sur la vie et les uvres de Sophie Germain*, p. 12. 收入 *Oeuvres philosophiques de S. Germain, suivies de pensées et de lettres inédites et précédées d'nue notice sur sa vie et ses uvres* par Hippolyte Stupuy, Paris, P. Ritti, 1879, in-18, 375 p.

⑤是指 Jacques Antoine Joseph Cousin (1739–1800)，法蘭西科學院教授兼國立研究所 (l'Institut National) 成員，他著有《天文物理學之學習入門》(*Introduction à l'étude de l'Astronomie Physique*, 1787) 和《分析學基礎論著》(*Traité élémentaire de l'analyse mathématique*, 1797)。

曾對蘇菲的研究伸出援手。其他的學院人士，譬如勒讓德、孟日也對蘇菲表達關切。然而，她的數學訓練卻毫無章法，而且隨心所欲。她的崇拜者提供給她的數學問題類型並不平均，她整體被數學所啟發的層次，也是缺乏系統的[6]。事實上，在她的學習過程中，她所獲得的是一些書籍、講義以及無聊的數學悖論，而非有系統的課程。因此，很可能熱爾曼所學到的數學，主要是她二十幾歲時，由好心的崇拜者贈送給她的材料。

不過，沒有傳記曾經說明在那之前她如何學得數學，以至她對自己的知識與解析技巧如此有把握，然後繳交自己最早的研究成果給拉格朗日。這樣一個具有膽識的舉動，相當於只是從一個大學的高等數學課程取得講義，但未曾上過課，卻完成相關的作業一樣!《蘇菲的日記》的想法就是企圖回答這個問題：她是如何學得足夠的數學，而在一開始就得以進入——或者我們可以說，將她推入——拉格朗日的分析學世界?

毫無疑問，真實的蘇菲‧熱爾曼是一位才氣煥發的數學家。為了達到熟練的層次以便求解她那個時代之最重要的數學挑戰問題，我相信她很早就擁有分析學技能。我猜測：大約 1797 年（當年她年滿 21 歲），為了能夠操作被認為了不起，並遞交給拉格朗日的數學分析，蘇菲‧熱爾曼必定更早就開始自修數學，或許從 1789 到 1796 年，當時她介於 13–20 歲之間。

1797 年，庫欣出版了數學著作[7]，這本書被宣稱是他同一年帶給蘇菲，並提供給蘇菲的研究「無條件的協助」。我認為這本初級的數學

---

[6] 參考 L. Bucciarelli and N. Dworsky, *Sophie Germain: an Essay in the History of the Theory of Elasticity*. D. Reidel, Boston, 1980.

[7] J. A. J. Cousin 著作的拷貝，可從下列網址找到：http://www.zvddd.de/dms/load/met/?PPN=PPN578801353。

書對熱爾曼來說，太過簡易或根本不具足夠的挑戰性，因為當年蘇菲已經 21 歲了。此外，那時候她已經在我認為較為高等的拉格朗日的分析學講義上有所表現。庫欣教授之所以認識她，正是由於拉格朗日剛剛發現她。

還有一個事實支持我的論斷。1797 年，蘇菲與拉朗德 (J. Jerome de Lalande)[8] 的認識，羞辱了她的智力。拉朗德是一位知名的天文學家，在巴黎知識圈內也頗享盛名。他主要是以天文學的講授與著述聞名於世，其著作包括一本為女人而寫的科普作品，《女人的天文學》(*Astronomie des dames*, 1785)。由於庫欣教授的介紹，65 歲的老拉朗德在 1797 年 11 月走訪蘇菲。在這次的會面中，拉朗德推薦蘇菲閱讀他這本為女人寫的小書。蘇菲是如此地感到羞辱，以至於她不再與他交談，並從此拒絕與任何普及天文學家扯上關係！設想她如果早已精通高等數學，那麼，拉朗德所推薦的這本內容簡化的著作，在知識層次上必定在她的水平之下。我認為拉朗德恩賜的態度，以及他對蘇菲知識有限，因而需要閱讀他那過度簡化的天文學著作之偏見，都激怒了蘇菲。

所有已出版有關蘇菲‧熱爾曼之研究，都聚焦在她作為一位成年女人的數學成就。第一個有關她擁有高等數學知識的證據，是她在 1804 年 11 月 21 日寫給高斯的一封信，在其中，她推崇高斯的《算學講話》(*Disquisitions arithmaticae*)，並分享她自己在數論上的研究成果，當年她已經 28 歲。歷史學家也已經評價她完成於 1809–1815 年

---

⑧Joseph-Jérôme Lefrançais de Lalande (1732–1807), French astronomer and writer. Notable works include *Traitè d'astronomie* (2 vols., 1764 enlarged.edition, 4 vols., 1771–1781;3rd ed., 3 vols., 1792), *Histoire Céleste Française* (1801), giving the places of 47,390 stars, and *Bibliographie astronomique* (1803), with a history of astronomy from 1780 to 1802.

間的彈性理論之相關大量材料。

另一方面，所有我們有關她的傳記資訊，都來自兩位人士的著述：史都樸與李布里。前者從未見過蘇菲，後者在 1819 年多次透過書信與蘇菲交換有關數論研究之心得，並在六年後在巴黎與她會面，當時蘇菲已經 49 歲了。李布里書寫六頁的訃文感念逝者不無修飾，但資訊不多。史都樸的傳記研究只依賴蘇菲信函的零碎資料。不過，從那個有利的時間點來說，卻從未有傳記作家提供女人的詳細資料。有關熱爾曼的生平事蹟，在她的研究成果之外，的確相當稀少，當然她的成長資料也很少，而且，更重要地，沒有人告訴我們在蘇菲提交報告給拉格朗日之前，她是如何自己學會數學的。

既然對於她的童年知道得如此之少，我只好想像她的早期成長年代，並考慮青春期的蘇菲如何自學數學。再一次地，我認為蘇菲・熱爾曼是小女生時，即已發現自己的數學資質，而且一旦她發現她可以，她就開始不僅是閱讀，同時也有能力自修書本裡的任何單元，並且試圖求解最吸引她的問題，那些都來自數論、代數和微積分。

在撰寫《蘇菲的日記》時，我的目標是將它放在下列視野之中：蘇菲如何得以發展一些策略，以追求她自己日後的數學研究，以及培養一些應變的能力，尋求與她同時代的學院人士，進行嚴肅的專業互動。我最想做的，莫過於將環繞在年輕的蘇菲・熱爾曼——她克服了所有困境，而成為史上最偉大的女數學家之一——周圍的環境，置入敘事脈絡之中。只要想像在那個動盪不安的社會中，她的生命如何開展，她又如何在一個女人不被允許上大學的時代裡成長，以及儘管如此，她還是可以克服偏見，憑藉一個男人的名字而取得學習資源等等，我就經常深深地被觸動與著迷。熱爾曼深具膽識、頗負機智、個性頑強，而且有一點自負，然而，這些個人氣質對於她成為她那時代最傑出的數學家，絕對是必須的。

　《蘇菲的日記》中所描述的任何個人事件，都與真實的蘇菲·熱爾曼無關。譬如說吧，我不知道是否她曾在 1789–1794 年之間，遇見我所虛構的故事中出現的任何數學家。不太可能她曾經如此。因為要是她曾在二十歲以前遇見任何一位，那麼，她應該就不會冒用魯布蘭克先生的名義，遞交她的研究成果給拉格朗日了。我也不知道是否熱爾曼學習這本數學小說所包括的相同專題，或者當她還是青少年時，她是否已精通數論。

　因此，本書中任何數學錯謬都應歸咎於我自己。某些是有意造成的，因為我想呈現一種務實的觀點，說明一位學生企圖求解方程式，或者在缺乏指導或教師時，是如何學習一個新的數學概念。作為一種個人的日記，我想它不應該有教科書的嚴密結構，我反倒是企圖描寫一位年輕女子的笨拙、無知之挫折，以及渴望學習和精通一個主題的喜悅。我也想描繪任何像蘇菲這樣的聰慧女子在這年紀學習並精通數學時，所擁有的機智、頑固與熱情。

　還有，為了不致讓數學含混不清，我決定運用現代數學記號，譬如指數、自然對數以及某些數學常數（如 π）。我希望熟悉數學史的讀者將它視為一種文學技巧，以便讓這個故事更容易閱讀。

蘇菲·熱爾曼及其有關費馬最後定理之研究

　費馬最後定理的證明是如此具有挑戰性，以至於它難倒學者達三百多年之久。這場幾個世紀之久的競賽大約始於 1630 年，當法國數學家費馬在他的那一本《數論》拷貝中的一頁邊緣，寫了下列的注記：「將一個立方寫成兩個立方的和、一個四次方寫成兩個四次方的和，或者一般地，對於乘冪大於二次的任意數寫成兩個同冪次的和，都是不可能的。我已經發現一個真正巧妙的證明，不過，這個頁緣太窄小

以至於無法容得下。」這個定理所說的，就是當 $n > 2$ 時，$x^n + y^n = z^n$ 沒有非無聊的 (nontrivial) x, y, z 之整數解[29]。這就成為眾所皆知的費馬最後定理 (Fermat's Last Theorem, FLT)。

其中底蘊的問題，是基於一個在古希臘著作《數論》中發現的丟番圖方程式。這部《數論》是由代數之父丟番圖（Diophantus of Alexandria，約 200–298）所著述。這是一本費馬、歐拉和梅仙所尊崇的經典。《數論》是一本問題集，主要內容有關定方程式（有唯一解）與不定代數方程式的整數解之方法。求解後者的方法後來就稱之為數論中的丟番圖分析 (Diophantine analysis)。

自從費馬之後，許多數學家投入了不少心力，試圖證明他的最後定理。1753 年，史上最偉大的數學家之一的歐拉發現了 $n = 3$ 和 $n = 4$ 的部分解。在歐拉之後，十九世紀探索 FLT 的下一個主要的步驟，乃是出自瑪麗・蘇菲・熱爾曼。

在蘇菲之後，許多數論專家繼續擴展一般性的證明。不過，一直要等到 1994 年，任教於普林斯頓的英裔美籍數學家安德魯・懷爾斯 (Andrew Wiles) 才發展出一個完備的、迂迴的證明。這耗費了他多年的時光以及一個複雜且精疲力盡的分析才得以完成。懷爾斯在 1993 年首度宣布他有關 FLT 的證明，不過，其中有些錯謬隨即被發現使得證明不被視為完成[30]。一年之後，懷爾斯得到他的學生理查・泰勒的協助，最終成功完成了此一證明。他們的論文發表在 1995 年出刊的《數學年刊》(Annals of Mathematics) 上[31]。

....

[29] 譯注：原文誤植為「非零整數解」(non-zero integer solution)，此處改為「非無聊整數解」。

[30] 譯注：原文說是由他的徒弟 Richard Taylor 所發現。

[31] 譯注：FLT 的證明共有兩篇，其中一篇由懷爾斯單獨署名，另一篇由他們師徒合作完成。

在 1800 年的前幾十年，現代數論還是處在嬰兒期階段。高斯 (Carl Friedrich Gauss, 1777–1855) 正在研究稱之為模形式 (modular form) 的解析函數，這後來轉變成為解決 FLT 的一個重要的新進路。然而，高斯未能提出所欲求得的一般性證明。蘇菲·熱爾曼的確發展出部分證明，而得以和她同時代的數學家匹敵。她的成就由另一位偉大的數論專家勒讓德 (Adrien-Marie Legendre, 1752–1833) 所記錄。不過，一直要等到當時為止，歸功給她的只是勒讓德在 1823 年備忘所提及的定理[9]，然而，某些她的未出版手稿卻透露出她的成就遠遠超過平常所謂的「蘇菲·熱爾曼定理」（參考 Ribenboim 1999, 109–122）[10]。

她在科學方面的辛勤工作，歸結到費馬最後定理的部分證明。蘇菲證明: 如果 x, y, z 都無法被奇質數 n 所整除，則方程式 $x^n + y^n = z^n$ 無（整數）解。這個結果在庫脈 (Kummer) 於 1840 年的證明之前，是對費馬最後定理證明的最重要貢獻。

可惜，熱爾曼從未發表她的定理，而是將它寫入她致勒讓德和高斯的信函之中，這是因為她大多單獨研究而且不是學校或學會的成員。當勒讓德出版他自己有關指數 $n = 5$ 的解時，也說明了蘇菲的證明。

在蘇菲與勒讓德的合作中，她被認為只扮演次要角色的說法，就流傳超過 170 年。不過，當代學者如羅賓巴契 (Reinhard Laubenbacher) 與潘格立 (David Pengelley) 最近對蘇菲的手稿，以及她與勒讓德、高斯的信函重新評價，指出了其他不同的看法[11]。現在，

[9] Legendre, A.-M., "*Sur quelques objets d'analyse indéterminée et particulièrement sur le théorème de Fermat*," *Mém, Ac. R. Sc. de l'Institut de France*, 6, 1823, 1–60.

[10] Ribenboim, P., *Fermat's Last Theorem for Amateurs*, Springer-Verlag (2000).

[11] Laubenbacher, R. and D. Pengelley, "*Voici ce que j'ai trouvé:* Sophie Germain's grand plan to prove Fermat's Last Theorem," *Historia Mathematica*, 2010, doi:10.1016/j.hm.2009.12.002.

　　羅賓巴契與潘格立兩位數學家對於蘇菲有關費馬最後定理的證明之貢獻，提供了最綜合性的評價。

　　羅賓巴契與潘格立教授在完成蘇菲針對此一定理證明的內容紮實的手稿研究之後，發表了有關她在數論研究方面的重新評價之報告。他們在這些手稿中，發現蘇菲的貢獻遠超過她因勒讓德的一個腳注，而為人所知的單一定理之案例 1 (Case 1)。他們也發現蘇菲在證明 FLT 上具有非常實質的貢獻，還透露她的成就遠遠超越所謂的「蘇菲・熱爾曼定理」。在她的書信中，她描述了一個宏偉的計畫，打算證明此一定理。尤有進者，他們更進一步分析了蘇菲為此計畫所發明的支持算則 (supporting algorithms)，並注意到那些算則所奠基的想法和結果，也在很久之後被其他數學家獨力發現，同時，她的方法也迥異於勒讓德所使用的。

　　蘇菲的書信和手稿之評價，提供了我們許多人所預期的證據。事實上，獨立於羅賓巴契與潘格立的研究之外，德爾・沉第納 (Andrea Del Centina) 也解釋並分析了蘇菲的某些手稿[12]，特別是有一份在義大利的莫雷雅納 (Moreiana) 圖書館發現，它的一份較有修飾的拷貝，則在法國巴黎的國家圖書館發現。羅賓巴契與潘格立以及沉第納 (Centina) 所獲得的結論，是令人驚奇地相似：蘇菲・熱爾曼「的確有一個求解 FLT 的經驗老到、高度發展的精練計畫」。讀者若有意了解蘇菲針對那個計畫的研究，以及她在數論上一般性的成果，應該參閱這兩篇數學史的研究論文。

　　基於最近才揭開的證據，蘇菲・熱爾曼應該被考慮成為十九世紀的前二十五年在數論上的偉大貢獻者。而這只是熱爾曼對數學貢獻的

---

[12] Del Centina, A., "Unpublished manuscripts of Sophie Germain and a revaluation of her work on Fermat's Last Theorem," *Archive for History of Exact Sciences*, 62, 2008, pp. 349–392.

一部分。當我首度閱讀布契亞雷力 (Bucciarelli) 和杜臥斯基 (Dworsky) 的名著《蘇菲‧熱爾曼：彈性理論的歷史隨筆》時[13]，我驚奇地發現蘇菲在彈性理論上，也做出了重要的貢獻。在我早期有關振動與彈性的學習經驗中，始終沒有人提及她在 1815 年所曾經完成的工作，更不必說在參考柏松 (Poisson) 和納維爾 (Navier) 時，順便提及她的貢獻。這兩位數學家都認識她，而且也相當熟悉她繼克拉德尼 (Chadlni) 之後，企圖說明振動板的行為。尤其，柏松是她在彈性理論發展上的勁敵，這個理論是法蘭西科學院數學與物理班在 1811、1813 和 1816 年所提供的競獎主題。熱爾曼是參與競獎的唯一數學家，在她最後一次參賽中，她終於贏得數學大獎。根據布契亞雷力和杜臥斯基的看法，熱爾曼的研究成果「的確導向有關平板彈性行為的一個正確方程式，同時也激發了先是柏松、納維爾，以及最終柯西 (Cauchy) 的研究」。

在最近幾十年來，蘇菲‧熱爾曼已經成為我們都希望擁有的抱負之化身。數學史可以點名其他在她之前且本身也很有成就的偉大女數學家，然而，蘇菲完全獨力完成。海芭夏有父親席昂教她；瑪麗亞‧阿兒涅西有朗平立和其他的教師；愛蜜莉‧夏德萊則雇用家庭教師，且要求莫貝度與克雷里歐 (Clairaut) 教她數學，以便理解牛頓的學問。而蘇菲‧熱爾曼卻從未有過老師教她。

因此，蘇菲‧熱爾曼在許多面向上都是獨一無二。正如史都樸在 1896 年所提供的備註：*"Mlle Germain fit son entrée dans le monde au murmure favorable d'une bonne renommée, après une existence toute de travail et de réserve, elle en sortit de même, quittant une oeuvre impérissable et non une glorire tapageuse."*[14]我意譯如下：由於好名聲的

---

[13] Bucciarelli, L. and N. Dworsky, *Sophie Germain: an Essay in the History of the Theory of Elasticity*, D. Reidel, Boston, 1980.

[14] Stupuy, Hte (Ed.), *Euvres Philosophiques de Sophie Germain*, nouvelle édition, Paris (France), 1896, p. 18.

友善耳語，熱爾曼小姐得以進入科學界。在孤獨研究的精疲力盡得以立足，她以同樣的方式出發，留給我們一種不可磨滅的成果，而非一種喧鬧的勝利。

蘇菲・熱爾曼的傳記素描

蘇菲・熱爾曼素描

1776 年 4 月 1 日，蘇菲・熱爾曼出生在巴黎聖丹尼路 (rue Saint-Denis) 的一棟房子內——出生證明書未留下門牌號碼，她是 Ambroise-François Germain 與 Marie-Madeleine Gruguelu 的女兒。根據她的第一位有紀錄可稽的傳記作家史都樸的研究，蘇菲的父親是一位殷實的絲綢商人 (Marchand de soie en bottes)，他留下一個登記有案的地址如下：聖丹尼路 336 號。這棟房子座落在與無辜者噴泉雕像 (Fontaine des SS. Innocents) 的同一層上[15]。

---

[15] 這個無辜者噴泉雕像建於 1546–1549 年之間。它建立在聖丹尼路與歐飛路（今日的伯格路）交界的一道牆上。在 1788 年，這座噴泉被搬遷到新建廣場的中心，這廣場稱為無辜者廣場 (Square des Innocents)。在搬遷之後，雕像新增了第四面，與原先已有的三面相配，至於原先只有三面，是由於噴泉是被擺入牆內。我們今日所見的噴泉是 1856 年重建的結果，當時這座噴泉被放置在六個盛水池的頂端，而水則沿著水池落下。無辜者噴泉雕像，位於聖丹尼路 43 號，75001 巴黎。

有關蘇菲年幼時期的資料甚少，不過，史家將法國大革命的爆發，定義成為其數學覺醒時期。熱爾曼出生於悲劇性且惡名昭彰的路易十六和瑪麗・安東瓦尼特皇后當政時代，而她的成長則經歷法國人民為反抗君主專制而帶來的巴黎最大社會動亂。這同時也是數學革命的世紀。當時，法國對於數學知識，包括近代分析學與數學物理的發展之資金贊助，做出了最大量的貢獻。

當蘇菲是一位青少年時，有七位十八世紀最偉大的數學家任職於法蘭西科學院，而該院就座落在她家不遠之處。這七位數學家名錄如下：拉格朗日 (Joseph-Louis Lagrange, 1736–1813)、康多塞 (Marie Jean Antoine Nicolas de Caritat, Marquis de Condorcet, 1743–1794)、孟日 (Gaspard Monge, 1746–1818)、拉普拉斯 (Pierre-Simon Laplace, 1749–1827)、勒讓德 (Adrian-Marie Legendre, 1752–1833)、傅立葉 (Jean Baptiste Joseph Fourier, 1768–1830)，以及柏松 (Simeon Denis Poisson, 1781–1840)。正是這些偉大的科學人擴張並進一步發展了牛頓、萊布尼茲、歐拉、伯努利家族、費馬以及史上其他傑出數學家的數學成果。

因此，我打算利用那個時代可及的知識熟悉度，來填滿蘇菲早期的數學空白。還有，出生在一個富裕的布爾喬亞家庭，她應該擁有書籍的資源以支持她的學習，並提供她發展自我數學的基礎。因此，我在《蘇菲的日記》中，參考資料包括她熟悉的古代數學家，以及費馬、歐拉、夏德萊和阿兒涅西等人的作品，看起來是頗有正當性的。

當蘇菲十二歲時，拉格朗日出版了《分析力學》(*Mécanique analytique*)，這是有關分析學和力學的分析方法的最偉大貢獻之一。拉格朗日的研究影響了後世讓分析學嚴密化的數學家。在 1789–1794 年之間拉格朗日、勒讓德和拉普拉斯，以及其他一些知名的學者，在法蘭西科學院中做出了他們的一些最重要的研究。而這正是我選擇用來聚焦熱爾曼的生平以及她的數學發展的年代。

1789 年之所以重要，是由於當年 5 月 5 日召開三級會議之後，法國大革命就爆發了。蘇菲家位於聖丹尼路，它的地理位置使得震撼巴黎的野蠻暴動，似乎集中在那兒發生。例如說吧，幾千個憤怒的女人在中央市場 (Les Halles) 示威遊行，然後往凡爾賽宮前進，而這個市場距離蘇菲家只有幾步而已。至於市政廳 (Hôtel de Ville) 則是六分鐘的步行距離。這棟建築物是法國大革命期間許多暴動事件的舞臺，最著名的有 1789 年 7 月 14 日，憤怒的群眾謀殺市長弗列塞 (provost of merchants Jacques de Flesselles)；在對街，福隆 (Foulon de Doué) 則被吊死在市政廳廣場 (Place de Grève)；而在共和二年熱月九日 (9 Thermidor Year II) 發生的政變，則使得羅伯斯庇爾被射傷，並連同他的隨從一起被捕，而在翌日上了斷頭臺。

蘇菲住的地方差不多是古監獄 (La Conciergerie) 另一頭，這是被稱為「斷頭臺的前廳」的一座監獄。犯人，包括瑪麗‧安東瓦尼特皇后和許多不幸的人，在被砍頭之前，都會在此拘押幾天。這座充滿著危險的建築物距離蘇菲家大約只有 500 公尺之遠，因此，我可以想像古監獄離她近到足夠使她得以留下許多恐怖事件的見證，她窗下的街道也可能直接通向監獄。我們必須記住：古監獄所關的犯人，有下階層的罪犯以及貴族和政治犯，從社會最頂層到最底層階級的男男女女都有。

因此，1789 年是蘇菲的關鍵年。當巴士底監獄被攻陷時，她年方 13 歲，而當恐怖統治時期將巴黎變成一座不能說的暴動城市時，她是 17 歲。在這些年中，蘇菲在心理與智識兩方面，都大有成長。被那個時代的可怕現實所包圍，她所呼吸的空氣，一定是恐懼、高昂、理想主義和焦慮的一種奇怪組合。在死亡如此逼近，而生命又如此珍貴時，沉迷於數學必定是她為自己築起的一道牆。

　　在法國大革命所帶來的社會渾沌不明，以及野蠻的恐怖統治奪取了許多人的性命之後，一個緊急的議會於 1794 年 9 月在巴黎設立[16]。它的主要決策是建立一所新的學校，中央工程學院，隨即在 1794 年 12 月開始運作。該校的主要目標是訓練工程師，平民與軍人身分都包括在內。四百位學生立即入學，而數學與化學的「革命課程」(revolutionary course) 則是基礎課程。拉格朗日是分析學課程的開創教授，而普隆尼 (Gaspard Riche Prony, 1755–1843) 則是創立了力學課程，至於畫法幾何與微分幾何課程，則由孟日擔綱。

　　1795 年 9 月，該校名字改為工藝學院 (*École Polytechnique*)，或許是為了傳達技術的多元性這個理念。該校大門緊連著波旁皇宮 (Palais Bourbon) 的建築物[17]，俯瞰塞納河，並且面向杜樂麗花園的東邊。至於《工藝學報》(*Journal Polytechnique*) 的出版初衷，是為了滿足教授印製講義的需求。每本印製都有一千份之多，有些甚至更多。拉格朗日所開授的第一門課始於 1795 年 5 月 4 日[18]，他在 1799 年從教席退休。

　　蘇菲·熱爾曼的傳記作家告訴我們她獲得這些講義，並以魯布蘭克的名義將她的心得繳交給拉格朗日。布契亞雷力 (Bucciarelli) 和杜臥斯基 (Dworsky) 則指出有一位就讀工藝學院的男生就叫作安多·奧古斯·魯布蘭克[19]。在侯西 (Fourcy) 撰寫的《工藝學院史》(*Histoire de*

---

[16] *Rapport à la Convention Nationale*, 28 Septembre 1794.

[17] Ivor Grattan-Guinness, "The *École Polytechinique*, 1794–1850: Differences over Educational Purpose and Teaching Practice," *The American Mathematical Monthly*, Vol. 112, No. 3, March 2005, pp. 233–250.

[18] Ambroise Fourcy, *Histoire de l'École Polytechinique*, Oxford University, Berlin, 1828, p. 74.

[19] 在由史都樸 (1879) 所解譯的字母中，簽名字樣有如 "LE BLANC"（兩個法文字）。Bucciarelli 和 Dworsky 參考同樣的字母，參用 "LeBlanc" 的拼法（一個字）。Laubenbacher 和 Pengelley 也使用 LeBlanc 這個拼法。

l'*École Polytechnique*) 中，我找到 1794 年入學的學生名錄[20]，其中有名字「魯布蘭克‧安多—奧古斯丁」(Leblanc Ant.-Augustin) 出現，並附記「退學」(*Elève démiss*)。這表示這位學生在 1797 年退學。而這就是蘇菲所假扮的那一位魯布蘭克嗎？

蘇菲手稿及她的傳記所記載的，是她運用了一個男人的名字，魯布蘭克，並且，在 1795 年後的某個時候，她提交她的分析學心得給拉格朗日[21]。我們可以說取得上課講義並不困難，畢竟那些都印刷成冊，而且她可能經由購買取得。然而，我好奇的是她如何提交自己的心得給拉格朗日。是否她與魯布蘭克的交情好到可以請他幫忙提交心得，或者她知道這位學生已經離開校園後，直接將它們寄出？

我們永遠無法得知！但在《蘇菲的日記》中，引進一個名叫安多‧奧古斯特‧魯布蘭克的角色，看來是勢所必然。這位男生是家族世交的兒子，與蘇菲自小有交情互動，主要是為了滿足她學習更多數學的渴望，因為他被教過數學且可以與她分享某些相關知識。

不過，當時拉格朗日在工藝學院並不教授力學[22]，他的分析學對選課的學生來說，必定嚴密且困難。根據史家艾伯‧葛拉騰—金尼斯 (Ivor Grattan-Guinness) 的看法，拉格朗日只教自己的微積分，那是純代數式的，而且是基於泰勒級數展開式。拉格朗日在 1794–1796 年間所開設的課程，後來就發展成為他著名的《解析函數論》(*Théorie des fonctions analytiques*)，在 1797 年以書本形式問世。他在 1799 年所開

---

[20] *Liste Générale par promotion d'entrée des élèves de l'École Polytecchinique, Promotion de 1794.* Fourcy, p. 395.

[21] 拉格朗日的傑作是《分析力學》(*Mécanique analytique*, 1788)。在該書中，他立下了虛擬功 (virtual work) 定律，並且在那個基本原理上，主要借助於變分學，演繹出整套力學，固體和流體都包括在內。

[22] 參考 Ivor Grattan-Guinness (2005)。

授的課程，則是更高等的理論，在 1804–1808 年間以三種形式問世，其中有《工藝學報》版本，以及一本叫作《函數的微積分講義》(*Leçons usr le calcul des fonctions*) 的書。

因此，要是拉格朗日非常好奇，想要會見魯布蘭克先生，那麼，蘇菲對他的課程之反思，必定非常卓越不群。最後，拉格朗日發現魯布蘭克先生其實是一位女生。由於被她的聰穎與機智深深感動，拉格朗日於是被認為變成了她的數學導師 (mathematical counselor)。然而，我就是找不到這個證據，也無從發現拉格朗日何時首度會見蘇菲。在初期階段，他們兩人看起來似乎沒有通信，而且，在他與人通信或書寫備忘錄時，也從未曾如高斯一樣提及蘇菲。

蘇菲・熱爾曼有可能與工藝學院的其他教授發展一些專業關係，而且，儘管未曾聽課，她仍然可以擴展她一開始的分析學能力。史都樸指出蘇菲現身於巴黎科學社群的情形，「《分析力學》著名作者（按即拉格朗日）的肯定、她的年紀，以及她起步的一些細節，所有這些都引起許多人的好奇心，一時之間，蘇菲小姐跟當時所有知名科學家都接上線了」。尤有進者，史都樸還提及：「每個人都以結識她為榮：有一些遞交他們的作品給她，另外一些向她解說自己的作品，還有一些甚至親自拜訪她」。吾人只能想像：當蘇菲只是希望有機會像同年齡的年輕男生一樣，進入工藝學院就學時，卻集三千寵愛於一身，一定倍感不安才是！她繼續孤獨地作研究。

不過，她的教育毫無章法，而且隨心所欲，因為她從未獲得她十分渴望的嚴密訓練。或許正是承認這一點，蘇菲反倒是從她那時代最著名的數學家那裡尋求科學方面的建議，並且膽識十足地提交她自己的想法，以及非常困難的數學問題之解答。

勒讓德最後成為她的顧問、同事和朋友。他是另一位偉大的法國數學家，在 1799–1816 年間，他擔任工藝學院的考試委員

(*Examinateur*)㉓。我無法確定他如何幫她，或者他們在何時變成科學研究的合作關係，但是，在她研究彈性理論期間，透過書信，他們進行了重要的科學討論，無疑地，這使蘇菲贏得數學大獎 (*Prix de Mathematique*)，這是法蘭西科學院所設立的一個主要的國際大賽。事實上，在蘇菲研究克拉德尼板多年之後，勒讓德與她合作研究數論，而且在他自己的 1823 年備忘錄中㉔，他也納入了蘇菲的數學發現成果。

在我們敘說那項研究活動之前，讓我們先專注在 1800 年代初期，當時蘇菲開始研究費馬最後定理。那個時候，蘇菲應該已經熟悉勒讓德出版於 1798 年的《數論合集》(*Essai sur la theorie des nombres*)。我們可以確切地假定在她開始與高斯通信之前，她已經精讀該書了。蘇菲無疑地深深著迷於德國數學家高斯的著作。在 1801 年，高斯出版了他的數論傑作《算學講話》。三年之後，二十五歲的蘇菲開始與高斯通信，將她自己的作品寄給他。她是如何敢就這樣寫信給他？唯一的可能答案，就是蘇菲已經完全理解高斯論文中所使用的方法了。此外，為了真正數學家的身分可以被接受，有比尋求數學家王子認可的更佳途徑嗎？

在 1804–1809 年間，蘇菲寫了許多封信給高斯，一開始就是採用「魯布蘭克先生」的假名，因為她害怕高斯要是知道她是女人，將會忽略她的信件。在這些信件中，她寄出有關數論的證明，而高斯也回信稱讚她的創造力與數學能力。

㉓工藝學院的主要風貌之一，就是區別教學與考試，因此，學校當局也同時任命考試委員。對力學和分析學課程來說，最早的一對是柏蘇 (C. J. Bossut, 1730–1814) 和拉普拉斯 (1749–1827)，後者在 1799 年時，由勒讓德接棒。參考 Grattan-Guinness (2005)。

㉔Legendre, A.-M., "*Recherches sur quelques objets d'analyse indéterminée, et partic-ulièrement sur le théorème de Fermat,*" *Mém. Acad. Roy. Sci. Institut de France*, 6, 1823, pp. 1–60.

實際上，高斯不知道她是一位與他差不多同年的女性，直到 1806
年，法軍占領了他的德國家鄉。蘇菲會晤了家族世交的一位法軍指揮
官，請求他探詢高斯先生是否安好。最後，高斯發現魯布蘭克先生其
實是蘇菲・熱爾曼小姐。她被高斯揭開面具的情況大家耳熟能詳，不
過，這個故事值得在此贅述。

在 1806 年秋天，當布朗斯威克（Brunswick，高斯的家鄉）被法
軍所占領，現年三十歲的蘇菲開始擔心高斯的安危。她向包圍德國的
皮赫內提 (Pernety) 將軍提出懇求。當年 11 月 27 日，一位名叫襄特爾
(Chantel) 的營長在尋找高斯，最後發現高斯與太太小孩待在家中。他
告知高斯說：他的將軍皮赫內提正忙著在布列斯勞 (Breslau) 紮營，應
巴黎的蘇菲・熱爾曼小姑娘之請託，命令他前來探詢高斯是否需要他
的保護。襄特爾隨即向將軍回報說：「他似乎有一點困惑。」(*Il me
parut un peu confus.*)[25]高斯必定對這位訪客大感困惑，因為他既不認識
皮赫內提將軍，也不認識什麼蘇菲女士！高斯向軍官解釋說，在整個
巴黎他只知道一位名叫拉朗德的女士，她是著名天文學家拉朗德
(Lalande) 的夫人。

當這位軍官進一步詢問是否高斯想要帶個口信給熱爾曼小姐時，
高斯不知道如何回應，只是簡單地謝謝這位軍官與他的將軍對他如此
關心。直到三個月之後，高斯才發現蘇菲・熱爾曼是何許人。1807 年
初，蘇菲寫信給高斯，承認她就是魯布蘭克先生，並且說明她先前的
顧慮：要是高斯知道她是女人，恐怕他就不會嚴肅對待。她如此寫道：
「我也是如你所想的無名小卒，不過，由於擔心被貼上博學女人的標
籤而被嘲笑，我借用了魯布蘭克先生的名號，奉上我的信函與心得。」
(*...Je ne vous suis pas aussi parfaitement inconnue que vous le croyez;
mais que, craignant le ridicule attaché au titre de femme savante, j'ai*

⑤參考 Stupuy, 1896, p. 67.

autrefois emprunté le nom de M. Le Blanc pour vous écrire et vous communiquer des notes...) 看起來，蘇菲相信博學的女人是會被取笑的。在該信的底部，蘇菲寫下了她的巴黎地址：「又及：我的地址是熱爾曼小姐，與父親一同住在巴黎布列東尼的聖十字街 23 號」(*chez son père, rue Sainte-Croix-de-la-Bretonnerie, no. 23, à Paris*)。

高斯對熱爾曼的研究成果留下深刻的印象，而在他致同事兼朋友歐伯 (Heinrich Wilhelm Mathaus Olbers, 1758–1840) 的一封信中，完整地提及她的數學證明與洞察力。然而，他與熱爾曼的通信，卻止於 1809 年，他停止回她的信。

或許，儘管推崇她的數學研究，但高斯並不認為蘇菲可以與他並駕齊驅，或者他不覺得有責任擔當她的顧問。更有可能的是，高斯太過於忙碌，以至於無暇顧及一位外國的通信者[26]。在那個時候，他正經歷學術生涯的主要改變，而且也必須處理 1809 年秋天，他的一樁家庭悲劇。1807 年 11 月，高斯帶著有孕在身的太太與幼子，從布朗斯威克搬遷到哥廷根，開始就任一項新的職位：天文學教授與天文臺臺長。現在，他在知識方面的興趣，是在天文學而非數論。事實上，1809 年夏天，高斯出版了主要的天文學著作《按圓錐曲線繞行太陽的天體之運動理論》(*Theoria motus corporum coelestium in sectionibus conicis solem ambientium*)。

在這段期間，家庭生活對高斯而言，是一個多事之秋。1808 年 2 月，他的女兒出生，而他父親則在不久之前去世。在這同時，高斯則在大學教書，進行開拓性的研究，並且監看一座新天文臺的建造工程。1809 年 10 月，高斯痛失愛妻，她在生下第三個孩子一個月後去世。在埋葬了他的愛妻喬安娜 (Johanna) 之後，他萬念俱灰，即向歐伯表達

---

[26] 高斯並不怎麼通法文（參考 Stupuy, 1896, p. 274）。因此，他在閱讀蘇菲書信且思考如何恰當地回信時，想必要花不少時間。

他的哀痛與憂傷，以尋求慰藉。

　　蘇菲大有可能並不知情。1810 年 5 月 4 日，蘇菲接到一封怪異無比的信，來自迪藍伯 (Jean Baptiste Joseph Delambre, 1749–1822)[27]，以帝國大學司庫 (*trésorier de l'Université Impériale*) 的身分書寫[28]，其中，他提出了一項很不尋常的請求。迪藍伯說他接到高斯先生來信，其中他被高斯委託來請教蘇菲的意見。高斯榮獲一個由天文學家拉朗德所贊助，價值 500 法郎的一個獎章，但是，高斯希望用這筆現金購買「一個美麗的單擺鐘」(*une belle montre à pendule*) 作為禮物，送給他即將再娶的太太[29]，而高斯正是希望蘇菲幫忙挑選禮物。1809 年 10 月 11 日，高斯喪偶。哀痛逾恆的單親爸爸在 1810 年 4 月 1 日與米娜 (Mina Waldech) 訂婚，婚禮則在同年 8 月 4 日舉行。因此，我們可以斷定這個單擺鐘是高斯打算送給他的新娘子的禮物。無論如何，沒有紀錄顯示蘇菲是否接受這項請求，或者她如何協助迪藍伯挑選這項禮物。吾人不由得想要認定蘇菲應該非常樂意有這一項殊榮，然後，高斯應該也會感激，以填補這個故事的缺口。如此一來，當蘇菲請求高斯確認她有關費馬最後定理的證明時，高斯理當表現更多的支持才是。不過，看起來他並未如此。

　　在 1809–1815 年之間，熱爾曼傾注全力來發展振動板 (vibrating plates) 的數學理論，因而在波動現象上，做出了實質的貢獻。她的研究部分基於德國物理學家恩斯特・克拉德尼 (Ernst F. F. Chladni) 所引進的振動板之實驗。他撒沙在彈性表面上，運用一把弓胡亂地彈奏邊緣，然後觀察它所形成的一些模式，而展現了所謂的克拉德尼圖形

----

[27]迪藍伯是法國數學家和天文學家。1801 年，他被任命為法蘭西科學院數學部門的永久祕書，直到去世為止。

[28]這是建立於 1806 年 5 月 10 日的一所大學，部分出自拿破崙的教育創新構想。

[29]高斯在第一個太太去世幾個月之後再婚。

(Chladni figures)。熱爾曼利用歐拉的理論基礎（彈簧中的波）來發展她自己的分析。史家布契亞雷力和杜臥斯基相當詳盡地解說了熱爾曼這一面向的工作。

正如史家史托克曼 (H.-J. Stöckmann) 所敘說[30]，1809 年 2 月某晚在巴黎，有一輛馬車停在杜樂麗宮——法國人民皇帝拿破崙的官邸門口，「乘客有參議院的國務大臣拉普拉斯伯爵 (Count de la Place)[31]、法國高級勳章大臣契丕德 (La Cépède)、帝國參議員伯修里 (Bertholet)，以及來自德國威騰堡的克拉德尼博士。」克拉德尼因他的振動板之實驗而成名，且當他在歐洲巡迴演講時，逗留巴黎頗長時間。在那裡，他遇見了當代科學家領袖，除了前述已經提及的之外，還包括了柏松 (Poisson)、沙巴特 (Savart)、比歐 (Biot)，以及亞歷山卓・封・洪堡德 (Alexander von Humboldt)。

在玩賞了音樂圓筒 (Clavicylinder) 的樂曲之後，克拉德尼展示了他的聲學圖式 (sound figures)，而且，正如他稍後的報告：「拿破崙對我的實驗與解說甚感興趣，並且以一位數學專家的身分，要求我詳盡說明所有的主題，以至於我無法不戒慎恐懼。他很清楚吾人尚無法應用某種方法計算曲面積[32]，而且，一旦有人做得到，那麼，這將可以應用到其他主題上。」

拿破崙擁有甚佳的數學素養[32]，因此，他有能力欣賞延拓此一研

---

[30] 參考 Stöckmann, H.-J. "Chladni meets Napoleon," *Eur. Phys. J. Special Topics*, Vol. 145, 2007, pp. 15–23.

[31] 拉普拉斯伯爵 (Count de la Place) 是更好地被稱為拉普拉斯 (Pierre-Simon de Laplace) 的數學家。

[32] 譯注：此句譯自原文 "one is not yet be able to apply a calculation to areas curved in more than one direction"，語義無法完全確定。

[32] 拿破崙畢業自軍事學院 (École Militaire)，他的主考官正是拉普拉斯，後來被他任命進入巴黎參議院任職。

究的需要。翌日早晨，克拉德尼獲得了 6000 法郎的獎金，條件是以法文出版他的聲學 (acoustics) 著作。1809 年 11 月，該書以書名《聲學論著》(*Traité d'Acoustique*) 出版問世。

在 1809 年的第一個週一，法蘭西科學院的數學與物理部門宣布一個以下列挑戰為主題的競獎：建構一個彈性表面的理論，並且指出它如何符合經驗證據。截止日期訂在 1811 年 10 月 1 日，讓參賽者提交數學理論。這個價值 3000 法郎的金質獎章，將在 1812 年 1 月的第一個週一以公開儀式頒發。勒讓德、拉普拉斯、拉格朗日、拉克拉 (Lacroix) 和馬魯斯 (Malus) 等人被選為裁判。

由於彈性板的振動理論尚未問世，克拉德尼圖形之描述以定性 (qualitative) 為主。二維的彈性理論對大多數數學家而言，是太難纏了，而且，事實上，拉格朗日也評論說當時可以使用的數學方法並不適用。然而，蘇菲·熱爾曼卻毅然接受這個挑戰，她花了接下來兩年的時間，基於她自己對於歐拉的研究成果之分析，試圖導出彈性理論。1811 年 1 月，她與勒讓德討論她的進路。勒讓德與蘇菲之間互通了多少書信，或者究竟他所提供的協助是什麼，我們都不清楚。事實上，1811 年 9 月 21 日，也就是快要到截止日之前，蘇菲提交了她的匿名備忘錄，這是這場競獎的唯一一參賽作品。她已經導出了一個彈性表面理論，但她並未得獎。

蘇菲的傳記作家歸結說她並未從物理原理推出她的假設，而且，由於她在分析學和變分學方面的素養不足，以至於她的分析欠缺了必要的嚴密。蘇菲的論文在這個主題上，確曾引發更多的關注，同時，也在探索此一理論時，提供了必需的洞察。身為這場競獎的裁判之一，拉格朗日修補了蘇菲的計算，並發展出一個更好描述克拉德尼實驗的方程式。

當蘇菲提交她的參賽作品時，她與勒讓德（當時也是列名提議競獎委員之一）建立了一種「急促的通信」(a flurry of correspondence)。最早出版的勒讓德致蘇菲的第一封信件（未署日期）[33]，幫蘇菲澄清她在分析學上所犯的一些顯然的錯誤，其中涉及方程式 $\sin(1/2\omega) = 0$，而勒讓德建議她參考歐拉的一篇論文。在下一封日期為 1811 年 1 月 19 日的信件中，勒讓德針對同一個主題，提供了進一步的分析。他們的通信持續到 1813 年，至於其目的，則顯然是述說她有關彈性表面的之分析。

由於 1812 年並未出現優勝者，所以，競獎的截止日期延後了。再一次地，蘇菲提交了唯一的參賽作品，其中，她證明拉格朗日的方程式可以在許多情形中推出克拉德尼模式。但不幸地，她還是無法給出令人滿意的推演過程。儘管如此，裁判小組（其中包括了當時最好的數學家）認為蘇菲的第二份備忘錄值得推崇。

再一次地，這項競賽又開辦了，而這一次，蘇菲（現年 38 歲）看來是更有自信，因為她提交了一篇新論文，並且署以她的本名。1815年 1 月 8 日，法蘭西科學院數學與物理部門公開宣布蘇菲・熱爾曼贏得大獎，一個由 1 公斤重黃金鑄造的獎章。然而，她未曾現身於頒獎典禮，讓許多想要一睹芳容的人大失所望。

蘇菲・熱爾曼這一位害羞的女子未曾親自領獎並接受讚美，對我而言一點也不令人驚奇。不過，對蘇菲而言應該是最偉大成就與自豪基礎的獎項，卻變成苦樂參半的一種勝利。她接到來自柏松 (Siméon Denis Poisson) 的生硬回應，指出她的分析仍然包括缺陷，而且論證有欠嚴密。他是蘇菲研究彈性理論的主要對手，也是她的得獎論文的裁

---

[33] H. Stupuy, 1896, p. 291.

判小組成員。有史家提及她認為裁判無法完全欣賞她的研究[34]，而且科學社群也不曾尊敬該歸功給她的貢獻。事實上，相當奇怪地，柏松避免與她進行嚴肅的討論，且在公開場合忽視她的成就。

我可以想像蘇菲對於來自這些她拼命尋求討論的學者的不友善反應，是如何的失望。雖然她是首位數學家企圖解決這樣一個深具挑戰性的問題，而且其他人也利用她的漂亮分析方法，去發展他們自己的成果，但蘇菲並未得到她所應得的嚴肅對待。然而，她還是堅持到底而且在智識上更受鼓舞。

蘇菲延拓了她的研究成果，並且在 1825 年投了一篇論文給法蘭西科學院的委員會，其成員包括柏松、普隆尼與拉普拉斯。令人傷感地，該委員會忽視她的論文，因此，她的研究始終未被承認，直到 1880 年，才被發現埋在普隆尼的一堆論文之中。

儘管蘇菲對於克拉德尼模式的說明並不盡完善，這個獎的意義還是一樣的，因為她的數學論著標誌著彈性理論的實質進步，這是被承認的。

事實上，這個問題後來被證明相當頑強。納維爾 (Navier)、柯西和柏松繼續研究此一問題許多年。對於圓板 (circular plates) 而言，完整的解答是由柯克霍夫 (Gustave Robert Kirchhoff, 1824–1887) 所發現，不過，時間則在 1850 年之後。根據史家史托克曼的研究，一直到 1891 年，吾人還可以在《物理手冊》(*Handbuch der Physik*) 上，發現如下說明：「就這個嚴格的數學理論來說，目前僅知一些案例，在其中，此一理論所產生的結果，可以適當地被廣泛應用到實驗上」。

有趣地，就在 1815 年 12 月 26 日召開，將蘇菲名列榮獲大獎的同一組裁判會議，也代表科學院宣布一場新的競獎：證明費馬最後定理。

---

[34] Louis L. Bucciarelli and Nancy Dworsky, *Sophie Germain: An Essay in the History of the Theory of Elasticity*, Dordrecht-Boston, Mass., 1980.

這是一個吸引熱爾曼多年的主題。然而，這個競賽在 1818 年確認後，竟然在 1820 年撤銷。不過，這必定給予蘇菲動力，重振士氣並繼續她的研究，因為她立即接觸她年輕時尋求指教的德國學者。

1819 年 5 月 12 日，蘇菲・熱爾曼在十年的沉默之後，寄了一封信給高斯。她寫道[35]：「對於您我心懷感激，我還呈上自從我有幸奉函給您之後所做的研究成果。雖然我在彈性表面理論上做了一點工作，……我從未停止思考有關數論的問題[36]。」她想要重新認識他，並分享她自己有關彈性表面理論的研究成果，但也強調她從未停止思考數論的有關問題。蘇菲接著承認在她閱讀《算學講話》之後，她已經反思費馬最後定理多年。蘇菲於是簡述了 FLT 的一般性證明策略。再一次地，在結束前，蘇菲請求高斯賜予高見：「我對你有著最大的責任，如果你肯撥冗惠知我應該研究的方向。」[37]

儘管如此奉承，蘇菲似乎已經投入她自己的工作，因為她並未等待高斯的覆信。畢竟，她是一位成熟的 43 歲的法蘭西科學院最有名的競獎得主。大約同時，她也與勒讓德、邦索 (Poinsot)——史家德爾・沉第納 (Del Centina) 發現蘇菲在 1819 年 7 月 2 日寫給邦索的一封信——以及年輕的義大利數學家李布里 (Guglielmo Libri, 1802–1869) 通信。李布里在 1820 年將他自己的備忘錄提交給法蘭西科學院。

因此，在 1819 年之後，蘇菲完全獻身給她自己解決 FLT 的宏偉計畫。同時，這也是被她先是與勒讓德、其次是李布里的更成熟專業關係所刻畫的一個時代。李布里這位數學家後來更成為她的親密友人之一。

---

[35] Andrea Del Centina, "Letters of Sophie Germain preserved in Florence," *Historia Mathematica*, Vol. 32, Issue. 1, 2005, pp. 60–75（引自 p. 63）。

[36] 這段文字取自熱爾曼的信件，是由 Del Centina 所轉譯，他盡可能尊重蘇菲的拼字與文法，我們也是如此。

[37] Andrea Del Centina, "Unpublished manuscripts of Sophie Germain and a revaluation of her work on Fermat's Last Theorem," *Arch. Hist. Exact Sci.*, 2008, 62:349–392—DOI 10.1007/s00407-007-0016-4.

李布里的《數論備忘》(*Memoria sopra la teoria dei numeri*) 寫於他十八歲時，出版於佛羅倫斯，並立即譯成法文，以便讓柯西可以呈交法蘭西科學院。李布里的備忘在 1822 年 1 月 22 日被接受，而蘇菲應該已經取得一個拷貝，作為研究之用。

我應該強調蘇菲・熱爾曼多年來為了建構費馬最後定理的證明之綜合性計畫，而非常辛勤地工作。在此，為了我們即將給出的觀點，讀者對於其他人已經完成的工作之闡述，研究和分析熱爾曼新近被發現的手稿等等，都是必要的。因此，讀者應該參考史家羅賓巴契 (Laubenbacher) 和潘格立 (Pengelley) 合撰並發表於 2010 年的細緻研究論文[38]。他們的 "*Voici ce que j'ai trouvé*: Sophie Germain's grand plan to prove Fermat's Last Theorem"（〈這是我所發現的：蘇菲・熱爾曼證明費馬最後定理的宏偉計畫〉），或許是迄今僅見之最佳相關研究。

傅立葉是對蘇菲高度推崇的另一位傑出的法國數學家兼物理學家，他與她同一世代，但長她八歲。他們的關係都由他們從 1820 年維持的通信所記錄，一直到 1830 年傅立葉去世為止。我無法確定傅立葉何時第一次見到蘇菲，但是，這很可能發生在 1820 年，當時他被勒讓德請求評審蘇菲的論文〈彈性表面的理論之研究〉(*Rechereches sur la théorie des surfaces élastiques*，出版於 1821 年)。在前言中，蘇菲提及在出版這份備忘之前，她請求傅立葉惠賜高見。

傅立葉 (Jean Baptiste Joseph Fourier, 1768–1830) 以將函數表現為三角級數之和的開創性研究聞名於世。身為裁縫之子，傅立葉十六歲就成為歐塞爾 (Auxerre) 軍事學校的數學教師。他後來加入創辦於 1795 年的巴黎師範學院 (*École Normale*) 任教，當年他二十七歲。他的

---

[38]Laubenbacher, R. and D. Pengelley, "*Voici ce que j'ai trouvé*: Sophie Germain's grand plan to prove Fermat's Last Theorem," *Historia Mathematica*, 2010, doi:10.1016/j.hm.2009.12.002.

教學非常成功，不久，即被邀請擔任工藝學院的分析學講座，而且，在 1807 年，他被推選為法蘭西科學院院士。

在法國大革命期間，他在 1794 年公開對當時政權腐敗的批判，引來一道逮捕他的命令，而且最終將被送上斷頭臺[39]。他打算私下求見巴黎的羅伯斯庇爾，為自己答辯，結果被拒絕。在他返回歐塞爾（當時他的居住地）途中，監視委員會 (Comité de Surveillance) 已經簽發了他的逮捕令。八天之後，他被捕下獄。幸而羅伯斯庇爾在 1794 年 7 月 28 日被處決，傅立葉隨即被釋放。

1798 年，傅立葉被拿破崙選入赴埃及的傳奇遠征隊，他留在那兒直到 1801 年為止。同年 11 月，他返回巴黎。根據傅克希 (Foucry) 的說法，他回到工藝學院繼續教書。但是不久之後，他被任命為法國東南地區的伊澤爾省的行政長官 (Prefect of the Department of Isère)。正是在那兒，他寫下了熱傳導 (heat diffusion) 的專刊，並在 1807 年提交給科學院。1812 年 1 月，他贏得科學院有關熱傳導的競獎，並且開始將它的第三個版本寫成一本書，那就是 1812 年出版問世的《熱力學解析》(*Théorie analytique de la chaleur*)。同年，他榮任科學院的永久祕書 (*secrétaire perpetual de l'Académie*) 一職。基於此一身分，傅立葉在 1823 年邀請蘇菲參加科學院的會議。

蘇菲也贏得勒讓德與傅立葉以外的許多其他學者的尊敬。迪藍伯、柯西、邦索，以及納維爾等人在 1820–1823 年間寫給蘇菲的信，表明她即使不在法國的傑出男性的燦爛繁星 (*pléiade d'hommes supérieurs*) 之列，至少也不曾被她那時代的學者所忽略。法國物理學家比歐 (Jean-Baptiste Biot) 曾寫道：「熱爾曼小姐可能是她的性別之中，最深刻專注於數學科學的一位，即使與夏德萊夫人相比也不例外，這是因為在蘇

---

[39] 參考 Grattan-Guinness, *Joseph Fourier: 1768–1830*, MIT Press, Cambridge, MA, 1972.

菲的成長過程中，沒有類似克雷里歐 (Clairaut) 的角色（以愛蜜莉‧夏德萊的數學家庭教師克雷里歐為參照）[40]。」

在蘇菲晚年時期，她與義大利數學家李布里發展了一段有趣的關係。她最早於 1825 年春天在巴黎遇到李布里，當年她四十九歲，李布里二十三歲。至於將他們兩人拉在一起的，是他們在數論上的共同興趣。底下幾段文字參考了德爾‧沉第納分別撰寫於 2005 年[41]、2008 年的兩篇論文所提供的材料[42]。

基於被認為是蘇菲寫於 1822 年 6 月 22 日，並被史家德爾‧沉第納在佛羅倫斯莫雷雅納圖書館所找到的三頁文字，說明蘇菲為了自己的興趣而研究李布里的論文。根據相關敘述，蘇菲與李布里從 1819 年之後開始接觸。因此，當他訪問巴黎時，他們兩人應該會見面，這是可以理解的。李布里從 1824 年 12 月底到 1825 年 8 月為止，都停留在巴黎。蘇菲與李布里於 1825 年 5 月 13 日，一個週四的夜晚，阿雷果 (François Arago, 1786–1853) 在天文臺所舉行的宴會中碰面[43]。隔天，李布里寫信給他母親，說道：「在昨天晚上，我終於遇見了熱爾曼小姐，她在幾年前贏得科學院的一個數學大獎。我跟她交談了大約兩個小時，她具有令人印象深刻的人格特質。」蘇菲應該也很喜歡他，因為

---

[40] *Journal de Savants*, March 1817.

[41] A. Del Centina, "Letters of Sophie Germain Preserved in Florence," *Historia Mathematica*, 32, 2005, pp. 60–75.

[42] A. Del Centina, "Unpublished manuscripts of Sophie Germain and a revaluation of her work on Fermat's Last Theorem," *Arch. Hist. Exact Sci.,* 62, 2008, pp. 349–392.

[43] 阿雷果是法國物理學家兼天文學家，他在物理方面有實質貢獻。在天文學方面，他發現了太陽的 chromosphere。他也在 Urbain Leverrier 發現海王星上，扮演了部分角色。阿雷果在 1813–1845 年間為大眾提供天文學普及講座，並且成為巴黎天文臺長。

她邀請他到家中午餐。因此，史家德爾・沉第納的結論是：他們兩人會面很多次，而且兩人的關係迅速地超乎數學之外。

儘管如此，沒有人發現在 1826 年 9 月之後的四年內，蘇菲曾經給李布里寫過信。因此，吾人可以推論說蘇菲堅持到底，孤獨研究直到去世。蘇菲在 1829 年罹患癌症，不過，疾病與 1830 年再次震撼巴黎的革命都未曾阻礙她，她繼續研究數論，書寫她的哲學構想，並且改善她在彈性曲面之曲率上的分析學[44]。

她寫給李布里的最後一封信，日期是 1831 年 5 月 17 日（引自 Del Centina, 2005, p. 15），內容表達一種揪心的痛苦。她寫道：「先生，我病了，而且病得相當嚴重，當你在這兒的時候，我工作十分賣力，你也不會關上我的門。然而，損害正在遞增，因為我已經無法受訪。我現在備受煎熬，我的人生是真正的折磨，沒有變好的可能。」 *(Je suis malade, Monsieur et très malade, j'ai fait beaucoup d'efforts pendant votre séjour ici pour ne pas vous fermer ma porte, mais le mal est bien augmenté depuis et je ne peux plus aujourd'hui ni recevoir des visites ni m'occuper. Je suis aux prise avec d'horrible souffrances ma vie est un vrai supplice aucune saison ne peut améliorer mon sort on me dit qu'avec beaucoup de tems et des soins je pourrai retrouver quelque repos.)*[33] 她必定忍受了極大痛苦。

在最後幾年，蘇菲也要點敘述了她的哲學創作，由她的外甥在其身後的 1833 年出版為《科學與文學的狀態之一般性思考》

---

[44] Germain, Sophie, *Discussion sur les principes de l'analyse employés dans la solution du Problème des surfaces élastiques*, Annales de physique et de chimie, 1828.

[33] 譯注：由於涉及十八世紀法文，作者並未將這一段蘇菲書信原文翻譯成英文，此處我們的中譯只是意譯，但為了存真，我們特別附上原始的法文。

(*Considérations générale sur l'état des sciences et des lettres*)[45]。在這篇論文中,她寫下了有關科學與文學的一般狀態之想法,而隱身在後的,是她有關宇宙的創造者、靈魂以及人類精神等美麗的陳述。蘇菲何時開始處理哲學?她何時書寫這些短論?她的第一位傳記作家敘述說:這是她人生最後幾個月時所寫,當時癌末的劇痛讓她無法繼續數學研究。還有,她的另一本著作《思考》(*Pensées*) 似乎並不打算出版。不過,吾人可以假定說,當她的外甥發現時,相較於文稿的不完美,這樣既深又廣的哲學短論,必定是很久以前就已經書寫了。

瑪麗・蘇菲・熱爾曼在 1831 年 6 月 27 日於巴黎去世。多年之後,有一塊石碑立在她去世的房子前,賦予蘇菲哲學家與數學家的頭銜。這棟相當樸實的建築物陪伴了蘇菲的成年歲月,現在仍然屹立在德沙娃街 (*rue de Savoi*) 13 號,跨過塞納河,與她成長的聖丹尼路住宅只有幾個街區的距離。這塊石碑掛在該棟公寓大樓的入口拱門的右上方,上面雕刻著如下文字:蘇菲・熱爾曼,哲學家與數學家,1776 年出生於巴黎,1831 年 6 月 27 日逝世於這棟建築物 (*Sophie Germain, Philosophe et Mathématicienne, née à Paris en 1776 est morte dans cette maison le 27 Juin 1831*)。

當榮譽學位來自 1837 年哥廷根大學創校一百週年慶祝活動時,高斯對於蘇菲的謝世深感遺憾[46]。她將會非常驕傲能被授與此一學位,

---

[45] Germain, Sophie, *Considérations générales sur l'état des sciences et des letters aux différentes époques de leur culture*, Paris, impr. De Lachevardière, 1833, in-8, p. 102.

[46] G. W. Dunnington, *Carl Friderich Gauss: Titan of Science* (1955), University of Chicago Press, p. 68. 再版於 2004 年,由 J. Gray 和 F.-E. Dohse 增補,MAA 出版。

尤其是經由這一位她非常崇拜的學者、她尋求作為第一個導師 (mentor) 的數學家之推薦。

我撰寫本書是想向蘇菲·熱爾曼遺留給我們的記憶表達敬意，她是一位傑出女性、哲學家，以及才氣縱橫的數學家，這都歸因於她的數論研究、費馬最後定理的部分解、數學物理研究，以及彈性理論方面的研究成果。

法國為了紀念蘇菲，特別以她的名字命名巴黎的一條小街道[47]，還有一所女子中學也以她為名。早在 1882 年 3 月 1 日，第一所為女孩而設的中學 (*École Primaire Supérieure de Jeunes Filles*) 開學，有 65 位女生入學。到了 1970 年代，學生增加到了 1600 人。一直到 1888 年為止，該校一直稱作德喬路學校 (School of Rue de Jouy)，然後，正如該校校史所記載，它的名字「取自蘇菲·熱爾曼，數學家和哲學家，她在 1776–1831 年這樣的期間內，由於女性的地位使得期待教育機會變成一種障礙，因此，她必須靠自修學習」。這所蘇菲·熱爾曼中學座落在德喬街 9 號，巴黎第四區，從橫跨塞納河的瑪麗橋過去，步行只要四分鐘（260 公尺）。

在法蘭西科學院的贊助下，蘇菲·熱爾曼基金會創立於 2004 年，它在科學院的提議下，每年提供一個數學獎項給年輕的研究者。2006 年，總數 8000 歐元的一項數學獎，就贈與蘇菲·熱爾曼中學作為學生的獎學金。

讓我們引述蘇菲·熱爾曼的最偉大成就，來充當本書的結語：

熱爾曼定理：對某個奇質數的指數 p 而言，若存在一個輔助的質數 θ 使得對模數 θ 來說，沒有兩個不為 0 的連續 p 次乘冪數，則

---

[47]Rue Sophie Germain, 75014 Paris（地鐵站名為 Mouton-Devernet）。

在費馬方程式 $z^p = x^p + y^p$ 中的任意解，x, y 或 z 中的某一個必定會被 p^2 整除[34]。

藉由製造一個有效的輔助質數，蘇菲·熱爾曼的定理可以應用到許多質數的指數上，以排除費馬方程式的解之存在，而這個方程式所涉及的整數無法被整數 p 所整除。這項排除在今日稱作費馬最後定理的第一種情形 (Case 1)。有關這第一種情形的研究，一直持續到今天。讀者可參考羅賓巴契與潘格立的論文[48]，以便了解熱爾曼定理及其應用。

---

[34] 譯注：這個定理的英文版如下（取自本書英文版）：For an odd prime exponent p, if there exists an auxiliary prime θ such that there are no two nonzero consecutive pth powers modulo θ, then in any solution to the Fermat equation $z^p = x^p + y^p$, one of $x, y,$ or z must be divisible by p^2.

[48] R. Laubenbacher and D. Pengelley, "*Voici ce que j'ai trouvé*: Sophie Germain's grand plan to prove Fermat's Last Theorem," *Historia Mathematica*, 2010, doi:10.1016/j.hm.2009.12.002.

瑪麗・蘇菲・熱爾曼年譜

成就領域: 數論與數學物理。

主要貢獻: 費馬最後定理的部分證明和熱爾曼質數。同時也是彈性理論的創立者。

年譜:

1776	瑪麗・蘇菲・熱爾曼於 4 月 1 日出生於法國巴黎。
1789	在閱讀了阿基米德的故事之後,她發現了她對數學的熱愛。巴士底監獄被攻陷後,法國大革命爆發。
約 1798–1799	她從工藝學院收集上課講義,並且利用「魯布蘭克先生」的假名,繳交心得報告給拉格朗日教授。拉格朗日發現了她的真實身分,於是,蘇菲名滿巴黎知識圈。
1804	她寫信給德國數學家高斯,談論她對《算學講話》的研讀心得,並附上她自己的分析,簽上魯布蘭克先生的字樣。她也開始企圖證明費馬最後定理 (FLT)。
1805	高斯致函歐伯,提及魯布蘭克的信。
1807	高斯發現魯布蘭克先生其實是熱爾曼小姐,並且推崇她的研究。
1811	蘇菲向法蘭西科學院提交她的備忘,作為她的參賽作品,其中納入她的數學分析,藉以說明克拉德尼所展示的振動模式。
1813	有關克拉德尼振動板研究的競獎,她的第二次參賽作品榮獲了有貢獻的表揚。

1816	蘇菲贏得法蘭西科學院的數學與物理部門的數學大獎，表彰她對一般曲線和平直的彈性表面之振動的數學理論之研究。
1819	蘇菲再次致函高斯，指出她重拾費馬最後定理之研究。她也開始與其他鑽研數論的數學家通信，分享她自己的研究成果。
1819–1830	蘇菲推動她自己的宏偉計畫以解決 FLT。
1823	勒讓德再版他的《數論》，其中他增列了一個腳注，提及熱爾曼定理。
1825	蘇菲邂逅義大利數學家李布里。
1831	蘇菲・熱爾曼在 6 月 27 日逝世於家中。

參考文獻

蘇菲 · 熱爾曼的著作

Germain, Sophie, *Recherches sur les théories des surfaces élastiques*, Paris, Vè Courcier, 1821, in-4, avec planches.

Germain, Sophie, *Remarques sur la nature, les bornes et l'étendue de la question des surfaces élastiques et équation générale de ces surfaces*, Paris, impr. de Huzard-Courcier, 1826, in-4, 21 p.

Germain, Sophie, *Discussion sur les principes de l'analyse employés dans la solution du problème des surfaces élastiques*, Annales de physique et de chimie, 1828.

Germain, Sophie, *Mémoire sur la courbure des surfaces élastiques*, Annales de Crelle, Berlin, 1831.

Germain, Sophie, *Considérations générales sur l'état des sciences et des lettres aux différentes époques de leur culture*, Paris, impr. De Lachevardière, 1833, in-8, 102 p.

Germain, Sophie, *Oeuvres philosophiques de S. Germain, suivies de pensées et de lettres inédites et précédées d'une notice sur sa vie et ses oeuvres par Hippolyte Stupuy*, Paris, P. Ritti, 1879, in-18, 375 p.

Germain, Sophie, *Mémoire sur l'emploi de l'épaisseur dans la théorie des surfaces élastiques*, Paris, Gauthier-Villars, 1880, in-4, 64 p. (extrait du journal de mathématiques pures et appliquées, 3è série Tome 6, 1880).

研究蘇菲·熱爾曼的著作

Biedenkapp, G., *Sophie Germain, ein weiblicher Denker*, Jena, 1910.

Blay, Michel, Robert Halleux, "La science classique, XVIe-XVIIIe siècle," dictionnaire critique, Flammarion, 1998.

Boncompagni, B., *"Cinq lettres de Sophie Germain à Charles-Frederic Gauss,"* *Arch. der Math. Phys.*, 1880, Vol. 63, pp. 27–31, Vol. 66, pp. 3–10.

Bucciarelli, Louis L. and Nancy Dworsky, *Sophie Germain. An essay in the history of the theory of elasticity*, D. Reidel Publishing Company, Dordrecht, Boston, London, 1980.

Charpentier, Debra, "Women Mathematicians," the *Two-Year College Mathematics Journal*, Vol. 8, No. 2, Mar. 1977, pp. 73–79.

Coolidge, Julian L., "Six Female Mathematicians," *Scripta Mathematica*, Vol. 17, March/June 1951, pp. 20–31.

Dahan-Dalmédico, Amy, *"Mécanique et théorie des surfaces: les travaux de Sophie Germain,"* *Historia Math.*, Vol. 4, 1987, pp. 347–365.

Dahan-Dalmédico, Amy, *Sophie Germain*, Pour la science, dossier hors série janvier 1994, Pour la science No. 132, Octobre 1988.

Dahan-Dalmédico, Amy, *Aspects de la mathématisation au XIXè siècle. Entre physique et mathématique du continu et mécanique moléculaire, la voie d'A-L Cauchy*, Thèse Sciences, Nantes, 1990 (disponible à la bibliothèque universitaire de lettres sciences-humaines de Nantes).

Dahan-Dalmédico, Amy, "Sophie Germain," *Scientific American*, 265, 1991, pp. 117–122.

Dahan-Dalmédico, Amy, *Sophie Germain*, in *Spektrum der Wissenschaft*, 2, 1992, pp. 80–87.

Dahan-Dalmédico, Amy, *Mathematisations: Augustin-Louis Cauchy et l'Ecole Française*, Paris, Editions du Choix, 1992.

Deakin, Michael, "Women in mathematics: fact versus fabulation," *Austral. Math. Soc. Gaz.*, Vol. 19, 1992, pp. 105–114.

Del Centina, Andrea, "Unpublished manuscripts of Sophie Germain and a revaluation of her work on Fermat's Last Theorem," *Arch. Hist. Exact Sci.*, Vol. 62, 2008, pp. 349–392.

Del Centina, Andrea, "Letters of Sophie Germain preserved in Florence," *Hist. Math.*, 32, 2005, pp. 60–75.

Deledicq, André, *Histoires de maths: K. F. Gauss, S. Ramanujan, Sophie Germain, E. Galois et un tableau chronologique de mathématiciens*, Paris, Berger Levrault, Art-Culture-Lecture, 1992.

Deledicq, André and Dominique Izoard, *Histoires de maths*, ACL — Les éditions du Kangourou, 1998, pp. 39–41.

Dickson, L. E., *History of the Theory of Numbers*, New York, 1950.

Dubner, H., "Large Sophie Germain Primes," *Math. Comput.* 65, 1996, pp. 393–396.

Edwards, H., *The Last Theorem of Fermat*, Mir, Moscow, 1980.

Eves, Howard, *An Introduction to the History of Mathematics* (chapter 13), Saunders Series, Saunders College Publishing, Philadelphia PA, 1990.

Ford, D. and V. Jha, "On Wendt's Determinant and Sophie Germain's Theorem," *Experimental Math.* Vol. 2, 1993, pp. 113–119.

Franklin, Christine Ladd, "Sophie Germain: An Unknown Mathematician," *Century*, Vol. 48, 1894, pp. 946–949 [Reprinted in the *AWM Newsletter*, Vol. 11, No. 3, 1981, p. 711].

Friedelmeyer, Jean-Pierre, *L'histoire des mathématiques par correspondance*, pp. 57–61, L'Ouvert 88, 1997.

Gauss, K. F., "Letter from Gauss to Sophie Germain, 30 April 1807," In *Zur Geschichte der Theorie der kubischen und biquadratischen Reste*, In Gauss: Oeuvres Complètes, Vol. XI, pp. 70–74.

Genocchi, Angelo, Realis, S., "*Inforno ad una propozione inesalta di Sofia Germain*," *Bolletino di Bibliografia e di storia delle scienze mathematiche e fisiche*, Vol. 17, 1884, pp. 315–316.

Genocchi, Angelo, "Teoremi di Sofia Germain inforno a i residui biquadratici," *Bolletino di Bibliografia e di storia delle scienze mathematiche e fisiche*, Vol. 17, 1884, pp. 248–251.

Gianni Micheli, "*The philosophical works of Sophie Germain*," pp. 712–729 in *Scienza e filosofia, Saggi in onore di Ludovico Geymonat* (Ed.: Corrado Mangione) Garzanti Editore S.p.A., Milan, 1985, p. 860.

Grattan-Guiness, I., "Recent researches in French mathematical physics of the early 19th century," *Ann. of Sci.* Vol. 38, no. 6, 1981, pp. 663–690.

Gray, Mary W., "Sophie Germain: A bicentennial appreciation," *AWM Newsletter*, Vol. 6, No. 6, Sept.–Oct. 1976, pp. 10–14.

Gray, Mary W., "Sophie Germain," pp. 47–56 in *Women of Mathematics. A biobibliographic sourcebook*, Eds.: Louise S. Grinstein and Paul J. Campbell, Greenwood Press Inc., Westport, Conn., 1987.

Gunther, Siegmund, "*Il carteggio tra Gauss e Sofia Germain*," *Bolletino di Bibliografia e di storia delle scienze mathematiche e fisiche*, Vol. 15 (1882), pp. 174–175. Also in Zeitsch. *Math. Phys.*, Hist.–Lit. Abt., Vol. 26, 1881, pp. 19–25.

Hauchecorne, Bertrand, Surateau, Daniel, Des mathématiciens de A à Z, Ellipses, 1996.

Haven K., *Marvels of science: 50 fascinating 5-minute read*, Libraries Unlimited, 1996. Grade 3 & up. p. 238.

Heydemann, Marie-Claude, *Histoire de quelques mathématiciennes*, Publications mathématiques d'Orsay No. 86–74.16, in P. Samuel: Mathématiques, Mathématiciens et Société, 1974.

Hill, A. M., Sophie Germain: A Mathematical Biography. A B. A. thesis presented to the Department of Mathematics and the Honors College of the University of Oregon, August 1995.

Indlekofer, K. H., and A. Járai, "Largest Known Twin Primes and Sophie Germain Primes," *Math. Comput.* 68, 1999, pp. 1317–1324.

Jaroszewska, Magdalena, "Portraits of women mathematicians," pp. 23–29 in Report on the fifth annual EWM meeting, CIRM, Luminy, France, December 9–13, 1991.

Kelley L., "Why were so few mathematicians female?" *Mathematics Teacher*, Vol. 89, No. 7, Oct. 1996, pp. 592–596.

Klens, Ulrike, *Mathematikerinnen im 18. Jahrhundert: Maria G. Agnesi, G.-E. du Châtelet, Sophie Germain. Fallstudien zur Wechselwirkung von Wissenschaft und Philosophie im Zeitalter der Aufklaerung*. Forum Frauengeschichte, Bd. 12, Pfaffenweiler, 1994.

Krasner, M., *A propos du critère de Sophie Germain—Furtwängler pour le premier cas du théorème de Fermat*, Mathematica Cluj. 16, 1940, pp. 109–114.

Ladd-Franklin, Christine, "Sophie Germain: An unknown mathematician," *Century*, Vol. 48, Oct. 1894, Reprinted in AWM Newsletter, Vol. 11, No. 3, May–June 1981, pp. 7–11.

Laubenbacher, Reinhard and David Pengelley, *"Voici ce que j'ai trouvé*: Sophie Germain's grand plan to prove Fermat's Last Theorem," *Historia Mathematica*, Vol. 37, 2010, pp. 641–692.

Martinez, J. A. F., "Sophie Germain," *Sci. Mon.*, Vol. 63, 1946, pp. 257–260.

Micheli, G., "The philosophical works of Sophie Germain," *Scienza e filosofia*, Milan, 1985, pp. 712–729.

Mordell, L. J., *Three Lectures on Fermat's Last Theorem*, Cambridge University Press, 1921, p. 30.

Osen, Lynn M., *Women in Mathematics*, Massachusetts Institute of Technology Press, Cambridge MA, London, 1974. （本書有中譯本《女數學家列傳》）

Perl, Teri, *Math Equals. Biographies of Women Mathematicians* + Related Activities, Addison Wesley, Menlo Park, 1978.

Petrovich, V. C., "Women and the Paris Academy of Sciences," *Eighteenth-Century Studies*, Vol. 32, No. 3, Constructions of Femininity, Spring, 1999, pp. 383–390.

Rashed, R., *Sciences à l'époque de la Révolution Française.* Recherches historiques, Librairie du Bicentenaire de la Révolution Française. Librairie Scientifique et Technique Albert Blanchard, Paris, 1988, p. 474.

Sampson, J. H., "Sophie Germain and the theory of numbers," *Arch. Hist. Exact Sci.* 41, 1990, No. 2, pp. 157–161.

Smith, Sanderson and Greer Lleaud, *Sophie Germain, Notable Women in Mathematics: A Biographical Dictionary*, Charlene Morrow and Teri Peri, Editors, Greenwood Press, 1998, pp. 62–66.

Simalarides, A., "Sophie Germain's Principle and Lucas numbers," *Math. Scand.* 67, 1990, pp. 167–176.

Singal, Asha Rani, "Women mathematicians of the past: some observations," *Math. Ed.* Vol. 3, No. 1, 1986, pp. 9–18.

Stupuy, H., *Notice sur la vie et les oeuvres de Sophie Germain*, Oeuvres philosophique de Sophie Germain, Paris, 1879, pp. 1–92.

Tee, G. J., "The pioneering women mathematicians," *The Mathematical Intelligencer* 5, 1983, pp. 27–36.

Terquem, M., "Sophie Germain," *Bulletin de bibliographie, d'histoire et de biographie mathématiques*, Vol. 6, 1860, pp. 9–13.

Thomas, M. and A. Kempis, "An Appreciation of Sophie Germain," *National Mathematics Magazine*, Vol. 14, No. 2, Nov. 1939, pp. 81–90.

Truesdell, Clifford, "Sophie Germain: Fame earned by stubborn error," *Boll. Storia. Sci. Mat.* Vol. 11, No. 2, 1991, pp. 3–24.

Vella, D. and A. Vella, "Cycles in the Generalized Fibonacci Modulo a Prime," *Mathematics Magazine*, Vol. 75, No. 4, Oct. 2002, pp. 294–299.

Waterhouse, W. C., "A counterexample for Germain," *American Mathematical Monthly*, 101, 1994, pp. 140–150.

Wussing, Hans and Wolfgang Arnold, *Biographien bedeutender Mathematiker*, 4ed Volk und Wissen, Volkseigener Verlag, Berlin, 1989.

插圖表

原文書封面: Camille Corot 繪畫《閱讀的女孩》(*A Girl Reading*)，約 1845/1850——瑞士蘇黎世 E. G. Buhrle 基金會收藏同意使用。

第 ix 頁: 1789 年的巴黎市地圖 —— 德州大學奧斯丁分校 Perry Castaneda 圖書館地圖收藏部許可使用。

第 27 頁: 1789 年 7 月 14 日圍攻巴士底監獄——紐約 The Pierpont Morgan 圖書館收藏，編號 PML 140205#16。1987 年 Gordon N. Ray 遺贈品。

第 43 頁: 1789 年 10 月 6 日在凡爾賽遭到襲擊之後，皇室抵達巴黎 ——紐約 The Pierpont Morgan 圖書館收藏，編號 PML 140205#31。 1987 年 Gordon N. Ray 遺贈品。

第 87 頁: 巴黎市政廳，政治和政府的中心 —— 雕版圖畫取自 Charlotte M. Yonge 著，《從最古到今日世界偉大國家的圖說歷史》 (*A Pictorial History of the World's Great Nations from the Earliest Dates to the Present Time*)，New York: Selmar Hesse, 1882。

第 111 頁: 1791 年 2 月 28 日憤怒的暴民企圖摧毀文森城堡——紐約 The Pierpont Morgan 圖書館收藏，編號 PML 140205#48。1987 年 Gordon N. Ray 遺贈品。

第 124 頁: 1791 年 6 月 25 日皇室在企圖逃出法國但失敗之後回到巴 黎 —— 紐約 The Pierpont Morgan 圖書館收藏，編號 PML 140205#54。1987 年 Gordon N. Ray 遺贈品。

第 170 頁: 1792 年 8 月 10 日杜樂麗皇宮風暴——紐約 The Pierpont Morgan 圖書館收藏，編號 PML 140205#54。1987 年 Gordon N. Ray 遺贈品。

第 171 頁：1792 年 8 月起義，巴黎皇宮受到攻擊──雕版圖畫取自 Charlotte M. Yonge 著，《從最古到今日世界偉大國家的圖說歷史》(A Pictorial History of the World's Great Nations from the Earliest Dates to the Present Time)，New York: Selmar Hesse, 1882。

第 172 頁：1792 年 8 月 13 日皇室家族被押入聖殿塔監牢──紐約 The Pierpont Morgan 圖書館收藏，編號 PML 140205#69。1987 年 Gordon N. Ray 遺贈品。

第 177 頁：1792 年 9 月 2 日至 5 日屠殺囚犯──紐約 The Pierpont Morgan 圖書館收藏，編號 PML 140205#72。1987 年 Gordon N. Ray 遺贈品。

第 235 頁：1793 年 11 月 10 日聖母院舉行第一次理性節──*Estampe de la collection Hennin*，巴黎國家圖書館收藏。

第 253 頁：1794 年 5 月 8 日拉瓦錫和稅款包收公司受審──辛辛那提大學 Oesper 收藏。影像取自 L. Fuguier, Vies des savant, Vol. 5, Hachette: Paris (1874)。辛辛那提大學 William Jensen 教授同意使用。

第 283 頁：蘇菲·熱爾曼素描──由史都樸 (H. Stupuy) 所畫，取自 L. L. Bucciarelli 的著作。

PML 140205 完整引述：

De la révolution française, ou, Collection de quarante-huit gravures représentant les événements principaux qui ont eu lieu en France depuis...le 20 juin 1789...Ces gravures, fruit des veilles d'une société d'artistes, seront accompag.

Paris: Briffault de la Charprais & Madame l'Esclarpet [1791–1796]

紐約 The Pierpont Morgan 圖書館收藏，編號 PML 140205。1987 年 Gordon N. Ray 遺贈品。

謝　詞

本書如果沒有許多人的協助與支持，將不可能出版。特別地，我要對新墨西哥州立大學的大衛・潘格立 (David Pengelley) 教授，表達最誠摯的謝意。大衛在《數學情報員》(*Mathematical Intelligencer*) 上，針對《蘇菲的日記》，發表了一篇和善的書評，並且強烈地鼓勵我出版這本新版。

我也要對美國數學協會 (MAA) 的編輯部主任唐・阿爾伯斯 (Don Albers) 表達我最由衷的謝忱，因為他相信這個計畫可行。

我尤其感謝聖塔克拉拉大學的科學講座教授兼 MAA 的系譜系列主編吉拉德・亞力山德森 (Gerald L. Alexanderson) 之邀請。我感謝傑利 (Jerry) 周到的編輯，感謝他協助本書之出版。傑利對於文稿之鼓勵和極佳之建議，使得這次出版過程極有收穫。

對系譜系列 (Spectrum Editorial Board) 的委員閱讀我的草稿、提供給我有益的建議和具有洞識的評論，我必須表達我最誠摯的謝意。而對 MAA 的執行編輯卡洛・巴克斯特 (Carol Baxter)、對精確校對每一頁的文字編輯、對貝福莉・魯約地 (Beverly Ruedi) 在將本書送進印刷廠的專業，我都非常感謝。當然，文本如發現任何誤謬和不一致之處，都應算在我的頭上，我對本書負完全的責任。

我感謝下列人士與機構，他們允許我使用圖畫作為本書的插圖：L. L. Bucciarelli 教授、紐約的 The Pierpont Morgan 圖書館、辛辛那提大學的 W. Jessen 教授。還有，我也非常感激 Lukas Gloor 博士，他非常親切地為本書（原文書）封面提供藝術作品。

最後，而且最誠摯地，我希望感謝我兩位美麗有成就的女兒達西和蘿倫、我的丈夫以及好友 Zdzislaw 的深情支持。蘿倫特別需要提

及。我這位小女兒校對了我非常粗糙的初稿，指出我在文法上所犯的錯誤，並且建議改進文本的方法。我要將本書獻給我摯愛的家人。

索　引

數學、詩與美

Ron Aharoni／著　蔡聰明／

若一位數學家不具有幾分詩人的氣質，那麼他就永遠成
了一位完整的數學家。數學與詩有什麼關係呢？似乎是
無關係。數學處理的是抽象的事物，而詩處理的是感情
事情。然而，兩者具有某種本質上的共通點，那就是：美

當火車撞上蘋果——走近愛因斯坦和牛頓　張海潮／

一定要學數學嗎？如果沒有數學我的人生會不一樣嗎？
本道出數學教育的危機，並讓讀者重新體會數學與生活
關係。本書分為四大部分，共收錄 39 篇文章，讓讀者先
解數學定理背後的原理，再從幾何著手，體會數學之美

樂樂遇數——音樂中的數學奧祕

廖培凱／

要把音樂和數學做連結，似乎不太容易，但實際上也沒
那麼格格不入。以數學的觀點淺談音階，再引到基本的
弦結構，並詳細介紹了古代中西方音階的異同。帶著讀
解開音樂與數學的奧祕，體會音樂與數學的密不可分。

數學拾貝
數學拾穗

蔡聰明／著

學的求知活動有兩個階段：「發現與證明」
有發現，然後才有證明。

學公式或定理都不是孤立的，而是處在知識網中的某一個連結點上，要透
推理、類推、歸納、推廣、特殊化等方法論來編織成知識網。作者將多年
對於數學的研究與所寫的文章集結在一起，將許多看似枯燥、困難的數學
理，變得有趣活潑！不但有觀念的釐清，還有延伸內容，期望能對讀者學
數學有更多的幫助與動力。

國家圖書館出版品預行編目資料

蘇菲的日記／Dora Musielak著;洪萬生審訂;洪萬生,
洪贊天,黃俊瑋合譯.－－初版二刷.－－臺北市: 三
民，2022
　　面;　　公分.－－(鸚鵡螺數學叢書)

ISBN 978-957-14-5879-3　（平裝）

876.57　　　　　　　　　　　102026101

鸚鵡螺 數學叢書

蘇菲的日記

作　　者	Dora Musielak
譯　　者	洪萬生　洪贊天　黃俊瑋
總 策 劃	蔡聰明
審　　訂	洪萬生

發 行 人	劉振強
出 版 者	三民書局股份有限公司
地　　址	臺北市復興北路 386 號 (復北門市)
	臺北市重慶南路一段 61 號 (重南門市)
電　　話	(02)25006600
網　　址	三民網路書店 https://www.sanmin.com.tw

出版日期	初版一刷 2014 年 1 月
	初版二刷 2022 年 3 月
書籍編號	S316870
I S B N	978-957-14-5879-3

Sophie's Diary: A Mathematical Novel, Second Edition
Copyright © 2012 by American Mathematical Society
Traditional Chinese copyright © 2014 by San Min Book Co., Ltd.
This edition has been translated and published under authorized license from the
American Mathematical Society.
ALL RIGHTS RESERVED

三民書局